UT

Alicia Giménez-Bartlett

Hundstage

UT *metro* wird
herausgegeben von
Thomas Wörtche

Zu diesem Buch

Zwischen Inspectora Petra Delicado und Subinspector Fermín Garzón herrscht dicke Luft, ihre Beziehungstangos bereiten ihnen Kopfzerbrechen, sie verlieben sich in die falschen Partner und haben gute Gründe, sich gegenseitig zur Hölle zu wünschen.

Doch dann wird mitten in Barcelona ein Unbekannter erschlagen. Nur ein zotteliger Hund scheint ihn zu kennen – der einzige Zeuge bei diesem Mord. Petra Delicado muss den Hund adoptieren. Die Polizisten tauchen bei ihren Ermittlungen in die zwielichtige Welt zweifelhafter Hundeliebhaber ein, in der ganze Banden ihr Unwesen treiben und um die höchsten Einsätze gewettet wird. Schließlich gelingt es den beiden trotz aller Unterschiede, mit viel Humor und Verständnis ihre Zusammenarbeit zu meistern.

»Anhand eines anscheinend banalen Todesfalls ist hier mit heiterer Klugheit ein Subtext über die Liebe im reifen Alter entstanden.« *La Esfera*

»Giménez-Bartlett hat eine mächtige Industrie erforscht, die sich um den Hund dreht. Sie entdeckte eine ganz eigene Welt, in der dunkle Seiten nicht fehlen.« *ABC*

Die Autorin

Alicia Giménez-Bartlett, geboren 1951 in Almansa, studierte Philologie in Valencia und promovierte in Barcelona. Sie veröffentlichte Romane und zählt zu den erfolgreichsten spanischen Autorinnen der Gegenwart. 1997 wurde sie mit dem »Premio Femenino Lumen« ausgezeichnet. Die Petra-Delicado-Romane wurden in einer 13-teiligen Fernsehserie verfilmt. Alicia Giménez Bartlett lebt und arbeitet seit 1975 in Barcelona.

Mehr über Buch und Autorin im Anhang
oder auf *www.unionsverlag.ch*

Alicia Giménez-Bartlett

Hundstage

Aus dem Spanischen von Sybille Martin

Unionsverlag

Die Originalausgabe erschien 1997
unter dem Titel *Día de perros*
im Verlag Grijalbo Mondadori S.A., Barcelona.

Deutsche Erstausgabe

Auf Internet
Aktuelle Informationen
Dokumente, Materialien
www.unionsverlag.ch

Unionsverlag Taschenbuch 196

Rieterstrasse 18, CH-8027 Zürich
Telefon 0041-1 281 14 00, Fax 0041-1 281 14 40
mail@unionsverlag.ch

Umschlaggestaltung: Heinz Unternährer, Zürich
Umschlagfoto: PRISMA, Age
Druck und Bindung: Clausen & Bosse, Leck
ISBN 3-293-20196-2

Die äußeren Zahlen geben die aktuelle Auflage
und deren Erscheinungsjahr an:
1 2 3 4 5 - 04 03 02 01

Danksagung

Das notwendige Material, um den vorliegenden Roman zu schreiben, erhielt ich in enger Zusammenarbeit von dem Hundeexperten Antonio Arasa, der die Redaktion des Buches übernahm und einen großen Teil der Fakten beigetragen hat, die den Handlungsverlauf realistisch gestalten.

Desgleichen möchte ich mich bei dem Tierarzt Carlos Esteller, der Umweltabteilung der Mossos D'Esquadra, der Generalitat de Catalunya und der Guardia Urbana von Barcelona für ihre Unterstützung bedanken.

Barcelona, Dezember 1996

1

Es gibt Tage, die beginnen merkwürdig. Du wachst auf, kommst zu Bewusstsein, stehst auf, machst Kaffee … und trotzdem übersteigt die Vorstellung der Zukunft die Zeitspanne eines Arbeitstages. Ohne weiter nach vorne zu blicken, siehst du. Daraufhin nimmt jede Handlung eine gewisse prophetische Note an. »Es wird was passieren«, sagst du dir und verlässt das Haus in der Bereitschaft, aufmerksam und empfänglich, durchlässig für das Unvorhersehbare und vernünftig in der Realität zu sein.

So traf ich beispielsweise an jenem scheinbar normalen Morgen vor der Haustür eine alte Nachbarin. Nach ihrem Gruß verlor sie sich in einen endlosen Monolog, um mir abschließend zu eröffnen, dass mein Haus in Poble Nou früher ein Bordell gewesen sei.

Nach dieser Eröffnung wanderte ich eine Zeit lang neugierig durch mein Domizil. Wahrscheinlich versuchte ich irgendeinen Nachhall der vergangenen Leidenschaften aufzuspüren, die in diesen Wänden ausgelebt worden waren. Aber nichts, vielleicht waren die Renovierungen, die ich an diesem Haus hatte durchführen lassen, zu drastisch gewesen. Wahrscheinlich hatten die Maurer die ganze Sinnlichkeit zugemauert und die Maler jegliche menschliche Spur zugepflastert. Es ist möglich, dass ich auf der Suche nach Spuren des früheren Freudenhauses den unbewussten Wunsch hegte, neue Anreize zu finden. Würde mich nicht wundern. Zwei Jahre lang hatte mein einziger Zeitvertreib aus Arbeit, Lektüre, Musik und Gartenarbeit bestanden. Das beunruhigte mich jedoch nicht sonderlich, denn nach zwei Scheidungen schmeckt Langeweile nach Frieden. Wie auch immer, von der Existenz dieses Clubs erfahren zu haben, weckte nach zwei Jahren erstmals wieder meine Erinnerungen, und ich fragte mich, ob mein Wunsch nach Zurückgezogenheit nicht zu weit gegangen war.

Dies bedeutete geistiges Wachrütteln ohne allzu direkte Konsequenzen für mein Leben. Das Schicksal übernimmt das Neutralisieren der Impulse, die zu persönlichen Umwälzungen führen, noch immer selbst. Und meine Bestimmung deutete darauf hin, dass ich mich noch für längere Zeit besonnen verhalten würde. Ich stellte mir keine lästigen Fragen über meine vergangenen Liebschaften mehr, und das fiel mir keineswegs schwer; dank der Tatsache, dass die Arbeit meine ganze Energie in Anspruch nahm, gelang es mir sogar mit Leichtigkeit. Waren im Archiv viele Bücher zu katalogisieren? Nicht im Traum hätte das dazu geführt, meine Aufmerksamkeit länger als absolut notwendig auf sie zu lenken. Es traf sich, dass Subinspector Garzón und mir ein neuer Fall übertragen wurde. Das erklärte mein seltsames Gefühl am Morgen wirklich besser als das Gespenst eines Hurenhauses. Zugegebenermaßen handelte es sich um einen bescheidenen Fall, der sich jedoch derart komplizieren sollte, dass er sich in eine sehr seltsame Angelegenheit verwandelte.

Obwohl Subinspector Garzón und ich bereits gute Freunde waren, muss ich anmerken, dass wir uns bis zum damaligen Zeitpunkt immer nur in der Kneipe gegenüber vom Kommissariat getroffen haben. Unsere Freundschaft hielt sich im beruflichen Rahmen, ohne dass gemeinsame Abendessen und Kinobesuche ein besseres Kennenlernen gefördert hätten. Dennoch hatten wir dort in dieser teuren Kneipe genügend Kaffees zusammen getrunken, um einem ganzen Kloster buddhistischer Mönche den Schlaf zu rauben.

Garzón zeigte sich nicht begeistert über den uns übertragenen Fall, aber er freute sich darüber, dass wir wieder zusammen aktiv werden konnten. Wie es schien, sollte das zur Gewohnheit werden: Sie vertrauten uns diesen Fall nur an, weil die übrigen Kollegen mit Arbeit überlastet waren. Wir hätten uns schon sehr ungeschickt anstellen müssen, um nicht mit etwas zurechtzukommen, das sich a priori als »reine Routinearbeit« darstellte. Auch wurde uns die Angelegenheit nicht mit allzu viel Brimborium übertragen. Der Comisario sagte: »Einem Typen ist eine Tracht Prügel verabreicht worden.« Nichts wies darauf hin, dass für die Leitung dieses Ermittlungsverfahrens ein Star von Scotland Yard benötigt wurde; obwohl es immerhin drei winzige Ansatzpunkte gab, von denen aus wir die Ermittlung angehen konnten. Erstens: Wer war der Verprügelte, der keine Ausweispapiere bei sich hatte? Zweitens: Warum hatte er diese Abreibung bekommen? Und drittens: Wer war der Schläger?

Anfangs klang das, als müssten wir in einer Straßenschlägerei ermitteln, aber als der Chef hinzufügte, dass der Kerl ins Krankenhaus von Valle Hebrón eingeliefert worden war und im Koma lag, begriffen wir, dass die Tracht Prügel ziemlich massiv gewesen sein musste. Es handelte sich nicht etwa um eine Rauferei zwischen Betrunkenen, sondern um eine lebensgefährliche Schlägerei.

Auf der Fahrt ins Krankenhaus hielt Garzóns aufgeräumte Stimmung an, die eingesetzt hatte, als uns der Fall übertragen wurde. Er war so glücklich, dass wir eher wirkten, als würden wir zu einem Picknick statt zu einer Reihe von Nachforschungen aufbrechen. Solange wir den Komatösen nicht vor uns hatten, unterstellte ich, gab es für Garzón nur Gründe zur Zufriedenheit: Wir würden wieder zusammenarbeiten, und die Lorbeeren vom erfolgreichen Abschluss unseres ersten Falls waren noch relativ frisch. Ich fühlte mich geschmeichelt, es kommt nicht alle Tage vor, dass uns jemand das Geschenk seiner Freundschaft macht, auch wenn dieser Jemand ein beleibter Polizist hoch in den Fünfzigern ist.

Das Krankenhaus von Valle Hebrón ist einer dieser von der Sozialversicherung in den Sechzigerjahren erbauten Kolosse. So hässlich, riesig und eindrucksvoll scheint es besser als Pharaonengruft als zur Heilung von Bürgern geeignet. Auf der Eingangstreppe trifft man das typische Krankenhausvolk, das aus

Menschen vom Land, hinkenden Alten, Putzfrauen und einem Haufen Krankenhauspersonal besteht. Mir war etwas mulmig zu Mute, ich fühlte mich in den gigantischen Hallen der neun Stockwerke verloren und wusste nicht, an wen ich mich wenden oder wie ich mich in dem Koloss zurechtfinden sollte. Glücklicherweise besaß mein Kollege Garzón eine funktionale Seele, die ihm eine klare Vorstellung der nötigen Schritte ermöglichte. Er bewegte sich ganz natürlich durch diese dunklen Marmorflure. »Wir müssen mit dem Stationsarzt sprechen«, sagte er, »und ihn fragen, wer das Opfer in der Notaufnahme versorgt hat.« Ich war erstaunt, weil sich uns auf dem Weg – als hätten wir einen Talisman bei uns – Türen zum Gemach des Menschenfressers auftaten, ohne dass wir auch nur einmal aufgehalten worden wären. Schließlich führte uns eine Krankenschwester, so groß und kräftig wie eine Mauer, in den letzten Flügel.

»Gehen Sie sich diesen armen Mann schon mal ansehen, ich hole inzwischen sein Krankenblatt und stelle fest, wer letzte Nacht Dienst hatte.«

Wir betraten ein Dreibettzimmer. Unser Mann lag im linken Bett. Die vielen an seinem Körper befestigten Schläuche ließen ihn wie eine Leiche aussehen: still, unbeweglich und blass. Er wirkte wie ein zerquetschtes Vögelchen, wie eine auf der Autobahn überfahrene Katze. Er war hager und schmal, hatte gewöhnliche, hässliche Hände, die auf dem Leintuch ruhten, und sein Gesicht war von den Schlägen angeschwollen, eines seiner Augenlider war dunkelviolett verfärbt und auf den Lippen klebte verkrustetes schwarzes Blut.

»Ziemlich beeindruckend«, sagte ich.

»Dem haben sie es aber ordentlich gegeben.«

»Glauben Sie, es war eine Prügelei?«

»Ich bezweifle, dass er sich gewehrt hat. Eine Prügelei erregt Aufsehen, dann hätte es Zeugen gegeben.«

»Was steht im Protokoll der Guardia Urbana?«

»Unbekannte Person, ohne Ausweispapiere, um drei Uhr früh im Stadtteil Carmelo aufgefunden. Keine Zeugen des Überfalls, keine Hinweise oder Spuren, sofortige Einlieferung ins Krankenhaus von Valle Hebrón. Notaufnahme.«

»Totale Finsternis.«

Der Mann hatte rot schimmerndes Haar, zweifelsohne gefärbt. Von seinem normalen Aussehen konnte man sich kaum eine Vorstellung machen. Die Krankenschwester erschien in Begleitung des Arztes, der in der Nacht seiner Einlieferung Dienst hatte. Er führte uns in einen winzigen unordentlichen Raum. Von der Tatsache, dass wir Polizisten waren, schien er nicht sehr beeindruckt zu sein.

»Ich werde Ihnen die Aufnahmedaten vorlesen«, sagte er und setzte sich eine schwere Hornbrille auf, die zu seinem jugendlichen Aussehen im Kontrast stand. »Eingeliefert im Morgengrauen des 17. Oktober. Männlicher Patient, ungefähr vierzig Jahre alt. Ohne besondere Hinweise auf seine Identität. Bei der Einlieferung hatte er ein gewöhnliches Polytrauma und eine Gehirnerschütterung. Ein Autounfall ist auszuschließen. Sein Zustand scheint durch mehrfache Schläge herbeigeführt worden zu sein, möglicherweise mit einem harten und schweren Gegenstand. Er liegt im Koma und wird eine Zeit lang beobachtet. Künstliche Ernährung. Zustand ernst.«

»Glauben Sie, dass er wieder zu Bewusstsein kommt?«

Er zuckte die Achseln. »Das weiß man nie. Er kann aufwachen, er kann schon morgen sterben oder lange Zeit in diesem Zustand bleiben.«

»Hat jemand nach ihm gefragt, hat ihn jemand besucht?«

»Noch nicht.«

»Wenn jemand auftaucht ...«

»Verständigen wir Sie.«

»Und wenn möglich, halten Sie den Besuch auf, bis wir eintreffen.«

»Machen Sie sich keine allzu großen Hoffnungen. Hier sterben viele Menschen, ohne dass sich je jemand meldet.«

»Können Sie uns seine Kleider zeigen?«

Er führte uns zu einer Kleiderkammer, die wie ein Fundbüro wirkte. Die Sachen unseres Mannes steckten in einer Plastiktüte mit einer aufgeklebten Nummer. Es war nicht viel: schmutzige Jeans, ein orangefarbenes blutbeflecktes Hemd, ein Parka und eine dicke Goldkette. Die Schuhe, ein paar ausgelatschte Turnschuhe, waren extra verpackt. Socken hatte er keine getragen.

»Dieses auffällig geschmacklose Schmuckstück zeigt uns, dass wir es mit einem Lackaffen zu tun haben«, urteilte ich ziemlich versnobt.

»Und dass es kein Raubüberfall war. Dieser Plunder dürfte viel wert sein«, fügte Garzón hinzu.

Ich wandte mich an die Verwalterin der Kleiderkammer: »Hatte er nichts in den Hosentaschen, ein paar Münzen, Schlüssel?«

Sie antwortete barsch: »Alles, was er bei sich hatte, liegt vor Ihnen. Hier nimmt niemand was weg.«

Als wir diesen verfallenden herrschaftlichen Palast verließen, konnten wir bereits unsere ersten Schlüsse ziehen. Dieser Typ war ein kleiner Gauner. Wer auch immer ihn verprügelt hatte, hatte nicht die Absicht gehabt, ihn auszurauben, hatte ihm aber die Taschen geleert. Entweder wollte er nicht, dass wir ihn identifizieren, oder er hatte etwas Bestimmtes gesucht. Der Verprügelte musste in etwas Übles verwickelt gewesen sein, denn seinem Aussehen nach besaß er nicht genügend Geld, um sich dieses goldene Schmuckstück leisten zu können.

»Erlauben Sie, dass ich den Fall löse, Inspectora?«, platzte Garzón plötzlich heraus.

»Halten Sie sich nicht zurück, lieber Freund!«

»Es ist offensichtlich, dass es sich um einen Racheakt handelt, um die Begleichung einer Rechnung. So wie der Kerl aussieht, haben wir es nicht mit der Mafia zu tun. Nein, viel weiter unten. Ich tippe auf so was wie Drogen, das Übliche. Dieser Unglücksrabe ist ein mieser kleiner Dealer, der ins Fettnäpfchen getreten ist. Sie haben ihm eine Lehre erteilt, und dabei ist jemand ein bisschen zu weit gegangen. Ein ganz gewöhnlicher Fall.«

»Dann ist es sehr wahrscheinlich, dass er aktenkundig ist«, spekulierte ich.

»Wenn nicht als Dealer wird er wegen eines kleinen, läppischen Delikts aktenkundig sein.«

»Wann werden die Ergebnisse der Spurensicherung vorliegen?«

»Heute Nachmittag.«

»Sehr gut, Subinspector, dann können wir bereits ›Fall abgeschlossen‹ trällern.«

»Nicht ganz. Für Drogendelikte gibt es ein Spezialdezernat, und die lassen niemanden rein. Die werden einen flüchtigen Blick darauf werfen, und wenn dieser Typ nicht in was Großes verwickelt ist, wird er zu den Akten gelegt. Zum Teufel, ein mickriger Dealer weniger in der großen Wüste!«

Ich bezweifelte keinen Moment, dass er Recht hatte. Nicht, weil ich blinden Glauben an die Polypenfähigkeiten meines Kollegen entwickelt hatte, sondern weil seine aufgelisteten Mutmaßungen ziemlich plausibel klangen. Auch die letzte Schlussfolgerung … Was bedeutet schon ein Dealer weniger auf der Welt? Ebenso wenig wie dieser durchs Nadelöhr gepasst hätte, hätte ein einziger reicher Drogenboss das Reich der Gesetze betreten. Vielleicht war der Fall schon am selben Abend nicht mehr in unseren Händen.

»Und jetzt?«

»Jetzt steht an, ins Viertel Carmelo zu fahren, Petra. Wir werden die Gegend absuchen und mit den Anwohnern reden. Später rufen wir aus dem Restaurant, in dem wir zu Mittag essen, bei der

Spurensicherung an, und dann müssen wir weiterfragen. Was anderes fällt mir auch nicht ein.«

Carmelo ist ein eigenwilliges Arbeiterviertel in Barcelona. Buntscheckig und auf einem Hügel angesiedelt, vermitteln die engen Straßen einen dörflichen Eindruck. Trotz seiner äußersten Schlichtheit wirkt es gemütlicher als die weitläufigen Gegenden in den Außenbezirken, wo sich entlang von Eisenbahnschienen oder der Autobahn ordentlich und leblos riesige Häuserblocks aneinander reihen. Es waren keine Restaurants im eigentlichen Sinne des Wortes zu sehen, aber es gab viele Kneipen, in denen wir essen konnten, allesamt Arbeiterkneipen, alle so eingerichtet, wie es einem wenig gewissenhaften Besitzer gerade in den Sinn gekommen war, und alle unerträglich nach Frittierfett stinkend. Ich gab Garzón zu verstehen, dass wir uns irgendwo mit einem kleinen Imbiss im Stehen zufrieden geben könnten, aber er fuhr herum, als hätte ich Ehre, Gott und Vaterland gleichzeitig beschworen.

»Sie wissen doch, wenn ich nichts Warmes zu essen bekomme, kriege ich Kopfschmerzen.«

»Ich hab ja gar nichts gesagt, Fermín, wir essen, was Sie wollen.«

»Diese Kneipen werden Ihnen gefallen, lauter Arbeiter, das sind noch echte Demokraten.«

In einer Kneipe mit Namen *El Barril* in der Calle Dante wurden wir hautnah Zeugen von gelebter Demokratie. Die Tische, an die sich Garzón zu setzen wünschte, waren keine Einzel-, sondern Gruppentische. Dort sitzt man Ellbogen an Ellbogen mit fremden Menschen, genauso wie in den beschaulichen Restaurants im Barrio Latino.

Die Gäste strömten scharenweise herein, die meisten in Arbeitsoveralls, die je nach Beruf eine andere Farbe hatten. Sie setzten sich an die gewohnten Stammtische und grüßten uns, wie sie es wohl mit Nichtstammgästen immer taten.

Sofort wurden Teller mit Suppe, geschmorten Bohnen, Russischem Salat und gratiniertem Blumenkohl serviert. Das allgemeine Durcheinanderreden machte deutlich, dass die Leute ziemlich hungrig und einigermaßen zufrieden waren. Sie lachten, scherzten von einem Tisch zum anderen und warfen nur gelegentlich zerstreute Blicke auf einen Fernseher, der in einer Ecke sinnlos vor sich hin dröhnte.

Tatsächlich war es eine nette, fast beneidenswerte Idee gewesen, die Anlass zu einer gewissen gastronomischen Kameradschaftlichkeit gab. Dennoch schien dieses kleine solidarische Paradies nicht für alle gleichermaßen gemacht zu sein: Ich war die einzige Frau.

Garzón hatte sich rasch an das Milieu angepasst. Er machte sich mit großem Appetit über seinen Blumenkohl her, trank schlückchenweise seinen Wein, und als auf der Mattscheibe die Sportnachrichten kamen und alle einen Augenblick lang verstummten, war auch er wie gebannt vom Fußball. Danach verwickelte er sich sogar in ein Gespräch mit einem stämmigen Mann an seiner Seite, und beide waren sich darüber einig, dass einer der Trainer ein »Bandit« sei. Ich bewunderte ihn grenzenlos für seine Fähigkeit, sich mit solcher Natürlichkeit einem Milieu anzupassen.

Umgeben von einem Haufen Brotkrümel und zerknüllter Servietten tranken wir einen guten Kaffee. Erst als er seinen Hunger gestillt hatte, stand Garzón auf und drehte eine kleine Runde, wobei er alle fragte, ob sie etwas von dem Überfall in ihrem Viertel wüssten. Er erfuhr nichts. Anschließend rief er bei der Spurensicherung an und kehrte einen Augenblick später zurück.

»Es ist zum Verzweifeln!«, rief er aus.

»Was ist passiert?«

»Der Kerl war nicht registriert.«

»Sie haben es sich zu leicht vorgestellt. Außerdem, warum haben wir keinen Moment gezögert, in ihm einen Gauner zu sehen? Im Augenblick ist er nur ein Opfer.«

»Würde mich sehr wundern, wenn der kein Gauner ist.«

»Vielleicht ist er ein noch nicht registrierter Verbrecher.«

»Das sind diese kleinen Hurensöhne fast alle, Inspectora.«

Wir verließen die Kneipe in Richtung Calle Llobregós 65. Etwa auf dieser Höhe war der Körper gefunden worden. Auf den ersten Blick war nichts Interessantes zu sehen: Geschäftseingänge, ein Schuster und etwas weiter weg eine Bodega, in der offener Wein verkauft wurde. Alle Nachbarn wussten über den schaurigen Fund Bescheid, aber wie sie schon den Streifenpolizisten erklärt hatten, kannte niemand den Verletzten.

»Wenn er hier gelebt hätte, wüsste das jemand, in diesem Viertel kennen sich alle mehr oder weniger vom Sehen.«

Trotzdem beschlossen wir, uns zu vergewissern und eine zweite Befragungsrunde unter den Nachbarn zu machen. Hatten wir erst einmal in den unteren Stockwerken geklingelt, mussten wir nichts weiter tun, die Frauen öffneten von selbst, kamen ins Treppenhaus und manchmal direkt zu uns, um zu plaudern und ihre Hilfe anzubieten. Viele von ihnen trugen Morgenmäntel, Schürzen oder Hauskleider. Sie zeigten sich aufgeregt und neugierig, aber auch beunruhigt darüber, dass so etwas in ihrem ruhigen Viertel öfter vorkommen könnte. Und sie verwiesen stolz auf ihre Herkunft: »Wir sind fleißige Leute. Hier gabs noch nie Verbrechen, das fehlte uns noch, dass diese Mischpoke hierher kommt und sich auf unseren Straßen prügelt.«

Es war eindeutig, hätte eine von ihnen etwas über den Mann gewusst, hätte sie es bereitwillig erzählt. Aus dem Bedürfnis heraus, lückenlos und genau vorzugehen, kämmten wir trotzdem weitere drei Tage diese verdammte Straße durch. Ohne jegliches Resultat. Niemand kannte den Mann, niemand hatte ihn in jener Nacht gesehen, niemand hatte am frühen Morgen des 17. Oktober etwas Seltsames gehört. Es schien immer wahrscheinlicher, dass er an einem anderen Ort verprügelt und danach dorthin gebracht worden war. Warum aber genau dorthin? Das war die

Unbekannte, um die herum wir nicht allzu viele Hypothesen aufstellen wollten. Es handelte sich um einen wenig frequentierten und nachts schlecht beleuchteten Ort, das hätte für seine Wahl ausgereicht.

Erst danach wurde uns bewusst, dass wir drei Tage verplempert hatten; die ersten drei Tage, die als entscheidend für die Lösung eines jeden Falls gelten. In dieser angeblich nicht mit Gold aufzuwiegenden Zeit fuhren wir auch nach Valle Hebrón, um zu erfahren, ob sich sein Zustand verändert oder ihn jemand besucht hatte. Aber nein, dieses männliche Dornröschen schlief immer noch unerschütterlich und einsam in seinem Bett. Er wirkte traurig. Dass jemand im Laufe seines Lebens seine ganze Familie verloren hat, ist verständlich, aber nicht einen einzigen Freund zu haben, der sich um sein Schicksal kümmert, das ist deprimierend.

Gewöhnlich besuchten wir ihn am späten Nachmittag. Obwohl der Überfall erst kurz zurücklag, verblassten die Blutergüsse im Gesicht langsam, sodass die Gesichtszüge besser zu erkennen waren. Er hatte etwas Verkommenes, etwas von einem Abfallprodukt an sich, vielleicht durch die eigenen Exzesse. Ein mieser Abklatsch von Dorian Gray. Garzón sah zum Fenster hinaus, freundete sich mit den alten Männern in den Nachbarbetten an und ging manchmal in die Kantine hinunter. Ich saß eine Weile an dem Bett, ohne in anhaltender Faszination die Augen von dem Mann abwenden zu können.

»Sie werden noch Zuneigung zu ihm entwickeln«, sagte der Subinspector eines Tages zu mir.

»Vielleicht wäre es das erste Mal in seinem Leben, dass er welche bekommt.«

Er zuckte herzlos mit den Schultern. »Werden Sie bloß nicht sentimental.«

»Wie ist es möglich, dass niemand sein Verschwinden bemerkt hat?«

»Ein Menge Typen verschwinden von heute auf morgen, ohne dass jemand es mitkriegt: alte Menschen, die zwei Monate nach ihrem Tod von der Policía Municipal verwest in ihrem Bett gefunden werden, Bettler, die am Metroeingang krepieren, verrückte Frauen, die Jahre in der Psychiatrie der öffentlichen Wohlfahrt zubringen, ohne dass sie auch nur ein Verwandter besucht … Ich kann Ihnen sagen!«

»Auf jeden Fall tut er mir ein bisschen Leid. In diesem Zustand ist er völlig von anderen abhängig, und das ist schrecklich. Sehen Sie nur, die Krankenschwestern haben ihn nicht rasiert, und das maisgelb gefärbte Haar wird am Ansatz weiß.«

»Ach, der merkt das doch gar nicht!« Mit dieser abschätzigen Bemerkung beendete Garzón das Gespräch. Es war offensichtlich, dass ihn dieser Typ, wie auch die übrige Welt, weder besonders interessierte noch sein Mitleid erweckte.

Zurück im Kommissariat, erwartete uns eine kleine Überraschung. Sargento Pinilla von der Policía Municipal hatte etwas Interessantes für uns. Leute aus einem Gebäude in Cuitat Vella hatten angerufen, weil in einer Nachbarwohnung ein offensichtlich dort eingesperrter Hund seit drei Tagen bellte und jaulte. Sie waren mit einem Öffnungsbeschluss hingefahren, hatten die Tür aufgebrochen und den verzweifelten Köter allein und halb tot vor Hunger vorgefunden. Über den Hausbewohner wussten die Nachbarn lediglich, dass er ein Mann mittleren Alters war, den sie so selten gesehen hatten, dass sie ihn nicht einmal wieder erkennen würden. Die Tür war versiegelt und der Hund in einem Lagerraum der Policía Municipal untergebracht worden. Wenn ihn innerhalb einer Frist von zwei Tagen niemand vermisste, würde er ins Tierheim wandern.

Pinilla war überzeugt davon, dass diese Wohnung unserem Mann gehörte, sodass er den Eigentümer ausfindig gemacht hatte und dieser uns bereits für die Befragung zur Verfügung stand.

»Aus den Nachbarn werden Sie nichts weiter herausbekommen, Inspectora; auch wenn sie ihn ein Leben lang gekannt hätten, würden die Ihnen nichts sagen. Das ist ein hartes Pflaster.«

Sargento Pinilla wusste, von was er sprach. Trotzdem schickten wir jemanden hin, um nochmals nachzufragen, während wir die mutmaßliche Wohnung des Bewusstlosen ansteuerten.

Der Wohnungseigentümer, dem das ganze Haus gehörte, hatte das unangenehmste Äußere, das mir je untergekommen war. Er trug eine braune Lederjacke und an fast allen Fingern Goldringe, und er bemüßigte sich nicht zu lächeln, nicht einmal zur Begrüßung.

»Ich hab denen von der Policía Municipal doch schon am Telefon gesagt, dass sich die Agentur Urbe um die Verwaltung meines Grundbesitzes kümmert.«

»Haben Sie Ihren Mieter nie gesehen, nicht einmal bei Vertragsunterzeichnung?«

»Nein, das hat die Agentur erledigt. Sie finden einen Mieter, händigen ihm den Vertrag aus und kassieren die Kaution. Dann schicken sie mir eine Vertragskopie und eine Notiz mit den Worten: Ignacio Lucena Pastor ist Ihr neuer Mieter. Das ist alles.«

»Wann war das?«

»Vor etwa drei Jahren.«

Ich bemerkte, dass seine Schuhe kaputt waren.

»Wird er sich wieder erholen?«, fragte er.

»Das wissen wir nicht.«

»Könnten Sie mir die Adresse seiner Familie geben?«

»Er hat keine Familie.«

»Und wer zahlt die Miete, solange der im Krankenhaus liegt? Kann ich nicht wenigstens einen neuen Mieter suchen?«

»Ausgeschlossen. Die Wohnung bleibt während der Ermittlungen versiegelt.«

»Hören Sie, ich kassiere ein Taschengeld von diesen armen Teufeln hier. Sie sind Mauren, Schwarze, von allem etwas; gelegentlich werfen wir einen raus, weil er nicht bezahlt. Glauben

Sie bloß nicht, dass ich ein reicher Mann sei, ich habe dieses Scheißgebäude in diesem Scheißviertel geerbt, aber ich verdiene nicht einmal genug daran, um satt zu werden. Wenn ich könnte, hätte ich es längst verkauft.«

»Zahlte Lucena pünktlich?«

»Ja, alles lief viel zu glatt, es musste etwas passieren.«

»Wissen Sie, ob er in irgendwelche Drogengeschäfte verwickelt war?«

Er wurde ungeduldig: »Ich habe Ihnen doch schon gesagt, dass ich nichts weiß, ich habe den Mann noch nie im Leben gesehen. Es ist ganz einfach, einem meiner Mieter wurde eine Tracht Prügel verpasst, richtig? Also gut, okay, vielleicht hat er mit Drogen gedealt, vielleicht war er ein Gauner, und ein anderer Gauner hatte eine Rechnung mit ihm offen … ist alles möglich, verstehen Sie? Aber was es auch sein mag, ich habe nichts davon gewusst.«

Dem Immobilienbüro Urbe schien die Schlüsselfunktion zuzukommen, unseren Bewusstlosen als Ignacio Lucena Pastor zu identifizieren. Eine junge Frau informierte uns darüber, dass der Vertrag dieses Lucena von einer Sekretärin gemacht worden war, die nicht mehr bei ihnen arbeitete.

»Na wunderbar, dann geben Sie uns ihre Anschrift, wir müssen jemanden identifizieren«, ordnete Garzón an.

»Mari Pili hat vor einem Jahr geheiratet. Sie hat aufgehört zu arbeiten und ist nach Zaragoza gezogen.«

»Und Sie haben die Adresse oder Telefonnummer nicht aufgehoben?«

»Nein. Als sie ging, sagte sie, sie würde uns schreiben, damit wir in Kontakt bleiben, aber dann … Sie wissen ja, wie das geht.«

»Und sonst hat niemand mit dem Mieter gesprochen? Niemand kassiert die Miete von ihm? Niemand hat ihn je gesehen?«

Die junge Frau wirkte immer betrübter. »Nein.«

»Na, Sie werden doch den Namen seiner Bank wissen, seine Kontonummer.«

»Nein, die habe ich nicht, dieser Herr schickt an jedem zweiten Tag des Monats per Post einen Scheck, und da es nie Probleme gegeben hat …«

»Und natürlich war der Absender immer der der Wohnung«, sagte Garzón im Begriff, ihr ins Gesicht zu springen.

»Ja«, flüsterte die junge Frau eingeschüchtert, und wer weiß welche Repressalien befürchtend fügte sie hinzu: »Es ist alles legal.«

»Zeigen Sie uns den Mietvertrag.«

»Ich weiß nicht, wo er ist.«

»Na fein, jetzt sehe ich schon viel klarer. Sie vermieten Wohnungen an illegale Einwanderer, Leute ohne Papiere, und kümmern sich darum, dass das nirgendwo auftaucht, nicht wahr?«

»Es ist besser, wenn Sie mit meinem Chef sprechen.«

»Keine Sorge, ich werde im Kommissariat Meldung machen, und die werden jemanden herschicken, um herauszufinden, was hier verdammt noch mal abläuft.«

Die junge Frau seufzte, vielleicht weil sie wusste, dass die Sache sowieso früher oder später aufgeflogen wäre.

Im Auto empörte sich Garzón. »Also das ist doch die Höhe! Heißt es nicht, dass wir alle registriert sind, dass wir in einem Haufen Listen auftauchen, dass man offiziell sogar unsere intimsten Gedanken kennt? Aber nein, das ist alles nicht wahr, wir können hundert Jahre am selben Ort leben, und dann stellt sich heraus, dass wir nicht existieren, dass uns niemand kennt.«

»Ruhe, Ruhe, Fermín. Wir werden sehen, ob Pinilla was aus den Nachbarn herausbekommen hat.«

Sargento Pinilla war deutlich: Nichts. Niemand hatte den Verletzten auf dem Foto, das im Krankenhaus von ihm gemacht worden war, wieder erkannt. Niemand. Auch im Einwohnermeldeamt tauchte der Name nicht auf.

»Versuchen Sie es, vielleicht schüchtert die Kriminalpolizei die Leute mehr ein als die Policía Municipal, obwohl ich das bezweifle, es ist so einfach zu sagen, dass man jemanden nicht kennt. Warum sich unnötig Probleme verschaffen?«

»Wo ist der Hund aus der Wohnung?«, fragte ich.

»In der Asservatenkammer.«

»Können wir ihn sehen?«

Beide Männer warfen mir einen verständnislosen, neugierigem Blick zu.

»Ich würde ihn gern verhören«, witzelte ich.

Pinilla lachte lauthals auf und setzte sich in Bewegung. »Von mir aus, wenn Sie ihn zu lebenslänglicher Freiheitsstrafe verurteilen wollen. Hunde in der Asservatenkammer zu halten, ist schwierig, das können Sie mir glauben.«

Er führte uns in ein großes Gewölbe im Keller. Riesige billige Holzregale waren mit den unterschiedlichsten Gegenständen voll gestopft. In einer mit einer Metallsperre vom Raum abgeteilten Ecke lag neben einem Fress- und einem Wassernapf der Hund. Als er uns erblickte, sprang er auf und begann laut zu bellen.

»Hier ist er, der Köter. Wie Sie sehen, hat er die Hoffnung noch nicht aufgegeben.«

»Wie hässlich er ist, der Arme!«, stieß Garzón aus.

Das war er wirklich. Verkrüppelt, zottig, schwarz, mit langen Ohren. Seine kurzen, krummen Beinchen gingen in einen Körper mit ungepflegtem Fell über. Dennoch lag in seinen Augen der Ausdruck einer gewissen realistischen Klarheit, der mich aufmerksam machte. Ich steckte die Hand durch die Gitterstäbe und kraulte ihn am Kopf. Sofort übertrug sich herzliche Wärme auf meine Finger. Das Tier heftete seine grüblerischen Augen auf mich und leckte mir aufrichtig die Hand.

»Er ist lieb«, bemerkte ich. »Lassen Sie ihn raus, Sargento, wir nehmen ihn mit. Wir brauchen ihn für unsere Ermittlungen.«

Pinilla ließ sich nichts anmerken, aber Garzón war sprachlos. Er drehte sich zu mir um. »Hören Sie, Inspectora, was zum Teufel sollen wir mit diesem Vieh anfangen?«

Ich warf ihm einen meiner gebieterischen Blicke zu, die ich lange Zeit nicht mehr eingesetzt hatte. »Das werde ich Ihnen schon noch sagen, Garzón, jetzt nehmen wir ihn erstmal mit.«

Glücklicherweise begriff er sofort und schwieg. Keine Frage, er wollte seine Verblüffung nicht noch deutlicher machen.

»Kann ich Sie um einen Gefallen bitten?«, fragte Pinilla. »Würde es Ihnen was ausmachen, ihn ins Tierheim zu bringen, wenn Ihre Ermittlungen abgeschlossen sind? Also, ich meine, es wird wohl kaum gegen die Vorschriften sein, wenn er einen Tag mehr oder weniger bei uns ist.«

Es war dem Sargento ziemlich egal, wofür wir den Hund brauchten. Hauptsache, wir schafften ihn aus dem Weg. Garzón beschäftigte die Sache mehr. Eigentlich brannte er darauf, Fragen zu stellen, nur dass er sich nach dem Wink mit meinem Rang keinesfalls gestattet hätte, erneut zu fragen. Ich nehme an, dass er bei unserer Ankunft im Krankenhaus langsam etwas ahnte, obwohl er nichts sagte.

Der erste schwierige Schritt meines Planes war, den Hund unbemerkt ins Krankenzimmer des Opfers zu bringen. Mir kam nicht in den Sinn, eine offizielle Erlaubnis einzuholen, um mit dem Hund den Raum betreten zu dürfen. Nicht, dass ich zu unorthodoxen Mitteln neigte, aber ich hatte so ein Vorgefühl, dass in diesem gigantischen Labyrinth jeglicher Versuch, eine offizielle Erlaubnis zu erwirken, hunderte von Papieren mit sich gebracht hätte, die Policen, Fotokopien und spezielle Formulare einschlossen, um schwarze Hunde einzulassen.

Ich bat meinen Kollegen, seinen verdienten Regenmantel auszuziehen. Dann holte ich den Hund vom Rücksitz und klemmte ihn unter den Arm. Bemüht, ihn nicht zu erschrecken, deckte ich ihn so mit dem Mantel zu, dass er völlig verborgen blieb. Er ließ mich gewähren, es schien ihm sogar zu gefallen, denn ich spürte eine feuchte Liebkosung auf dem Handrücken.

So betraten wir das Krankenhaus. Ich hätte schwören können,

dass Garzón sotto voce fluchte, aber es konnte auch gut das Knurren des Hundes gewesen sein. Ich war guter Dinge, schließlich und endlich bedeutete dies hier bloß eine geringfügige Umgehung der Vorschriften. Nichts, das nicht als dienstliches Vorgehen gerechtfertigt werden konnte.

Als wir den Wachposten unsere Dienstmarken zeigten, ließen sie uns problemlos passieren. Auch auf dem Weg zum Zimmer unseres Mannes erregten wir keinerlei Aufmerksamkeit, und als ich die Tür öffnete, wusste ich, dass meine Stoßgebete erhört worden waren. Es war kein Personal im Raum, und die beiden alten Männer in den Nachbarbetten schliefen. Ich befreite meinen blinden Passagier aus seiner Verhüllung und setzte ihn auf den Boden. Die medizinischen Gerüche verwirrten den Hund. Er schnüffelte alles ab, schnaubte, bewegte sich unsicher umher, und plötzlich erstarrte er wegen etwas, das seine feine Nase gerade aufgeschnappt hatte. Begeistert von der Entdeckung begann er am Bett des bewusstlosen Mannes wie verrückt und erfreut zu bellen. Schließlich stellte er sich auf die Hinterbeine, erkannte zweifelsfrei sein Herrchen wieder und jaulte glücklich vor sich hin, wobei er versuchte, dessen auf dem Leintuch ruhende Hände zu lecken.

»Subinspector Garzón …«, begann ich in theatralischem Ton, »ich stelle Ihnen Ignacio Lucena Pastor vor.«

»Verdammt!«, sagte Garzón bloß. Er konnte tatsächlich nicht viel mehr hinzufügen, denn bei dem Lärm waren die beiden alten Männer aufgewacht. Einer von ihnen sah den Hund an, als sei er ein Trugbild, und als der andere richtig wach geworden war und begriff, dass dies keine normale Situation war, drückte er den Alarmknopf und schrie lauthals nach der Krankenschwester. Einen Augenblick lang setzte mein Gehirn aus, ich wusste nicht, wie ich reagieren sollte, und konnte nur zusehen, wie Garzón den Hund schnappte, mir den Regenmantel aus der Hand riss, den Hund darin einwickelte und hektisch davonsauste.

»Los, Inspectora, hier haben wir nichts mehr verloren.«

Hastigen Schritts und mit dem verfluchten Tier, das spitze Schreie ausstoßend strampelte und kämpfte, um aus dem Arm meines Kollegen zu entkommen, liefen wir die endlosen Flure entlang. Als wir auf den Ausgang zusteuerten, ließen wir jede Menge überraschter Gesichter zurück, die herauszufinden versuchten, woher dieses Heulen kam. Ich bemühte mich, meinen Gesichtsausdruck nicht zu verändern, mich natürlich zu verhalten und so schnell wie möglich zu gehen. Als wir endlich die rettende Ausgangstür erblickten, hatte wohl einer der Wachmänner geortet, dass dieses seltsame Klagen und Winseln aus unserer Richtung kam.

»He, Moment mal!«, kreischte er.

»Was machen wir?«, fragte Garzón leise.

»Gehen Sie weiter«, antwortete ich.

»Bleiben Sie stehen!«, schrie der Mann erneut.

»Petra, um Himmels willen!«, flüsterte Garzón.

»Ich habe gesagt, Sie sollen stehen bleiben!« Dieses Mal erklang die Stimme des Wachmannes ganz nah hinter uns. Ohne mich umzudrehen oder Garzón vorzuwarnen, sprintete ich plötzlich los. Ich rannte durch die Ausgangstür, stolperte in großer Geschwindigkeit die Treppen hinunter und hielt erst auf dem Parkplatz inne. Dann drehte ich mich keuchend um. Niemand im weißen Kittel oder in Uniform war mir gefolgt, nur Garzón legte schnaufend, erhitzt und in beachtlich schlechtem Laufstil die letzten Meter zurück. Nach Luft schnappend blieb er neben mir stehen. Ich schlug den Regenmantel zurück, und aus seinen Falten tauchte der grässliche wuschelige Kopf unseres Zeugen auf. Wenigstens war er im Bewusstsein, einen dramatischen Augenblick erlebt zu haben, still geblieben. Von dem heftigen Wunsch gepackt, laut loszulachen, ließ ich mir freien Lauf. Garzón und der Hund starrten mich sprachlos mit identischem Gesichtsausdruck an.

»Darf man erfahren, warum zum Teufel Sie das gemacht haben, Petra?«

Ich versuchte, wieder ernst zu werden. »Entschuldigen Sie, Fermín, tut mir Leid. Ich weiß, ich hätte Sie warnen sollen.«

»Ich frage mich, was wir denen im Krankenhaus sagen sollen, wenn wir wiederkommen müssen.«

»Ach, die werden uns nicht einmal wieder erkennen!«

»Aber die Alten im Zimmer haben den Hund gesehen!«

»Darüber würde ich mir keine Sorgen machen. Außerdem, Subinspector, wo ist Ihr Abenteuergeist geblieben?«

Er sah mich so vertrauensvoll an, wie man eine tobende Verrückte ansieht. Ich schloss das Auto auf und setzte den Hund auf die Rückbank. Er fing erneut an zu winseln. Sein Kummer hatte ihn wieder eingeholt.

»Beeilen Sie sich, wir werden diesen verfluchten Hund ins Tierheim bringen.«

Die ganze Fahrt über kleidete Garzón seine Vorwürfe in Fragen. »Glauben Sie nicht, dass wir Lucenas Identifizierung mit weniger Aufsehen hätten durchführen können?«

»Sagen Sie mir, wie.«

»Ich weiß ja nicht, ob dieses Vorgehen mit dem Hund …«

»Hören Sie, Garzón, haben Sie noch nie von der Unfehlbarkeit der Tiere gehört? Wissen Sie, was in der Kläranlage von Barcelona eingesetzt wird, um herauszufinden, ob das Wasser verseucht ist? Na, genau: Fische! Und wissen Sie, welche Tiere in Tokio eingesetzt wurden, um die Giftgase aufzuspüren, die Terroristen in der Metro haben ausströmen lassen? Wellensittiche im Käfig! Und ich muss Ihnen bestimmt nichts von der langen Tradition der guten Zusammenarbeit von Polizisten und Hunden erzählen: beim Zoll, auf der Suche nach Vermissten, nach Drogen …«

Aus den Augenwinkeln sah ich seinen Gesichtsausdruck; er war nachdenklich, aber nicht ganz überzeugt. »Und das Losrennen …?«

»Das habe ich gemacht, weil ich mich seit zwei Jahren langweile.«

»Dann erinnern Sie mich daran, dass ich Ihnen ein Puzzle schenke! Ich weiß nicht, ob ich noch so einen Lauf durchstehe.«

Mein Lachen blieb mir wegen des ungewöhnlichen Anblicks im Hals stecken. Wir hatten unser Ziel erreicht. Vor uns erhob sich ein riesiges, altes und baufälliges Gebäude. Stumm an den Berg Collserola geschmiegt, bot es einen wirklich gräulichen Anblick.

»Was zum Teufel ist das?«

»Das Städtische Tierheim«, sagte Garzón und fuhr weiter die einsame Straße entlang. Je näher wir kamen, desto mehr verstärkte das bis zu uns dringende Bellen und Heulen den düsteren Eindruck. Es war ein mehrstimmiger, ziemlich erschütternder Chor.

Als wir vor den abbröckelnden Mauern anhielten, nahm das Bellen sogar noch zu. Ich nahm unseren armen Zeugen wieder auf den Arm, und er schmiegte sich an mich, als ahnte er seine traurige Zukunft. Ein junger Angestellter nahm uns freundlich in Empfang. Beeindruckt von unserer Eigenschaft als Kriminalpolizisten gestand er uns, dass sich seine Kontakte gewöhnlich nur auf die Policía Municipal beschränken. Während er den Aufnahmebogen ausfüllte, nahmen wir Platz. Der arme Hund duckte sich Schutz suchend in meinen Schoß. Ich war neugierig.

»Bekommen alle Hunde neue Besitzer?«

»Bedauerlicherweise nein, nur die, die irgendeiner Rasse ähneln.«

»Glauben Sie, dass dieser irgendeiner Rasse ähnelt?«

Der Junge lächelte. »Vielleicht einer exotischen Rasse.« Auch ihm dürfte die Hässlichkeit des Tieres nicht entgangen sein.

»Und was geschieht, wenn sie niemand nimmt?«

»Alle stellen dieselbe Frage. Was glauben Sie, was geschieht?«

»Sie werden eingeschläfert.«

»Nach einer gewissen Zeit. Es geht nicht anders.«

»Gaskammer?«, fragte Garzón.

»Spritze«, bemerkte der Angestellte. »Kann man vertreten. Sie leiden nicht. Kein Todeskampf. Sie schlafen den ewigen Schlaf.«

Das durch die Wände gedämpfte Winseln unterstrich seine Worte.

»Wollen Sie die Anlage besichtigen?«

Ich weiß bis heute nicht, warum ich dieses Angebot annahm, aber ich tat es. Der Mann führte uns durch einen langen, von mehreren nackten Glühbirnen beleuchteten Flur. Jeweils drei oder vier Hunde teilten sich einen der aneinander gereihten Zwinger. Der Lärm, der hinter uns entstand, war beachtlich. Die Tiere reagierten unterschiedlich, einige klebten an den Gittern, kämpften miteinander und versuchten, ihre Schnauze herauszustrecken und uns zu lecken. Andere bellten und drehten sich in einer verrückten Spirale um sich selbst. Trotzdem schienen alle diese Strategien nur ein Ziel zu haben: unsere Aufmerksamkeit zu erregen. Es war offenkundig, dass sie die Unbarmherzigkeit dieses Spiels kannten: Der Besuch kam, ging den Flur auf und ab, und dann wurde einer von ihnen, nur einer, aus seinem Gefängnis befreit. Ich erschauerte. Unser Führer erklärte uns etwas, worauf ich nicht hörte, denn in meinem Magen machte sich Angst breit. Ich blieb stehen, sah zu Boden und entdeckte, dass das schreckliche Hündchen mir geräuschlos und geduckt folgte.

»Hören Sie, Garzón«, rief ich. Aber mein Kollege plauderte in dem Lärm mit dem Angestellten. »He, hören Sie!« Ich schrie fast. »Bleiben Sie bitte stehen, ich habe meine Meinung geändert. Ich glaube, ich werde den Hund behalten.«

»Wie?«, erkundigte sich der Subinspector.

»Ja, nur so lange, bis es seinem Herrchen besser geht. Ich glaube wirklich, dass er uns bei den Ermittlungen noch nützlich sein wird. Jedenfalls kann ich ihm in meinem Garten einen Platz einrichten.«

Der Tierheimangestellte sah mich verständnisvoll grinsend an, sagte aber nichts. Ich dankte es ihm, es hätte nur noch eine Bemerkung von ihm gefehlt, um mich vor Garzón wie ein überempfindlicher Dummkopf dastehen zu lassen.

Auf dem Rückweg schwiegen wir lange. Schließlich eröffnete Garzón das Feuer. »Bei allem Respekt, Inspectora, es ist nicht gut für eine Polizistin, sich alles und jedes zu erbarmen.«

»Ich weiß.«

»Ich habe viel gesehen auf dieser Welt, das können Sie sich ja vorstellen. Ich habe Dinge gesehen, bei denen sich mir der Magen umgedreht hat: verlassene Kinder, an einem Balken Erhängte, verprügelte junge Huren … Gut und schön, aber ich habe immer darauf geachtet, für niemanden exzessives Mitleid zu empfinden. Das ist auch eine Methode, nicht in der Psychiatrie zu enden.«

»Der Blick dieser Hunde hat mich beeindruckt.«

»Es sind nur Hunde.«

»Aber wir sind Menschen.«

»Ist ja gut, Inspectora, Sie wissen schon, was ich meine.«

»Klar, Garzón, und ich danke Ihnen für Ihre guten Absichten. Aber es handelt sich nur darum, einen Hund aufzunehmen, bis sein Herr wieder gesund ist. Außerdem, was ich über die Möglichkeit, uns bei den Ermittlungen zu helfen, gesagt habe, war völlig richtig. Wir werden ihn wieder einsetzen.«

»Na, wenn das so wie beim ersten Mal ausgeht, dann steh uns Gott bei.«

»Warum protestieren Sie immer gegen alles? Ich mache Ihnen einen Vorschlag: Wenn Sie mich nach Hause bringen, lade ich Sie zu einem Whisky ein.«

Der Hund schien beim Anblick seines neuen Heimes nicht allzu verdrossen zu sein; vielleicht ahnte er, dass er vor etwas Schlimmerem bewahrt worden war. Er untersuchte die Räume, lief in den Garten, und als ich ihm Wasser und Kekse anbot, war er nicht abgeneigt. Garzón und ich tranken in aller Gemütsruhe einen Whisky und beobachteten das Tier bei seiner Erkundungsreise.

»Ich werde ihm einen Namen geben müssen«, sagte ich.

»Nennen Sie ihn *Schreck* …«, schlug Garzón vor, »so hässlich, wie er ist …«

»Keine schlechte Idee.«

Der eben Getaufte legte sich zu meinen Füßen und seufzte. Auch Garzón seufzte, zündete sich eine Zigarette an und sah gelassen zur Decke hinauf. Nach diesem unruhigen Tag gaben wir ein friedliches Bild ab. Ich fragte mich, ob es stimmte, dass seine Polizistenaugen so viele Gräuel gesehen hatten. Wahrscheinlich schon.

2

Wir durchsuchten gründlich die Wohnung, die Ignacio Lucena Pastor in der Altstadt gemietet hatte. Eine kleine, ziemlich erbärmliche Höhle, die einzurichten er sich nicht die Mühe gemacht hatte. Ein Tisch und vier Stühle, ein Fernseher und ein fast durchgesessenes Sofa waren die einzigen Möbelstücke im Wohnzimmer. Das Schlafzimmer wirkte nicht viel gemütlicher. Dort standen eine Pritsche, ein Regal mit Zeitschriften und eine Art Pult, in dessen Schubladen wir Briefpapier und ein paar Rechnungsbücher fanden, die Garzón als Beweismittel mitnahm. Der Rest schien nicht sehr interessant zu sein. Die wenigen persönlichen Gegenstände gaben wenig Aufschluss über seine Gewohnheiten und Vorlieben. Die Zeitschriften verrieten nur wenig über seine Interessen: wöchentlich erscheinende Auto- und Motorradzeitschriften, ein Magazin mit nackten Mädchen und lose Blätter aus drei Enzyklopädien: eine über den Zweiten Weltkrieg, eine über Rassehunde und eine dritte über Fotografie. Der einzige Schmuck bestand aus zwei recht plumpen Tontauben, die Lucena auf den Nachttisch gestellt hatte.

»Wenn das stimmt, was Sie denken, und er mit Drogen handelte, müsste er dann nicht ein bisschen reicher sein, Garzón?«

»Ach, diese mickrigen Kleindealer …!«

»Aber die Prügel waren ganz schön heftig, finden Sie das nicht unverhältnismäßig für einen Typen, der sich mit unwichtigen Dingen beschäftigte? Das passt nicht zusammen.«

»Berechnen Sie die Kraft, wenn Sie eine Fliege erschlagen?«

Was Garzón sagte, hatte Sinn. Aber brutale Rache verlangte einen gewichtigen Grund.

Die Schreibtischschubladen waren leer. Hatte dieser Mann nichts aufbewahrt? Warum hatte er dann einen Schreibtisch, verdammt noch mal? Nichts, nicht mal eine Gasrechnung? Es war gut möglich, dass die Wohnung nach dem Zusammenschlagen von jemand durchsucht worden war, aber in dem Falle hatte dieser Jemand das Zimmer wieder aufgeräumt.

Wir gingen zur Befragung der Nachbarn über. Sie empfingen uns nicht sonderlich begeistert. Zum dritten Mal beantworteten sie dieselben Fragen: Kannten Sie Lucena? Haben Sie ihn einmal gesehen? Kam und ging er häufig? Die Antworten erschöpften sich in einem kategorischen »Nein«. Das Foto, das wir ihnen von der Person im Krankenbett zeigten, war nicht nur ungeeignet, sondern beunruhigend. Für alle diese Leute hatte Lucena nie existiert. Sie hatten Angst, nicht vor etwas Fühlbarem oder Konkretem, Äußerlichem oder Realem, sondern vor einem unbeständigen, unfassbaren Ganzen, schlichtweg vor dem Leben. Angst erlebten sie wie eine allumfassende und absolute Substanz. Das war vielleicht die einzige Gewissheit, die sie immer gehabt hatten: Angst. Vergessene Frauen, herumhängende Jugendliche, illegale farbige Einwanderer, verelendete Araberfamilien, arbeitslose Trinker und Alte mit einer Rente von tausend Peseten. Sie kannten niemanden, und niemand kannte sie. Sie redeten nicht und sie lächelten nicht. Nichts schien weiter entfernt von diesen argwöhnischen Wesen als die fröhlichen Hausfrauen, die wir ein paar Tage zuvor in Carmelo befragt hatten. Glückliche Frauen, die mit den Händen redeten, ihre Häuser mit Pinienseife putzten, Hauskleider in leuchtenden Farben trugen und auf dem Fernsehgerät ein Foto ihres Sohnes stehen hatten, der gerade seinen Militärdienst ableistete. Es war eine substanzielle Distanz, die die Arbeiter von den Außenseitern trennte.

Wir verließen dieses schmutzige Gebäude ohne Resultat. Ignacio Lucena Pastor war nichts weiter als ein Schatten, der dort gelebt und seine Körperlosigkeit dazu genutzt hatte, um sich unsichtbar unter den Lebenden zu bewegen. Als wir gerade den Bürgersteig wechseln wollten, machte von der Tür aus jemand »Pssst«. Es war eine Mieterin, die wir kurz zuvor befragt hatten. Ich erinnerte mich genau an sie. Eine sehr junge Frau, bestimmt eine Marokkanerin, die umgeben von einer Schar Kleinkinder in ihrer Wohnungstür stand. Sie machte uns ein Zeichen zurückzukehren, denn sie hatte nicht die Absicht, aus dem Türbogen herauszutreten. Sie sprach ein rudimentäres Spanisch, weich und breit wie ein Seufzen.

»Ich habe diesen Mann gesehen, zweimal in derselben Kneipe. Ich draußen auf der Straße, er drinnen.«

»In welcher Kneipe?«

»Zwei Straßen weiter, rechts, Kneipe *Las Fuentes*. Dort sind viele Männer und trinken.«

»War er allein?«

»Weiß nicht. Ich bin zum Einkaufen vorbeigegangen.« Trotz ihrer Angst lächelte sie. Sie hatte sehr schöne, unergründliche schwarze Augen.

»Warum haben Sie das der Guardia Urbana nicht gesagt?«, fragte Garzón.

»Mein Mann war an der Tür, nicht ich.«

»Und Ihr Mann will keine Schwierigkeiten, stimmts?«

»Mein Mann sagt, das sind nicht unsere Probleme. Er ist Maurer, ein guter Arbeiter, aber er will die Probleme der Spanier nicht.«

»Und Sie denken anders?«, fragte ich sanft.

»Meine Kinder gehören schon zu diesem Land, sie gehen in diesem Land zur Schule. Es ist wichtig, nichts Schlechtes zu tun, nicht zu lügen.«

»Das verstehe ich sehr gut.«

»Sagen Sie nicht, dass ich mit Ihnen gesprochen habe.«

»Ich versichere Ihnen, dass niemand etwas davon erfährt.«

Sie lächelte – sie war höchstens fünfundzwanzig Jahre alt – und verschwand im dunklen Korridor.

»Aber hallo …«, rief Garzón zufrieden. »Eine gute Mitbürgerin!«

»Ja, Sie können darauf wetten, dass dieses große Land ihren

Kindern die Arme ausbreiten, sie zärtlich aufnehmen und ihnen das Leben erleichtern wird. Tatsächlich hat es sie schon willkommen geheißen. Haben Sie gesehen, unter welchen Bedingungen die leben?«

»Es wird sich schon alles regeln, Petra.«

»Schwören Sie das nicht auf die Bibel.«

Garzón schüttelte wie ein vernünftiger, geduldiger und gleichmütiger Mensch den Kopf. Die Darstellung meiner Überzeugungen schien ihm häufig zu extrem zu sein. Natürlich, die Kneipe *Las Fuentes*. Zum Leben eines jeden Spaniers gehört auch eine Kneipe. Wie ich es mir vorgestellt hatte, befand sich *Las Fuentes* im Kellergeschoss der sozialen Pyramide einheimischer Kneipen. Überladen wie eine Barockkirche, mit einem Altar in Tresenform und Fensterscheiben mit Bildern von Muscheln und gelber Paella war dies eine der übelsten Kaschemmen, in die ich je einen Fuß gesetzt hatte. Etliche Gemeindeglieder aus der Nachbarschaft saßen vor ihren Bieren und unterhielten sich schreiend miteinander, während der Oberpriester lautstark Gläser spülte.

Wir wiesen uns vor dem Besitzer aus, zeigten ihm das Foto von Lucena und erhielten zur Belohnung griesgrämig die üblichen Antworten: Er kannte ihn nicht, er hatte ihn nie gesehen. Auch ein Kleeblatt von Gästen, das in einer schmierigen Ecke Karten spielte, nicht.

»Wir haben aber erfahren, dass er hierher zu kommen pflegte.«

»Dann haben Sie was Falsches erfahren. Zu den Stammgästen zählt der nicht, weil ich mich sonst erinnern würde. Vielleicht war er ab und zu hier … hier kommen viele Leute rein.«

Mehr war ihm nicht zu entlocken. Es war sogar möglich, dass er die Wahrheit sagte; wenn die Araberin Lucena ein paar Mal gesehen hatte, hieß das noch nicht, dass er ein Stammgast gewesen war.

»Ist Ihnen was aufgefallen, Petra? In Krimis wissen die immer, wer lügt. Wie machen die das?«

»Es ist doch ziemlich klar, dass dieser Fall Scheiße ist, Garzón, jeder Schritt nach vorne wird uns einen Sieg kosten.«

»Das sind sie alle!«

»Und dieses Elend: ein zusammengeschlagener Kerl in einer Seitenstraße, schmierige Wohnungen, illegale Einwanderer, stinkende Kneipen … Eine wahre Perle der Kriminalgeschichte, die uns der Comisario da aufgehalst hat!«

»Hätten Sie etwas anderes bevorzugt?«, spottete Garzón. »Eine Gräfin, in ihrem Palast mit einem Seidenstrumpf erwürgt, oder einen entführten arabischen Scheich?«

»Zum Teufel mit Ihnen!«

Ich hörte ihn gut gelaunt hinter mir lachen. Es blieb uns sowieso nichts anderes übrig, als in den sauren Apfel zu beißen. Ich drehte mich um. »Schicken Sie einen Mann in diese Kneipe. Er soll vierundzwanzig Stunden hier herumhängen, Sie wissen schon, verdeckt und mit offenen Ohren. Zumindest eine Woche lang. Und hören Sie auf, Ihre Vorgesetzte zu verspotten!«

»Sie haben ja grässliche Laune! Es ist nicht alles schlecht. Heute haben wir eine sehr gesetzestreue Frau kennen gelernt, die Marokkanerin.«

»Erinnern Sie mich nicht an sie, wenn ich an das Leben denke, das sie führt, tut sie mir Leid.«

»Schon wieder Ihr Mitleid?«

Ich sah ihn an, er war so glücklich, so zufrieden, als wären wir zwei Kinder im Pausenhof oder zwei Stenotypisten in der Kaffeepause. Ich beschloss, ihm den Ball zurückzuwerfen. »Wissen Sie, warum mir das passiert, Fermín? Weil ich einfach zu selten vögle.«

Sofort wandte er den Kopf ab, und sein Lächeln gefror. Getroffen. »Verdammt, Inspectora!«

»Ich meine es ernst, das ist nachgewiesen: Wenn du kein aktives Sexualleben pflegst, beginnst du Mitleid für die Schwachen und Entrechteten zu entwickeln. Wenn du dich hingegen ausgiebig dem Sex widmest, macht dir das Unglück der anderen viel weniger aus … du siehst es erst gar nicht.«

Der Subinspector sah in alle Richtungen und versuchte, seine Hemmungen zu vertuschen. Er war noch immer schüchtern. Komisch, ein kleiner Hieb auf die gewohnten Verhaltensmuster, und die Mauern der Freundschaft zwischen Mann und Frau erzittern wie bei einem Erdbeben.

»Ich erinnere Sie daran, dass ich eine zweifach geschiedene Frau bin, ich meine, dass ich die Freuden der ehelichen, ich meine, regelmäßigen Intimitäten genossen habe …«

Das war viel mehr, als Garzón selbst meiner »natürlichen Originalität« nachsehen konnte. Er schlüpfte in seinen Regenmantel und sah mit meteorologischem Interesse zum grauen Himmel hoch.

»Gut, Inspectora, was meinen Sie, wird es regnen? Wird wohl besser sein, wenn wir ins Kommissariat zurückkehren und herausfinden, was diese verdammten Rechnungsbücher bedeuten, die wir gefunden haben.«

Getroffen und versenkt.

Inspector Patricio Sangüesa, Spezialist für Finanzdelikte, warf einen Blick auf Lucenas Rechnungsbücher. Zunächst einmal bemerkte er recht schnell, dass die Bücher nummeriert waren. 1 und 2. Dann vertiefte er sich in die Seiten mit der ungelenken Handschrift, studierte sie wieder und wieder, blätterte vor und zurück und strich sich nach Art des Philosophen Sokrates übers Kinn. Garzón und ich rauchten in andächtigem Schweigen unsere Zigaretten, immer überzeugter davon, dass die Verwirrung unseres Kollegen Symptom für einen bedeutsamen Riecher war. Endlich machte er den Mund auf. »Das ist ziemlich merkwürdig. Wie ihr euch ja vorstellen könnt, ist das hier keine offizielle oder kaufmännische Buchhaltung. Es ist weder Mehrwertsteuer noch sonst was aufgeführt, das auf Geschäfts- oder Betriebsaktivitäten hinweist; es handelt sich möglicherweise um etwas für den Hausgebrauch. Nun gut, ich frage mich, was wird gebucht? Das Konzept ist merkwürdig, die Zahlen ebenfalls, es gibt Fristen, die keinerlei Sinn ergeben.«

»Kannst du ein Beispiel nennen?«

»Jede Seite dient als Beispiel! Schaut mal: Rolly: fünf Monate; von 5000 bis 10000. Sux: 4 Jahre; 7000. Jar: 1 Jahr; 6000 abzüglich Ausgaben.«

»Das könnten Huren sein«, meinte Garzón.

»Wird eine Hure auf vier Jahre eingestellt? Das ergibt einfach keinen Sinn. Und diese Namen!«

»Vielleicht sind es Pseudonyme.«

»Ich weiß nicht. Ich werde die Hefte meinen Leuten geben, sie sollen sie Zeile für Zeile durchflöhen, und dann sage ich euch, was sie herausgefunden haben. Im Augenblick ist alles drin.«

Ich nahm ein Taxi und fuhr nach Hause. Es war Zeit, sich um den Hund zu kümmern. Kaum hatte ich die Tür aufgeschlossen, ertönte lautes Gebell, das mich das Schlimmste vermuten ließ. Vielleicht waren schon alle meine Möbel zerkratzt. Als er mich sah, begann Schreck wie ein Sufi-Derwisch in wilder Begeisterung herumzuhüpfen. Er liebte mich, war das möglich? Er erkannte in mir seine Retterin und Wohltäterin wieder, er zollte mir den aufrichtigen Tribut ewiger Treue. Wenn ich gewusst hätte, dass es mit einem Hund so einfach ist, hätte ich mir ein paar Ehen erspart. Ich machte mich auf die Suche nach den Freveltaten, die er in meiner Abwesenheit begangen haben könnte, und beruhigte mich: Der neue Mitbewohner hatte im Garten in eine Ecke gemacht. Möbel und Teppiche waren heil. »Sehr gut«, sagte ich in der Annahme, dass dies angebracht sei, und kraulte seinen unförmigen Kopf. Er plusterte sich vor Vergnügen auf, wodurch er noch hässlicher aussah.

Die Kekse, die ich ihm als einziges Futter hingelegt hatte, waren verschwunden. Ich fragte mich, ob Kekse die geeignete Nahrung für einen Hund waren. Sicher nicht. Ich suchte im Branchenbuch nach einem nahe gelegenen Geschäft für Haustiere. Bald entdeckte ich eines, das geeignet schien: das Heim des Hundes. Der Name war nicht sehr originell, aber es schien alles im Angebot zu haben, von tierärztlicher Betreuung bis zu Futter und Hygieneartikel.

»Gut, Schreck ...«, sagte ich zu ihm. »Ich glaube, es wird Zeit, dass wir unseren ersten nicht dienstlichen Spaziergang machen.«

Weil ich noch keine Leine hatte, musste ich ihn wieder tragen.

Der Laden war groß und hübsch. Ein sportlicher Mann ungefähr in meinem Alter fragte mich lächelnd, womit er mir dienen könne. Mein Verstand setzte aus, ich hatte keine Ahnung, was ich brauchte.

»Sehen Sie ...«, sagte ich, »aus Gründen, die unwichtig sind, habe ich diesen Hund geerbt.« Überzeugt davon, dass er mich bemitleiden würde, zeigte ich ihm Schreck. »Deshalb brauche ich alles. Alles, was ein Hund so benötigt, angefangen mit einer tierärztlichen Untersuchung.«

»Ich verstehe«, sagte er mit tiefer Stimme. »Ich bin Tierarzt. Hier unten ist mein Geschäft, und oben ist die Praxis. Mein Assistent ist gerade gegangen, also kann ich ihn mir auch hier ansehen.«

Ich nickte. Er kniete sich vor Schreck nieder. »Wie heißt er?«, fragte er vom Boden aus.

Ich zögerte einen Augenblick, dann gestand ich: »Schreck.«

Er sah mich mit seinen grünen Augen an und lächelte, wobei er ein perfektes Gebiss entblößte. »Wissen Sie sein Alter?«

Ich verneinte. Er öffnete Schrecks Maul und untersuchte es. »Ich schätze, etwa fünf Jahre. Wissen Sie, wem er zuvor gehört hat?«

»Ja, einem Freund.«

»Ich frage Sie das, weil ein Hund, der vorher schon einen Halter hatte, oft bestimmte Gewohnheiten pflegt.«

»Aha«, sagte ich beunruhigt.

»Er scheint keinerlei gesundheitliche Probleme zu haben. Hat Ihnen Ihr Freund gesagt, ob er geimpft ist?«

»Nein, das hat er nicht erwähnt, und ich kann ihn auch nicht mehr fragen … er ist verreist.«

»Ist gut, wir werden ihm sicherheitshalber die jährlichen Impfungen erneuern.« Plötzlich entdeckte er etwas, das seine Aufmerksamkeit erregte. Er griff nach Schrecks Ohr. »Schauen Sie mal, da hat er eine Narbe! Scheint von einem Biss zu stammen, zweifellos von einem großen scharfen Hund. Die Narbe ist sehr tief.«

»Ist sie frisch?«

»Nein, überhaupt nicht, sie wirkt ziemlich alt. An der Stelle wird sein Fell nie wieder nachwachsen, obwohl man die Narbe kaum sieht.«

Mir entfuhr ein dämliches schrilles Lachen. »Glauben Sie, das könnte ihn noch hässlicher machen?«

Er richtete sich auf. Er war groß und breitschultrig und trug das weizenblonde Haar sehr kurz. Missbilligend sah er mich an. »Es gibt keine hässlichen Hunde, nicht einen. Alle haben etwas Schönes an sich. Man muss es nur zu entdecken wissen.«

»Entdecken Sie was an meinem?«, fragte ich ganz ernst.

Er beugte sich vor, wobei er die Hände auf die Knie stützte, und suchte nach Schrecks Besonderheiten. »Er hat einen sehr edelmütigen Blick und lange gebogene Wimpern.«

Auch ich beugte mich vor. »Stimmt, das habe ich gar nicht bemerkt.«

Uns beiden wurde gleichzeitig die Lächerlichkeit der Situation bewusst, und wir richteten uns reservierter als nötig wieder auf. Dann ging alles sehr schnell. Der Tierarzt agierte als solcher und impfte das Tier. Dann schlüpfte er in die Verkäuferrolle und stellte mir alles zusammen, was mein Hund brauchte. Mir wurde bald klar, dass sich Machado, ein Freund des ›leichten Gepäcks‹, niemals hätte erlauben können, einen Hund zu halten. Ich erwarb ein Halsband und eine Leine, ein Shampoo gegen Parasiten, eine Drahtbürste, einen automatischen Trinknapf, einen Fressnapf, einen Sack Fertigfutter, einen Schlafkorb, Tücher zum Ohrenputzen und andere zum Augensäubern. Letztendlich eine Aussteuer, die die Tochter eines Magnaten gerne ihr Eigen genannt hätte. Natürlich konnte ich das alles nicht transportieren, sodass sich der Tierarzt meine Adresse notierte und versprach, seinen Assistenten noch am selben Nachmittag vorbeizuschicken. Ich musste eine Patientenkarte ausfüllen. Da ich keine Lust hatte, Ziel neugieriger Fragen zu sein oder Erklärungen abzugeben, schrieb ich in das Kästchen für den Beruf: Bibliothekarin.

Wieder zu Hause, gönnte ich mir einen ordentlichen Whisky und setzte mich zum Zeitunglesen. Schreck passte sich bis zu einem gewissen Grad meinen Gewohnheiten an, er entspannte sich und schlief ein. Vielleicht stimmte es, vielleicht waren seine Wimpern außerordentlich geschwungen. Ein komischer Mann, dieser Tierarzt. Und sensibel. Zweifelsohne attraktiv, oder wäre es besser, schön zu sagen, einfach schön, hinreißend schön. Bestimmt hatte er eine Frau und fünf Kinder oder er war schwul oder sein »Assistent« war eine zwanzigjährige Frau, mit der er was hatte. Ich zählte mir sämtliche Hürden auf, weil mir klar geworden war, dass ich ihn entsetzlich begehrte. Ich wollte mit ihm ins Bett. Was ich zu Garzón gesagt hatte, war die reine Wahrheit, meine Affären der letzten beiden Jahre ergaben ein erbärmliches, unzufriedenstellendes Ergebnis. Ich glaube, im Ganzen genommen konnten sie als zu gleichförmig eingestuft werden. Ich seufzte.

Eine Stunde später klingelte es. Ich lief mit dem lästigen Schreck zwischen den Beinen zur Tür, und als ich sie öffnete, hatte ich nicht den geringsten Zweifel daran, dass mir der Herrgott höchstselbst diesen räudigen Köter über den Weg hatte laufen lassen. Es war der Tierarzt persönlich, beladen mit einer riesigen Kiste.

»Mein Mitarbeiter hatte es eilig, also bin ich nach Ladenschluss selbst gekommen. Ist es schon zu spät?«

Im Kopf ging ich durch, was ich zu Hause so anzuziehen hatte. Es ließ sich aushalten. »Spät? Überhaupt nicht«, sagte ich lachend und stand wie ein Dummkopf da.

»Kann ich das irgendwo hinstellen?«, fragte er.

»Ach, entschuldigen Sie. Kommen Sie bitte rein.«

Wenn ich mich weiter so dämlich verhielt, würde diese Schönheit dahin zurücklaufen, wo sie hergekommen war. Ich musste entschlossen und schnell handeln. »Stellen Sie es hier ab.«

Schreck tänzelte um ihn herum und beschnüffelte ihn. »Ich sehe schon, er erkennt mich wieder! Hören Sie, ich habe etwas vergessen: Sie sollten darauf achten, dass er immer frisches Wasser im Napf hat. Dieses Futter ist halt Trockenfutter und braucht eine ordentliche Hinzugabe von Wasser. Trinken ist sehr wichtig.«

Ich lächelte. »Da wir gerade vom Trinken reden. Kann ich Ihnen was anbieten?«

Er erstarrte und dachte bestimmt, dass nur Vierzigjährige so direkt zur Sache kommen. Nun ja, vielleicht war ich mit der zufälligen Verknüpfung von Umständen zu weit gegangen. Ich versuchte zu beschwichtigen. »Na ja, Sie haben so schwer geschleppt …, und wenn Sie nicht erwartet werden.«

»Nein«, stammelte er. Dann fing er sich wieder und antwortete ungezwungen: »Ich nehme gerne ein Glas.«

Ich erinnerte mich nicht, jemals so hoch gepokert zu haben, aber was soll die Jägerin tun, wenn die Beute sich ruhig verhält und in Reichweite ist?

»Eigentlich handelt es sich um reine Neugier, ich möchte Ihnen viele Fragen über Hunde stellen«, rief ich aus der Küche.

»Schießen Sie los!«, antwortete er und gab die Tür frei, durch die ich hinausschlüpfen wollte.

Ich gab Eis in sein Glas und überreichte es ihm mit einem Anflug von Koketterie, die ich schon fast vergessen hatte.

»Erzählen Sie mir alles, was ich als Hundehalterin wissen muss.«

Er lachte auf, wobei er ein reizendes Arpeggio à la Mozart erklingen ließ. »Nun, Sie müssen wissen, dass ein Hund Sie immer liebt, komme was wolle. Weisen Sie ihn nie zurück, verübeln Sie ihm nie sein Verhalten oder seine Handlungen. Wenn er Sie sieht, wird er immer absolut glücklich sein, er wird weder schlechte noch gute Tage haben. Er wird Ihnen nie untreu und sucht sich auch keinen anderen Halter. Trotzdem gibt es nicht nur Vorteile. Außer all diesen Wundern gibt es den Nachteil, dass er immer von Ihnen abhängig bleiben wird, er wird sich nie selbstständig machen wie ein Kind; und es ist möglich, dass Sie selbst den Augenblick seines Todes bestimmen müssen, wenn die Alterskrankheiten zu schlimm werden.«

Ich hörte ihm begeistert zu. Diese Ausführungen waren bei weitem das Poetischste, was ich in der letzten Zeit gehört hatte.

»Und was muss ich im Austausch tun?«

»Eigentlich nur wenig; ihn füttern, ihn ein wenig umsorgen, und wenn Sie wirklich etwas von ihm haben wollen, ihn beobachten. Achten Sie auf die Stimmungen, die er mit seinem Verhalten ausdrückt, auf seine schwermütigen Seufzer, auf sein freudiges Schwanzwedeln, auf seinen reinen Blick …«

»Auf die Unschuld«, vervollständigte ich am Rande eines Herzinfarkts.

»Auf die Unschuld«, wiederholte er und sah mir direkt in die Augen.

Gott, das konnte nicht die Wirklichkeit sein! Er war gefühlvoll, intelligent, männlich, sympathisch. Hätte er mir die Vorzüge einer Boa constrictor aufgezählt, hätte ich auch die aufgenommen! Wenn es mir nicht gelänge, diesen Typen ins Bett zu kriegen, würde ich nicht mehr ohne Selbstverachtung in den Spiegel sehen können. Ich schaute Schreck an, der plötzlich in den Kreis der Fabeltiere aufgestiegen war.

»Bist du verheiratet?«, fragte ich.

»Geschieden«, antwortete er ohne zu zögern.

Das Echo dieses magischen Wortes schwebte einen Moment lang in der Luft, aber dann wurde es von dem verhassten Telefonklingeln verscheucht. Schreck schlug an, und ich nahm verstimmt ab.

»Inspectora Delicado?«

Was konnte Garzón um diese Zeit wollen? Hatte er das mit der ständigen Pflicht eines Polizisten vielleicht ernst genommen?

»Ich muss Ihnen was Wichtiges mitteilen.«

Nicht einmal damit gelang es ihm, meine Zerstreutheit aufzulösen. »Was ist passiert, Garzón?«

»Ich fürchte, die Angelegenheit hat sich in einen Mordfall verwandelt.«

Ich tauchte aus meinem erotischen Glimmer auf. »Was wollen Sie damit sagen?«

»Das Krankenhaus hat angerufen. Ignacio Lucena Pastor ist gerade gestorben.«

»Gestorben, wie denn?«

»An nichts Genauem. Seine Lebensfunktionen haben plötzlich nachgelassen, und als sie ihn in den Operationssaal schoben, hatte er bereits einen irreversiblen Herzstillstand. Es wäre zweckmäßig, wenn Sie kämen. Ich werde Sie am Eingang von Valle Hebrón erwarten.«

»Ich komme.«

»Inspectora …«

»Was ist?«

»Wenn möglich, bringen Sie den Hund diesmal nicht mit.«

Verärgert legte ich auf, mir stand der Sinn nicht nach Scherzen. Ich wandte mich meinem Gast zu, der schon aufgestanden war. »Ich fürchte, dass ich jetzt gehen muss, ein Notfall bei der Arbeit.«

»In der Bibliothek?«, fragte er mit ungläubiger Ironie.

»Ja«, antwortete ich ohne weitere Angaben. »Bleib, wenn du willst, und trink deinen Whisky aus.«

Er schüttelte den Kopf. Wir gingen zur Tür. Er hatte den Lieferwagen vor dem Haus geparkt, ein neues Auto, auf dessen Längsseite ein Hund gemalt war. Ich gab ihm die Hand und ging zu meinem Auto. Plötzlich drehte ich mich um.

»He, hör mal, ich weiß gar nicht, wie du heißt!«

»Juan.«

Wie der Täufer, dachte ich völlig frustriert. Es war gut möglich, dass der eine, wundervolle Augenblick vorüber war. Vielleicht würde ich ihn beim nächsten Treffen nicht einmal mehr so attraktiv finden. Ignacio Lucena Pastor – es gab so lästige Menschen wie Insekten, die zum Sterben in deinem Whiskyglas landen, und die du dann mit dem Finger herausfischen musst.

Tatsächlich, da lag Lucena, hinüber. Garzón und ich betrachteten ihn neugierig in seinem Kühlsarg. Der Tod hätte im Nachhinein gnädig sein und seiner Leiche die Würde verleihen können, die ihm im Leben gefehlt hatte. Aber dem war nicht so. Lucena sah jetzt wie eine verwahrloste, kaputte Puppe aus. Pathetisch. Die gefärbten Haare leuchteten wie Hanf.

»Hat immer noch niemand nach ihm gefragt?«

»Niemand«, antwortete der Arzt.

»Was geschieht in solchen Fällen?«

»Wenn nichts anderes angeordnet, wird er drei Tage nach der Obduktion von einem Beamten zum Friedhof begleitet und dort in einem Gemeinschaftsgrab bestattet.«

»Wenn es so weit ist, werden wir eine Notiz an die Presse geben, um zu sehen, ob sich nicht doch im letzten Moment jemand zu dem Begräbnis einfindet.«

Die Sache war kompliziert und wurde hässlich, ich ahnte nichts Gutes. Dieser Vogel würde den Schnabel nie wieder aufmachen, er nahm sein Geheimnis mit ins Grab, und wir hatten einen Mordfall. Ohne jegliche Spur. Bevor wir irgendeine Strategie ausarbeiteten, beschlossen wir, Inspector Sangüesa aufzusuchen. Er hatte auch nichts Neues für uns. Seine Leute hatten weder einen verständlichen Namen noch eine Telefonnummer noch eine Anschrift in den beiden Rechnungsbüchern gefunden.

»Nichts, Leute, nur diese aufgelisteten lächerlichen Namen, diese seltsamen Zeiten, und Geldbeträge ohne jegliche Logik oder arithmetische Reihenfolge.«

»Was kannst du mir über die Summen sagen?«

»Nun, im Rechnungsbuch Nummer eins sind die Summen sehr gering: fünftausend, dreitausend, siebentausend, höchstens zwölftausend. In Nummer zwei steigen sie beträchtlich: von zwanzigtausend bis sechzigtausend. Das lässt vermuten, dass es sich vielleicht um verschiedene Buchungen handelt. Aber das ist auch nicht sicher. Das Geld kann schlicht nach Beträgen aufgelistet worden sein, und es kann sich um dieselbe Materie handeln.«

»Und die Gesamtsumme?«

»Nicht einmal die lässt sich genau ausrechnen. Die Zeiträume, die dieser Mistkerl vor jeder Summe notiert hat, sind unklar. Was bedeutet vier Jahre fünftausend? Dass er vier Jahre lang fünftausend Peseten erhalten oder bezahlt hat, und wie? Täglich, einmalig, oder jedes Jahr fünftausend? Ich weiß nicht, das ist ein Zahlenrätsel der fieseren Sorte.«

»Wundern Sie sich nicht, Inspector«, sagte Garzón. »Der ganze Fall ist merkwürdig.«

»Erzählt mir später, wie er ausgeht, ich bin neugierig.«

»Wir werden es dir berichten. Jetzt treffen wir uns mit den Jungs von der Presse. Soll ich ihnen Grüße von dir bestellen?«

»Gib ihnen einen Todeskuss.«

Wir mussten fast darum betteln, dass irgendeine Presseagentur die Nachricht von Lucenas Tod annahm. Natürlich fehlte dem Fall der publizistische Glanz. Es gab weder sexuelle Verirrungen noch politische oder rassistische Verwicklungen, nichts, was verkäuflich gewesen wäre. Wen interessiert schon, ob ein unbekannter Außenseiter an den Folgen einer Tracht Prügel stirbt? Obwohl uns, genau betrachtet, solcherart Desinteresse nur zugute kam: Wenigstens würden uns sowohl die Journalisten als auch unsere Vorgesetzten in Ruhe lassen.

Trotz der Anlaufschwierigkeiten erschien die Meldung in der Rubrik Vermischtes mehrerer Tageszeitungen. Keine große Meldung, weil die Obduktion nichts ergeben hatte, und nutzlos für unsere Pläne, denn als es so weit war, traten auf dem Friedhof nur ein Pfarrer, der Bestatter, ein Beamter der Sozialversicherung, der die Leiche brachte, Garzón, ich und Schreck in Erscheinung. Der Subinspector kritisierte unumwunden, dass ich den Hund mitgebracht hatte. Zu meiner Entschuldigung führte ich an, das sei notwendig. Ich erzählte ihm von meiner Absicht, Schreck während der Bestattung von der Leine zu lassen, damit er uns auf irgendeinen herumstreichenden Freund des Verstorbenen aufmerksam machen könne. Die Ausrede erschien selbst mir lächerlich, aber ich konnte meinem Kollegen nicht eingestehen, dass ich das Gefühl hatte, das Leben wäre das dem armen Lucena Pastor schuldig. Ich wollte, dass dieser einsame Tote zum Abschied zumindest mit einem Freund rechnen konnte.

Die Zeremonie, wenn man es denn so nennen konnte, fand an einem kalten, nebligen Nachmittag statt. Jedes Mal, wenn ein eisiger Windstoß über unser armseliges Grüppchen hinwegfegte, schienen alle ihr Unglück zu verfluchen. Es war sehr ernüchternd. Der Bestatter rieb sich die Hände, die in groben Arbeitshandschuhen steckten, der Beamte rotzte mit abgewandtem, verlorenem Blick vor sich hin und der Pfarrer murmelte: »Herr, nimm Ignacio in deinen Schoß auf …« Garzón gähnte. Der einzige, der innerlich nicht zu protestieren schien, war Schreck. Er presste sich an meine Beine und zeigte sich nur mäßig neugierig.

Die Gebete endeten mit einer Feierlichkeit, die mich überraschte. Dann brachten sie den Sarg. Ich merkte, dass Schreck nervös geworden war. Plötzlich sprang er vor, und beim Anblick der schlichten Kiefernkiste, in der sein Herrchen lag, brach er in klagendes, tiefes Geheul aus. Die Anwesenden zuckten zusammen. Der Pfarrer sah mich tadelnd an. Ich nahm den Hund auf den Arm, aber das tröstete ihn nicht. Er bellte weiter.

»Wie treu die Tierchen doch sind!«, philosophierte der Bestatter.

Aber der Pfarrer war nicht mystisch gestimmt. Fassungslos und fast cholerisch befahl er mir: »Schaffen Sie sofort den Hund hier weg!« Ich gehorchte eiligst.

Im Auto beruhigte sich Schreck ein wenig, und ich lenkte ihn vollends von seinem Kummer ab, indem ich ihm eins von den Raucherbonbons gab, die Garzón immer im Handschuhfach hatte. Er leckte interessiert daran und fraß es schließlich.

Kurz darauf erschien der in seinen Regenmantel gehüllte Subinspector. Er war miserabelster Laune. »Verdammt, Petra, der Pfarrer ist ganz schön ausgerastet! Ich musste mir den ganzen Sermon anhören, ein Friedhof sei ein heiliger Ort, unser Mangel an Respekt …«

»Bah, nehmen Sie es nicht so schwer. So hat wenigstens einer beim Begräbnis dieses armen Teufels geheult.«

»Armen Teufels? Wir wissen nicht einmal, welche Verbrechen der begangen hat!«

»Jeder muss im Leben eine glanzvolle Minute haben. Wir haben sie Ignacio Lucena Pastor geschenkt.«

»Ja, ja, schön und gut, aber wer hat den Erguss des Pfarrers über sich ergehen lassen müssen? Ich … Hier riechts nach Eukalyptus.«

»Das ist Schreck, er hat Ihre Bonbons gefressen.«

»Das hat gerade noch gefehlt! Soll ich Ihnen was erzählen, Inspectora? Als ich neun Jahre alt war, hat mich ein Hund gebissen, und seitdem hasse ich Hunde!«

Ich lachte laut auf. »Jeden in diesem Land hat in der Kindheit mal ein Hund gebissen; das wird das kollektive Unterbewusstsein sein, das unsere Schuld beklagt.«

»Na wenn schon!«

»Hören Sie, Garzón, wissen Sie, womit ich Sie entschädigen kann? Ich werde Sie zu mir nach Hause zum Essen einladen.«

Sein gespieltes Beleidigtsein ging in vorgetäuschtes Ungestüm über. »Ich weiß nicht, Inspectora, ich will Ihnen keine Arbeit machen. Vielleicht haben Sie heute keine Lust zum Kochen.«

»Wir können immer noch Schrecks Trockenfutter essen …«, sagte ich. »Entschädigt Sie für Ihre Bonbons.«

Nach den Entrecotes mit Rahmspinat setzten wir uns ins Wohnzimmer und gönnten uns einen Brandy. »Ich habe das Gefühl, dass er ein Zuhälter war«, sagte Garzón.

»Nein, gehen wir von der Realität aus. Wir haben weder Spuren noch Zeugen. Wir haben nur die Rechnungsbücher mit den lächerlichen Namen und zwei geographische Anhaltspunkte: die Kneipe, in der er gesehen wurde, und die Straße, wo er gefunden wurde.«

»Das ist nur eine Straße. Vielleicht wurde er woanders überfallen und rein zufällig dort hingeschleppt.«

Ich trank einen kräftigen Schluck Brandy. »Und wir haben Schreck.«

»Überschätzen Sie die Fähigkeiten seiner Spürnase nicht ein bisschen? Er ist nicht Rintintin. Außerdem, immer wenn er auftaucht, gibt es einen kleinen Aufstand.«

»Ich meine es völlig ernst, Fermín. Dieser Hund ist sicher an Orten gewesen, an denen Lucena auch war. Er hat die Leute gesehen, mit denen er sich getroffen hat. Würden wir von Menschen reden, würden wir sagen, dass sie *wissen,* und möglicherweise weiß er viel. Wir müssen ihn an beide Orte bringen, an beide.«

»Auch in die Kneipe?«

»Ja. Er wird uns nichts erzählen, aber wir können auf seinen

Geruchsinn vertrauen, auf sein Wiedererkennen von Leuten und Orten. Haben Sie gesehen, wie er sein Herrchen noch im versiegelten Sarg aufgespürt hat?«

»Richtig bedacht, lässt einem das das Blut gefrieren, finden Sie nicht?«

»Ja.«

Wir betrachteten beide den Hund.

»Mal ehrlich, was gedenken Sie mit ihm zu tun?«

»Ich weiß es nicht, im Augenblick muss er noch ein paar Aufgaben erledigen. Vielleicht wichtige Aufgaben.«

Ich tätschelte Schreck den Kopf, und als hätte er mich verstanden, hob er sein kaputtes Ohr und sah mich voller Dankbarkeit an.

3

Es war noch nicht einmal neun Uhr morgens, als wir in die steile Calle Llobregós einbogen, auf dem Weg zu der Stelle, wo Lucena gefunden worden war. Schreck war von dem Spaziergang begeistert. Schwanzwedelnd schnüffelte er herum. Hätte allerdings Garzón einen solchen Schwanz gehabt, hätte er ihn zwischen die Beine geklemmt. Er fand es noch immer albern, den Hund weiter einzusetzen. Der tierischen Unfehlbarkeit vertraute er noch weniger als der des Papstes.

Schreck fand nichts Besonderes an dem Ort, an dem sein Herrchen gelegen hatte. Er drehte eine Runde, hob die Schnauze und schnüffelte. Dann wählte er ohne übermäßigen Elan eine Fährte und lief los. Ich behielt ihn an der Leine, ohne daran zu zerren oder seine Richtung zu beeinflussen. Der Hund lief geradeaus die Straße hoch und hielt gelegentlich inne, um an irgendeiner Hausecke herumzuschnüffeln. Schließlich überquerte er die Fahrbahn und bog in eine enge Gasse ein. Dort blieb er vor einem Baum stehen, hob das rechte Hinterbein und pinkelte dagegen. Diese philosophische Pause irritierte Garzón. Er blieb stehen.

Als wir am Gassenende angelangten, schien Schreck auf etwas aufmerksam geworden zu sein und lief langsamer. Hoffnungsvoll und eindringlich sah ich meinen Kollegen an. Da begann der Hund loszurennen. Gezwungenermaßen lief ich hinter ihm her, überzeugt davon, dass wir etwas gefunden hatten. Hinter den letzten beiden Häuserblocks erstreckte sich eine riesige Brache. Ein Teil davon war mit einem Drahtzaun abgesperrt. Mehrere Leute mit ihren Hunden standen herum.

»Verdammt, was ist denn das?«, hörte ich Garzón keuchend fragen.

»Keine Ahnung. Geben Sie sich nicht als Polizist zu erkennen, bevor wir etwas rausgekriegt haben.«

Beim Nähergehen verstand ich die Szene langsam. Eine blonde kräftige Frau um die Fünfzig leistete einem scharf wirkenden Hund Widerstand. Ihr linker Arm steckte in einem Armschutz, und in der rechten Hand hielt sie eine Peitsche. Der Hund biss knurrend in den gepolsterten Stoff, die Frau gab lautstark Befehle. Mehrere Männer mit ihren Hunden beobachteten die Szene. Wir stellten uns zu den Neugierigen und glotzten durch den Zaun. Schreck war entsetzt und versteckte sich hinter meinen Beinen, um vor den Schreien und dem Peitschenknallen Schutz zu finden.

Als die Frau das Manöver beendet hatte, rief sie einen anderen Hundebesitzer herbei, der offensichtlich darauf wartete, an die Reihe zu kommen. Das Kampfritual wiederholte sich. Die Frau gab dem Hund auf Deutsch Befehle, und manchmal drehte sie sich dem Besitzer zu und erklärte ihm etwas auf Spanisch. Das Gebrüll war beachtlich, und das Schauspiel wirkte etwas wild.

»Glauben Sie, dass das hier was mit dem zu tun hat, was wir suchen?«, fragte Garzón leise.

»Keine Ahnung. Verhalten Sie sich unauffällig und sehen Sie sich um.«

Neben uns stand ein Junge im Jogginganzug, der sein Fahrrad auf den Boden gelegt hatte, um gemütlicher zuzuschauen. »Werden die gezähmt?«, fragte ich arglos.

»Das ist ein Trainingsplatz.«

»Training?«, fuhr ich ohne allzu großes Interesse fort.

»Das sind Wachhunde, und sie ist die Trainerin.«

»Aha!«, rief ich aus.

»Sie ist professionelle Trainerin«, erläuterte er.

»Kennst du sie?«, forschte ich nach und riskierte damit, Verdacht zu erregen.

»Ich seh sie manchmal, die sind immer hier.« Er sah auf Schreck hinab und fragte verhalten: »Wollen Sie den da etwa trainieren lassen?«

»Wer weiß, vielleicht, er ist sehr mutig, wenn er will«, antwortete ich verstimmt.

Der Junge drehte sich um, setzte sich den Walkman auf die Ohren, hob sein Fahrrad auf und fuhr ohne Gruß davon.

Wir blieben bis zum Ende des Trainings und waren schließlich die letzten Zuschauer. Hunde und Halter verließen nach und nach das Gelände. Die Trainerin verabschiedete sie am Tor und plauderte mit ihnen. Wir konnten nicht weiter gaffen, ohne auf uns aufmerksam zu machen, und hatten die Wahl, sie anzusprechen oder zu gehen. Diese Chance konnten wir nicht so einfach vergeuden.

»Lassen Sie mich machen«, flüsterte ich Garzón zu.

Wir gingen zu ihr hinüber, und als uns nur noch ein paar Schritte von der Pforte trennten, begann Schreck wie ein Besessener zu heulen und zerrte an der Leine. Sie sah zu uns, betrachtete den Hund und lächelte. Als sie alle Leute verabschiedet hatte, kam sie direkt auf uns zu. Der Hund wurde immer hysterischer und quetschte sich zwischen meine Beine. Trotz seiner kleinen Statur entwickelte er große Kräfte. »Ruhig, sei ruhig!«, schrie ich ihn an.

Die Trainerin machte beruhigende Handbewegungen. »Nehmen Sie ihn auf den Arm!«, befahl sie mir. Ich gehorchte, so gut ich konnte. »Jetzt legen Sie ihm Ihre Hand auf die Augen! Na also!« Schreck erstarrte. Dann streichelte sie ihm den Kopf und erlaubte ihm, sie zu beschnüffeln. Der Hund entspannte und beruhigte sich. »Jetzt können Sie ihn wieder runterlassen.«

»Ich verstehe nicht, warum …«

»Machen Sie sich keine Gedanken, das ist immer so. Hunde, die mich trainieren sehen, haben später Angst vor mir. Das kommt von der Schreierei und der Peitsche.«

»Wundert mich nicht, dass sie Angst haben …«, warf Garzón ein. »Sie sind wirklich beeindruckend.«

Die Frau lachte laut auf. »Das ist reines Theater, glauben Sie mir! Aber Hunde können zwischen Anschein und Realität nicht unterscheiden. Sie sind zu edelmütig. Wohnen Sie hier?«

»Nein«, antwortete ich. »Wir sind dienstlich hier und wurden auf Ihr Training aufmerksam.«

»Es bleiben viele Leute stehen und schauen uns zu. Unsere besten Zuschauer sind die Rentner und am Wochenende die Kinder!«

»Bringen Sie den Hunden das Angreifen bei?«, fragte Garzón.

»Ich lehre sie, ihren Halter zu verteidigen, auch jedem anderen Befehl zu gehorchen und Spuren zu verfolgen. Das ist mein Job.«

»Kann jeder Hund diese Dinge lernen, selbst dieser?« Ich zeigte auf Schreck.

»Im Prinzip ja …, aber ich arbeite nur mit Rassehunden, die zum Wachhund taugen.«

»Ich nehme an, dass Ihnen in diesen Zeiten kaum Kunden fehlen werden.«

»Ich kann mich nicht beklagen. Es gibt viele Liebhaber, außerdem habe ich Kunden, die aus Notwendigkeit zu mir kommen: Geschäftsleute, die ihren Hund trainieren wollen, damit er ihren Laden bewacht, Sicherheitsbeamte …«

»Ich finde das spannend«, sagte der Subinspector.

»Ach wirklich?«

»Selbstverständlich! Das muss sehr aufregend sein.«

Garzón hatte nicht nur den Hauptpart der Unterhaltung übernommen und damit meiner Anordnung zuwidergehandelt, sondern er entwickelte sogar Fantasie. Sein höflicher Stil trug Früchte.

»Hören Sie, für heute bin ich fertig. Warum trinken wir nicht ein Bier in der Kneipe dort?«

»Wunderbar!«, sagte Garzón.

Ich erwiderte: »Für mich ist es schon etwas spät, ich muss in mein Büro zurück. Treffen wir uns dort in ein paar Stunden, Fermín?«

Ich ließ sie in einer Wolke von Beteuerungen über glückliche Zufälle auf dem Weg in die Kneipe zurück. Garzón hatte das sehr gut gemacht. Wenn es etwas herauszufinden gab, würde er es herausfinden. Seine Gesprächspartnerin schien ziemlich redselig zu sein.

Ich brachte Schreck nach Hause und ließ ihn sich dort von den Aufregungen erholen. Dann machte ich mich auf den Weg zum Laden des Tierarztes. Ich wurde von seinem viel gepriesenen Assistenten bedient, der keine Frau war, sondern ein gewöhnlich aussehender junger Mann mit gelangweiltem Blick. Ich musste warten, bis Juan Monturiol seine Sprechstunde beendet hatte, und verbrachte die Zeit mit dem Durchblättern von Zeitschriften. Besonders von Hundezeitschriften. Es war unglaublich. Ich begriff, dass sich um den Hund eine Welt drehte, von der ich keine Ahnung gehabt hatte: Tierärzte, Hundefutterproduzenten, Hundepensionen, Hundeschulen ... Gut, es war offensichtlich, dass die Leute nicht nur Zeitung lasen und spazieren gingen. In der großen Stadt gab es einen Haufen Liebhaber von merkwürdigen Dingen: Weinfachleute, Sonnenanbeter, Pilzspezialisten und Hundeliebhaber.

Schließlich tauchte Juan im weißen Kittel auf. Er verabschiedete sich höflich von einer Señora, die ein Hündchen hinter sich herzog. Er sah mich an und – vielleicht war es aber nur meine Einbildung – seine Augen weiteten sich ein wenig.

»Irgendein Problem?«, fragte er, und ich bemerkte, dass er, warum auch immer, ironisch klang.

»Es wird nur eine Sekunde dauern«, sah ich mich veranlasst, zu meiner Entschuldigung zu sagen.

Er ließ mich eintreten und auf einen Besucherstuhl für Hundebesitzer Platz nehmen. Es roch nach Desinfektionsmitteln. Ein ganzer Haufen engelsgleicher Welpen blickte von einem Bild herunter.

»Ich bin hergekommen, um dir eine technische Frage zu stellen. Reine Neugier. Ich will Folgendes wissen: Wenn ein Hund eine Spur verfolgt und dich an einen Ort führt, wo andere Hunde sind …« Es war schwierig, eine so konkrete Sache in einem arglosen Tonfall vorzubringen, aber die Verstellerei war unnötig. Er unterbrach mich.

»Du bist bei der Polizei, nicht wahr?«

»Darf man fragen, woher du das weißt?«

»Wenn jemand telefonisch über einen Toten informiert wird und überstürzt das Haus verlassen muss, gibt es zwei Möglichkeiten: Entweder ist er Arzt oder Polizist. Wenn du Ärztin wärst, hättest du mir das erzählt, als ich deinen Hund untersucht habe.«

»Mit deinen deduktiven Fähigkeiten solltest du vielleicht auch zur Polizei gehen.«

»Wenn du mir ein gutes Angebot machst … Welcher Dienstgrad?«

»Ich bin Inspectora.«

Er stieß einen Pfiff aus. Er war Schritt für Schritt dabei, die typische Reaktion eines Menschen zu zeigen, der erfährt, dass du bei der Polizei bist.

»Womit kann ich dem Gesetz dienen?«

Ich fasste mich in Geduld. »Heute Morgen haben wir meinen Hund an den Ort mitgenommen, wo ein Verbrechen begangen worden ist, in der Hoffnung, er würde eine Spur aufnehmen. Und … er hat tatsächlich einen bestimmten Weg verfolgt. Wir sind ihm nachgegangen und … Na ja, das ist der zweifelhafte Punkt. Er hat uns zu einem Grundstück geführt, auf dem es einen Hundetrainingsplatz gibt und jede Menge Hunde waren. Glaubst du, dass es etwas bedeutet, wenn er uns dort hinführt, ich meine, ist er mit dem Weg vertraut oder hat er nur aus der Entfernung die Hunde gewittert und ist zu ihnen gelaufen?«

Er raufte sich das glänzende weizenblonde Haar und sah ernst und nachdenklich drein. Dann machte er endlich den Mund auf, um einen Anfangszweifel zu äußern. Er war nicht attraktiv oder gut gebaut oder gut aussehend: Er war schön, durch und durch schön, schön bis ins Mark.

»Wie weit wart ihr von diesem Center entfernt?«

»Hm, ich weiß nicht, zwei lange Straßen, eine davon macht einen Bogen.«

»Also, es ist ziemlich schwierig, so was mit Bestimmtheit zu sagen. Es ist beides möglich: Tatsächlich kann es ganz einfach so gewesen sein, dass er vorrangig dem Geruch der anderen Hunde gefolgt ist, aber … ich wage nicht, dir etwas Definitives zu sagen, ich bin kein Hundeexperte.«

»Aber du bist Tierarzt!«

»Ja, ich kenne die Anatomie des Tieres, seine Gewohnheiten, wie es sich fortpflanzt und alles, was seine Krankheiten anbelangt. Aber Hunde sind viel mehr als das. Weißt du, dass es in den Vereinigten Staaten sogar Hundepsychiatrien gibt? Es handelt sich um ein komplexes Tier. Nicht ohne Grund ist es die ganze Menschheitsgeschichte über ein Kamerad des Menschen gewesen. Wir haben es mit unseren Neurosen und Manien angesteckt.« Als er lächelte, war das Schauspiel der vollen Lippen und weißen Zähne fast unerträglich.

»Dann wird es besser sein, dass ich mich an die Hundestaffel im Kommissariat wende.«

Er raufte sich erneut die Haare und brachte mich diesmal fast an den Rande des Wahnsinns. »Ich weiß nicht, ob das was nützt. In dieser Abteilung werden sie sich hauptsächlich mit dem Training auskennen, weniger mit dem Verhalten. Das ist zu eingeschränkt. Außerdem beschäftigen die sich fast immer nur mit einer Rasse, dem Deutschen Schäferhund.«

Er stand auf, ging zum Karteischrank und stöberte darin. Er hatte einen Hinterkopf wie eine antike griechische Statue.

»Ich werde dir die Adresse des qualifiziertesten Hundeexperten der Stadt geben. Sie hat einen auf Tierbücher spezialisierten Laden und weiß alles über Hunde, alles.« Er zog eine blaue Visitenkarte heraus und notierte die Adresse auf eines seiner Rezepte. »Der Name des Ladens lautet *Bestiarium* und sie heißt Ángela Chamorro.«

»Eine Frau?«, fragte ich.

»Überrascht dich das?« Er wurde wieder ironisch.

»Keineswegs.«

Keineswegs! War das eine elegante Antwort, etwas, das wie ein scharfsinniger Zug wirkte, eine verbale Karambolage? Wo war meine charakteristische Schärfe dem anderen Geschlecht gegenüber geblieben? Mir passierte immer das Gleiche: Wenn ich als Jagdgöttin Diana auftrat, fehlten mir immer die Pfeile, und ich stand mit dem leeren Köcher da.

Ich bedankte mich bei ihm und wollte mich verabschieden. Konnte ja sein, dass diese Expertin von der Vorsehung für unseren Fall bestimmt war. Für mich war sie ein Hindernis. Jetzt würde ich mich diesem Bonbon nicht mehr so zwanglos mit der Ausrede nähern können, ihm berufliche Fragen stellen zu müssen. Glücklicherweise hatte ich ja noch Schreck; würde ich eben irgendeine gutartige, aber heimtückische Krankheit für meinen Hund erfinden. Selbst wenn es eine kleine Phobie nach Art der amerikanischen Hunde wäre.

Plötzlich hörte ich seine Stimme hinter mir. »Petra, was meinst du, wollen wir den noch ausstehenden Drink nehmen?«

»Hast du denn jetzt, wo du weißt, dass ich bei der Polizei bin, noch Lust dazu?«

»Ich weiß gerne, in wessen Gesellschaft ich trinke, und jetzt hab ich es ja erfahren. Ich mach den Laden um acht zu.«

»Ich komme dich abholen.«

Auch er spielte hart. Natürlich! Oder hatte ich etwa geglaubt, es sei ein Zufall gewesen, dass er kürzlich persönlich bei mir auftauchte, um meine Einkäufe vorbeizubringen? Dieser Mann war schrecklich. Er hatte es beinahe geschafft, mich glauben zu lassen, ich sei die unbesiegbare Bogenschützin, während ich mich in

Wirklichkeit wie ein verirrtes Hirschkalb benahm. Und es gibt nichts, was mich mehr nervt, als diese Rolle. Aber das Spiel hatte ja erst begonnen.

Genau zwei Stunden später, nachdem ich Garzón mit der Tierbändigerin zurückgelassen hatte, kehrte ich ins Kommissariat zurück und wartete auf ihn. Er verspätete sich eine halbe Stunde, eher ungewöhnlich für ihn. Zufrieden und forsch trudelte er ein und stank wie ein walisischer Bergarbeiter nach Bier.

»Sie haben ja keine Ahnung, wie faszinierend die Hundewelt sein kann, Petra«, platzte er gut gelaunt heraus. »Ich habe mir kaum vorstellen können, wie Valentina diese Viecher bändigen kann.«

»Valentina?«

»Ja, die Trainerin. Sie heißt Valentina Cortés.«

»Sie scheinen ja keine Probleme gehabt zu haben, Zugang zu ihr zu finden.«

»Na ja, sie ist eine sehr offene und höfliche Frau. Natürlich habe ich sie ausgefragt. Im Grunde habe ich nichts Verdächtiges an ihr finden können. Ich glaube, Schreck hat uns zufällig da hingeführt.«

»Wir werden nachprüfen müssen, ob das die einzige Möglichkeit ist.«

»Wie Sie wollen, aber ich glaube nicht, dass diese Frau etwas mit dem Fall zu tun hat.«

»Aber hallo, Garzón! Man könnte doch glatt annehmen, dass Valentina nicht nur Hunde zähmt, sondern auch Polizisten!«

Er reagierte so verstimmt wie früher, als ich ihn ständig neckte. »Inspectora …! Ich weiß nicht, was ich sagen soll, ohne respektlos zu werden.«

»Seien Sie nicht gekränkt, mein Freund!«, sagte ich und gab ihm ein paar dumpfe Knuffe auf sein Schulterpolster. »Wenn Sie einen guten Grund für schlechte Laune haben wollen, kann ich Ihnen den augenblicklich liefern.«

»Was meinen Sie damit?«

»Dass wir keine Zeit zum Essen haben.«

»Warum?«

»Ich habe mit unserem Mann im *Las Fuentes* gesprochen. Nach einer Woche Überwachung ist er zu dem Schluss gekommen, dass sich dort nur zur Kaffeezeit Stammgäste aufhalten. Die anderen sind Gelegenheitsgäste. Wenn einer Lucena gekannt hat, muss er nach dem Mittagessen dort sein, offensichtlich sind das die Gäste, die keinen Tag fehlen. Also müssen wir los und Schreck abholen und möglichst nicht später als Viertel nach drei in der Kneipe sein.«

»Versteifen Sie sich immer noch darauf, diesen verdammten Köter zum Detektiv zu machen?«

»Verdammter Köter? Sagten Sie nicht, dass Hunde faszinierend seien?«

Er begleitete mich lustlos. Wenn es außer Pflichterfüllung etwas Heiliges für Fermín Garzón gab, dann war es die Notwendigkeit, sich zu ernähren. Ich hatte ihn schließlich mit dem Vorschlag überredet, dass er sich im *Las Fuentes* ein Sandwich bestellen konnte. Im Auto lenkte ich ihn mit Fragen über die Trainerin ab.

»Sie wissen ja, sie arbeitet auf eigene Rechnung mit den Hunden. Ihre Eltern waren Bauern und lebten auf dem Land. Ihr gefällt es sehr gut auf dem Land, sie hat mir erzählt, dass sie sich von ihren Ersparnissen eine Finca kaufen wird, wenn sie aufhört. Das ist ihr Lebenstraum. Sie hat nie geheiratet und lebt allein in einem kleinen Haus in Horta.«

Offensichtlich war es in dem Gespräch um Privates gegangen, oder zumindest war es das Thema, das die Befragte vorgezogen hatte. Wie auch immer, Garzón hätte ihr auch keine substanziellen Fragen stellen können, ohne sich verdächtig zu machen.

Wir holten Schreck ab, der sich in seiner Eigenschaft als verantwortlicher Polizeihund schon nicht mehr an die Zwischenfälle vom Morgen zu erinnern schien, und kamen gerade dann in der schmierigen Kneipe *Las Fuentes* an, als sich mit den Dunstschwaden von Frittierfett frischer Kaffeeduft vermischte. Unser verdeckter Ermittler saß am Tresen und warf uns einen verschwörerischen Blick zu. Ich bedauerte ihn. Es musste schrecklich sein, eine ganze Woche in so einer Kaschemme zuzubringen.

Der Wirt warf Schreck einen bösen Blick zu, aber da er uns bestimmt wieder erkannte, wagte er nicht, uns hinauszuwerfen. Wir setzten uns an einen Tisch und bestellten Kaffee. Garzón wollte ein Tortilla-Sandwich. Am Nachbartisch hatte sich eine Runde zum Dominospielen eingefunden. Es kamen vereinzelt Männer herein, einige von ihnen begrüßten sich, andere nicht. Schreck schien niemanden zu kennen. Ich ließ den Wirt nicht aus den Augen. Mir sollte keine Grimasse, kein Zeichen entgehen. Der Kerl war gelassen und beachtete uns nicht weiter. Er servierte griesgrämig und besonnen Kaffee und Brandys, die nach Terpentin rochen. Garzón reklamierte sein Sandwich vergeblich. Der Koch war schon gegangen. Eine Katastrophe. Es verging eine halbe Stunde, die mir wie eine Ewigkeit vorkam. Der Subinspector wippte mit einem Bein, als würde er den Rhythmus einer wildgewordenen Dixieland-Band mitklopfen. Schreck hingegen schlief auf dem mit Zigarettenkippen, Krabbenschalen und Papierservietten übersäten Boden. Ich kraulte ihm den Kopf, um ihn zu wecken. Er leckte mir zärtlich die Hand. Genau in dem Augenblick spitzte er die Ohren und stand, mit dem Blick zur Tür, auf. Schwanzwedelnd zerrte er an der Leine. Ich ließ ihn los. Am Tresen stand ein Typ, der gerade hereingekommen war. Schreck lief auf ihn zu, stieß ein paar Laute aus und hüpfte an den Beinen des Mannes hoch. Der begrüßte ihn, lächelte und wandte sich an den Wirt: »Hey, was macht der denn hier?«, fragte er unbesonnen. Kaum hatte er es ausgesprochen, begriff er, dass hier etwas faul war, und blickte sich um. Garzón stand schon neben ihm.

»Polizei«, sagte er. »Kennen Sie den Hund?«

»Nein. Ich weiß nicht, wem der gehört.«

»Es wäre besser, wenn Sie nichts weiter sagen und uns aufs Kommissariat begleiten.«

Ich erinnere mich nicht, welche unzusammenhängenden Einwände er stotterte. Der Subinspector befahl ihm leise und überzeugend zu schweigen. Beim Kommissariat ließen wir Schreck im Auto. Die Wachpolizisten führten den Mann in einen Raum. Vor dem Verhör verständigten Garzón und ich uns unter vier Augen.

»Wenn er nur ein bisschen schlau ist, wird er nichts sagen, auch wenn er noch so viel weiß. Ich bezweifle, dass die Zeugenschaft eines Hundes Rechtsgültigkeit hat.«

»Werden Sie ihn wie den Typen damals zum Ausziehen zwingen?«, fragte er mich.

»Bestimmt nicht!«

»Warum?«

»Er ist so hässlich wie der Teufel.«

Er sah genauso schrecklich aus wie Lucena. Ein gemeiner Ausdruck im pickeligen Gesicht: arm, verdorben, verbraucht, kaputt, zerlumpt. Hauptbeweis für sein Außenseitertum war die Tatsache, dass er sich mit diesem Aussehen noch Schmuck umhängte. Er trug eine rote Cordsamthose, und um den Kragen des geblümten Hemdes hatte er ein Lederband geschlungen, an dem, wie bei einem herausgeputzten Buffalo Bill, eine Art Medaillon aus Metall hing. Er behauptete, Salvador Vega zu heißen, und leugnete, Ignacio Lucena Pastor zu kennen. Er war schwach und ängstlich. Garzón bemerkte es sofort und beschloss, ihn auf brutalste Weise einzuschüchtern.

»Was machst du?«

»Ich arbeite im Kunsthandwerk.«

»Was für Kunsthandwerk?«

»Ich stelle Tauben und Vögel aus Gips her. Einige bemale ich bunt und verkaufe sie an Trödelläden, andere lasse ich, wie sie sind, die werden mir von Handarbeitsgeschäften abgekauft.«

»Scheiße!«, sagte Garzón. »Glauben Sie, Inspectora, dass sich jemand mit dem Bemalen von Tauben den Lebensunterhalt verdienen kann?«

Der Kerl wurde nervös. »Ich schwöre Ihnen bei Gott, dass ich das tue! Wenn Sie wollen, können wir zu mir nach Hause fahren, und ich zeige Ihnen die Werkstatt mit den Plastikformen und den Figürchen. Ich lebe davon. Ich verdiene genug Geld, ich zahle meine Miete, meine Rechnungen, ich habe sogar einen kleinen Lieferwagen, mit dem ich das Material hole! Wir können sofort gehen, wenn Sie mir nicht glauben.«

Garzón ging brüsk auf ihn zu, schnappe ihn am Kragen und zog ihn zu sich heran, bis sich ihre beiden Nasen fast berührten. »Hör mal, du Arschloch, ich werde nichts von dem glauben, was du erzählst, wenn du weiterhin leugnest, Lucena zu kennen. Wir haben Zeugen, die sagen, dass du ihn kennst!«

»Das ist gelogen!«

»Gelogen? Ich werde dir mal was sagen: Du hast mich erwischt, und ab jetzt geht es dir schlecht, sehr schlecht. Ich werde mich persönlich darum kümmern, dass es dir schlecht ergeht. Hast du verstanden?«

Ich vermittelte.

»Ich glaube dir ja, dass du Tauben fabrizierst. Und weißt du, warum? Weil ich in Lucenas Wohnung zwei gesehen habe. Ich wette, dass die genau so aussehen wie die, die du machst.«

Er schwieg einen Augenblick. »Viele Leute kaufen meine Tauben.«

Garzón verlor die Selbstbeherrschung. Er stürzte sich auf ihn und hieb auf ihn ein, wobei er ihn am Arm festhielt. Der Mann war entsetzt. Er sah mich flehend an: »Sagen Sie ihm, dass er aufhören soll! Er ist verrückt!«

»Mein Kollege ist nicht verrückt, aber er verliert schnell die

Geduld. Ich bin etwas geduldiger als er, obwohl ich sie auch verlieren werde, wenn das so weiter geht. Ein Mann ist tot, mir ist nicht nach Scherzen zumute.«

Er erstarrte. Seine Augen traten hervor und der Mund stand offen. »Tot? Ich wusste nicht, dass er tot ist. In der Kneipe erzählt man, dass er im Krankenhaus liegt und dass die Polizei jemanden sucht. Aber ich wusste nicht, dass er tot ist.«

»Dann hast du ihn also gekannt?«, fragte ich.

Hängenden Kopfes räumte er leise ein: »Ja.«

Garzón stürzte sich wieder auf ihn, zerrte ihn am Hemd vom Stuhl hoch und schüttelte ihn. »Verfluchter Mistkerl, jetzt kennst du ihn also doch! Du bist ein Scheißkerl, schlimmer als ein Scheißkerl, du bist ein Haufen Scheiße! Und du wusstest nicht, dass er tot ist? Erwartest du etwa, dass wir dir jetzt glauben, du Arschloch? Sicher hast du ihn umgebracht. Wenn du mir nicht augenblicklich alles sagst, was du weißt, polier ich dir die Fresse, das schwör ich dir!«

Garzóns Aggressivität beeindruckte mich. Bestimmt rührte sie von seinem Hunger her. Ich legte ihm eine Hand auf die Schulter, um ihn ein bisschen auf den Boden zurückzuholen. Es war nicht angesagt, dass er den Verdächtigen verprügelte.

»Wart ihr Freunde?«, fragte ich.

»Nein, Freunde nicht gerade, wir trafen uns manchmal und tranken ein Bier zusammen. Er war mir sympathisch.«

»In was war Lucena verwickelt?«

»Das weiß ich nicht, ich versichere Ihnen, ich weiß es nicht. Ich weiß, dass er allein lebte, zusammen mit diesem widerlichen Hund. Aber wenn er in was Hässliches verwickelt war, hat er es mir nicht gesagt, das schwöre ich Ihnen. Wir haben über Fußball geredet.«

Garzón schlug mit der Faust auf den Tisch, der Mann duckte sich, als würde der nächste Schlag sein Gesicht treffen.

»Über Fußball, du verdammtes Arschloch?«

Auch ich dachte, dass er über ihn herfallen würde und raunte: »Ruhig, Subinspector, ruhig.«

Salvador Vega sah mich halb tot vor Angst an. »Sagen Sie ihm, dass er mir nichts tun soll«, flehte er.

»Niemand wird dir was tun, aber du musst uns die Wahrheit sagen, uns alles beantworten, ohne etwas zu verheimlichen. Womit handelte Ignacio Lucena?«

Er lockerte seine Buffalo-Bill-Schleife und öffnete den obersten Hemdenknopf. »Er handelte mit Hunden«, sagte er.

Garzón unterbrach ihn brüllend: »Hunde? Glaubst du etwa, wir sind blöd? Wer soll das fressen, dass der mit Hunden handelte?«

»Ich sage Ihnen die Wahrheit. Das ist das Einzige, was ich weiß. Er verschaffte den Leuten Hunde.«

Bevor sich mein Kollege erneut auf ihn stürzen konnte, machte ich ihm ein Zeichen, sich zurückzuhalten. »Willst du damit sagen, dass er sie verkaufte?«

»Ja, nehme ich an.«

»Und woher hatte er sie?«

»Er hat mir nie was erzählt, ehrlich, er war sehr zugeknöpft, sogar wenn er zwei Gläser Bier getrunken hatte, war er noch zugeknöpft. Ich weiß nur, dass er einmal zu mir gesagt hat: Diese Woche muss ich ein paar Hunde vermitteln. Das ist alles.«

»Glaubst du, dass sie gestohlen waren?«

»Ja, das habe ich immer gedacht, aber es wäre mir nie eingefallen zu fragen. Er hatte einen schlechten Ruf.« Er schwieg einen Augenblick. Garzón keuchte noch immer nach seinen Wutausbrüchen.

»Hast du ihn irgendwann mal erwähnen hören, wem er diese Hunde vermittelte?«

Er sah zu Boden. In verständnisvollem Tonfall fuhr ich fort: »Denk gut nach. Es geht um einen Mord. Wenn du die Wahrheit sagst, und ihr nur gelegentlich ein Bier zusammen getrunken habt, ist es wichtig, dass du alles erzählst, was du weißt. Wenn du was verschweigst, kann dich das später dummerweise belasten.«

Er pflichtete mir mit kurzem, gemäßigtem Kopfnicken bei. »Einmal hat er mir erzählt, dass er die Hunde zu einem befreundeten Professor ins Klinikum bringt.«

»In die Medizinische Fakultät?«

»Ja.«

»Für Experimente?«

»Das weiß ich nicht.«

»Ist das alles, was du weißt?«

»Ich schwöre es bei Gott! Ich fand es immer witzig, dass er sich mit Hunden beschäftigt. Einmal habe ich nachgehakt, aber er hat nichts rausgelassen, nichts.«

Garzón mischte sich wieder ein. »Natürlich hast du das witzig gefunden. Das mit den Hunden ist Blödsinn! Tolles Geschäft!«

Zum ersten Mal antwortete dieses eingeschüchterte Bürschchen herausfordernd und stolz: »Jeder schlägt sich im Leben durch, wie er kann. Ich weiß nicht, warum Ihnen das so merkwürdig vorkommt. Ich mache Tauben, er beschaffte sich Hunde, wir können nicht alle Notare sein.« Seltsam, dass die Bewunderung dieses Außenseiters den Notaren galt. Es hätten Banker sein können, Industrielle, aber nein, es waren Notare.

»Hast du eine Idee, wer ihn getötet haben könnte?«

»Ich versichere Ihnen, nein.«

»Ist gut«, murmelte ich.

Wir schickten ihn in Begleitung zweier Polizisten zur Hausdurchsuchung heim. Er meinte, wir bräuchten keinen offiziellen Durchsuchungsbefehl, er wünsche es sogar, damit wir uns von seiner Unschuld überzeugten. Garzón sah aus wie ein Shakespeare-Schauspieler nach einer Othello-Vorstellung, erschöpft und erregt. Der mörderische Hunger, den er haben musste, hatte ihm geholfen, so Furcht erregend zu wirken.

»Glauben Sie dieses Geschwätz von den Hunden?«, fragte er.

»Mir bleibt nichts anderes übrig, als es zu glauben. Sein Vorleben muss überprüft werden. Ein Bulle soll sich an seine Fersen heften, mindestens eine Woche lang. Und unser Mann soll noch eine Woche im *Las Fuentes* bleiben, die Kontakte und Gespräche des Wirts verfolgen. Morgen gehen Sie persönlich hin und sprechen mit ihm. Mal sehen, ob er die Geschichte von dem Kerl über seine Fußballplaudereien mit Lucena bestätigt. Wenn er noch immer nicht kooperieren will, sagen Sie ihm, dass wir wissen, dass er Lucena kannte, und dass er uns das verheimlicht hat. Wir können ihn ganz offiziell in den Fall hineinziehen.«

»Ja, Inspectora. Ich nehme an, heute ist es schon zu spät für die Medizinische Fakultät.«

»Wir gehen morgen hin.«

»Dann machen wir für heute Schluss.«

»Nein, wir müssen noch einen Besuch machen.«

»Entschuldigen Sie, Inspectora, aber es ist sieben Uhr, und ich habe seit dem Frühstück nichts gegessen, wirklich …«

»Tut mir Leid, Fermín, aber ich muss Sie doch nicht über die Freuden des Berufslebens belehren … Noch einen Besuch, und Sie können gehen.«

Bevor er ins Auto stieg, ging er in eine Kneipe und kaufte sich eine Tüte Kartoffelchips. Schreck erwartete uns ohne Anzeichen von Ungeduld. Aber als er die Chips des Subinspectors sah, flippte er aus.

Unter dem Gewinsel des Hundes und dem Knacken der Chips im Mund des Subinspectors fuhren wir durch den dichten Stadtverkehr. Meine Nerven waren gespannt wie Drahtseile. Schließlich platzte ich: »Also wirklich, Fermín, geben Sie diesem verflixten Hund einen verdammten Chip, bevor ich ausraste!« Wie ein maulendes knauseriges Kind legte der Subinspector einen kleinen Kartoffelchip auf die Rückbank.

Zum Glück wirkte schon der Eingang des *Bestiariums* beruhigend. Es war eine überschaubare gemütliche Buchhandlung mit einem Teppich in dezenten Farbtönen und sanfter Jazzmusik im Hintergrund. Ángela Chamorro begrüßte uns lächelnd. Sie war um die Fünfzig, hatte schöne haselnussbraune Augen und war genauso diskret und beruhigend gekleidet, wie ihr Laden dekoriert war. Ihr mit weißen Strähnen durchzogenes Haar hatte sie zu einem üppigen Knoten im Nacken zusammengesteckt. Als ich ihr sagte, dass wir von Juan Monturiol geschickt wurden, machte sie lobende Bemerkungen über ihn. Als ich noch hinzufügte, dass wir Polizisten seien, war sie fasziniert. Sie sah auf die Uhr. »Es ist kurz vor acht, ich schließe den Laden, dann können wir in Ruhe reden; um diese Zeit kommt selten noch jemand.«

Sie führte uns in einen kleinen Hinterraum voller Bücherkisten. Auf einem Seitentischchen standen benutze Teetassen, und auf dem Boden schlief ein riesiger langhaariger Hund. Ich machte eine überraschte Handbewegung, als ich ihn erblickte.

»Erschrecken Sie bitte nicht, das ist Nelly, meine Hündin, ein wunderschönes Exemplar von Mastin aus den Pyrenäen, völlig harmlos. Setzen Sie sich.« Sie kraulte mit unendlicher Zartheit den Rücken des Tieres. Dieses seufzte. »Fragen Sie, obwohl ich vielleicht nicht alle Ihre Fragen beantworten kann.«

»Juan sagt, dass Sie die qualifizierteste Hundeexpertin in diesem Land sind.«

Sie lächelte leicht beschämt. »Ich hoffe, Sie glauben ihm nicht.«

Sie hatte Stil, war außerdem intelligent und besaß eine schnelle Auffassungsgabe; sie begriff die Nuancen der Geschichte mit Schreck in Carmelo sofort. Nachdem sie uns aufmerksam zugehört hatte, verharrte sie einen Moment nachdenklich und fragte dann: »Zeigte Ihr Hund eine interessierte Haltung, als er Sie durch die Straßen führte?«

»Interessiert?«

»Schnüffelte er mit der Nase am Boden entlang, ohne sich von anderen Gerüchen ablenken zu lassen, ohne innezuhalten?«

»Er schnüffelte alles ab, besonders anfangs, dann hat er sich stärker konzentriert.«

»Wie weit waren Sie von diesem Trainingsgelände entfernt, als er sich zu konzentrieren begann?«

»Ungefähr vier- bis fünfhundert Meter.«

»War eine läufige Hündin dabei?«

»Das weiß ich nicht, ist möglich. Das können wir rauskriegen.«

»Wenn der Hund sich von seinem Gedächtnis hat leiten lassen, dann, weil ihm dieser Ort aus irgendeinem Grund in angenehmer Erinnerung war. Vielleicht hat ihn sein Halter dort spazieren geführt, vielleicht hat er dort etwas Leckeres zu fressen bekommen. Er hätte Sie nie an einen Ort geführt, an dem er etwas Negatives erlebt hat. Wenn er aber einer konkreten Spur gefolgt ist, dann muss es etwas Anziehendes gewesen sein, eine läufige Hündin zum Beispiel. Fünfhundert Meter ist eine beachtliche Entfernung, fast die Höchstgrenze, bis zu der der Geruchssinn eines Hundes zuverlässig ist. Es zählen auch die atmosphärischen Bedingungen, sie sind eine entscheidende Variable. War es an dem Tag windig?«

Garzón und ich sahen uns beschämt ob unserer Unwissenheit an.

»Erinnern Sie sich daran, Subinspector?«

»Keine Ahnung.«

»Ist auch nicht so wichtig. Natürlich könnte es eine läufige Hündin gewesen sein. Oder vielleicht ein besonderes Futter, das Trainer den Hunden zur Belohnung geben.«

»Die Trainerin heißt Valentina Cortés.«

»Sie hat den Ruf, sehr gut zu sein.«

»Kennen Sie sie?«

»Nicht persönlich, aber in dieser Branche hören wir irgendwann alle voneinander.«

»Dann hat es letztendlich nicht viel zu bedeuten, dass Schreck uns dort hingeführt hat. Vielleicht ist er noch nie dort gewesen.«

»Erkundigen Sie sich nach einer läufigen Hündin.«

Garzón zog sein Notizbuch heraus und notierte.

»Ich möchte Ihnen noch eine andere Frage stellen, Ángela. Sie sind die ideale Hundespezialistin.«

»Oh, sagen Sie das nicht!« Sie war entzückt.

»Hunde, die in der Medizinischen Fakultät eingesetzt werden? Wofür brauchen die sie, und woher bekommen die sie normalerweise?«

»Na ja, ich nehme an für Versuchsreihen. Die ideale Hunderasse für die medizinische Forschung ist der Beagle, ein freundlicher englischer Hund mittlerer Größe, dessen genetischer Auftrag die Jagd ist. Beagles jagen Fasane, Feldhasen … sogar Fische! Später entdeckte man eine gewisse Ähnlichkeit seines organischen Gewebes mit dem des Menschen und begann, ihn an allen medizinischen Fakultäten auf der Welt einzusetzen. Sie haben gewöhnlich eigene Zuchten und Zwinger.«

»Sie sind nicht darauf angewiesen, mit gestohlenen Hunden beliefert zu werden?«

»Das mit der Unterwelt, die der Uni Hunde oder Hundekadaver verkauft, ist Schnee von gestern. Obwohl, wer weiß das schon. Eine andere Sache sind Privatlabors und Kosmetikfirmen. Das ist sehr undurchsichtig. Sie wissen ja, Tierversuche stehen in der Kritik. Mit dem Ergebnis, dass die ihre Pforten felsenfest verschließen und niemand weiß, welche Hunde benutzt werden, woher sie sie bekommen und was sie mit ihnen machen. Die riskieren keine schlechte Presse. Die Tierschutzvereine können in dieser Branche nur wenig ausrichten.« Ihr klarer Blick verlor sich in der Ferne. »Glauben Sie, dass Ihnen bei Ihren Ermittlungen weiterhilft, was ich Ihnen erzählt habe?«

»Natürlich haben Sie uns weitergeholfen!«

»Im Zusammenhang mit Hunden gibt es keine sicheren, keine definitiven Aussagen. Hunde sind keine Maschinen, sie sind Lebewesen, reagieren unvorhersehbar, haben Gefühle, eine eigene Persönlichkeit, sie haben sogar ... nun ja, ich bin davon überzeugt, dass sie sogar eine Seele haben.« Begeistert von der Mystik ihrer Worte sah sie uns an.

»Ich ...«, Garzón machte zum ersten Mal in dem Gespräch den Mund auf.

Sie lauschte gespannt. »Reden Sie weiter.«

»Entschuldigen Sie, dürfte ich mir einen dieser Kekse nehmen?« Er zeigte auf den halb vollen Teller neben den leeren Teetassen.

Sie wurde blass. Dann lachte sie. »Mein lieber Freund, entschuldigen Sie! Ich werde ihnen sofort einen Tee machen. Dass mir das nicht früher eingefallen ist.«

Garzón wand sich in verspäteten Erklärungen. »Es ist nämlich so, dass ich den ganzen Tag noch nichts gegessen habe, und die Kekse haben mich schwach gemacht ...«

Von der Küchennische aus bedauerte sie ihn. »Ich kann mir vorstellen, dass es ziemlich ermüdend sein muss, den ganzen Tag lang zu ermitteln. Und gefährlich!«

Ich sah Garzón an und schüttelte tadelnd den Kopf. Er zuckte frech mit den Schultern und ließ sich verwöhnen. Der langhaarige Hund starrte uns an.

Wir verließen den Buchladen nach zehn Uhr abends. Wir hatten Kekse gegessen und Tee getrunken; wir hatten erfahren, dass Ángela die Witwe eines Tierarztes war, dass ihr Laden wunderbar lief, und dass sie Hunde anbetete. Als das Eis schließlich gebrochen war und sich nach dem Imbiss seine Laune hob, erzählte Garzón ihr merkwürdige Dinge aus seinem entlegenen Dorf bei Salamanca über Hunde und wandernde Schafherden. Sie lauschte begeistert, als wären Hütehunde das Interessanteste, von dem sie je gehört hatte.

Erschöpft und verwirrt kam ich nach Hause. Schreck lief zu seinem Futternapf und machte sich wie ein Besessener darüber her.

Dieser Hund war tatsächlich Garzóns Alter Ego. Ich warf meinen Mantel auf das Sofa und hörte den Anrufbeantworter ab.

»Petra, ich bins, Juan Monturiol. Ich habe darauf gewartet, dass du mich abholst. Aber jetzt ist es schon halb neun. Ich fahr nach Hause. Vermutlich kann einem so was passieren, wenn man mit einer Polizistin verabredet ist. Ich hoffe, dass du zumindest den schrecklichen Serialkiller gefunden hast.«

»Verdammt«, murmelte ich. Dann steigerte ich den Fluch zur Blasphemie. Das hatte ich völlig vergessen. Bis zu welchem Grad der Idiotie führte mich die Arbeit? Was war ich, eine Romandetektivin? Wie eilig hatte ich es, den Mörder zu finden? Er war nicht weniger ein Mörder, wenn er ein paar Stunden länger auf freiem Fuß blieb. Mir war ein fesselndes Lächeln, der Körper eines Seemannes, ein echter griechischer Hintern entgangen! Und das Schlimmste war, dass Juan Monturiol meinen Korb als Dickköpfigkeit interpretieren würde, als Prinzipienfrage. Genau das, was er nicht tun sollte. Erstens, weil es richtig war, dass ich an andere Dinge denken konnte, und zweitens, weil dies unnötigerweise die Beziehung komplizierte und den Prozess des Ins-Bett-Bekommens hinauszögerte. Ein Wirbelsturm von schlechter Laune überkam mich.

Schreck hatte aufgefressen und kam schwanzwedelnd auf mich zu.

»Hau ab, du widerlicher Köter!«, rief ich abwehrend. Er sah mich verständnislos an, seine schwarzen Äuglein auf mich geheftet. »Ist ja gut, komm her zu mir«, sagte ich dann von seiner Verwirrung gerührt. Ich setzte mich. Er ließ sich auf meinem Schoß nieder, flauschig und glücklich. Ich glaube, ich bin zuerst eingeschlafen.

4

Wir fanden Don Arturo Castillo, Professor für Pharmazie an der Universität von Barcelona, in der Cafeteria der Fakultät, wo er sich einen Kaffee mit Brandy genehmigte. Er trug einen weißen Kittel, aus dessen Brusttasche mehrere Kugelschreiber lugten. Außerdem eine große Schildpattbrille. Als wir ihn ansprachen, lachte er gerade aus vollem Halse mit einem seiner Mitarbeiter. Castillo reagierte, als hätte er sein Leben lang Bullen empfangen und sie zum Frühstück eingeladen. Denn das tat er, bot uns einen Kaffee an und erzählte, dass in dieser Cafeteria Studenten, Patienten aus dem Klinikum und Professoren der unterschiedlichsten medizinischen Zweige zusammentrafen. Er war ein extrovertierter, höflicher Mensch, der wahrscheinlich der Einsamkeit seiner Forschungsarbeit entfloh, indem er an diesem lauten Treffpunkt ein Weilchen plauderte. Wir baten ihn, uns an einen ruhigeren Ort zu bringen, und er führte uns in sein Arbeitszimmer. Er zeigte noch immer keinerlei Neugier an dem, was wir von ihm wollten. Als ich zur Sache kam und ihn fragte, ob er Ignacio Lucena Pastor kannte, kam auch keine bestätigende Reaktion.

»Ist das ein Student? Hat irgendein Student ein Verbrechen begangen? Ich hoffe, es handelt sich nicht um Mord, obwohl jeder meiner Studenten ein Mörder sein könnte, wenn ich es recht bedenke.«

Er lachte amüsiert auf. Wir zeigten ihm das Foto von Lucena.

»Es handelt sich um diesen Mann. Wie wir erfahren haben, hat er Ihnen Hunde für Ihre Experimente besorgt, Doktor Castillo.«

»Aber das ist Pincho! Sie meinen Pincho? Natürlich kenne ich ihn. Ich habe nie rausgekriegt, wie er wirklich heißt. Er kommt schon eine Weile nicht mehr her. Er ist klein, sieht komisch aus, redet wenig. Warum liegt er in einem Krankenhausbett?«

»Er liegt nicht mehr in diesem Bett. Er ist tot, ermordet. Er wurde vor ein paar Tagen brutal zusammengeschlagen.«

Castillo wurde ernst. »Pincho? Mein Gott, ich hatte keine Ahnung!«

»Wir haben erfahren, dass er sich damit brüstete, mit Ihnen befreundet zu sein.«

Er war beeindruckt und verwirrt. »Na ja, befreundet ... Jedes Mal, wenn er mir einen Hund brachte, haben wir ein Weilchen geplaudert und in der Cafeteria ein Bier getrunken. Ja, ich nehme an, er war stolz darauf, mich zu kennen, alles wies darauf hin, dass er ein Mann aus sehr bescheidenen Verhältnissen war.«

»Brauchten Sie die Hunde für Experimente?«

»Eigentlich hat die Fakultät ihre eigene Zucht. Aber gelegentlich mussten wir andere Hunde für die Versuche der Internisten kaufen. Das hat inzwischen völlig aufgehört, aber zu Pinchos Zeiten passierte das noch oft.«

»Haben Sie ihn irgendwann einmal nach der Herkunft der Hunde gefragt?«

»Nun, um ehrlich zu sein, nein.«

»Könnten sie gestohlen gewesen sein?«

»Bestimmt nicht! Das waren keine Rassehunde. Im Städtischen Tierheim gibt es hunderte davon. Wenn wir sie nicht mehr einsetzen, dann wegen ihres schlechten Zustands. Viele waren krank, hatten Parasiten, und von keinem wussten wir das genaue Alter. All das macht Experimente wenig zuverlässig.«

»Warum haben Sie sich dann nicht direkt vom Tierheim beliefern lassen?«

»Die Impfungen und dazugehörigen Papiere sind viel teurer. Außerdem brachte Pincho sie direkt ins Haus. Das war bequem. Der Arme brauchte das Geld, und da er uns so lange zu Diensten war ... Später blieb er ohne Erklärung einfach weg.«

»Doktor Castillo, glauben Sie, Sie könnten sich an die Namen der Hunde erinnern, die von der Fakultät gekauft wurden? Haben Sie sie vielleicht notiert?«

»Wenn sie einen Namen hatten, wollte ich ihn nie wissen.

Experimente an Hunden sind nicht angenehm, wissen Sie. Kommen Sie mit, ich werde Ihnen was zeigen.« Er führte uns ins Labor. Zwischen Schaukästen, medizinischen Apparaturen und chemischen Substanzen bewegten sich Leute in weißen Kitteln. Doktor Castillo stand vor einer Krankenbahre. Auf der lag bewusstlos und alle viere von sich gestreckt ein mittelgroßer Hund mit hellem, goldgeflecktem Fell. Seine Luftröhre war offen und aus der blutigen Schnittwunde ragte ein dicker Schlauch, der in eine Art Kardiograph mündete. Beim Atmen machte er röchelnde Geräusche. Die an den Körper angeschlossenen Kabel übertrugen ein Diagramm auf liniertes Papier. Es war ein trostloses Schauspiel.

»Begreifen Sie jetzt, warum es nicht angenehm ist? Nach dem Experiment sind sie völlig unbrauchbar. Wir geben ihnen die Todesspritze. Wenigstens leiden sie nicht. Aber wenn sie noch leben, muss man Mut aufbringen, um sie anzusehen. Sie versuchen mit dir zu spielen, lecken dir die Hände … Wenn sie hier reingebracht werden, werden sie stumm und starr. Sie versuchen weder zu fliehen noch sich zu retten. Wenn du ihnen in die Augen schaust, begreifst du, dass sie wissen, dass sie sterben werden.«

»Das ist entsetzlich!«, rief ich aufgeregt.

»So geht Wissenschaft! Deshalb will ich von den Hunden nichts wissen, bis sie auf den Operationstischen liegen und betäubt sind. Schon gar keine Namen. Martín, der Verwalter im Hundezwinger, kümmert sich um sie. Er zieht sie auf und füttert sie, und meine Assistenten bereiten sie dann auf die Untersuchung vor. Das ist eines meiner wenigen Privilegien als Chef!«

»Können wir mit Martín sprechen?«

»Gute Idee. Vielleicht weiß er mehr über Pincho. Er hatte hauptsächlich mit ihm zu tun, er hat ihn ausgezahlt und die Hunde entgegengenommen.«

»Es gibt noch etwas, das Sie für uns tun können, Doktor Castillo. Könnten Sie bestätigen, ob einige dieser Summen den Auszahlungen ihrer Abteilung an … Pincho entsprechen?«

»Sehen wir im Computer nach, kommen Sie.«

Wir gingen in sein Arbeitszimmer zurück. Er zeigte zufrieden auf seinen Computer. »Sehen Sie nur, was für ein Gerät! Das ist das Neueste. Und sehen Sie sich diese Druckqualität an!« Er beugte sich über die Tastatur und schrieb: »Es lebe das Leben!« Garzón und ich sahen uns verstohlen und ungläubig-überrascht an. Eine Krankenschwester, die mit den Akten in einer Schublade beschäftigt war, fing unsere Blicke auf und lächelte. Der Subinspector zog Lucenas Rechnungsbuch Nummer zwei aus der Tasche und zeigte es Castillo.

»Steht kein Datum dabei?«, fragte dieser.

»Nein.«

Er warf einen Blick auf die Beträge und las sie laut vor: Fünfzigtausend, vierzigtausend ...«, er schüttelte den Kopf. »Nein, nein, um Gottes willen, unmöglich. Wir haben Pincho nie so viel Geld für die Hunde bezahlt.«

»Na gut, probieren wir es mit den anderen Beträgen.« Er reichte ihm das Rechnungsbuch Nummer eins.

»Zehntausend, achttausend, fünfhundert ..., ja, das ist wahrscheinlicher.« Er tippte etwas in den Computer, suchte und brauchte nicht lange, bis er gefunden hatte, was wir wollten. Alle Beträge stimmten mit den Summen für erworbene Hunde an Lucena überein. Dort gab es auch Datumsangaben. Die letzte Transaktion datierte zwei Jahre zurück. Wir baten den Professor, uns eine Kopie dieser Liste auszudrucken. Ich stellte fest, dass auf ihr die seltsamen Zeitangaben fehlten, die in der Buchhaltung des Toten aber vorlagen.

»Hören Sie, Doktor, haben Sie eine Idee, worauf sich diese Angaben beziehen könnten: sechs Monate, zwei Jahre ...?«

»Das ...?«, fragte er zerstreut. »Ja klar, das ist in etwa das Alter des Hundes.«

Garzón schlug sich an die Stirn. »Das Alter! Natürlich!«

»Nur das ungefähre Alter. Ich habe Ihnen ja schon gesagt, dass es wichtig ist, das Alter zu wissen. In diesen Fällen ist es ungenau, obwohl ich sagen muss, dass Pincho das Alter gut einschätzen konnte. Zweifelsohne verstand er was von Hunden. Der Arme, was hat er für ein Ende genommen!«

Mit athletischem Schritt verließ er den Raum und machte sich auf die Suche nach dem Verwalter des Hundezwingers. Da kam die Krankenschwester näher und sagte ironisch zu uns: »Doktor Castillo ist eine internationale Kapazität für pharmazeutische Experimente, ein anerkannter Spezialist, der auf der ganzen Welt an Kongressen teilnimmt. Aber Sie wissen bestimmt, dass Gelehrte ein bisschen exzentrisch zu sein pflegen, oder?« Wir fühlten uns bei unserem verflixten Blickwechsel ertappt und nickten schuldbewusst. Nach dieser kurzen Ausführung verschwand sie wieder.

Garzón war zu aufgeregt, um auf sie zu achten. »Merken Sie was, Inspectora? Diese verdammten Rechnungsbücher sind gar nicht so geheimnisvoll! Die lächerlichen Namen gehören Hunden, die Zeitangaben sind das Alter und die Beträge wurden für sie bezahlt.«

»Aber nur eines davon wirft ein bisschen Licht. Das andere nicht.«

Ein älterer Mann im Blaumann trat ein, er wirkte unsicher. Auch er erkannte Lucena als Pincho wieder und sagte, dass er ihn nie gefragt habe, woher er die Hunde hatte. Er war so gehemmt, dass sich Garzón veranlasst sah, ihn zu beruhigen.

»Hören Sie, das ist nichts weiter als eine ganz normale Befragung wie bei jeder Ermittlung. Wir werfen Ihnen nichts vor.«

»Es ist nur … Doktor Castillo hat mir gerade gesagt, dass Pincho ermordet wurde, und obwohl ich ihn kaum kannte … Ich weiß nicht, einfach tot … Es ist ja nicht so, dass ich noch keine Hunde habe sterben sehen! Aber bei einem Menschen … verstehen Sie?«

»Ich glaube schon«, sagte ich.

»Dieser Pincho war nicht ganz sauber. Das habe ich mal zum

Doktor gesagt. Aber weil der ein Altarheiliger ist, so gut zu allen, wollte er ihn nicht darum bringen, sich ein paar Peseten zu verdienen.«

»Warum glauben Sie, dass er nicht sauber war?«

»Ich weiß nicht. Wegen seines Aussehens. Außerdem war ich immer davon überzeugt, dass er irgendeine Übereinkunft mit der Guardia Urbana oder mit denen vom Städtischen Tierheim getroffen haben muss. Das ist die einzige Art, so viele Hunde zu kriegen. Er ist nicht losgegangen und hat sie auf der Straße eingefangen. Es gab eine Zeit, da hatten wir eine Menge Studenten auf der Internen und brauchten viele Hunde. Na ja, hast du um sieben gebeten, hat er dir sieben gebracht! Finden Sie nicht auch …, wenn das so mühelos geht … wird man schließlich stutzig.«

»Haben Sie sich mit ihm per Telefon in Verbindung gesetzt?«

»Nein, er kam immer her. Das mit den Hunden geht auch nicht von heut auf morgen …«

»Wann haben Sie ihn zum letzten Mal gesehen?«

»Er ist schon lange nicht mehr aufgetaucht. Manchmal haben wir darüber gesprochen: Dieser Kerl hat entweder in der Lotterie gewonnen oder er ist tot.«

»Haben Sie nicht daran gedacht, dass er eine Arbeitsstelle gefunden haben könnte?«

»Arbeitsstelle? Hören Sie, ich weiß nicht viel, ich bin nicht sehr gebildet, aber beim Erkennen von Strolchen irre ich mich nie. Pincho war keiner, der arbeiten geht.«

Dieser Mann mit Röntgenaugen hatte uns einen Weg gezeigt. Wenn Lucena so viele Hunde besorgen konnte, wie bestellt wurden, dann hatte er ein System gehabt, an sie heranzukommen. Die Schlussfolgerung des Arbeiters war klar: Er dachte an eine bestochene Kontaktperson, Bestechung der untersten Kategorie, bei der Polizei oder dem Städtischen Tierheim. Nächster Schritt war, diese Person zu finden.

Für Garzón waren die Rechnungsbücher wichtiger. Das erste half uns, den Tatbestand zeitlich einzuordnen. Das letzte Datum eines Hundeverkaufs lag zwei Jahre zurück. Demzufolge hatte sich Lucena seit zwei Jahren nicht mehr damit zufrieden gegeben, von der Medizinischen Fakultät zehntausend Peseten pro Hund zu kassieren. Aber seine Aktivitäten waren damit nicht beendet: Wir hatten das Rechnungsbuch Nummer zwei, das eine Weiterführung der Geschäfte belegte. In diesem wiesen die Beträge einen so beachtlichen Zuwachs auf, dass sich die Schlussfolgerung, worauf dieser zurückzuführen war, schwieriger gestaltete. Wie Garzón gesagt hatte, waren Hunde bestimmt weiterhin Objekte solcher Transaktionen gewesen: ähnliche Namen, ähnliche Altersangaben daneben … der einzige Unterschied bestand im Geldbetrag.

»Vielleicht hat man ihm für das gleiche Geschäft woanders mehr bezahlt.«

»Hunde für Experimente zu beschaffen?«

»Genau. Und wo werden außer an der Universität Experimente durchgeführt?«

»In der pharmazeutischen Industrie, wie Ángela Chamorro uns erzählt hat.«

»Die Pharmaindustrie soll so viel für ein paar Straßenköter zahlen?«

»Wir wissen nicht, wie hoch der Preis für Hundefleisch auf dem Schwarzmarkt ist.«

Ich sah den Subinspector verzweifelt an. »Das ist so makaber und so grotesk! Ist Ihnen aufgefallen, dass wir in einem absurden Fall stecken?

»Wegen dieses absurden Falls wurde einer umgelegt.«

»Einer, von dem wir nicht einmal die echte Identität kennen.«

»Sie haben es schon einmal gesagt, Inspectora. Man weiß nicht, wer Shakespeare wirklich war, aber er hat Literatur geschrieben. Okay, wir wissen nicht, wer Lucena Pastor war, aber er hat mit Hunden gehandelt.« Garzón sah plötzlich auf die Uhr. »Ich gehe, Petra, ich bin zum Essen verabredet.«

»Arbeitsessen?«

»Nein, privat. Ich sehe Sie im Kommissariat.«

»Setzen Sie sich mit Sargento Pinilla in Verbindung, wenn Sie zurückkommen. Sagen Sie ihm, er soll bei der Guardia Urbana und im Tierheim nachhaken. Wir müssen unbedingt wissen, wer Lucena die Hunde verschafft hat.«

»Wenn es diesen Jemand gibt.«

Ich sah ihn besorgt an und wiederholte ernst: »Wenn es diesen Jemand gibt.«

Einen Schritt in die falsche Richtung machen, war kein schöner Gedanke. Tatsächlich hatten wir keinen Augenblick angenommen, dass Lucena unschuldig war. Von Anfang an waren wir überzeugt davon, dass er sich die Schläge, die ihn das Leben kosteten, selbst eingebrockt hatte. Schrecklich, wenn man es richtig bedenkt, denn der einzige Grund, den wir dafür hatten, war sein Aussehen gewesen. Soll heißen, die sozialen Merkmale, die sein Äußeres kennzeichneten. Hätten wir ihn für schuldig gehalten, wenn er das tadellose Aussehen einer Führungskraft gehabt hätte? Aber Lucena war wie einer der Hunde, mit denen er Geschäfte gemacht hatte: keine Rasse, keine Schönheit, bei jedem Herrn einen anderen Namen, von niemandem vermisst, wenn sie starben. Mit dem einzigen Unterschied, dass Hunde Mitleid einflößen, weil sie unschuldig sind.

Nun gut, sollte ich wegen meines bisherigen Vorgehens bezüglich dieses Mickerlings deprimiert sein? Musste ich mich selbst kritisieren, weil es mich nicht allzu dringend danach verlangte, den Mord aufzuklären? Indem ich seinen Hund mit zum Begräbnis genommen hatte, hatte ich ihm bereits mehr Ehre erwiesen als jeder andere Mensch. Zum Teufel mit Lucena! Wir würden das Bestmögliche tun, um seinen Mörder zu finden, genau das war unsere Pflicht.

Weil ich keinen Hunger hatte, beschloss ich, in der Mittagspause mit Schreck einen Spaziergang zu machen. Unser Weg führte zu Juan Monturiols Ladenpraxis. Fing ich schon an, mich wie Tiere von meinen Instinkten leiten zu lassen? Wir drehten mehrere Runden um den Laden; Schreck war es egal. Um fünf vor zwei Uhr ging endlich der Verkäufer, und Punkt zwei erschien Monturiol selbst. Ich ging auf ihn zu. Er hatte eine Militärweste, die ihm gut stand. Als er mich sah, hob er die Arme.

»Bei mir ist alles in Ordnung, Inspectora, ich bin unschuldig!«

»Ich fühle mich schuldig. Ich möchte mich für neulich entschuldigen.«

»Es war nicht der erste Korb. Warst du hinter einem Mörder her?«

»Obwohl es dir wie Hohn vorkommen muss, aber so ist es.«

»Es irritiert mich, dass du Polizistin bist. Ich hatte nicht die Absicht, mich lustig zu machen.«

Ich lud ihn zum Essen zu mir nach Hause ein, aber er wich aus und schlug das Restaurant an der Ecke vor. Also ging ich zum Gegenangriff über und führte an, dass wir Schreck dabei hätten. Er versicherte, dass er früher öfters mit seinem Hund dort gewesen war.

»Warum hast du deinen Hund nicht dabei?«

»Er ist vor einem Jahr überfahren worden. Ich habe mir keinen neuen gekauft, es schmerzt mich zu sehr, wenn sie sterben.«

»Hast zu Angst zu leiden?«

»Ich bin es müde zu leiden.«

»Ich nehme an, müde bedeutet, auf etwas Hoffnungen zu setzen, das später verschwindet.«

»Sprichst du von Hunden?« Mit seinen grünen Augen voller Ironie wartete er auf eine Antwort.

»Von Hunden und Liebschaften.« Ich hielt seinem Blick stand. Plötzlich wandte er ihn ab, es war genug.

»Ich fürchte, ich bin Experte. Ich bin zweimal geschieden.«

»Und ich fürchte, du bist nicht der Einzige. Auch ich bin zweimal geschieden.«

Wir lachten leise auf. Gut, mein Junge, endlich haben wir einen vernünftigen Ausgangspunkt erreicht. Unentschieden bei Scheidungen und Ermüdungserscheinungen. Beim Verlassen des Restaurants bat er mich um eine Verabredung.

»Treffen wir uns an einem der nächsten Abende zum Essen?«

»Das tun wir.«

»Ich ruf dich an.«

Alles war eine Frage der Geduld. Offensichtlich wehrte sich Monturiol gegen übereiltes Vorgehen, glaubte nicht an Sex auf den ersten Blick. Wollte er die ach so männliche Genugtuung, den Ton anzugeben, genießen? Ich war bereit, mich verführen zu lassen.

Garzón tauchte erst nach fünf Uhr im Kommissariat auf, viel später als gewöhnlich. Er hatte mit Valentina Cortés zu Mittag gegessen. Die Tatsache, dass er das so unumwunden zugab, war wohl auf den Zusatz »aus rein arbeitstechnischen Gründen« zurückzuführen, den er sich nicht verkneifen konnte. Das passte nicht zu der vorherigen Erwähnung einer privaten Verabredung, aber ich mochte keine weiteren Fragen stellen. Wichtig war, dass die Trainerin Ángela Chamorros Hypothese bestätigt hatte: Am Tag unseres Besuchs auf dem Trainingsgelände war eine läufige Hündin da gewesen. Morgana, Valentina Cortés' eigene Hündin. Garzón war zufrieden; das vereinfachte die Ermittlungen sehr, wir ersparten uns, alle die Leute befragen zu müssen, die an jenem Tag mit ihren Hunden an dem Training teilgenommen hatten.

»War Valentina nicht überrascht über Ihre Frage?«

»Nein, ich habe sie geschickt gestellt. Jedenfalls wissen wir jetzt sicher, dass dieser verfluchte Platz nichts mit dem Fall zu tun hat. Ich nehme an, ich werde ihr jetzt sagen können, dass ich Polizist bin.«

»Wozu? Vielleicht sehen Sie sie nie wieder.«

»Aber vielleicht doch.«

Er steckte seine Nase ins Archiv und stöberte in alten Akten. Hatte er angebändelt, hatte mein feiner Herr Kollege angebändelt? Sicherlich war nach so vielen Jahren der Witwerschaft der Zeitpunkt gekommen. Valentina Cortés war attraktiv, auffällig und energisch, genau der Typ Frau, die dem Subinspector gefallen könnte. Es wäre ihm zu wünschen, dass unser Fall ihm genügend Zeit ließe, um diesen explosiven blonden Berg zu bezwingen, zumal er sie ja nicht mehr in Ausübung seiner Pflicht treffen musste.

Wir konnten also nur in einer Richtung weiter machen: die Pharmaindustrie. Um erste Daten über Privatunternehmen zu erhalten, mussten wir uns an die Ärztekammer wenden. Wir hatten Glück: Nur sechs Firmen betrieben eigene Forschungslabors in Barcelona. Die übrigen waren entweder große multinationale Unternehmen, die in Spanien nur produzierten, oder so klein, dass sie sich den Luxus eigener Laboratorien nicht leisten konnten. Sechs schien eine akzeptable, überschaubare Zahl zu sein, und wir benötigten keine zusätzlichen Kräfte.

Kaum waren wir ans Werk gegangen, begriffen wir schnell, dass die Pharmaindustrie etwas sehr Ernstes war. Nicht ein einziges Labor gestattete uns, ohne Durchsuchungsbefehl seine Anlagen zu betreten. Sechs Durchsuchungsbefehle zu dem einzigen Zweck, einen Blick hineinzuwerfen, erschien uns übertrieben, sodass wir uns erneut an Doktor Castillo wandten und ihn fragten, ob wir welche von vornherein ausschließen konnten.

Der Arzt war entzückt, uns wieder zu sehen. Er rieb sich die Hände, es war unübersehbar, dass es ihm Spaß machte, Detektiv zu spielen. Dann sah er die Liste der Unternehmen, die wir ihm vorlegten, durch und lächelte schadenfroh. »Kennen Sie die Floskel ›Das ist eine harte Nuss‹? Nun denn, Sie haben es mit dem mächtigsten Industriezweig des Landes zu tun. Die werden Ihnen

Schwierigkeiten machen, wo sie nur können. Erwarten Sie nicht, dass Sie da einfach hingehen und in deren Allerheiligstem herumspazieren können.«

»Kein Polizist würde Industriespionage machen.«

»Das ist egal, die mögen es nicht, wenn man bei ihnen herumschnüffelt.« Er nahm einen Kugelschreiber zur Hand. »Mal sehen … ja, ich glaube, ich kann eine Firma ausschließen. Zum Beispiel haben diese beiden fusioniert, sie investieren nur in das erste Unternehmen …« Er trommelte auf den Tisch, während Garzón und ich ihm wie Schwachköpfe zuschauten. »Und diesen Namen können Sie auch von der Liste streichen. In deren Labors werden Sie nur Katzen finden.«

»Scherzen Sie, Doktor?«, fragte ich ganz vorsichtig.

Er lachte wie ein verrückter Gelehrter. »Kein bisschen. Für die Erforschung eines jeden Organs gibt es ein geeignetes Tier. Das Schwein hat ein dem Menschen sehr ähnliches Herz, der Hund ist gut für die Versuche am Magen …, und das komplexe Nervensystem von Katzen kann man in gewisser Weise mit dem unseren vergleichen. Nun ja, in diesem Labor werden nur Psychotrope hergestellt, deshalb bezweifle ich sehr, dass sie mit etwas anderem als mit Katzen experimentieren.«

Garzón stieß einen Pfiff aus. »Na, vielleicht haben wir ja noch Glück. Es wäre schlimmer, wenn wir Schweine jagen müssten.«

Castillo lachte. »Obwohl die ihnen mehr Duftspuren hinterlassen hätten.«

Jetzt lachten beide. Bevor das ausuferte, schien es mir angebracht, sie zu unterbrechen.

»Ihnen erscheint es sinnlos, die Ermittlungen in der pharmazeutischen Industrie weiterzuführen, stimmts?«

»Ich weiß nicht, was ich Ihnen sagen soll, Inspectora. Es fällt mir schwer, mir so kapitalschwere Organisationen in Verhandlungen mit Pincho vorzustellen. Aber es ist eine Möglichkeit. Die

Aufzucht von Hunden ist ein langwieriger Prozess und sehr teuer. Vielleicht brauchen die ab und zu einen externen Lieferanten, um es so auszudrücken.«

Wir schüttelten alle resigniert den Kopf.

»Können Sie noch ein Labor ausschließen, Doktor Castillo?«

»Ja, streichen Sie dieses Unternehmen auch. Die beauftragen die Universität mit ihren Experimenten. Das soll heißen, dass wir manchmal für sie arbeiten. Das ist eine Kooperation, aus der der Lehrstuhl gute Einnahmen bezieht.«

Das war alles und nicht eben wenig. Sechs minus drei ergaben drei, eine beachtliche Reduzierung. Drei Durchsuchungsbefehle würden uns den Zugang zu den Labors eröffnen. Einmal drin, musste man nur die Zwinger überprüfen, eine Fotokopie der Buchhaltung machen, die das Kommen und Gehen der Hunde erfasste, und die mit der Zahl der erfolgten Experimente zu vergleichen.

»Finden Sie es nicht schrecklich, dass ein Schweineherz dem des Menschen ähnelt?«, fragte Garzón wenig später im Auto. Mir war nicht nach Philosophieren.

»Was haben Sie von Sargento Pinilla erfahren?«

»Wir glauben, wir seien etwas Besonderes …«

»Darf man erfahren, was Pinilla gesagt hat?«

»Ach ja, er hat gesagt, dass er sehr gründlich nachforschen wird, aber er ist ziemlich fuchsig geworden.«

»Warum?«

»Er sagt, dass er für alle seine Männer die Hand ins Feuer legt, dass von der Guardia Urbana bestimmt keiner korrupt sei.«

»Verdammt, geht das jetzt schon mit dem Korpsgeist los!«

»Das Herz, das auch so eine Art Seele ist! Bestimmt haben wir genau das gleiche Gehirn wie ein Affe.«

Ich kapierte, dass Garzón in einen seiner typischen nachdenklichen Abgründe gestürzt war, und ließ ihn in Ruhe.

Zu Hause bereitete mir Schreck einen freudigen Empfang, und den kräftigen Whisky empfand ich als Segen. Mehr konnte ich wirklich nicht verlangen. Wenn wir die Ermittlungen in diese Richtung verfolgten, entfernten wir uns immerhin von den illegalen Immigrantenwohnungen. Wir erklommen die soziale Leiter bis zur allmächtigen Pharmaindustrie. Aber waren das nicht zu viele Stufen auf einmal? Wie hatte es Lucena geschafft, sie zu nehmen? Irgendwie war es tröstlich, den Laborhunden der Universität endlich den Rücken zu kehren. Würden uns die privaten Laboratorien wirklich so viele Schwierigkeiten machen, wie Castillo prophezeit hatte? Schreck schaute mich vom Boden aus an. Ich starrte auf seine hässliche Schnauze und die Narbe, die sein Ohr verunstaltete. Nein, vermutlich war es besser, zu den wesentlichen Bestandteilen der Geschichte zurückzukehren: ein Dieb von Straßenhunden und ein Mord durch Schläge. Nichts mit Multinationalen und großen Geschäften.

Ich rief in der Pension des Subinspectors an, weil wir keine Zeit für unser Treffen am nächsten Tag ausgemacht hatten. Seine Wirtin informierte mich, dass er zum Abendessen ausgegangen sei. Offensichtlich hatte die Ernüchterung bezüglich des Schweineherzens den Lauf seiner amourösen Abenteuer nicht beeinträchtigt.

Baugesellschaften und Pharmabetriebe sind vermutlich die beiden Unternehmensbereiche, die in Spanien das größte Finanzvolumen bewegen. Oder zumindest dachte ich das, als wir im ersten Laboratorium eintrafen. Keimfreiheit und blühende Geschäfte fügten sich perfekt zusammen.

Ein junger Arzt mit makellosem Messerschnitt und einer Goldrandbrille begleitete uns zur Besichtigung aller Einrichtungen. Er war angespannt, aber als er erfuhr, dass wir in einem Mordfall ermittelten, wurde er ruhiger. Ein Mord war für ihn etwas Entlegenes, etwas Fiktionales. Er stellte keine Fragen und beschränkte sich darauf, uns alles zu zeigen, was wir sehen wollten, als wären wir eine Schulklasse oder Touristengruppe auf Besichtigung.

Wir baten ihn, uns zum Zwinger zu führen, und er tat es ganz ungezwungen. Es handelte sich um einen großen Saal mit angeschlossener Terrasse. Mindestens zehn Hunde teilten sich den sauberen und gut ausgestatteten Raum. Es war zu sehen, dass sie gut versorgt und gesund waren, dass ihr Leben angenehm verlief. Sie waren alle von derselben Rasse.

»Sind das alle Hunde, die Sie einsetzen?«

Zum ersten Mal entdeckte ich Neugier in den Augen unseres Gastgebers. Er hatte uns weitläufige chemische Abteilungen, Fließbänder, Computerräume und komplexe Qualitätskontrollen gezeigt – das Einzige, wonach wir fragten, waren Hunde.

»Was meinen Sie damit?«

Ich versuchte es noch einmal. »Sie benutzen keine anderen Hunde, vielleicht weniger ... ausgesuchte, für Experimente zweiten Ranges?«

Jetzt verstand er gar nichts mehr. Er lächelte amüsiert und fasziniert. Ich fühlte mich immer lächerlicher. »Zweiten Ranges?«

»Sehen Sie, mir ist eingefallen, dass Sie vielleicht eine so große Menge an Hunden verbrauchen, dass es schwierig und zu teuer wird, immer auf die eigene Zucht zurückzugreifen.«

»Oh nein! Es sind nicht immer Forschungsreihen im Gange, bei denen Hunde benötigt werden. Außerdem, wenn wir plötzlich ein Exemplar eines bestimmten Alters oder mit bestimmten Charakteristiken benötigen, wenden wir uns an einen Zuchthandel.«

»Aber in den Zuchtanstalten können Sie doch nur Welpen kaufen.«

»Manchmal haben die auch ältere Hunde. Jedenfalls versichere ich Ihnen, dass wir von einem hypothetischen Fall sprechen. Seit ich hier arbeite, ist das nicht ein einziges Mal vorgekommen.«

»Und sie setzen keine Straßenhunde für Ihre Forschungen ein?«, platzte Garzón arglos heraus.

Wenn dieser Typ das mit den Forschungen zweiten Ranges noch mit gewisser Gelassenheit aufgenommen hatte, gelang ihm das bei den Straßenhunden nicht mehr. Er brach in schallendes, trocken widerhallendes Gelächter aus. »Macht dieser Ort wirklich den Eindruck auf Sie, als würden hier Straßenhunde hereinkommen?«, fragte er, als er sich wieder beruhigt hatte.

Ich unterbrach ihn kalt. »Wir benötigen Fotokopien der gesamten Buchhaltung des Zwingers und eine Liste der Hunde, die in den letzten zwei Jahren eingeschläfert wurden.«

Da er sich schon damit abgefunden hatte, nichts zu erfahren, nickte er höflich. »Bitte nehmen Sie Platz, ich bin gleich zurück.« Er ließ uns in einem beigefarben eingerichteten Zimmerchen zurück.

»Tüchtiger Naivling!«, rief ich aus, als er verschwunden war. »Haben Sie das gehört Garzón? Straßenhunde hier? Es hätte gerade noch gefehlt, dass er gesagt hätte: ›Die einzigen sind Sie.‹«

»Mal ehrlich, Inspectora, an diesem Ort erinnert wirklich nichts an Ignacio Lucena Pastors Umfeld.«

»Selbst die höchsten Bäume brauchen Dünger!«

»Warum sind Sie so aggressiv?«

»Und Sie, warum sind Sie so lammfromm? Was ist denn auf einmal mit Ihnen los? Ist das Leben plötzlich schön?«

Der aufgeblasene Kerl kam mit einem Umschlag voller Kopien zurück und streckte sie uns entgegen.

»Würden Sie ein Berufsgeheimnis verletzen, wenn Sie mir erzählen, wie dieser Mord geschehen ist, in dem Sie ermitteln?«

Das war die Gelegenheit für ein wenig Rache.

»Es handelt sich um Straßenhunde, ich glaube kaum, dass Sie das interessiert.«

Ich weiß nicht, ob der eitle Pfau meine soziale Parteinahme begriffen hatte, aber zumindest verließ ich den Ort mit dem Eindruck, etwas für die Gleichwertigkeit der Hunde getan zu haben. Garzón konnte sich meine Erregung nicht erklären, und ich hätte wer weiß was darauf gewettet, dass er sie prämenstrueller Anspannung zuordnete. Doch es war etwas ganz anderes: Ich war davon überzeugt, dass wir hinter einem Lockvogel herliefen, während der wirkliche Hase woanders frei herumlief.

Der Besuch am nächsten Tag, der dem vorangegangenen ähnelte, verstärkte meine unheilvolle Laune noch. Wir wurden empfangen, geführt und über die Aktivitäten eines weiteren, absolut makellosen Labors aufgeklärt. Nichts ließ an kriminelle Handlungen oder an Hunde aus dem Tierheim denken. Auch dort hatten sie ihre eigenen Tiere. Alle reinrassig und mit Stammbaum, alle geimpft, alle ohne Parasiten. Alle waren glücklich, bis ihnen auf dem Altar der Wissenschaft das Lebenslicht ausgeblasen wurde.

Als wäre das noch nicht genug, wurde die makellose Präsentation beider Unternehmen noch von einem Gutachten untermauert, das Inspector Sangüesa über die Forschungsabrechnungen erarbeitet hatte. Die Daten waren stimmig, und die eingeschläferten Hunde waren alle korrekt aufgelistet. Ich fragte mich, ob es sich lohnte, das dritte Labor zu besuchen. Aber Garzón versteifte sich darauf, dass meine Eingangshypothese schlüssig gewesen war, und es ihm notwendig erscheine, sie weiterzuverfolgen. Dennoch änderte auch der dritte Streifzug durch die Pharmabranche nichts. Wir hatten uns geirrt. So war das.

Meine Stimmung war so, dass ich jemanden hätte beißen können. Das Wochenende stand bevor, und es blieb uns nichts anderes übrig als Halt zu machen.

Im Verlauf dieser beiden Tage wollte ich mich entspannen, ich hatte völlig sinnloserweise große Anspannung in mir wachsen lassen. Also nahm ich Schreck an die Leine und ging so lange spazieren, wie meine Beine durchhielten. Als sie vor Müdigkeit zu kribbeln begannen, setzte ich mich im Ciudadela-Park auf eine Bank.

Überrascht stellte ich fest, wie viele Leute mit Hunden die sonnigen Stunden nutzten. Sportlich gekleidete Jugendliche gaben ihren Huskys Auslauf, Familien, deren Kinder flauschige Bearded Collies an der Leine ausführten … Aber vor allem gab es viele alte Menschen. Genügsame alte Leute mit kleinen Hunden, mit Mischlingen, so hässlich wie Schreck; alte Frauen, die im müden Gleichschritt mit ihren Hunden spazieren gingen. Zwei von ihnen blieben zum Plaudern stehen. Eine hörte ich sagen: »… Mir machen die Hundehaare auf dem Sofa nichts aus, aber meine Tochter will ihn aus dem Haus haben, jemandem schenken. Aber was soll ich ohne mein Baby machen?« Es war traurig, zu jedem Mischlingshund schien es das passende Pendant von Halter zu geben.

Ich stand auf und streifte durch den Park. Plötzlich entdeckte ich in der Ferne eine Menschenansammlung. Neugierig ging ich näher. Da standen viele Leute im Kreis um ein Gehege, das mit Metallzäunen abgetrennt war. Zwischen den Bäumen hing ein Spruchband mit der Aufschrift: *XV. Demonstration der Wachhunde! Zugunsten der Kindergärten.* Es war unmöglich, eine Stelle zu finden, von der aus ich was sehen konnte. Ich trat etwas zurück. Überall standen Hunde herum, die sicherlich an dem Schauspiel teilgenommen hatten und jetzt neben ihren Haltern ausruhten. Schreck wurde plötzlich unruhig und zerrte an der Leine. Der Grund seines Unbehagens schien ein riesiger Rottweiler in unserer Nähe zu sein. Es handelte sich um ein beeindruckendes Exemplar: stark, stierähnlich, mit einem Kopf so kompakt und rund wie ein Hackklotz. Er war auf Schreck aufmerksam geworden und knurrte ihn mit verärgertem Gesicht an. Ich erschrak, blickte zu dem Menschen auf, der ihn festhielt und … Mein Gott, das war doch nicht möglich! Wer sich da mit dieser Bestie zur Schau stellte, war Garzón. War das wirklich Garzón? Und was machte Garzón hier mit diesem Vieh?

»Subinspector!«

Er wurde rot wie eine Tomate und machte ein Gesicht, als wünschte er sich, von einem rettenden Tornado von diesem Platz weggefegt zu werden.

»Hallo Petra, wie gehts?«

»Wie, wie gehts? Was tun Sie hier mit diesem Vieh?«

Er sah auf den Hund, als wäre ihm dieser gerade aus der rechten Hand gewachsen. »Diesem Vieh? Ach ja, das ist Morgana, Valentina Cortés' Hündin. Ich passe auf sie auf, solange sie bei der Vorführung ist. Sie ist Jurymitglied.«

Wir standen voreinander und wussten nichts zu sagen. Die Hunde ergriffen das Wort. Morgana bellte drohend, worauf Schreck entsetzt aufheulte und sich zwischen meinen Beinen zu verstecken versuchte. Er zerrte wie verrückt an der Leine. Die Rottweilerhündin provozierte das noch mehr, und sie bellte wieder.

»Gut, Fermín, ich sehe schon, es ist unmöglich, sich ruhig zu unterhalten. Ich muss gehen.«

»Schade, ich hätte mich gefreut, wenn Sie Valentina noch Guten Tag gesagt hätten. Hören Sie mal, wir gehen heute Abend zum Mexikaner essen, kommen Sie doch einfach mit.«

»Ich weiß nicht, ob …«

»Gegen Sie sich einen Ruck. Ich ruf Sie heute Nachmittag an.«

Zu diesem Zeitpunkt hatte sich Valentina Cortés' Hündin auf ihren Hinterpfoten aufgerichtet und bellte. Sie produzierte einen tiefen Klang aus ihren heißen, feuchten Lefzen. Schreck machte einen Satz, riss sich los und raste davon. Während ich hinter ihm herlief, drehte ich mich zu Garzón um und rief ihm zu: »Ist in Ordnung, rufen Sie mich so um fünf an.«

Ich holte Schreck erst ein, als wir außer Reichweite des Rottweilers angekommen waren und nicht einmal mehr sein Geruch zu uns dringen konnte. Ich versuchte ihn zu beruhigen. Sein Herz klopfte fast so heftig wie meines. Ich verstand ihn gut; wenn er nicht die Initiative ergriffen hätte, wäre vielleicht auch ich vor diesem bedrohlichen, schrecklichen Tier geflohen.

Kurz vor fünf Uhr rief ich Juan Monturiol an. Ich dachte, dass er möglicherweise Lust hätte, meinen Arbeitskollegen und diese unerschrockene »Löwenbändigerin« kennen zu lernen; vielleicht würde in Anwesenheit anderer Menschen auch das »Mann von einer Frau in den Lustgarten entführt«-Syndrom verschwinden und uns die nötigen Bedingungen für ein bisschen gewöhnliches Liebesgeplänkel schaffen. Ich unterstellte, er würde eine Ausrede finden, aber er sagte zu, sodass wir uns an jenem eisigen Samstagabend alle im *Los Cuates* einfanden, einem fröhlichen mexikanischen Restaurant im Stadtteil Gracia.

Ich kann mit Bestimmtheit sagen, dass wir eine der heterogensten Gruppen waren, die an jenem Abend die Stadt bevölkerten. Valentina Cortés mit ihrer weizenblonden Mähne zeigte sich locker und ungestüm. Sie trug eine Hose und einen schwarzen Spitzenpullover, der den Ansatz ihres üppigen Busens freiließ. Eine Lederjacke vervollständigte das Bild der unternehmungslustigen reifen Frau. Ich verstand, dass sie Garzón gefiel. Sie war wirklich eine sexy Fünfzigerin. Er seinerseits trug einen dieser gestreiften Anzüge im Chicago-der-Dreißigerjahre-Stil, die ich so gut kannte. Tadellos pomadisiert und mit gepflegtem Bart, war es offensichtlich, dass er zu verführen gedachte. Genau wie ich, die ich in der Absicht, Juan Monturiol zu beeindrucken, ein hinreißendes Rot gewählt hatte. Obwohl in Wirklichkeit eher ich beeindruckt war, denn als Monturiol in einem ganz schlichten elfenbeinfarbenen Rollkragenpulli auftauchte, erschien er mir schöner denn je.

Nach der Vorstellerei studierten wir die Speisekarte und baten den Kellner um die üblichen Erklärungen zum Schärfegrad der einzelnen Gerichte. Valentina entschied sich sofort für die schärfsten, und ich stellte fest, dass Garzón über ihre Kühnheit entzückt war.

»Ich mag starke Emotionen!«, erklärte sie, und ihre hellen Augen sprühten.

»Wundert mich nicht«, hielt ich ihr entgegen, »nachdem ich deine Hündin kennen gelernt habe.«

»Morgana? Sie ist eines der feinsten Tiere, das dir über den Weg laufen kann!«

»Hast du sie selbst trainiert?«

»Ja, mit meinen Puppen. Sie ist schnell wie der Blitz und lässt ihre Beute nicht einmal aus, wenn es ein wütendes Wildschwein ist.«

Juan mischte sich interessiert ein. »Ich habe mich immer gefragt, ob ihr Trainer von privaten Wachhunden euch im Klaren darüber seid, was ihr tut. Ein auf Angriff gedrillter Hund kann schreckliche Unfälle verursachen, sogar jemanden totbeißen.«

Mit einem Stückchen pikantem Schweinefleisch, das sie gerade in eine noch schärfere Soße getunkt hatte, machte Valentina eine verneinende Handbewegung. »Nein, so schlimm ist das nicht. Wir haben die Sache gut im Griff, die Möglichkeit ist abwegig. Eigentlich hat sich die Selbstverteidigung heutzutage in eine Art Sport verwandelt.«

»Könnte deine Hündin jemanden töten?«, fragte Garzón bewundernd und kindlich.

Valentina füllte sich Bohnen auf, verdrehte die Augen und antworte brüsk: »Du kannst darauf wetten, dass sie das könnte, möglicherweise mit nur einem Biss. Aber Morgana agiert nur auf Befehl ihrer Halterin. Wenn ich nichts sage, legt sich die Arme mit niemandem an.«

»Und wenn jemand versuchen würde, dich anzugreifen?«

»Ach mein Freund! Ich schwöre dir, dann würde der Angreifer zum Engel werden.«

»Zum Engel werden?«

»Ich meine, zu einem ohne Geschlechtsteil, denn ich schwöre euch, dass Morgana direkt auf die Eier losgehen würde.«

Wir lachten laut und zogen damit aller Blicke auf uns. Diese Valentina war unglaublich, ein erfrischender natürlicher Wirbelwind; sie fühlte sich so wohl auf dieser Welt, als hätte sie sie selbst erschaffen. Sie aß, ohne mit der Wimper zu zucken, brennendscharfe Gerichte, lachte, gestikulierte, gab wohlklingende Flüche von sich, und ihr Repertoire an Hundeanekdoten war schier unerschöpflich. Juan schien das Gespräch zu genießen, und Garzón schwebte höher als ein levitierter Heiliger.

»Welche Rasse lässt sich am leichtesten scharf machen?«

»Deutsche Schäferhunde. Intelligent, gehorsam, kann alles.«

»Aber du hast dir einen Rottweiler ausgesucht.«

»Ja, wegen seiner Beißkraft. Ein Deutscher Schäferhund hat eine Beißkraft von etwa neunzig Kilo. Das ist nicht schlecht, oder? Ich versichere euch, dass es mich Mühe kostet, mich auf den Beinen zu halten, wenn einer an meinem Arm zerrt. Nun ja, und ein Rottweiler bringt es auf hundertfünfzig Kilo.«

Juan rief aus: »So ein Tier hast du nicht im Griff!«

»Nein, das habe ich nicht. Tatsächlich zerrt mich der Hund davon, und ich muss mitlaufen und mich seinem Willen beugen. Trotzdem, da seine Absichten nobel und gutartig sind, ist das Risiko wirklich minimal.«

»Ein Vieh, das sich mit einem Stier anlegen könnte!«

»Ja, könnte es.«

»Hattest du nie Probleme mit einem Hund?«

Valentina rief den Kellner, bestellte noch ein mexikanisches Bier und wurde ernst. Sie legte eine geheimnisvolle Pause ein.

»Pit Bulls weigere ich mich zu trainieren.« Sie verschlang eine ordentliche Portion Guacamole.

»Ich habe ein paar Kunden, die mir Pit Bulls in die Praxis bringen. Für die jährliche Schutzimpfung muss ich sie praktisch knebeln. Sie sind Furcht erregend!«

»Furcht erregend. Sie wiegen kaum mehr als fünfundzwanzig Kilo. Beißkraft? Einige bis zu zweihundertfünfzig Kilo.«

»Beeindruckend!«, stieß Garzón aus.

»Ich erinnere mich noch daran, als man mir mal einen zum Trainieren gebracht hat. Während sein Besitzer sprach, war das Tier ruhig und still. Ich streifte mir den gefütterten Ärmelschoner über und begann seinen Verteidigungsinstinkt mit den entsprechenden herausfordernden Bewegungen zu testen. Der Hund, festgehalten von seinem Besitzer, wie wir es bei den ersten Runden immer tun, blieb ruhig vor mir stehen, ohne zu knurren oder zu bellen, und sah mir direkt in die Augen. Ich dachte noch: Valentina, sei vorsichtig, dieses Tier ist ein Schweinehund. Tatsächlich sehe ich, wie er plötzlich geifernd losrennt, sich seinem Besitzer entreißt, und statt sich in den Armschutz zu verbeißen, fällt er mir direkt in den Rücken. Ich konnte ihm ausweichen, aber wenn ich gestürzt wäre, der wäre mir glatt an den Hals gesprungen.«

Wir erschauderten.

»Ist das nicht ein Hund, der sich gegen seinen Halter wenden kann?«, fragte Juan.

»Du meinst den Staffordshire Bull Terrier? Das ist zweifelsohne der schärfste Hund, den es gibt.«

»Wie hoch ist seine Beißkraft?«, fragte Garzón, völlig vertraut mit der Terminologie.

»Dreihundert Kilo.«

»Daran möchte ich nicht einmal denken!«, sagte der Subinspector.

»Ist auch besser so. Es handelt sich um ein wirklich blutrünstiges Tier, das fähig ist, jemandem die Schlagader durchzubeißen. Und wirklich, wenn du es siehst, würdest du glauben, das ist unmöglich. Er ist nicht mehr als vierzig Zentimeter lang und wiegt etwa sechzehn Kilo, ist aber eine Tötungsmaschine. Nur diesen Hurensöhnen von Amerikanern konnte es einfallen, so was zu züchten.«

»Wofür werden sie benutzt?«

»Als Wachhunde, obwohl ihr euch bestimmt vorstellen könnt, dass sie gut beaufsichtigt werden müssen.«

Wir schwiegen. Plötzlich fiel mir auf, dass Garzón seine Maisfladen nicht angerührt hatte. »Glückwunsch, Valentina«, sagte ich. »Du hast ein so interessantes Thema angeschnitten, dass Fermín zu essen aufgehört hat. Das erlebe ich zum ersten Mal.«

Garzón sah mich böse an. Sie lachte offen und fröhlich auf und antwortete: »Fermín und ich amüsieren uns sehr. Ich erzähle ihm von den Hunden. Er erzählt mir von der Polizei. Von jeder Arbeit gibt es was zu erzählen, nicht wahr?«

Garzón bestand darauf, das Essen zu bezahlen. Er war in euphorischer Stimmung, und das war nur zu verständlich. Wie lange war es her, dass er zum letzten Mal mit Freunden ausgegangen war und seine eigene Begleiterin hatte?

»Lasst uns irgendwo noch was trinken gehen«, schlug Juan Monturiol vor.

»Ich hätte Lust zu tanzen«, gestand Valentina.

»Dann gehen wir ins *Shutton*.«

Das *Shutton* war ein luxuriöses Lokal, in dem Liebhaber von Standardtänzen die Möglichkeit hatten, bei Samba und Rock 'n' Roll, die von einem guten Orchester live gespielt wurden, ihr Können zu zeigen. Valentina hatte wirklich Lust zu tanzen. Kaum waren unsere Cocktails serviert, schleppte sie Garzón auf die Tanzfläche. Und ich stellte fest, dass ich nicht alle Facetten meines Kollegen kannte. Er tanzte wirklich gut, bewegte sich anmutig, stilvoll, im Takt, und führte seine Tanzpartnerin rücksichtsvoll. Die feste Kugel seines Bauches verwandelte sich in einen leichten Luftballon. Es war ein Schauspiel, ihn mit Valentina tanzen zu sehen, beide enthemmt und selbstgefällig, ihrem Vergnügen völlig ergeben.

»Die stecken voller Leben, nicht wahr?«, sagte Juan.

»Ich würde gerne so tanzen können wie sie.«

»Wir sollten es zumindest versuchen.«

Er wählte eine schmierige Musik für unseren Versuch, nahm mich in die Arme, und wir begannen uns langsam zu bewegen.

Ich merkte, wie er mich bei den besonders romantischen Stellen des Liedes etwas fester an sich drückte. Unsere Wangen berührten sich flüchtig. Ein Klassiker – traditionelle Verführung: anregende Musik, halbdunkles Ambiente, halbtrockener Cocktail … Möglicherweise würde er mir beim Gehen vorschlagen, das letzte Glas bei ihm zu Hause zu trinken, danach würden wir uns lieben, und er würde mir »Schatz« ins Ohr flüstern, obwohl wir uns gar nicht kannten. Kam nicht infrage, das war nichts für mich! Warum sollte ich mir das antun?

Ich hatte mich nicht geirrt. Als wir uns von Valentina und Garzón verabschiedet hatten, schlug Juan Monturiol in unwiderstehlichem Tonfall vor: »Trinken wir noch ein Glas bei mir zu Hause?«

»Nein Juan, es tut mir so Leid, aber ich habe schreckliche Kopfschmerzen. Ich werde ein paar Aspirin nehmen und dann zu Bett gehen. Wenn du magst, rufe ich dich in den nächsten Tagen an.«

Damit hatte er vermutlich nicht gerechnet. Er steckte den Schlag weg und verbarg seinen Verdruss, aber ich erkannte seine Verärgerung an dem mahlenden Kiefer.

Verdammt, ich hielt nichts von diesem traditionellen Schmus! Ich hatte zu viele Jahre auf dem Buckel, zu viele Scheidungen hinter mir, zu viel von allem, um die Nacht mit den Worten »Liebling, es war wunderbar« zu beenden. Das nicht mehr, auch wenn der Kavalier noch so ein Bonbon sein mochte. Entweder verbesserte er seinen Stil, oder er ließ meinen zu.

Den größten Nutzen aus dem vorzeitig abgebrochenen Abend zog Schreck. Er reagierte hocherfreut über mein Heimkommen. Nachts um zwei machten wir uns auf einen langen Spaziergang. Die eisigen Straßen waren wie leergefegt, und es wehte ein teuflischer Wind. Ich weiß nicht, was der Hund von diesem ungewöhnlichen Nachtspaziergang hatte, aber mir vertrieben Kälte und Bewegung jegliches fleischliche Begehren.

5

Am darauf folgenden Montag hatte sich meine Stimmung nicht wesentlich gebessert, ich hatte noch immer den unsäglichen Eindruck, Zeit vergeudet zu haben. Die Labors hatten nichts gebracht. Die Buchhaltung war in Ordnung, alles war solide, alles passte. Nicht der geringste Hinweis darauf, dass sie mit Straßenhunden gehandelt haben könnten. Straßenhunde! Es war zum Totlachen, diese antiseptischen, effizienten Wirtschaftsgiganten im Geschäft mit einem armen Schlucker wie Lucena! Man musste schon ziemlich dämlich sein, um dieser Fährte zu folgen.

Ich nahm Lucena Pastors Rechnungsbücher zur Hand, schlug das zweite auf und sah es durch: Lili: 40 000, Bony: 60 000 ... Wer hatte Lucena solch hohe Beträge bezahlt? Wer war bereit gewesen, zu diesem Preis Straßenhunde zu erwerben, und wofür? Entsprachen diese Namen wie im ersten Buch Hunden, oder stimmte das vielleicht gar nicht? Es war mir gelungen, alles infrage zu stellen. Wir hatten die falsche Richtung eingeschlagen, irgendwann hatte sich ein Fehler eingeschlichen, der uns von der Spur abbrachte. Wann? In einem ziemlich dummen Wutanfall schmiss ich das Buch an die Wand.

Der Subinspector saß stocksteif da. »Was tun Sie, Petra? Sie zerstören Beweismaterial.«

»Wissen Sie, wie viele Morde in Spanien unaufgeklärt bleiben?«

»Nein.«

»Ein Haufen, glauben Sie mir, ein Haufen! Und fast immer solche an Leuten wie Lucena, Außenseiter, Prostituierte, Bettler, Namenlose, ohne Familie, ohne Freunde.«

»Und?«

»Das kotzt mich an! Es kotzt mich an, dass dieses menschliche Strandgut einfach verschwindet und ihm niemand Gerechtigkeit widerfahren lässt. Das habe ich oft genug gedacht, wenn ich die Archivakten gelesen habe. Und jetzt, wo ich was tun kann …«

»Jetzt was?«

»Verdammt, Garzón, stellen Sie sich nicht dumm! Jetzt stinkts mir. Unser Fall wird wieder einer von den ungelösten für die Statistik.«

»Das glaube ich nicht.«

»Das glauben Sie nicht? Das kommt wohl von den wunderbaren Fortschritten, die wir machen!«

Der Subinspector sah mich mit gewisser Zärtlichkeit an und hob das Buch auf. Er lächelte. »Beruhigen Sie sich, Petra, wir werden ihn lösen. Sie werden schon sehen, wie wir ihn lösen. Haben Sie Geduld, Zamora wurde auch nicht in einer Stunde erobert, auch Badajoz nicht in zwei oder Áviles in drei.« Er schlug das Buch auf und steckte die Nase hinein.

Ich lachte auf. »Tut mir Leid, Fermín, entschuldigen Sie. Das war ein ziemlich lächerlicher Ausbruch.«

Ohne aufzublicken machte er eine wegwerfende Handbewegung. Dann fing er ganz langsam zu sprechen an. »Und ich sage, dass … Ich sage, wenn wir alle hier notierten Beträge addieren, dann … bei etwa vierzig Seiten, einen Durchschnitt von zwei Posten von dreißig-, fünfzig- oder sechzigtausend Peseten pro Seite … dann ergibt das zusammen … etwa drei Millionen Peseten.«

»Was wollen Sie damit sagen?«

»Ich will damit sagen, mal angenommen, die Auflistung entspricht einem Jahr, dann bedeutet das, dass Lucena einen Haufen Geld hatte.«

»Ja, das hatte er, erinnern Sie sich, er trug eine sehr teure Kette.«

»Ja gut, nehmen wir mal an, dass diese Kette ihn dreihundert- oder vierhunderttausend Peseten gekostet hat. Das lässt sich nachprüfen. Das war eine Laune. Aber abgesehen davon führte der Kerl ein erbärmliches Leben. Er wohnte in einer widerlichen Wohnung, ging in Kaschemmen wie das *Las Fuentes*. Er war nicht drogensüchtig, also, wo ist das Geld? Die Buchhaltung beweist, dass er ein methodischer Mensch war. Kann er die Knete nicht irgendwo versteckt haben? Es gab keinen Hinweis auf Diebstahl in seiner Wohnung.«

»Sprechen Sie von einem Bankkonto?«

»Also Inspectora, Sie lassen entschieden nach! Ein Kerl, der nicht ein einziges Dokument besitzt, der keinen Mietvertrag unterschreibt, der sich mit Spitznamen anreden lässt … Können Sie sich vorstellen, dass der Festgeld anlegt? Nein, was ich sagen will, ist, dass er es irgendwo versteckt haben muss.«

In meinem Kopf löste sich eine Wolke auf. »An einem sicheren Ort«, sagte ich.

»An einem sicheren Ort«, wiederholte er.

»Subinspector, die Durchsuchung war zu oberflächlich, ich glaube, wir müssen eine gründlichere Hausdurchsuchung vornehmen. Sie wissen doch, wie man solche Dinge organisiert, fordern Sie ein Team für eine absolut gründliche Hausdurchsuchung an, und schicken Sie es in Lucenas Wohnung.«

Garzóns Augen glänzten. »Zu Befehl, Chefin.«

»Sie haben eine wertvolle Idee gehabt, Fermín. Wenn er das Geld irgendwo versteckt hat, ist es möglich, dass wir dort noch mehr finden werden, Papiere, Rechnungen … Spuren, lieber Freund, Spuren! Ja, Sie hatten einen genialen Einfall.«

»Machen Sie sich keine allzu große Hoffnungen, Petra, es kann sich genauso gut herausstellen, dass dieser Scheißkerl alles in Huren investiert hat.«

»Das werde ich schon aushalten.«

»Und was machen wir mit den Laboratorien?«

»Vergessen Sie die im Augenblick.«

Als wir das Kommissariat verließen, erwartete uns eine Überraschung: Genau in diesem Moment fragte Ángela Chamorro nach dem Subinspector. Sie kam auf uns zu und sprach uns wie immer höflich an. Sie interessierte sich für meine Gesundheit, und zu meiner größten Verblüffung fragte sie Garzón nach seinem Kater.

»Ich glaube, das letzte Glas nach dem Abendessen ist uns nicht gut bekommen«, sagte sie überzeugt.

Garzón schüttelte den Kopf und versuchte abzulenken. Das war mehr, als ich mir vorstellen konnte. Dieser hinterhältige Don Juan, dieser dickbäuchige Blaubart ging gleichzeitig mit Ángela und Valentina aus. Ich sah ihn viel sagend an, und er zog ein unschuldiges Gesicht.

»Ich kam gerade vorbei und da fiel mir ein, dass ich morgen Geburtstag habe. Nein, nein, gratulieren Sie mir nicht, ich möchte gar nicht daran denken. Hätten Sie Lust, zum Abendessen zu mir zu kommen? So würden Sie mir helfen, den bitteren Kelch zu leeren.«

Lachend sagten wir zu.

»Übrigens, Petra, wenn Sie mögen, können Sie gerne jemand mitbringen.«

»Ja, gut möglich, dass ich einen Freund mitbringe.«

Es war möglich, dass ich versuchen würde, ihn mitzunehmen, aber es war auch gut möglich, dass mich Monturiol nach meiner letzten Abfuhr zum Teufel schickte. Vielleicht, wenn ich es ihm bei romantischer Musik vorschlug …

Das Team, das sie uns zu einer gründlichen Hausdurchsuchung schickten, wirkte etwas entmutigend. Ein junger Mann mit einem Köfferchen und ein zweiter ohne. Ich hatte mir was anderes vorgestellt, vielleicht etwas mehr Technik. Dennoch sagte ich nichts und ließ auch meinen Frust nicht erkennen. Der Subinspector war aufgeregt und der festen Überzeugung, dass wir auf eine Schatzkammer stoßen würden. Er betrat Lucenas Höhle genauso beseelt wie Carter das Grab von Tutanchamun. Alles war so, wie wir es bei unserem ersten Besuch hinterlassen hatten, nur verstaubter.

Der Techniker öffnete sein Köfferchen und holte mehrere Stößel aus unterschiedlichen Materialien heraus: Plastik, Holz, Eisen … Er zog sein Sakko aus, nahm einen der Stößel und begann, den Fußboden Zentimeter für Zentimeter abzuklopfen. Garzón folgte ihm erwartungsvoll und klebte so dicht an ihm wie in der U-Bahn im Feierabendverkehr. Nach einer Weile wirkte der junge Mann sichtlich ungeduldig und sagte zu ihm: »Das kann dauern.« Mein Kollege zog sich leicht angestoßen zurück und setzte sich neben mich auf das durchgesessene Sofa. Wir blätterten Lucenas alte Zeitschriften durch. Der andere Polizist sah ruhig zum Fenster hinaus, er war an das Warten gewöhnt. Schließlich setzte er sich in einen Sessel und schlief ein.

Es vergingen viele lange Stunden. Während ich das Vorgehen des Technikers beobachtete, begriff ich, dass er die verschiedenen Stößel auf der Suche nach Hohlräumen je nach Material einsetzte: Wände, Fußboden, Kacheln und sogar Türrahmen.

Garzón, etwas gelangweilt nach seinem anfänglichen Eifer, begann ein Gespräch mit der Frage: »Kaufen Sie Ángela was zum Geburtstag?«

»Ich habe einen Strauß weißer Rosen bestellt.«

Er schwieg besorgt. »Gute Idee, ich weiß ehrlich gesagt nicht, was ich ihr schenken soll.«

»Schenken Sie ihr eine Schachtel Pralinen.«

»Zu unpersönlich.«

»Einen Gedichtband.«

»Zu wenig.«

Ich dachte einen Moment lang nach. »Kaufen Sie ihr einen hübschen Plüschhund.«

»Wirklich, Petra, ich meine es ernst.«

»Ich auch! Das ist eine nette Aufmerksamkeit.«

»Ich weiß nicht … vielleicht … bisschen armselig für jemand, der so freundlich ist und einen zu sich nach Hause einlädt. Ich bin es leid, keine eigene Wohnung zu haben, in die ich meine

Freunde einladen kann. Ich werde Ihrem Rat folgen: Ich werde aus der Pension ausziehen und mir eine Wohnung suchen.«

Ich fuhr hoch und riss die Augen auf. »Meinem Rat folgen? Frechheit! Seit zwei Jahren rede ich schon auf Sie ein, und ausgerechnet jetzt kommt Ihnen in den Sinn, meinen Rat zu befolgen. Geben Sie Ihre wirklichen Gründe zu, Fermín, trauen Sie sich! Es ist doch so, dass Sie gerne eine eigene Wohnung hätten, weil Sie verliebt sind.«

Der Subinspector sah erschrocken zu dem Polizisten hinüber und stellte erleichtert fest, dass der uns nicht gehört hatte. Dann versuchte er sein zufriedenes Grinsen zu verbergen, und wie ein Schuljunge errötend erklärte er leise: »Na ja, stimmt, ich bin verliebt. Dumm ist nur, dass ich noch nicht weiß, in welche.«

»In welche?«

»Sie haben mich genau verstanden, Ángela Chamorro und Valentina Cortés. Ich habe sie in den letzten Wochen fast täglich gesehen.«

»Das ist ja furchtbar, Garzón! In so kurzer Zeit!«

»Was ist daran so furchtbar?«

Der Polizist wachte auf und teilte uns mit, dass er in der Eckkneipe ein Bierchen trinken gehe. Wir schwiegen, bis er verschwunden war.

»Aber das ist ganz einfach furchtbar! Ein Mensch verliebt sich nicht so einfach gleichzeitig in zwei andere.«

»Für mich ist es das Beste, was mir je passiert ist. Im Augenblick bin ich einfach verliebt, später werden wir ja sehen, in wen. Ich versichere Ihnen, dass Verliebtsein etwas Wunderbares ist, eine tolle Erfahrung.«

»Ja, das habe ich verstanden.«

»Ich wache mitten in der Nacht auf und denke: Jetzt würde ich nicht sterben wollen, denn morgen sehe ich sie wieder. Ich zähle die Minuten bis zur verabredeten Zeit, ich lenke mich mit irgendwas ab … Ich schwöre Ihnen, dass ich sogar weniger esse!«

»Das ist bei Ihnen ein ernstes Anzeichen.«

»Ich weiß schon, dass ich lächerlich wirke, Petra, ich wirke so, weil ich es bin. Was wird aus einem alten, hässlichen und verwitweten Polizisten, wenn er sich auf Liebesgeschichten einlässt? Aber ich schwöre Ihnen, dass ich noch nie, nie in meinem Leben, was Ähnliches erlebt habe. Meine verstorbene Frau und ich haben geheiratet, weil nach einer langen Verlobungszeit der Zeitpunkt gekommen war. Es gab keine Flirterei, keine Leidenschaft … Wissen Sie, was ich denke, Petra? Wenn ich fühle, was ich fühle, dann deshalb, weil ich diesen beiden Frauen gefalle, auch wenn es Ihnen schwer fällt, das zu glauben. Ich gefalle beiden!«

Ich sah ihm in die Augen, die wie die eines zu lange gekochten Fisches wirkten. »Mein lieber Fermín, warum sollten Sie den beiden nicht gefallen? Sie sind ein attraktiver, gutherziger, amüsanter und ehrbarer Mann. Sie könnten mit Miss Universum anbändeln, wenn Sie es sich vornehmen. Sie brauchen nur in einem Ihrer eleganten Anzüge und mit gestutztem Bart an der Angebeteten vorüberzugehen …«

Er lachte wie ein Kind, befreit von jeder Erdenschwere, erfreut über die frische Brise, die um sein gegerbtes Gesicht wehte. »Ach, hören Sie auf, Inspectora! Wenn Sie sich doch entscheiden sollten, versichere ich Ihnen, Sie wären die erste in meinem Leben …«

Die Stimme des Technikers holte uns abrupt in die Wirklichkeit zurück, die wir fast ganz vergessen hatten. »Kommen Sie bitte. Ich glaube, ich habe etwas gefunden!« Er kniete vor dem vorgezogenen schimmeligen Kühlschrank auf dem Küchenfußboden und klopfte vorsichtig auf die Bodenfliesen.

»Hören Sie es? Hier klingt es hohl. Das könnte ein interessantes Versteck sein. Wo ist Eugenio?«, fragte er.

»Eugenio?«

»Mein Kollege.«

»Er ist ein Bierchen trinken gegangen«, sagte Garzón.

»*Ein* Bierchen? Eher das dritte oder fünfte. Immer dasselbe mit ihm! Wenn ich ihn brauche, ist er verschwunden, um sich mit Bier voll laufen zu lassen.«

Der Subinspector lief los, um ihn zu holen. Währenddessen sah ich mit wachsender Neugier zu, wie der Techniker einen dicken Filzstift aus dem Köfferchen holte. Er kennzeichnete ein paar der Fliesen und begann zu hämmern. Dann steckte er einen Schraubenzieher in eine der Fugen, und die gab nach. Es kam ein kleines Loch von etwa fünf Zentimeter im Durchmesser zum Vorschein. In diesem Augenblick kehrte Garzón mit Eugenio zurück. Sie starrten auf die Öffnung. Der Techniker nahm ein langes Metallseil, steckte es hinein und ließ es hinab.

»Ja …«, sagte er, »ich glaube, wir haben es gefunden, da drin ist etwas. Los, Inspectora, jetzt sind Sie dran.«

Ich streifte mir den angebotenen Vinylhandschuh über und steckte meine Hand in das Loch. Da ich ein bisschen phobisch bin, tauchten in meiner Vorstellung zusammengerollte Schlangen und das Grinsen eines abgeschlagenen Kopfes auf. Was ich jedoch berührte, war eindeutig weiches Plastik. Ich griff nach dem Gegenstand und zog ihn heraus. Es war ein Müllbeutel. Ich öffnete ihn. Er war voller Geld, einen ganzen Haufen Fünftausendpesetenscheine. Die kleine Gruppe um mich schrie auf. Ich wiederholte denselben Vorgang fünfmal, und weitere Tüten gleichen Inhalts kamen zum Vorschein. Ich vergewisserte mich, dass nichts weiter in der Öffnung steckte, aber das war alles. Weder Rechnungen noch Notizen noch Rechnungsbücher. Nichts außer Geld.

»Aber hallo, man könnte sagen, dass Sie auf eine heiße Spur gestoßen sind«, sagte der Techniker und stieß einen Pfiff aus.

»Glauben Sie das bloß nicht«, antwortete ich. »Das macht die Sache nur noch komplizierter.«

Inspector Sangüesa informierte uns Stunden später über die Summe. Acht Millionen Peseten, alle in gebrauchten Scheinen unterschiedlicher Werte. Echtes Geld, keine Blüten, ohne Kennzeichnung oder Spezifikation. Aus diesen acht Millionen Peseten konnten wir nur herauslesen, dass es acht Millionen Peseten waren, acht geheimnisvolle Millionen.

»Diese Knete hat Lucena nicht mit dem Einfangen von Straßenkötern verdient«, sagte Garzón.

»Darauf können Sie wetten.«

»Vielleicht haben wir das Motiv des Verbrechens gefunden.«

»Das ist nicht so sicher. Wenn das Geld der Grund gewesen ist, dann wäre die Wohnung durchwühlt gewesen. Die Möbel umgestoßen, die Wände durchlöchert.«

»Wollen Sie damit sagen, dass Lucenas Mörder nichts von dem Geld gewusst hat?«

»Und wenn er es gewusst hätte, und wenn es einer seiner Kumpane war, dann war der wohl nicht an dem Geld interessiert.«

»Verdammt, Inspectora, ich bin völlig durcheinander!«

Ich zündete mir eine Zigarette an und rauchte sie fast in einem Zug. »Sie hatten die Idee, dass Geld versteckt sein könnte, und das war richtig. Aber drei Millionen waren das Maximum, das wir laut Rechnungsbuch Nummer zwei hätten finden dürfen. Woher stammt die restliche Knete? Entweder hat Lucena es irgendwem abgeluchst und wurde deshalb umgebracht. Oder seine Buchhaltung ist unvollständig und es fehlen Abrechnungen, die irgendwer hat verschwinden lassen.«

»Und warum bewahrte er so viel Geld auf, statt es in ein besseres Leben zu investieren?«, fragte Garzón.

»Was weiß ich! Vielleicht war er ein kluger Kerl, der kein Aufsehen erregen wollte. Oder er war einer dieser Schurken, die du tot in ihren Hütten findest und die unter ihrer Matratze ein Vermögen versteckt haben.«

»Das ist ein verdammtes Durcheinander!«

»Nichts könnte die Situation besser beschreiben.«

»Und jetzt?«

»Machen wir mit den Hunden weiter.«

»So sei es, obwohl wir vielleicht unser Glück mit Pferden versuchen sollten.«

»Oder mit Kühen«, sagte Garzón und stieß als Ausdruck seiner Verwirrung ein dümmliches Lachen aus.

Der Subinspector folgte schließlich meinem Rat und schenkte Ángela Chamorro einen Plüschhund. Er rundete meine Idee ab, indem er noch ein Goldkettchen mit Herzanhänger zufügte. Bewegt zeigte er mir das Geheimnis des Geschenks. Das kleine Herz ließ sich öffnen, und in seinem geheimen Innern steckte genau eingepasst ein Miniaturfoto des Subinspectors. Ich war sprachlos, reagierte aber schnell genug und erwiderte meinem Kollegen, dass es hübsch sei.

Juan Monturiol, der aus wer weiß welchem Grund die Einladung zum Abendessen angenommen hatte, erschien seinerseits mit zwei Flaschen vorzüglichem französischem Champagner. Diese Geschenke zusammen mit meinen Rosen bewirkten, dass uns das Geburtstagskind mit dankbaren und glücklichen Ausrufen empfing. Sie hängte sich das Kettchen um, steckte eine Rose in das Knopfloch ihrer Bluse und stieß mit einem Glas Möet et Chandon an.

Ángela wohnte im Stadtteil Las Corts in einem herrlichen Appartement über zwei glanzvolle Etagen, das sie gemütlich und in warmen Tönen eingerichtet hatte. Die Wohnzimmerwände waren mit Bücherregalen überzogen, und im Hintergrund erklang sanfter Mozart. Das einladende Bild wurde von einem hervorragend gedeckten Tisch vervollständigt, der die Gäste in einer Ecke erwartete. Die Hündin Nelly begrüßte uns in ihrer gemächlichen, philosophischen Art. Danach legte sie sich neben ihr Frauchen. Sie hatte ein gepflegtes beigeweißes Fell, das zu Ángelas dezenter Kleidung passte.

Die Buchhändlerin und der Tierarzt hatten sich lange nicht gesehen, sodass sie während der Aperitifs viel zu schwatzen hatten. Es ging natürlich um Hunde. Garzón und ich lauschten so andächtig wie Schüler.

Beim ersten Gang, einer köstlichen Lauchcremesuppe mit Trüffeln, wurde darüber diskutiert, einen Plan des Tierschutzvereins zur Einführung von Krankenhausmaskottchen zu unterstützen.

Beide Experten hoben sich ihre schlagkräftigsten Argumente für den Hauptgang auf, der aus einem üppigen gebackenen Seekarpfen mit Frühlingszwiebeln und Kartoffelscheibchen bestand, denen nicht einmal der liebeskranke Garzón widerstehen konnte. Dabei gereichte die Konversation fast schon an echte Hundemystik. Nicht nur Ángela, sondern auch Juan postulierte, dass der Hund das Alter Ego seines Halters in sich trage. All die von uns angestrebten Tugenden, Güte, Edelmut, Bescheidenheit, trägt der Hund in sich; gleichzeitig würden aber auch oft die uneingestandenen Aspekte unserer Persönlichkeit auf ihn projiziert: Grausamkeit, Trägheit, Raubgier … Dennoch existiere über all diese Gemeinsamkeiten hinweg eine seltsame Note im Hund, die nicht aus dem Innern seines Halters stamme. Als Ángela das sagte, vergaß sie weiterzuessen und geriet richtig in Trance.

»Es ist etwas, das wir in ihren Augen sehen können, eine universelle Ruhe, die Jahrhundert um Jahrhundert weitervererbt wird, unabhängig von den Wechselfällen der Geschichte, aber dennoch von den Ereignissen, der angesammelten Erinnerung geformt. Es ist so was wie Akzeptanz, die an Verständnis grenzt, wie eine ursprüngliche Unschuld. Ich würde sogar wagen zu behaupten – stellt euch das mal vor –, dass dieser Blick ein Beweis für die Harmonie des Universums ist, von der Existenz Gottes.«

Garzóns Gabel hing in der Luft, und er sah sie bewegt an. Er war von der Intelligenz seiner Angebeteten fasziniert. Da begriff ich, dass wir Lucena Pastors Mörder vielleicht nie schnappen würden, dieser Fall aber wichtig für unser Leben war. Garzón würde mit geschärften, sensibleren Antennen daraus hervorgehen, und ich würde mehr über Hunde wissen, als ich mir jemals hätte träumen lassen.

»Es ist offensichtlich, dass der Begriff ›Hund‹ für jeden Menschen unterschiedliche Werte repräsentiert. Erinnert ihr euch an unser Abendessen mit Valentina Cortés? Für sie ist der Hund Risiko, Leben, Abenteuer, etwas viel Physischeres.«

Ich sah einen flüchtigen Schatten über Ángelas Gesicht huschen. Garzón wurde rot und warf mir einen wütenden Blick zu. Offensichtlich war der Tierarzt ins Fettnäpfchen getreten. Aber was konnte ich dafür? Was war das hier, ein verdammter Schwank? Ich verfluchte meinen Kollegen, diesen unfähigen Schmalspur-Casanova.

Zum Glück war Ángela zu höflich, um zuzulassen, dass der Einwurf die Unterhaltung auch nur im Geringsten überschattete. Monturiol war sich weiterhin seines Vergehens nicht bewusst. Er bemerkte die seltsame Atmosphäre nicht einmal. Ganz im Gegenteil, der Situation zwischen uns beiden schien er sich durchaus bewusst zu sein. Unsere Schwerter waren noch immer gezogen, sodass er sich, als wir nach dem Essen wieder auf der Straße standen, mit säuerlicher Ironie wappnete und fragte: »Glaubst du, wir finden einen neutralen Ort, um noch was zu trinken?«

Der neutrale Ort war die Cocktailbar *Boadas,* in deren winzigen Raum sich die unterschiedlichsten Nachtschwärmer drängten. Anfangs schien sie mir nicht die ideale Lokalität, um Vertraulichkeiten auszutauschen; aber Juan war anderer Meinung, denn ohne jede Vorwarnung legte er los: »Petra, es ist klar, dass es zwischen dir und mir eine Art Problem gibt, das verhindert, unsere Beziehung, sagen wir … angenehm zu vertiefen. Es ist nicht zu leugnen, aber ich versichere dir, so viel ich auch darüber nachdenke, ich finde nicht heraus, was es ist.«

»Na, du hast doch Erfahrung mit Diagnosen.«

»Aber meine Patienten reden nicht, und wenn ich schon das große Glück habe, ein Wesen vor mir zu haben, das sprechen kann, würde es dir also was ausmachen, mit mir zusammen herauszufinden, um welche Krankheit es sich handelt?«

Ich lächelte. »Nur zu.«

»Sag mir, wie sieht die ideale Beziehung zwischen einem Mann und einer Frau wie dir und mir aus?«

»Ich würde es lieber von dir hören.«

Er fuhr sich mit seiner großen, knochigen Hand durchs Haar und seufzte. »Es ist so simpel, dass es lächerlich wirkt, es zu erklären. Alles besteht aus ausgehen, plaudern, sich die wesentlichen Wünsche erzählen, ein paar Gläser trinken, ein bisschen tanzen … nun, und dann zu sehen, was dabei rauskommt, und es zu genießen.«

»Ja, die Fragestellung ist ganz einfach, aber die Konsequenzen des Zusammenlebens … am Ende ist es ein Nest voller Konflikte.«

»Und was ist die Lösung?«

»Auch was ganz Schlichtes. Man lernt sich kennen, man gefällt sich, redet ein wenig, schläft miteinander, und wenn es gut läuft, kann man sich hin und wieder treffen und ein paar angenehme Stunden zusammen verbringen. Alles ist von Anfang an klar, und es sind weder Ausflüchte noch Scheingefechte nötig.«

»Das erinnert mich an den Versandhandel. Praktisch, ökonomisch, und wenn Ihnen das Produkt nicht gefällt, können Sie es umtauschen.«

»Na ja, du hast gesagt, dass du nach zwei Scheidungen müde, gelangweilt, etwas ausgebrannt bist. Dann sag mir doch, was du jetzt erwartest. Verlobung spielen?«

Er holte seine Brieftasche heraus und sah auf die Rechnung.

»Nein, Petra, vielleicht erwarten wir dasselbe, also ziemlich wenig. Aber es ist auch eine Frage der Form.«

»Und des Stolzes.«

»Bedauerlich, wenn du das so siehst. Jedenfalls hoffe ich, dass wir uns weiter hin und wieder sehen.«

»Selbstverständlich, ich komme mit Schreck in deine Sprechstunde!«

Wir gingen auf die nächtlichen Ramblas hinaus und teilten uns ein Taxi. Die ganze Fahrt über sprachen wir kein Wort. Er summte, um seine Spannung zu verbergen. Nachdem er mir die Hand gedrückt hatte, was zwanglos freundschaftlich sein sollte, stieg er vor seinem Haus aus. Ich lächelte wie eine Sphinx zum Abschied durchs Fenster. Im Flur stürzte sich Schreck auf mich und überzog mich mit Speichel.

Die Putzfrau hatte eine Notiz auf dem Tisch hinterlassen:

Señora Petra
Dieser Hund ist so hässlich, dass ich mich schäme, mit ihm spazieren zu gehen. Wenn ich das jeden Morgen machen soll, dann kaufen Sie ihm bitte eines dieser karierten Mäntelchen, denn der Arme friert sehr. Außerdem ist er dann vielleicht präsentabler. Ich habe Ihnen einen Teller Linseneintopf in die Mikrowelle gestellt.
Viele Grüße, Azucena.

Ich warf den Zettel in den Papierkorb. Ich und ein Mäntelchen für den Hund! Das Telefon klingelte. Ich dachte, es wäre Juan Monturiol, der mich um Entschuldigung bitten und mich zu einem Versöhnungstrunk einladen wollte.

»Inspectora? Hier spricht Garzón.«

»Was ist los?«

»Nichts weiter, nur, dass Sie Juan darauf hinweisen hätten können, Valentina vor Ángela nicht zu erwähnen.«

»Ist mir nicht in den Sinn gekommen.«

»Ángela ist ziemlich sauer gewesen. Ich wollte bei ihr übernachten, musste aber in die Pension zurückkehren.«

»Sie hätten mit ihr über Valentina reden sollen. Zwei Frauen zu hintergehen und zuzulassen, dass sie sich Hoffnungen machen, ist unmoralisch.«

Ich vernahm ein sarkastisches Auflachen durch den Hörer.

»Verderben Sie es sich nicht mit mir, Subinspector!«

»Ich rede nicht als Subinspector mit Ihnen.«

»In dem Fall sehe ich keinerlei Grund, warum Sie mich mitten in der Nacht anrufen oder weshalb wir diese Unterhaltung weiterführen sollten.«

»Sie haben Recht, Inspectora Delicado, gute Nacht.«

»Gute Nacht.«

Das Geräusch des Telefonhörers beim Auflegen verursachte mir einen schmerzhaften, tiefen Stich. Wunderbar! In ein paar Stunden hatte ich einen möglichen Liebhaber und einen Freund verloren. Ich blieb auf dem Sofa sitzen und hatte keine Lust, mich zu bewegen oder zu denken. Der Hund näherte sich vorsichtig, als würde er meine Deprimiertheit spüren.

»Komm her, Schreck«, sagte ich zu ihm, »lass mal sehen, ob ich in deinen Augen die Harmonie des Universums finde.«

Ich weiß nicht, wie wir mit anderen Menschen kommunizieren sollen, wenn wir nicht miteinander sprechen. Garzón schien nicht aus seiner Verärgerung herauszufinden, und ich war weit davon entfernt, lächerliche Beruhigungsversuche zu probieren. Die förmlichen Maximen des alten Knackers schienen zuzutreffen: Es ist schlecht, mit Arbeitskollegen freundschaftliche Beziehungen einzugehen. Ich versuchte ihn etwas zu piesacken. »Wir haben schon eine Menge erreicht …! Auf der Suche von Lucenas Mörder haben wir ein Immobilienbüro entdeckt, das illegale Verträge abschließt, und einen Handel der Universität mit Straßenhunden. Ein ganzes Reich mieser Verbrechen!«

»Dienst an der Gesellschaft«, sagte Garzón ganz ernst.

»Tatsächlich fehlt uns jetzt nur noch eine Bande von Putzlappenhändlern, ein Fälscher von Heiligenbildchen und ein internationales Netz betrügerischer Falschparker.«

Unter Garzóns Seehundbart deutete sich ein Lächeln an. »Sowie Limonadenschmuggel und eine geheime Spielhölle, wo Murmeln gespielt wird«, fügte er amüsiert hinzu.

Ich bemühte mich, nicht zu lachen. Es war noch zu früh, um sich zu versöhnen.

Einer der jungen Polizisten, der gerade ins Kommissariat versetzt worden war, sprach mich an. »Inspectora, Sargento Pinilla von der Guardia Urbana erwartet Sie in Ihrem Büro. Er sagt, er habe Sie den ganzen Tag wie verrückt gesucht.«

Ich sah ihm tief in die Augen. Er war kaum älter als einundzwanzig. »Es gefällt mir, wenn Männer mich wie verrückt suchen«, sagte ich. Er errötete und verschwand lächelnd, wobei er schüchtern den Kopf schüttelte und murmelte: »Verdammt, verdammt.«

Kaum dass er mich erblickte, stand Pinilla auf und kam fast schreiend auf mich zu. »Sehen Sie, Inspectora, sehen Sie? Ich habe Ihnen ja gesagt, dass es keiner meiner Männer war!«

»Wenn Sie hergekommen sind, um mir zu sagen, dass es keine Spur gibt, haben Sie einen schlechten Augenblick erwischt, Pinilla.«

»Nein, nein, ich meine, ich habe den Bestochenen schon gefunden. Aber es ist keiner meiner Männer.«

»Wer ist es?«

»Es ist der Junge aus dem Städtischen Tierheim.«

»Welcher Junge?«

»Der Verwalter, der die Zwinger reinigt und die Hunde füttert.«

»Hat er etwas über den Mord an Lucena gesagt?«

»Ruhig, ruhig, Inspectora! Nicht so schnell! Ich habe herausgefunden, dass er Lucena die Hunde besorgt hat. Und der hat ihm etwas für die Hunde aus dem Tierheim bezahlt. Er hat ohne Umstände gesungen, aber mehr weiß ich nicht.«

»Ich verstehe.«

»Eine andere Sache ist der Eindruck, den er auf mich gemacht hat.«

»Und welchen Eindruck hat er auf Sie gemacht?«

»Ich glaube, das ist ein armer Teufel, der sich was dazuverdient hat. Ich glaube nicht, dass der jemand umbringt, und schon gar nicht Lucena, der ihn bezahlt hat.«

»Hat er Angst?«

»Nein, er ist verärgert.«

»Wie, er ist verärgert?«

»Er sagt, es sei unglaublich, dass wir ihn wegen solch einer Bagatelle bei Ihnen verpfeifen.«

»Weiß er nichts von Lucenas Tod?«

»Er schwört, dass er es nicht gewusst hat. Er nennt ihn nicht Lucena, er nennt ihn Susito. Aber es ist derselbe, er hat ihn auf dem Foto identifiziert. Wie auch immer, er sagt, er hätte ihm den letzten Hund vor zwei Jahren vermittelt, und seitdem hätte er ihn nicht mehr gesehen, er sei einfach nicht mehr aufgetaucht.«

»Glauben Sie, dass er die Wahrheit sagt?«

»Ich weiß es nicht, Inspectora. Ich würde sagen Ja, aber es ist besser, wenn Sie sich selbst überzeugen. Ich habe ihn mitgebracht. Er sitzt in Raum B im zweiten Stock mit den zuständigen Wachpolizisten und zwei meiner Männer. Nicht einmal El Lute hatte so viele Bewacher!«

»Sie haben uns einen großen Gefallen getan, Pinilla.«

»Sie wissen ja, wo Sie mich finden. Ach, noch was, Inspectora, jetzt sehen Sie ja, dass es keiner meiner Männer war!«

Ebenso wie die Ehre eines Ritters von seinen Töchtern abhing, hängt die eines Polizisten von seinen Untergebenen ab. Ich habe weder das eine noch das andere je verstanden, aber ich musste dem Sargento etwas Beruhigendes antworten, damit er zufrieden war.

Pinillas Meinung wurde in allem bestätigt. Der Geständige, den er uns gebracht hatte, machte tatsächlich den Anschein, ein armer Teufel zu sein, und er war überdies wirklich verärgert. Er bezog das Sprichwort »Den Letzten beißen die Hunde …« auf sich, was genau zu der Situation passte, und seine Proteste beruhten auf dem nicht weniger geläufigen Vorwurf: Es gibt eine Menge von Verbrechern, die frei herumlaufen, und Sie belästigen anständige Leute.

Er erzählte uns, dass er etwa dreitausend Peseten für jeden Hund kassierte, den er Susito zugeschanzt hatte, und klammerte sich an die andererseits logische Beteuerung, dass er für diese läppische Summe niemanden umbringen würde.

»Aber vielleicht haben Sie sich gestritten, sich um etwas geprügelt. Sie haben Ihre Schläge unterschätzt und ihn umgebracht. Vielleicht hatten Sie beide getrunken und waren nicht ganz bei Sinnen.«

»Nichts von alledem. Ich trinke nicht, nicht einen Tropfen, nicht ein Bier. Außerdem habe ich mit Susito nie gestritten. Wie sollten wir uns streiten, wenn wir nicht einmal miteinander geredet haben? Wir hatten eine Übereinkunft: Ich gebe ihm die Hunde, er bezahlt mich, und adiós.«

»Und vor zwei Jahren haben Sie jeglichen Kontakt eingestellt.«

»Ja.«

»Sie haben ihn nicht mehr gesehen, auch ohne Geschäfte mit ihm zu machen?«

»Wir waren keine Freunde. Ich weiß nicht einmal, wo er wohnt. Er war ein merkwürdiger Typ.«

»Sodass er eines schönen Tages einfach nicht mehr auftauchte.«

»Nein, er sagte mir, dass er nicht mehr kommen würde, dass er mit einem Friseur in San Gervasio etwas Besseres aufgetan hätte.«

»Was ist etwas Besseres?«

»Mehr hat er nicht erwähnt.«

»Er hat Ihnen nichts über diesen Friseur erzählt?«

»Nichts, und ich nehme an, er hat das Viertel San Gervasio nur deshalb erwähnt, um mir zu verstehen zu geben, dass es sich um eine Klasse höher handelte.«

»Handelte es sich um etwas, das mit Hunden zu tun hatte?«

»Ich habe doch schon gesagt, ich weiß es nicht; aber wenns da auch um Hunde ging, können Sie sicher sein, dass die nicht aus dem Tierheim waren.«

»Vielleicht gestohlene Hunde?«

»Sie können hundertmal dasselbe fragen, aber mehr weiß ich nicht.«

»Er hat Ihnen nie vorgeschlagen, in das neue Geschäft einzusteigen?«

Er lachte sarkastisch und verärgert auf. »Ha, wofür sollte er mich brauchen? Ach Scheiße, neues Geschäft! Für die lumpigen dreitausend Peseten! Also, ich habe alles in die Lotterie gesteckt.«

»In die Lotterie?«

»Das Einzige, wofür das Geld gut war. Es ist nicht gerecht, dass ich jetzt für diesen Blödsinn herhalten muss und wegen ein paar beschissenen räudigen Kötern, die niemand will und die sowieso getötet werden, den Job verliere!«

Irgendwie hatte er Recht. Dieses ganze Gesocks, unter dem wir uns bewegten, war zu nichts gut, Straßenköter … selbst Lucena war Abschaum, um den sich niemand kümmern wollte.

Ich wandte mich an Garzón, der schweigend rauchte. »Rufen Sie Sargento Pinilla noch mal. Sagen Sie ihm, dass wir eine vollständige Liste mit allen Anzeigen von geklauten oder verschwundenen Hunden in ganz Barcelona brauchen. Dann sehen wir, wie viele davon San Gervasio betreffen.«

Er nickte ernst und professionell. Dann begann er abzuschweifen. »Inspectora Delicado, obwohl es letztendlich Differenzen zwischen uns gegeben hat, glaube ich trotz allem sagen zu können, dass … na ja, dass in unserem Fall eine gewisse Freundschaft besteht.«

»Ja.«

»Im Namen dieser Freundschaft möchte ich Sie um Entschuldigung bitten und dann um einen Gefallen.«

»Vergessen Sie die Entschuldigung, kommen wir zu dem Gefallen.«

»Ich muss mich für eine Wohnung entscheiden. Könnten Sie mich begleiten und einen Blick darauf werfen? Es heißt ja, dass die Meinung einer Frau …«

»Und dafür so viel Drumherumgerede? Natürlich begleite ich Sie! Aber bevor wir gehen, erkundigen Sie sich, wie viele Friseure es in San Gervasio gibt.«

»Damen- oder Herrenfriseure?«

»Keine Ahnung. Erfassen Sie beide, dann werden wir schon sehen.«

Am selben Nachmittag gingen wir Garzóns verflixte Wohnung aussuchen. Eine war im Viertel Sagrada Familia und die andere in Gracia. Mir gefiel Letztere besser. Es handelte sich um eine gemütliche renovierte Altbauwohnung, in der ein paar Wände entfernt worden waren, um die Räume zu vergrößern. Sie hatte eine große Terrasse, von der aus man die buntscheckigen Nachbarhäuser und die auf den Dächern dösenden Tauben und Möwen sehen konnte. Sie war funktionell eingerichtet, mit hellen Holzmöbeln und beigefarbenen Stores an den Fenstern. Ich vermutete, dass der Subinspector hier glücklich sein würde, wenn er seinen kleinen Harem empfing.

»Ich glaube, das ist das Richtige für Sie.«

»Glauben Sie das wirklich?«

»Ja.«

»Ich bin so nervös!«

»Warum? Das verstehe ich nicht.«

»Allein zu leben, eine Wohnung zu haben … Ich weiß nicht, ob ich das kann.«

»Aber natürlich können Sie das! Sehen Sie diesen Kühlschrank? Sie müssen ihn nur mit Lebensmitteln füllen. Stellen Sie jemanden zum Putzen und Bügeln ein. Wenn nötig, kaufen Sie sich ein paar Hemden. Wie stehts mit Geld?«

»Ich habe eine Menge gespart. Ich hab doch nie groß was ausgegeben!«

»Dann werden Sie mehr ausgeben. Eine Wohnung und eine Braut sind teuer, ganz zu schweigen von zwei Bräuten!«

»Machen Sie sich nicht lustig.«

»Es ist nur … verdammt Fermín, Sie sind nur ganz schön stürmisch in Liebesdingen! Es hätte mich eher beruhigt, wenn Sie mir gesagt hätten, dass Sie zwei Freundinnen und nicht zwei Geliebte haben.«

»Ja, ich weiß schon, aber was soll man tun? Für mich sind sie etwas mehr als Freundinnen.«

»Beide?«

»Beide. Valentina amüsiert mich und Ángela schmeichelt mir. Ich habe beides vorher nicht gekannt. Meine verstorbene Frau hat mich so deprimiert wie ein Prozessionswagen in der Karwoche, und gelegentlich habe ich mich mit ihr wie ein Wurm gefühlt.«

»Ich nehme mal an, dass beide Frauen erwachsen sind. Die, die am Schluss ein gebrochenes Herz hat, wird es überwinden.«

»Inspectora, ich möchte Sie noch um einen weiteren Gefallen bitten. Begleiten Sie mich bei meinem ersten Einkauf im Supermarkt? Ehrlich, ich habs schon versucht. Neulich bin ich in einen reingegangen und dann hatte ich Angst, dass der ganze Haufen von Büchsen und bunten Schachteln über mir zusammenbricht.«

»Verlassen Sie sich ganz auf mich. Ich bin Spezialistin für schnelle Großeinkäufe.«

»Ich danke Ihnen von ganzem Herzen.«

»Vergessen Sies, dafür sind Freundinnen doch da.«

Armer Garzón! Das ewige Spiel der Geschlechterrollen hatte ihn in einen Nichtsnutz verwandelt. In ein Wesen, das unfähig war, die geringfügigsten Dinge im Leben zu organisieren. Ich zog es vor, mich da nicht einzumischen, keine Meinung zu äußern und noch viel weniger komplizierte sentimentale Theorien zu entwerfen. Ich für meinen Teil tat besser daran, mir was anderes zu suchen, woran ich mir die Zähne ausbeißen konnte. Meine Kiefer kamen langsam aus der Übung.

Sargento Pinilla wollte persönlich mit mir reden. Er sah mich vorwurfsvoll an und las mir das Diensthandbuch vor. »Aber Inspectora, das müssten Sie doch wissen, wir von der Guardia Urbana nehmen keine Anzeigen über verschwundene oder geklaute Hunde entgegen.«

»Gut, Pinilla, ich wusste es nicht! An wen muss man sich dann wegen des Verlusts eines Hundes wenden?«

»An die Policía Autonómica, die Mossos d'Esquadra.«

»Aha.«

»Die Jungs werden Ihnen behilflich sein. Das fällt nicht in unsere Kompetenzen.«

Zum Teufel mit Pinilla! Warum waren Polizisten, welcher Truppe sie auch angehören mochten, immer so empfindlich? Auch Garzón protestierte eine ganze Zeit, dass ich ihn allein zu den Ermittlungen über die Friseure in San Gervasio schickte. »Die meisten sind Damenfriseure«, argumentierte er. Das erschütterte mich nicht. Es war eine Sache, ihn wegen seiner Situation als »nutzlosen reifen Mann« zu bemitleiden, eine ganz andere hingegen, dass er meine wohl wollende Bereitschaft ausnutzte, sich Pfründe zu verschaffen.

»Ich bin sicher, dass die Sie sehr nett bedienen werden, Subinspector. Sie haben ja schon bewiesen, was für ein gutes Händchen Sie mit den Señoras haben. Während Sie ermitteln, werde ich mich mit den Mossos d'Esquadra unterhalten.«

Dass die Vertreter der Guardia Urbana sich nicht um verschwundene Hunde kümmerten, war nicht die letzte Überraschung für mich. Im Gespräch mit Eric Pérez, dem Chef der Umweltabteilung, musste ich mich einem ganzen Haufen unerwarteter Tatsachen stellen.

Gleich zu Beginn klärte mich der freundliche junge Polizist der Policía Autonómica darüber auf, dass Anzeigen wegen Katzen und Hunden eigentlich auch nicht in seinen Kompetenzbereich gehörten, sondern in den des Städtischen Tierschutzvereins. Das Problem war im Grunde einfach: In Spanien ist es kein Verbrechen, einen Hund zu stehlen. Größtes Erstaunen. Solche Diebstähle werden als »Verwaltungsvergehen« behandelt, und in einigen Fällen als »Vergehen gegen die öffentliche Gesundheit«. Aber es ist kein Straftatbestand. Der Polizist ließ sich weiter über das Thema aus.

»Mehr noch, Diebstahl von oder Handel mit geschützten Arten oder wilden Tieren ist sehr wohl strafbar. Das ist in der Gesetzgebung verankert, aber für normale Haustiere gilt das nicht. In Wahrheit ist es so, dass ein Hundebesitzer dann zu uns kommt, weil er schon überall rausgeflogen ist. Die Guardia Urbana hat ihn sich schon vom Hals geschafft, von der Policía Nacional ganz zu schweigen.«

»Und Sie, was tun Sie?«

»Wenig. Wir nehmen es zur Kenntnis, für den Fall, dass wir zufällig was erfahren. Aber es wird nicht ermittelt.«

»Und was denken die Leute darüber?«

»Na ja, wenn im Fernsehen berichtet wird, dass wir uns um verschwundene Hunde kümmern, rufen uns am nächsten Tag eine Menge Leute an und protestieren. Wie es möglich ist, dass wir uns bei so vielen Verbrechen um so einen Blödsinn kümmern? Aber wenn in einer Sendung von armen, unschuldigen ausgesetzten Hundchen berichtet wird, rufen viele andere Leute an, um uns runterzuputzen, dass wir nichts tun.«

»Können Sie mir eine Liste der Diebstähle verschaffen?«

»Ich gebe Ihnen einen Computerausdruck. Aber Sie müssen zu besagtem Städtischen Tierschutzverein gehen, wenn Sie eine vollständige Liste haben wollen.«

»Was wird in diesem Ausdruck festgehalten?«

»Name des Halters, Anschrift und die Hunderasse. Ich mache Ihnen gleich eine Kopie.« Er verschwand und ließ mich ziemlich mutlos zurück. Wieder von vorne anfangen. Ich hatte die unselige Eingebung, dass wir diesen verfluchten Fall nie aufklären würden.

Er kam mit mehreren Ausdrucken zurück. »Hier haben Sie die gestohlenen und verschwundenen Hunde der letzten zwei Jahre. Ich schreibe Ihnen die Adresse des Städtischen Tierschutzvereins auf. Ach, wenn Sie eine zuverlässigere Liste haben wollen, wäre es sinnvoll, wenn Sie auch zu dem Privatunternehmen gingen, das vermisste Hunde wieder beschafft.«

»Was Sie nicht sagen!«

»Im Ernst. Es heißt *Rescat Dog*. Leute mit den entsprechenden finanziellen Mitteln wenden sich an die.«

»Unglaublich!« Mit gesenktem Kopf verharrte ich ruhig und schweigend.

»Inspectora, ist Ihnen nicht gut?«

»Nein, ich bin nur ein bisschen müde.«

»Wenn Sie wollen, hole ich Ihnen einen Kaffee aus dem Automaten.«

»Bemühen Sie sich nicht, nur ein kleiner Schwächeanfall.« Ich richtete mich auf und schnappte mir die Hundeliste.

Er sah mich ein wenig bekümmert an. »Diese Arbeit macht manchmal müde, nicht wahr?«

»Immer«, antwortete ich. Wir lächelten uns an.

Vom Städtischen Tierschutzverein erhielt ich eine fast ebenso lange Liste. Jetzt fehlte noch das blöde Privatunternehmen mit den Hundedetektiven. Das war der Gipfel! Ich verkroch mich in meinem harten Schreibtischstuhl. Um vier Uhr traf Garzón ein. Er hatte gerade gegessen, sodass wir zum Nachtisch wässrigen Kaffee tranken, wobei wir beide Symptome existentieller Übersättigung aufwiesen.

»Haben Sie mit den Friseuren Glück gehabt?«

Er stellte seinen Plastikbecher auf den Tisch und suchte nach Zigaretten. »Seit wir an dem Fall arbeiten, habe ich vergessen, was Glück ist.«

Ich hatte nicht genug Kraft, um ihm gut zuzureden, und bot ihm eine Zigarette an, weil er seine nicht finden konnte. »Singen Sie, Fermín, mir steht nicht der Sinn nach Klagen.«

»Bah, ich habe nur eine kleine Partitur vorzutragen. Es gibt einen Haufen Friseure, aber so einen Haufen, Inspectora. Es scheint, als wäre das Haarschneiden sehr wichtig.«

»Bei wie vielen waren Sie?«

»Uff, etlichen. Ein Salon wird von einem jungen Ehepaar geführt, ein anderer von einem Schwulen, ein weiterer von zwei Mädchen, der nächste …«

»Ersparen Sie mir die Einzelheiten. Irgendein Resultat?«

»Nichts. Lucena roch ihnen nach Proll. Als ich ihnen das Foto zeigte, machten sie erstaunte Gesichter. Sie wissen von nichts. Von Hunden wissen sie nur, dass sie bellen und einen Schwanz haben. Hören Sie, ich habe etwas Unglaubliches gesehen! In einem dieser Friseursalons wurde einem Mädchen das Haar grün gefärbt, können Sie das glauben?«

»Heute glaube ich alles.«

»Und das ist auch alles. Morgen mache ich weiter. Obwohl, Inspectora – meiner Meinung nach haben all diese feinen Friseursalons nichts mit dem erbärmlichen Lucena zu tun. Wir blamieren uns wie mit den Labors.«

»Das kann man nie wissen, Garzón, Paläste und Hütten sind durch Abwasserkanäle verbunden.«

Er blies wie ein mächtiger Schnellkochtopf den Rauch aus.

Eine seltsame Welt, in der Diebstahl und Handel mit einem Lebewesen nicht illegal ist; in der sich die Leute die Haare grün färben; in der beträchtliche Summen an einen Privatdetektiv gezahlt werden, damit er eine traurige Katze wieder findet. In der man ein armes Schwein zu Tode prügeln kann, ohne auch nur einen Anhaltspunkt zu hinterlassen.

6

Solange wir die Fakten, die uns *Rescat Dog* zukommen lassen wollte, nicht einbeziehen konnten, war mit einer absolut vollständigen Liste von gestohlenen Hunden nicht zu rechnen. Also besorgten wir sie uns. Das ungewöhnliche Unternehmen befand sich in einer nichts sagenden Wohnung im Stadtteil Ensanche, eine halbe Etage, die sich einbildete, ein Büro zu sein. Die Wände waren mit Plakaten überzogen, auf denen niedliche Welpen mit herabhängenden Ohren zu sehen waren, die allerliebst mit wonnigen, flauschigen Kätzchen spielten. Das Institut schien außer der Sekretärin, einer schönen jungen Blondine, die uns empfing, und dem Chef selbst keine weiteren Angestellten zu haben. Die Firma wirkte nicht so, als würde das Geschäft sonderlich gut gehen. Der Inhaber Agustí Puig hatte rote Haare und ein Krötengesicht. Er lachte ständig grundlos, als würde ihm überallhin eine unsichtbare Horde Hanswurste folgen. »Ich habe meine Steuern immer bezahlt!«, entfuhr es ihm, als er erfuhr, dass wir Polizisten sind. Dann ließ er sich in Erklärungen über die erwiesene Rechtmäßigkeit seines Geschäfts aus und schwor, dass er nichts zu verbergen habe.

Rescat Dog brüstete sich, das einzige Geschäft seiner Art in Barcelona und vielleicht ganz Spanien zu sein. Puig war mit den vorzeigbaren Ergebnissen sehr zufrieden: Sechzig Prozent aller Hunde wurden wieder gefunden. Angesichts der schwierigen Aufgabe war ein höherer Prozentsatz undenkbar. Sie erreichten diesen Erfolg durch mehr oder weniger gewöhnliches Vorgehen: Suche im Viertel, Aushängen von Plakaten, verschiedene Kontakte, Befragungen möglicher Zeugen … Das Ergebnis dieser Vorgehensweise sei besser als irgendeines der Mittel, das einer Privatperson zur Verfügung stand.

»Bei geklauten Hunden haben wir manchmal eine komische Situation: Wir finden sie, aber wir können nicht beweisen, dass sie gestohlen wurden. Also bleiben sie, wo sie sind. Sie wissen ja um die Lücken der Gesetzgebung.«

»Diese Lücken begünstigen Sie im Grunde. Wenn die Polizei sich mehr mit diesem Problem beschäftigen würde, würden Sie Ihre Kundschaft verlieren.«

»Über meine Kundschaft kann ich mich nicht beklagen.«

»Sie haben noch keine Krise gehabt?«

Sein Lachen klang falsch. »Wir alle wissen, dass Krisen wie Sommergewitter sind. Sie kommen und ziehen vorbei.«

»Señor Puig, Sie haben doch bestimmt Karteikarten für all Ihre Kunden, oder irre ich mich?«

»Ja, ich bewahre alle Fakten auf.«

»Erinnern Sie sich daran, Hunde von diesen Leuten wieder gefunden zu haben?« Ich reichte ihm die offizielle Liste, auf die er einen mutlosen Blick warf.

»Da stehen viele Namen, Inspectora, sehr viele.«

»Das sind die Verlustmeldungen aus ganz Barcelona.«

»Eben! Um die zu bestätigen, brauche ich etwas Zeit.«

»Sie müssten uns auch eine Liste all Ihrer gelösten und ungelösten Fälle aufstellen.«

»Dann dauert es noch länger.«

»Haben Sie keinen Computer?«

»Wir werden das System in der nächsten Woche installieren.«

»Dann behalten Sie eine Kopie dieser Liste und beschäftigen sich einen freien Nachmittag damit.«

»Ist gut. In zwei bis drei Tagen werde ich fertig sein. Ich muss mich auch um mein Geschäft kümmern, Inspectora. Ich bin nur ein armer Werktätiger, und meine einzige Angestellte ist meine Sekretärin.« Er lachte, als wären auch seine geschäftlichen Nöte witzig.

Resigniert zog ich Lucenas Foto aus der Jackentasche. »Bevor wir gehen, kennen Sie diesen Mann?«

Er betrachtete es gleichgültig. »Nein, noch nie gesehen.«

Wir verließen das Büro mit den Originallisten und dem Foto, unserer Trumpfkarte. Wir wollten der Sekretärin dieselbe Frage stellen, aber sie war verschwunden. Mit solchen Angestellten konnte man selbstverständlich nur schwerlich ein blühendes Geschäft betreiben.

»Verdächtigen Sie ihn?«, fragte Garzón.

»Ja, ich verdächtige ihn. Er ist zu offen und zu fröhlich. Drei Tage, um die Kopien zu bestätigen! So, als wollte er aus irgendeinem Grund Zeit gewinnen. Außerdem, würden Sie eine so lächerliche Person wie einen Hundedetektiv nicht verdächtigen?«

Er sah mich überrascht an. »Das ist mir wurscht. Wir haben schon so viel gesehen … Wenn man mir erzählt, dass es Lateinlehrer für Schildkröten gibt, glaube ich auch das.« Er spielte jetzt die Rolle des Skeptikers. Der reife Mann, der spielt und sich dagegen wehrt, älter zu werden. Die Exzentrizität der Welt konnte seiner Engelsgeduld und seiner Ausgeglichenheit nichts anhaben. Als würde er nicht auch zu der verrückt gewordenen Erdbevölkerung gehören.

»Wohin gehen Sie jetzt, Subinspector?«

»Ich muss den letzten dieser verfluchten Friseursalons aufsuchen, die Sie mir aufgebrummt haben.«

»Diesmal begleite ich Sie. Aber was stört Sie an denen so?«

»Zu viele Frauen.«

»Und ich dachte, viele Frauen wären kein Problem für Sie.«

»Ich kenne Sie gut genug, um zu wissen, worauf Sie hinauswollen. Und deshalb hören Sie jetzt lieber auf.«

»Ich nehm es zurück und wiederhole die Frage: Warum macht es Sie so nervös, Friseursalons abzuklappern?«

»Weil ich, ehrlich gesagt, einfach nicht verstehe, was zum Teufel wir dort suchen.«

Garzón hatte Recht, was suchten wir in diesen Läden? Dort gab es nur affektierte Friseure, die die unterschiedlichste Klientel betreuten: Hausfrauen, die sich zur Entspannung stundenlang die Kopfhaut massieren ließen, Angestellte mit genügend Zeit, ihre Papiere durchzublättern, während ihnen Strähnchen gefärbt wurden. Und hin und wieder ein eingeschüchterter Señor, der sich von der weiblichen Überzahl erdrückt fühlte. Was hatte Lucena, das menschliche Wrack, dort verloren? Man brauchte sich nur die Gesichter der Inhaber anzusehen, wenn wir ihnen das Foto von dem verprügelten Männchen zeigten. Es war, als glaubten wir in einem Stall Fische zu finden. Wir verschwendeten unsere Zeit. Auch ich verließ den eleganten Salon verärgert und niedergeschlagen.

»Sie hatten Recht, wir verschwenden elendig unsere Zeit. Wie Sie schon sagten, Sagunto oder welche Stadt auch immer wurde nicht an einem Tag erobert. Aber dieser Kerl, der sich Lucena vorgeknöpft hat, läuft weiter frei herum, und inzwischen dürfte er bereits überzeugt davon sein, straflos davonzukommen.«

»Umso besser, dann wird er unvorsichtig und macht Fehler!«

»Im Augenblick sind wir so weit entfernt von seiner Spur, dass er sich alle Fehler erlauben kann.«

»Vielleicht sind wir gar nicht so weit entfernt, wie Sie glauben.« Ich zielte mit der Kippe auf ein Siel, traf es aber nicht. »Soll ich Sie irgendwo absetzen?«

»Wenn es Ihnen nichts ausmacht … Ich bin mit Ángela in ihrem Laden verabredet. Wir wollen zusammen zu Abend essen.«

»Dann ist sie nicht mehr verstimmt wegen neulich?«

»Doch, ein bisschen. Sie ist etwas merkwürdig. Es stört sie, dass Valentina in dieser Geschichte auch eine Rolle spielt.«

»Ist doch logisch, finden Sie nicht?«

»Bis zu einem gewissen Grad. Wir sind keine Kinder mehr, nicht einmal Jugendliche, und zwischen den Mädels und mir gibt es nur Freundschaft und Hoffnung. Ich verlange ja auch nichts. Sollten die Dinge ernster werden, würde ich das Doppelspiel sofort beenden.«

»Das ist immerhin schon was. Und Valentina hat nichts dagegen?«

»Nein.«

»Weiß sie von Ángela?«

»Ja, sie weiß es, aber sie ist anders. Sie fragt direkt, was sie über meine Arbeit und meine Vergangenheit wissen will. Ángela ist zurückhaltender, diskreter. Abgesehen davon hat Valentina ihre Gründe, warum sie sich nicht daran stört. Nun, jede der beiden Mädels gehört einer anderen Welt an. So ist das Leben.«

Dieser schamlose Mensch nannte sie »Mädels«, als wäre er Bogart und hätte sein Leben lang mit einer Unzahl von platinblonden Revuegirls geschäkert. Ich warf ihm einen harten, schrägen Blick zu. Er merkte es; es stimmte wirklich, dass er mich immer besser kennen lernte.

»Und Ihnen, wir geht es mit Ihnen und Juan Monturiol voran?«, fragte er ohne jeglichen Anflug von Naivität.

»Es geht gar nicht voran.«

»Und von Ihren beiden Exmännern, haben Sie von denen etwas gehört?«

»Reden Sie Klartext, Garzón, wollen Sie andeuten, dass auch ich eine Mata Hari bin? Zumindest habe ich meine Geschichten immer nacheinander und ohne glückliche Überschneidungen.«

Er machte eine Geste gespielter Empörung. »Ich und andeuten? Sie irren sich, Inspectora. Gott steh mir bei! Wer bin ich denn, dass ich jemanden verurteile. Ich leide nicht mehr, und ich bedaure auch nichts mehr.«

»Gut, Fermín, touché. Ich werde Sie nicht verurteilen. Ist es das, was Sie sagen wollen?«

Unter seinem alten, vom Nikotin und Bier verfärbten Schnurrbart huschte ein verstohlenes Lächeln über seine Lippen. »Können Sie sich nicht einfach entspannen, Petra? Warum können wir nicht locker miteinander reden, wie gute Freunde? Ich werde Sie zu einem Fest einladen, mal sehen, ob Sie meine guten Absichten endlich anerkennen.«

»Ein Fest, Sie geben ein Fest?«

»Eigentlich zwei, bei einem wird Ángela der besondere Gast sein, beim anderen Valentina. Aber es wäre mir recht, wenn Sie und Juan Monturiol zu beiden kommen würden; ich habe nämlich nicht viele Freunde.«

»Ich kann Ihnen nicht versprechen, ob Juan noch Lust hat, mich zu sehen, aber ich werde es ihm ausrichten.«

»Und der Supermarkt, begleiten Sie mich in den Supermarkt?«

»Verdammt, Garzón, das habe ich Ihnen doch schon zugesagt! Was glauben Sie, was das ist mit dem Supermarkt, eine Expedition auf den Himalaja, mit Sherpa?«

Als wir vor der Buchhandlung ankamen, ließ Ángela gerade den Rollladen herunter. Sie lächelte, als sie mich erblickte. »Was für eine Überraschung, Inspectora. Kommst du mit uns essen?«

»Ich fürchte nein.«

Neben ihr wedelte Nelly freundlich mit dem Schwanz. »Bleib doch wenigstens auf einen Kaffee.« Sie zeigte auf die Kneipe gegenüber.

Alle Kellner kannten sie, und sie bewegte sich zwischen den Plastikstühlen wie eine weltgewandte Präsidentengattin. Mit ihrem aufrichtigen Blick und in ihrem eleganten malvenfarbenen Kleid wirkte sie einfach entzückend.

»Wie geht es dir, Petra?«

»Ich kann nicht behaupten, dass es mir sehr gut geht.«

»Die verflixten Ermittlungen?«

»Diese verflixten Ermittlungen gehen mir auf die Nerven!«

»Und das, obwohl Sie nur in einem Friseursalon mitwaren … Wenn Sie wie ich alle abgelatscht hätten!«, fiel Garzón geschwätzig und grollend ein.

»Friseursalons?«, fragte Ángela neugierig.

Ich nahm einen ordentlichen Schluck aus meinem Bierglas

und antwortete ihr mit einem Schaumbart: »Kannst du das glauben, Ángela? Wir haben eine Spur, die uns zu irgendeinem Friseursalon in San Gervasio führt. Trotzdem sind wir unfähig, auch nur die geringste Verbindung zwischen all diesen gut frisierten Señoras und dem Verbrechen an Lucena zu finden. Es ist zum Verzweifeln!«

»Es handelt sich nicht um einen Hundesalon?«, fragte Ángela so engelsgleich wie sie hieß.

Ich spürte, wie das Bier meine Kehle hinabrann, während glühende Hitze in meinem Gesicht aufstieg. Dann sah ich Garzón an, der ebenfalls aufhorchte und so rot wie ein Puter kurz vor der Schlachtung geworden war.

»Nennen Sie mich Dummkopf, Subinspector, ich bitte Sie darum.«

»Dummkopf? Nichts dergleichen, nennen Sie mich lieber Hornochse.«

»Nein, Garzón, das ist ein Befehl.«

»Ist gut, Dummkopf! Jetzt Sie.«

»Hornochse! Wir sind beide Hornochsen, man muss ein Hornochse sein, und unfähig, und wir verdienten …«

»… dass sie uns bei der Polizei rausschmeißen!«

Ángela verfolgte mit ihren haselnussbraunen Augen überrascht diese Vorstellung. »Habe ich etwas Interessantes gesagt?«, fragte sie erfreut.

Natürlich gab es einen Hundesalon in San Gervasio: groß, luxuriös, protzig, mit riesigen Plakaten in den Schaufenstern und einem unmissverständlichen Namen in Neonschrift: *Bel Can*. Und es war einer, nur einer, konkurrenzlos, auch ohne dass Hunde grün gefärbt wurden. Garzón raufte sich passend zum Kontext die Haare, wenn er an seine ganze sinnlose Lauferei dachte.

Unser Mangel an deduktivem Scharfsinn ließ sich nur mit

einem Anfall schlichter Idiotie erklären. Nur ein positiv und barmherzig eingestellter Mensch konnte verstehen, dass uns, die wir mit der Hundebranche nicht vertraut waren, das Ausmaß des Netzes entgangen war, das unsere Konsumgesellschaft um diese Tiere geknüpft hatte. Hundesalons, Hundepensionen, Tierärzte, Trainer, Fertigfutter, Hygieneartikel … Ángela Chamorro erläuterte uns, dass die Hundeindustrie in unserem Land schon neun Millionen Peseten umsetze und erst in den Kinderschuhen stecke. »Das wird noch weitergehen …« versicherte sie, »weil es immer mehr Hunde geben wird, die bestens versorgt werden. Das ist einer der Indikatoren für den Entwicklungsstand unseres Landes«, schloss sie stolz.

Stimmt wohl. Dieser Hundesalon machte einen noch affektierteren Eindruck als die menschlichen. Von oben bis unten hellgrün gefliest, standen dort mehrere Tische, auf denen die Köter von jungen Frauen in makelloser Uniform betreut wurden. Die Geschäftsführerin war eine freundlich lächelnde Französin um die dreißig mit einem hübschen sommersprossigen Gesicht und glänzendem schwarzen Haar.

Sie beantwortete alle unsere Fragen und schlug in einer kindlichen erschrockenen Geste die Hand vor den Mund, als sie erfuhr, dass wir in einem Mordfall ermittelten. Nein, sie kannte Lucena nicht, aber wenn wir warten wollten, ihr Mann, der mit ihr zusammen Inhaber des Ganzen war, würde gleich kommen und sich bestimmt gerne mit uns unterhalten. Sie erbot sich, uns solange mit den Gepflogenheiten des Geschäfts vertraut zu machen.

»Hier kommen die Hunde herein …« sagte sie, wobei sie die Rs französisch aussprach, »und hier werden sie ausgiebig und mit viel Shampoo gebadet …« Sie deutete auf einen Wassertrog, der einer Kleopatra würdig gewesen wäre. »Dann bekommen sie eine gründliche Massage gegen Parasiten und werden geschoren. Ich bin die Einzige, die Felle schert. Sie wissen ja, dass jede Rasse ihren Stil hat und dass man zudem je nach Geschmack des Besitzers scheren muss. Das ist nicht so einfach, wenn Sie mir diese Unbescheidenheit erlauben.«

»Was tun Sie, wenn ein Hund sich sträubt und versucht, Sie zu beißen?«

Sie lächelte und fuhr mit den Fingerspitzen über eine imaginäre Hundewange, als wolle sie ihn zum Duell fordern. »Die Hunde wissen, wer das Sagen hat«, bekräftigte sie.

Später zeigte sie uns die Tische, an denen mit Bürsten und kräftigen Föhnen bewaffnete hübsche Señoritas arbeiteten. Auf einem davon saß ein Zwergpinscher mit langem grauem Fell, der wirkte, als würde er bei jedem Heißluftschwall gleich davonfliegen. Er sah uns ausgesprochen missmutig an.

»Das ist Òscar, ein Stammkunde des Hauses. Und dies hier ist Ludovica, ein wunderbares Exemplar eines Bearded Collies.« Hinter Ludovicas Haargardine erahnten wir zwei auf uns gerichtete Augen.

»Und der?«, fragte Garzón und zeigte auf einen dritten Hund auf einem Requisitentisch.

»Ah, das ist Macrino, ein besonders kostspieliger Afghanischer Windhund.«

»Himmel, er sieht meiner alten Wirtin ähnlich!«, platzte Garzón heraus. Die Französin fand den Ausrutscher witzig, und sie lachten beide einen Moment lang.

Garzón fragte: »Kennen Sie die Namen von allen Hunden, die zu Ihnen kommen?«

»So ist es, auch wenn sie erst einmal hier waren.«

»Unglaublich!«

»Oh, das ist nicht so toll.«

»Sie wären sehr gut für Öffentlichkeitsarbeit geeignet. Schade, dass die Hunde nichts davon mitkriegen.«

Sie lachte wieder, diesmal erheitert. Aber hallo, das war ja wohl der Gipfel. Dachte Garzón daran, auch mit ihr anzubändeln, oder hatte er eine bezwingende Fähigkeit zur Verführung entwickelt, die er nicht mal selbst kontrollieren konnte?

»Dann parfümieren wir sie und bringen ihr Fell zum Glänzen …«

Ein Mann hatte den Raum betreten, und nach drei Schritten pflanzte er sich neben uns auf. Die Französin unterbrach ihre Erläuterung. »Darf ich Ihnen meinen Mann vorstellen, Ernesto.«

Sie wandte sich auf Französisch an ihn. *»Écoute, chéri, ces monsieur dame sont des policiers. Ils voudraient bien te poser des questions.«*

Ich weiß nicht, ob er versuchte, es zu vermeiden oder nicht, aber sein Gesichtsausdruck veränderte sich. Danach zeigte er offenes Missfallen. Der freundliche Teil dieses Besuchs war zu Ende. Er führte uns wortlos in sein Büro und knallte uns trocken an den Kopf: »Sie haben das Wort.«

»Entschuldigen Sie die Störung, Señor …«

»Ich heiße Ernesto Pavía.«

»Wir ermitteln im Mordfall Ignacio Lucena Pastor, und ich hätte Sie gerne …«

Er fuhr auf wie ein Blitz. »Ein Mordfall? Dann weiß ich nicht, was zum Teufel Sie hier suchen.«

»Es ist so: Wir haben einen Zeugen, der Sie in diesem Zusammenhang erwähnt hat, Señor Pavía, sodass …«

»Ich in Zusammenhang mit einem Mordfall? Jetzt bitte im Ernst! Ich wünsche, dass Sie mir augenblicklich erklären …«

»Ist ja gut, Señor Pavía, regen Sie sich nicht auf, Sie haben mich nicht mal aussprechen lassen. Es handelt sich um eine Angelegenheit, die mit dem Diebstahl von Rassehunden in Zusammenhang steht. Jemand hat ausgesagt, dass Sie beruflich mit Ignacio Lucena Pastor zu tun hatten.«

»Ich weiß nicht, wer das ist.«

»Vielleicht kennen Sie ihn unter anderem Namen, als Pincho oder Susito oder unter irgendeinem anderen Spitznamen. Es handelt sich um diesen Mann.«

Ich zeigte ihm das Foto. Er betrachtete es einen Augenblick lang verdrossen, aber ich hätte schwören können, dass seine Augen aufblitzten und dass er schwerfällig atmete. »Ich habe diesen Kerl noch nie gesehen.«

»Sind Sie sicher?«

»Ich weiß, wen ich kenne und wen nicht. Können Sie mir vielleicht erklären, wie es möglich ist, dass mich jemand mit einem Verbrechen in Zusammenhang bringt, wenn Sie nicht einmal meinen Namen wussten.«

»Er erwähnte einen Friseur in San Gervasio.«

»Wunderbar! Und warum haben Sie ihn nicht mitgebracht, damit er mich persönlich identifiziert?«

»Er kennt Sie nicht persönlich, aber er sagt, dass ...«

»Er kennt mich nicht persönlich und beschuldigt mich eines Mordes?«

»Es handelt sich auch nicht direkt um eine Anschuldigung, aber ...«

»Das ist ja der Gipfel! Haben Sie einen richterlichen Beschluss, mich zu verhören? Haben Sie irgendeinen Beweis? Ich glaube, ich habe viel Geduld gezeigt. Jetzt möchte ich Sie bitten, mein Geschäft zu verlassen. Wenn Sie etwas Konkretes wissen, das mich des Hundediebstahls oder irgendetwas anderem bezichtigt, kommen Sie wieder und verhaften mich. Ansonsten wäre es besser, wenn Sie keine ehrbaren Leute belästigen, die für ihren Lebensunterhalt arbeiten.« Er stand auf, öffnete brüsk die Tür und wartete darauf, dass wir verschwanden. »Raus!«, zischte er.

Er war weiß im Gesicht, und seine Frau kam sofort näher. »*Qu'est qu'il arrive, chéri?*«

Er antwortete nicht, sein zitternder Zeigefinger wies uns die Tür. »Raus!« Diesmal schrie er. Die Hundefriseusen sahen überrascht auf, und selbst die Hunde drehten sich neugierig um. Der Afghanische Windhund knurrte leise. Wir gingen ohne uns zu verabschieden.

»Ein handfester Charakter, nicht wahr?«

»Ein Kerl mit viel Stil! Haben Sie seinen guten Geschmack für teure Kleidung, seine künstliche Bräune und seine italienischen Schuhe gesehen?«

»Ich denke, er hat allen Grund, verärgert zu sein, Inspectora. Unsere Hinweise sind wenig schlagkräftig. Vielleicht wäre es besser gewesen, ihn über das, was wir wissen, nicht zu informieren.«

»Keineswegs! Wir müssen ihn nervös machen, damit er Fehler macht. Lassen Sie ihn und seine Frau vierundzwanzig Stunden lang überwachen.«

»Sie scheinen überzeugt davon, dass dieser Typ seine Finger im Spiel hat.«

»Was auch immer für ein Spiel das sein mag, ich bin sicher, dass er seine Finger drin hat. Jetzt müssen wir sehen, wie wir ihn drankriegen.«

»Das wird nicht leicht sein, ich hatte den Eindruck, dass der ganz schön schlau ist.«

»Schlau ja, aber nicht kaltblütig genug. Man muss ihm auf die Nerven gehen. Holen Sie sich vom Richter einen Durchsuchungsbefehl, damit wir Angaben über seine Kunden bekommen. Ich glaube, er wird einen Fehler machen.«

»Haben Sie eine Eingebung?«

»Ich habe ordentliche Kopfschmerzen.«

»Schade, wo doch jetzt die Läden noch auf sind …«

Ich unterbrach ihn und schnappte ihn am Revers. »Schon gut, jetzt gehen wir einkaufen. Haben Sie Geld bei sich, Kreditkarten?«

»Kommt nicht infrage, Inspectora, das fehlte noch! Wenn Sie Kopfschmerzen haben …«

»Ich habe gesagt, wir gehen in diesen verdammten Supermarkt, und jetzt gehen wir, oder ich falle auf der Stelle tot um.«

Garzón hatte grundsätzlich nicht Unrecht. Ein großer Supermarkt ist ein eher beängstigender Ort. Ich hatte das nie so gesehen, aber es war was dran. Diese Reihen mit Dosen und glänzenden, makel- und leblosen Paketen, durch die man einen Wagen vor sich herschiebt, verursachten gewisse existentielle Ängste.

»Ich habe vergessen, Ihnen zu sagen, dass heute Morgen Doktor Castillo angerufen hat.«

Da ich in meine Philosophie vertieft war, ließ ich ihn die Bemerkung wiederholen.

»Erinnern Sie sich nicht mehr an ihn?«

»Natürlich! Was zum Teufel wollte er?«

»Nichts, wissen, wie es mit dem Fall vorangeht. Er sagte, er sei neugierig.«

»Wissensdurst des Wissenschaftlers!« Ich legte mehrere Pakete Zucker in den Wagen.

»Glauben Sie wirklich, dass es sich darum handelt? Auf mich wirkt es verdächtig, dass er sich so interessiert und uns sogar anruft. Warum kaufen wir so viel Zucker?«

»Sie sollten einen ordentlichen Vorrat an Grundnahrungsmitteln im Hause haben: Zucker, Reis, Öl, Mehl … das kauft man nicht jede Woche. Was für ein Motiv sollte ein Mann wie Castillo haben, Lucena zu ermorden?«

»Ich weiß nicht, Gelehrte haben den Ruf, exzentrisch zu sein. Und Backpulver, Inspectora, soll ich Backpulver kaufen?«

»Nein, wozu brauchen Sie Backpulver?«

»Verdammt, was weiß ich, um Brot zu backen! Und wenn Lucena etwas über Castillo wusste und ihm damit drohte, es auszuplaudern? Hören Sie, Makkaroni nehme ich aber, oder?«

»Wenn Sie sie mögen. Nein, unwahrscheinlich. Außerdem, wenn er was damit zu tun hätte, würde ein Anruf bei uns bedeuten, die Karten aufzudecken. Stellen Sie ein paar von den Tomatenkonserven in den Wagen.«

»Für die Makkaroni, nicht wahr?«

»Volltreffer. Sie lernen schnell.«

»Ich würde ihn jedenfalls nicht als möglichen Tatverdächtigen beiseite lassen. Hören Sie, Inspectora, und geriebenen Käse für die Makkaroni?«

»Donnerwetter, Garzón, Sie sind zu bewundern!«

Wir kamen in die Abteilung für leicht verderbliche Lebensmittel. Ich erklärte es ihm so oberflächlich, dass er es verstehen konnte. »Sehen Sie, bestimmte Dinge müssen Sie im Gefrierfach aufbewahren. Dafür kleben Sie einen Zettel mit Inhalt und Einfrierdatum auf. Wenn Sie Gemüse brauchen, kaufen Sie es tiefgefroren, das ist leichter zuzubereiten und von guter Qualität.«

»Einverstanden, wo ist der tiefgefrorene Kopfsalat? Ich esse hin und wieder gerne einen guten Salat.«

»Es gibt keinen tiefgefrorenen Kopfsalat, Subinspector, Sie können auch den frischen nicht einfrieren. Und suchen Sie ihn nicht bei den Konserven, dort gibt es ihn auch nicht. Salat muss man immer frisch kaufen.«

Er sah mich mutlos an. »Ich glaube, ich werd das nie hinkriegen, ist mir zu kompliziert.«

»Reden Sie keinen Blödsinn. Sehen Sie die Rinderfilets dort? Sie sollten immer ein oder zwei Kilo davon im Gefrierfach haben. Weil Sie alleine leben, sollten Sie sie einzeln einfrieren. Und sagen Sie nicht, das sei zu kompliziert!«

Er betrachtete die roten Fleischstücke, als handle es sich um eine Formel von Einstein.

»Haben wir schon die Computerliste der Diebstähle?«

»Es fehlt noch die Liste von *Rescat Dog.*«

»Die habe ich ganz vergessen. Da sollten wir heute Nachmittag vorbeischauen.«

»Ich habe ein paar Mal angerufen, aber niemand hat abgenommen. Da ist nur ein Anrufbeantworter.«

»Erinnern Sie mich daran, dass wir da hin müssen. Jetzt drehen wir noch eine Runde durch die Abteilung Reinigungsmittel.«

»Was? Auch noch Putzmittel?«

»Also wirklich, Garzón! Es kann nicht schaden, Waschpulver in die Waschmaschine zu geben. Und Ihre Putzfrau wird Fensterreiniger und Putzmittel benötigen, vielleicht auch Ammoniak; es gibt Putzfrauen, die Ammoniak bevorzugen.«

Er rieb sich die Augen und seufzte. Ich unterstellte, dass nur die viel versprechende Vorstellung der beiden schönen »Mädels« beim Betreten der funkelnagelneuen Wohnung ihn davor zurückschrecken ließen, nicht ipso facto in die Pension zurückzukehren.

»Wann findet das Fest statt?«, fragte ich in der Absicht, ihn zu motivieren.

»Ich glaube, ich werde zuerst das für Valentina machen, und das kann schon morgen sein. Helfen Sie mir bei den Vorbereitungen, oder finden Sie, dass ich zu weit gehe?«

»Sie gehen zu weit, aber ich werde Ihnen helfen.«

»Ich weiß nicht, wie ich Ihnen danken soll.«

»Dann lassen Sie es. Ich werde etwas ganz Dickes finden, mit dem Sie mich entschädigen können. Können Sie Wände anstreichen, Schornsteine entrußen, verstopfte Rohrleitungen frei machen?«

»Selbstverständlich.«

»Dann werden wir eines Tages quitt sein.«

Bei *Rescat Dog* öffnete niemand, so oft wir auch klingelten. Wir fragten die Nachbarn, und eine Señora berichtete, das Büro sei schon ein paar Tage lang geschlossen. Merkwürdig. Vor der Türschwelle türmten sich Pakete, und aus dem Briefkasten quollen Briefe und Zeitungen. Wenn sie Urlaub machten, war das ungewöhnlich. Um die Tür aufzubrechen, benötigten wir einen Durchsuchungsbefehl. Also besorgten wir uns einen.

Zwei Stunden später verschafften wir uns, ausgestattet mit richterlicher Genehmigung und in Begleitung einiger Polizisten, die

die Tür aufbrachen, bühnenreif Zugang zu *Rescat Dog*. Kaum hatten wir einen Blick hineingeworfen, war uns klar, dass unser Verdacht richtig gewesen war: Die beiden hatten sich aus dem Staub gemacht. Die Karteischränke waren in aller Eile ausgeräumt worden, auf dem Boden lagen Papiere umher, und die ganze Unordnung wies auf eine überstürzte Flucht hin.

»Wir selbst haben die Beute in die Flucht geschlagen«, sagte ich gepresst.

Ich beugte mich über die auf dem Boden verstreuten Papiere: Rechnungen, Werbefolder, Geschäftsbriefe … Wenn es etwas Verdächtiges gegeben hatte, war es sicher nicht mehr da. Schade, wir hatten es zum Greifen nah gehabt, ohne den geringsten Verdacht zu haben. Polizeiinstinkt war offensichtlich nicht in unsere Gene eingeschrieben. Plötzlich ließ uns das Telefon aufschrecken. Sowohl Garzón als auch ich standen wie angenagelt da und konnten uns nicht rühren. Beim zweiten Klingeln sprang der Anrufbeantworter an. Wir hörten den Ansagetext: »Sie sind mit *Rescat Dog* verbunden. Im Augenblick sind wir nicht da, werden uns aber sobald wie möglich mit Ihnen in Verbindung setzen. Hinterlassen Sie bitte Ihren Namen und Ihre Telefonnummer.« Nach dem Piepston setzte ein Mann zum Sprechen an. »Señor Puig, hier ist Martínez, der Rollladenbauer. Ich habe den Kostenvoranschlag fertig, um den Sie gebeten haben. Rufen Sie mich zurück. Auf Wiederhören.«

Ich lief zu dem Apparat, drückte den Rückspulknopf und machte Garzón ein Zeichen, näher zu kommen. Mit angehaltenem Atem hörten wir die Nachrichten ab. Eine Señora fragte nach ihrem Hund. Die Gaswerke. Ein Mann bat um Informationen über die Leistungen des Unternehmens. Garzón höchstpersönlich gab sich zu erkennen und hinterließ unsere Telefonnummer. Plötzlich ließ mich eine Nachricht aufhorchen. Es war eine männliche Stimme. Er sprach hastig: »Wo bist du, was ist passiert? Sie waren hier, aber ich habe ihnen nichts gesagt, verstehst du? Sie wissen nichts, also ist das nicht so ernst. Verstanden? Ruf noch nicht an.«

Garzón stieß einen ziemlich vulgären Pfiff aus. Ich spulte das Band zurück. Erneut hörten wir die zweideutigen Sätze.

»Haben Sie eine Ahnung, wer da spricht, Fermín?«

»Nein, er flüstert, ich habe sogar einen Moment daran gezweifelt, ob es ein Mann ist. Jetzt wissen wir, dass er einen Komplizen hat. Aber ob uns das hilft?«

»Wenn es nicht ...«

»Erzählen Sie mir nicht, dass Ihnen der bekannt vorkommt!«

»Wissen Sie, was ein Gallizismus ist, Subinspector?«

»Ein französischer Ausdruck.«

»Genau. Ein Ausdruck wie zum Beispiel ›c'est pas grave‹. Schlecht in unsere Sprache übertragen: Das ist nicht ernst. Und wissen Sie, wer einen Gallizismus benutzen könnte, ohne sich dessen bewusst zu sein?«

»Jemand, der häufig Franzö ...« Er ließ den Satz in der Luft hängen und knackte mit den Fingern. »Der Figaro! Sollen wir ihn festnehmen?«

»Nicht so hitzig, Fermín. Mit welcher Begründung? Wegen einem Gallizismus? Besser, wir holen uns einen richterlichen Beschluss, damit dieser Typ uns seine Buchhaltung offen legt. Wenn wir nichts finden, wird er zumindest nervös. Ich glaube, wir sind auf der richtigen Spur.«

»Und wenn er uns entwischt?«

»Scherzen Sie? Er hat ein zu gut laufendes Geschäft, um es im Stich zu lassen. Außerdem könnte ich schwören, dass seine Frau nichts von dieser Sache weiß.«

»Sie haben heute gute Eingebungen, Inspectora.«

»Nur lassen sich mit Eingebungen allein leider keine Verbrechen aufklären.«

»Nein, aber mit Eingebungen und guten Französischkenntnissen ...«

Agustí Puig stand in unseren Akten. Sein wirklicher Name war Hilario Escorza, und er war ein paar Mal zu kleinen Gefängnisstrafen verurteilt worden. Unbedeutende Gaunereien. Beim Verkauf von Wohnungen hatte er eine Miete und eine Vorauszahlung eingesteckt. Er wurde geschnappt. Zwei Jahre später fand er eine Anstellung als Public-Relations-Mann in einer Diskothek. Er vermietete sie ohne Wissen des Besitzers für Privatfeste und wurde wieder eingebuchtet. Ein Gauner der unteren Kategorie. Offensichtlich hatte er diesmal entschieden, sich auf eigene Rechnung niederzulassen und mit der Hunde-Nummer ein blühendes Geschäft zu machen.

»Also gut …«, sagte Garzón, »aber das ist nicht das Profil eines Mörders.«

»Hören Sie auf, Lucenas Tod als etwas Geplantes anzusehen. Ich bin immer überzeugter davon, dass es sich um eine Abrechnung unter Kumpeln handelte, bei der einem die Hand ausgerutscht ist. Wir haben es hier nicht mit einem Verbrecher zu tun, der zum Mord fähig ist, sondern mit einem Amateur, dem, sagen wir mal, ein ›Unfall‹ passiert ist.«

»So viel Geld, wie Lucena in seinem Versteck hatte, macht kein Amateur.«

»Vielleicht waren es Amateure, die in etwas Größeres verwickelt sind.«

»Demnach wären wir fast am Ende des Falls.«

»Ich glaube, Ja.«

»Wenn Sie wollen, können wir jetzt gleich Ernesto Pavías Unterlagen prüfen; ich habe die richterliche Erlaubnis.«

»Nein, das hat keine Eile. Lassen wir ihm das Wochenende, damit er aus eigener Initiative den Stein ins Rollen bringt. Wird er noch überwacht?«

»Ja, aber ich fürchte immer noch, dass er uns entwischt.«

»Vergessens Sies, echte Kaufmänner agieren wie Kapitäne beim Untergang ihres Schiffs.«

»Soll das heißen, dass wir das Wochenende frei haben?«

»Im Prinzip, Ja. Aber wir halten uns bereit.«

»Bezüglich des Wochenendes … hatte ich gedacht, dass … na ja, nur, wenn es Ihnen passt, ich glaube, dass wir das Essen für Valentina am Samstag und das für Ángela am Sonntag machen könnten.«

Ich sah ihn ironisch an. »Das ist wirklich eine Wohnungseinweihung, was, Fermín? Viel besser als die des Suezkanals. Haben Sie keine dritte Kandidatin für Freitagabend?«

»Ich würde gerne wissen, wie lange ich noch Ihre Spötteleien ertragen muss.«

»Das ist der Preis. Wenn Sie wollen, dass ich Ihnen bei den Vorbereitungen helfe, werden Sie meinen feinen Sinn für Humor aushalten müssen.«

»Ich will Sie nicht daran erinnern müssen, wer Sie von Ihren beiden Exmännern befreit hat.«

»Unstete Männer präsentieren keine Rechnungen. Außerdem gedenke ich an Ihren verdammten Festen in Begleitung von Schreck teilzunehmen. Der Arme ist die ganze Zeit allein zu Hause oder in Gesellschaft meiner Putzfrau, die ihn hässlich findet und deshalb schlechten psychischen Einfluss auf ihn ausübt. Ich glaube wirklich, dass sein Hunde-Ego inzwischen ziemlich angegriffen ist.«

»Sie sind eine Nervensäge, Petra.«

»Das haben Sie schon öfter gesagt.«

Am selben Abend rief ich Juan Monturiol an und berichtete ihm von der strategischen Doppeleinweihung von Garzóns neuer Wohnung. Er bog sich vor Lachen. Umso besser, das brach das Eis. Zudem war er bereit und richtig begeistert davon, mich beide Abende zu begleiten. Ich war mir nicht sicher, ob seine Zustimmung daher rührte, dass er noch an mir interessiert war, oder ob ihm lediglich Garzóns pubertäre Techtelmechtel Spaß machten. Es war unnötig, darüber zu philosophieren, er würde mitkommen.

Samstagnachmittag um sechs Uhr, als ich nach einer ausgiebigen Sitzung in Sachen Körperpflege einschließlich Gesichtsmaske endlich etwas ausgeruht hatte, nahm ich den ebenso perfekt herausgeputzten Schreck und fand mich bei Garzón ein. Zehn Minuten später schälten wir beide wie zwei Rekruten Kartoffeln. Mein Kollege legte einen unglaublich schlechten Umgang mit dem Messer an den Tag, und ich fürchtete mehr als einmal um seine dicken Finger. Als müsste er seine ganze Konzentration nicht schon auf diese schlichte Aufgabe richten, erläuterte er darüber hinaus auch noch den Fall.

»Lassen Sie uns rekapitulieren, Inspectora. Sie wissen ja, dass ich ab und zu eine kurze Zusammenfassung brauche. Demnach wissen wir, dass der Friseur und der Hundedetektiv Komplizen sind. Alles scheint darauf hinzuweisen, dass sie in einem schmutzigen Geschäft in Zusammenhang mit Hunden zusammenarbeiten. Frage: Welches Geschäft? Antwort: Diebstahl von Rassehunden. Nächste Frage: Welche Rolle spielte Lucena bei dem Ganzen? Antwort: Er war der Ausführende, soll heißen, er stahl die Hunde.«

»Sie machen mich mit diesem imaginären Verhör ganz nervös. Beeilen Sie sich mit den Kartoffeln, ich bin schon fertig.«

»Keine Sorge, ich komme langsam, aber sicher voran. Und ich meine, wenn Lucena die Hunde gestohlen hat, was hat dann *Rescat Dog* getan? Na? Genau wie der Name sagt, sie wiederbeschafft. Das klingt logisch.«

»Stechen Sie mit der Gabel mehrmals in die Kartoffeln. Wir werden sie dünsten.«

»Dünsten? Verdammt, was für ein Einfall! Richtig, gehen wir von dieser Annahme aus. Lucena klaut die Hunde und bringt sie zu Puig, der bringt sie an einen sicheren Ort, zieht dann bei den Kunden den ganzen Zauber ab und kassiert für das vorgetäuschte

Wiederfinden. Aber was für eine Rolle spielt dann der Friseur in dem Ganzen?«

Mit nach Knoblauch riechenden und vom Lammfleisch blutverschmierten Händen drehte ich mich zu ihm um.

»Haben Sie Whisky, Fermín?«

»Wollen Sie Whisky in den Braten geben?«

»Nein, aber wir könnten einen Kleinen kippen. Das inspiriert Köche meistens.«

Mit feierlicher Sorgfalt schenkte er uns zwei Gläser ein. Dann kehrte er zum Thema zurück, sein Geist war weiter auf die Verknüpfung von Schlussfolgerungen konzentriert. »Ich kann einfach nicht verstehen, was der Friseur mit dieser ganzen Sache zu tun hat.«

Ich wandte mich vom Braten ab und ihm zu. »Der Friseur ist ganz wesentlich. Auf den ersten Blick würde ich sagen, er hat zwei Aufgaben: Einerseits sucht er aus seiner Kundschaft die Hunde heraus, die für einen Diebstahl infrage kommen. Andererseits empfiehlt er den Besitzern, sich an *Rescat Dog* zu wenden, um sie wieder zu finden.«

Garzón flutschte die Kartoffel aus den Händen, sie rollte über den Boden, bis Schreck sie abfing und beschnüffelte. »Genau, so funktioniert das Komplott!«

»Trotzdem gibt es ein Aber bei dem Komplott. Zum Beispiel wäre es zu verdächtig, wenn die gestohlenen Hunde alle aus demselben Viertel stammten, das würde zweifelsohne bekannt werden. Ich denke, dass sowohl der Friseur als auch der Hundedetektiv Kontakte zu anderen Kollegen haben, die ihnen ebenfalls Material beschaffen. Vielleicht stoßen wir auf ein echtes Verbrechernetz, das sich durch die ganze Stadt zieht, Subinspector.«

Mit seinen mit Kartoffelstärke verklebten Händen zündete er sich eine Zigarette an.

»Aber, wieso rauchen Sie? Das ist beim Kochen absolut verboten!«

»Ich dachte, wir sind fertig.«

»Fertig? Es ist schon nach sieben, und wir müssen noch den Salat und die Sauce dazu machen, die Früchte für den Fruchtsalat zum Nachtisch schnippeln …«

»Ich finde immer noch, dass das mit dem Essen zu kompliziert ist.«

»Schneiden Sie den Salat klein.«

»Ihre Theorie ist sehr gut, Petra. Wenn wir es wirklich mit einem Netz zu tun haben, das sich durch die ganze Stadt zieht, dann würde das die große Geldsumme in Lucenas Besitz erklären.«

»Natürlich ist er durch den Diebstahl von Hunden reich geworden! Nehmen Sie die Tomaten aus.«

»Und das Motiv? Das Motiv, ihn zu töten?«

»Das Motiv ist ohne jeden Zweifel Geld. Nehmen wir mal an, Lucena verlangt mehr Prozent und droht, sie zu verpfeifen. Oder er behält eine Summe ein, die ihm nicht zusteht. Oder er beabsichtigt, sich selbstständig zu machen. Oder er hat einfach in die Kasse von *Rescat Dog* gelangt. Was genau, ist völlig unwichtig, auf jeden Fall wollte man ihn einschüchtern oder eine Rechnung begleichen, und dabei ist jemand zu weit gegangen. Wenn Lucena von Anfang an hätte umgebracht werden sollen, wäre er erschossen worden. Oder man hätte ihm mit einem Baseballschläger den Hals gebrochen.«

Garzón starrte konzentriert auf die Tomate, die er wie Hamlet den Totenkopf in Händen hielt. »Ja, Inspectora, ja, Sie sind sehr gescheit. Mehr als gescheit, intelligent.«

»Danke. Ich bin wie eine von Molières weisen Frauen. Ich kann sowohl einen Seebarsch braten als auch ein Liebessonett komponieren. Alles, außer Kriminelle schnappen.«

»Spotten Sie nur, ich weiß, wovon ich rede.«

»Also, Garzón, machen Sie mit ihren Vorbereitungen weiter. Wenn Sie sich nicht darauf konzentrieren, was Sie tun, werden Sie es gewiss nie lernen.«

»Keineswegs! Heute habe ich etwas sehr Wichtiges gelernt: dass der Koch sich einen hinter die Binde kippt. Glauben Sie ausreichend inspiriert zu sein? Lassen Sie uns noch einen trinken, für den Fall, dass die Muse uns im Stich lässt.«

Ich lachte auf. Unsäglicher Garzón! Er war zufrieden wie ein Vögelchen. Ich trank den Whisky, den er mir eingeschenkt hatte, und sah zu, wie er mit einem schlüpfrigen Rettich kämpfte. Schreck lag in einer Küchenecke und warf uns ab und zu einen schmachtenden Blick zu. Dann seufzte er und schloss die Augen.

»Inspectora, ich habe daran gedacht, auch die hübsche blonde Sekretärin ausfindig zu machen, die bei *Rescat Dog* arbeitet. Vielleicht weiß sie etwas. Jedenfalls ist das ein loser Faden, den wir nicht verfolgt haben.«

»Sehr gut, tun Sie das. Obwohl ich bezweifle, dass …«

»*Cherchez la femme!* Heißt es nicht so?«

»Ich fürchte, das können Sie besser als ich.«

Punkt neun Uhr stand ein üppiger Salat im Kühlschrank, und die ganze Wohnung duftete dezent nach Braten. Garzón und ich waren bei unserem vierten Whisky angelangt, sodass unsere gastronomischen Inspirationen sich in Byronsche Höhen verstiegen. Garzón befand sich bereits in der Stimmung, Variationen für den Fruchtsalat vorzuschlagen, zum Beispiel, dass wir Kräuter oder Keksstückchen hinzufügen könnten. Selbstverständlich wurde dank meiner unerschütterlichen Anleitung keine seiner Ideen umgesetzt.

»Ich bin etwas nervös, Inspectora. Ich weihe offiziell eine neue Lebensform ein, wir sind im Begriff, den Fall zu lösen … nun, ich habe noch nie so viele Aufregungen zur selben Zeit gehabt.«

»Nicht so schnell, mein Freund, bleiben Sie auf dem Boden. Vor allem müssen wir beweisen, dass unsere Theorie stimmt.«

»Zweifeln Sie noch daran? Ich fühle mich stark, dieses Mal können wir uns nicht irren.«

Garzón litt an einem Anfall von Omnipotenz, typisch für

einen, der sich nach langem Eingesperrtsein frei fühlt. Obwohl auch unsere anregende Sitzung auf Whiskybasis zu seinem euphorischen Zustand beitrug.

Wir deckten sorgfältig den Tisch, und ich notierte, was in der Küche noch fehlte: ein Salzstreuer, ein Brotkorb, scharfe Messer, Sektgläser … Ohne ein Wort des Protests sah er zu, wie die Liste immer länger wurde. Um sich einzurichten, wie es sich gehörte, war er zu jedem Opfer bereit.

Um Viertel nach neun erschien Juan Monturiol. Solange ich ihn nicht vor mir hatte, dachte ich kaum an ihn, aber wenn ich ihn sah, belebte sich mein Wunsch nach einem Abenteuer. Er sah wunderbar aus, wie ein wilder, von der Zivilisation gebändigter Korsar. Offen und freundlich schaute er mich an, woraus ich folgerte, dass sein Ärger vom letzten Mal verflogen war. Am Horizont blitzte ein Hoffnungsschimmer auf, aber ich ließ mich nicht blenden.

Schreck lief zur Begrüßung auf ihn zu und umschmeichelte ihn, worauf Monturiol ganz fachmännisch reagierte.

»Wie stehts mit dem Fall?«, fragte er Garzón.

»Es geht voran. Wenn alles so läuft, wie wir glauben, haben wir vielleicht in Kürze noch was zu feiern.«

»Auch in doppelter Ausführung?«

»Ich bitte Sie, vor den Mädels diskret zu sein, mein Freund.«

Mein Bullenkollege tat ziemlich großspurig. Mit einem Engelsgesicht bat er ihn um Zurückhaltung bezüglich seiner amourösen Ränkespiele. Es gefiel mir nicht, dass sie vor meiner Nase einen Schweigepakt unter Männern aushandelten, und spürte eine Welle der Sympathie für die »Mädels« in mir aufsteigen, als Valentina eintraf. Zu meiner Überraschung und zu Schrecks Empörung kam sie in Begleitung ihres Raubtiers Morgana. Im selben Moment, in dem mein Hündchen sie erspähte, rannte es schnellstens los, um sich unter einem Möbelstück zu verstecken. Die gefürchtete Rottweilerhündin knurrte ein bisschen, griff aber nicht an. Zu mehr fand sie keine Zeit, ihre Halterin befahl ihr barsch etwas auf Deutsch, und sie gehorchte augenblicklich, legte sich hin und beobachtete mit kaum verhohlener Streitlust, dass Schrecks Schnauze dicht am Boden ängstlich unter dem Sofa hervorlugte.

Valentina leuchtete. Zum ersten Mal, seit ich sie kannte, sah ich sie in der Pracht weiblicher Garderobe und nicht angezogen wie eine Amazone. Sie trug ein luftiges, apfelgrünes Gaze-Kostüm, das ihren muskulösen Rücken fast ganz frei ließ, und grüne Stöckelschuhe. Um den Hals eine Kette mit einem Herzchen und an den Ohren große Gehänge aus falschen Smaragden, die ihr botanisches Aussehen wie eine Waldgöttin vervollständigten. Während er sie durch die Wohnung führte, verschlang der Subinspector sie mit den Augen. Ich nahm ihn beiseite, um ihn zu fragen, ob Valentinas Herz auch zu öffnen sei. »Ich fürchte, bei Geschenken bin ich nicht besonders einfallsreich«, antwortete er leise. Ich hätte ihn umbringen können. Wie konnte er diesen Liebesbeweis zweimal verschenken? Ich verstand wirklich nicht, was Monturiol und ich hier verloren hatten. Später beim Abendessen dachte ich, dass Garzón glücklich war und für sein Glück Zeugen brauchte.

Der Wein floss in sportlichen Runden. Währenddessen widmete sich Garzón mit unvorstellbarer Dreistigkeit der detaillierten Schilderung von Speisenzubereitungen. Der unverschämte Kerl brüstete sich vor seiner Geliebten mit häuslichen Kenntnissen. Auf mich wirkte diese Strategie dubios. Sinnlos sowieso, denn Valentina schien solcherart häusliche Tüchtigkeit schnurzpiepegal zu sein. Sie aß mit großem Appetit, hörte dem Subinspector gnädig zu und zeigte sich als Frau, die gewohnt ist, allein zu leben und ihre Kastanien selbst aus dem Feuer zu holen. Unverdrossen plauderte sie mit Juan über Hunde und erzählte uns Histörchen über die erstaunlichen Fähigkeiten von Morgana. Ich sah mitleidig zu Schreck hinüber, der noch immer unter dem

Sofa kauerte, vermutlich beschämt angesichts so vieler Hundetugenden. Sogar Garzón schwärmte von den Vorzügen der Hündin. Die fühlte sich nicht angesprochen und lag gelassen da. Unbeweglich wie ein Windhund auf einem ägyptischen Grabmahl.

Bis zum Nachtisch waren bereits mehrere Flaschen Wein gelehrt, und der Subinspector lief, um für die dritte Runde Cava anzubieten. Mit Alkoholischem war sein Kühlschrank gut gefüllt, dafür hatte er keine Hilfestellung gebraucht. Wir waren ziemlich angeheitert. Garzón und ich mehr als das. Juan Monturiol hob sein Glas zu einem Trinkspruch: »Auf das neue Leben, das eine neue Wohnung immer mit sich bringt.« Ich fing Garzóns feuchten, tiefen Blick auf, den er Valentina zuwarf. Ich hätte schwören können, dass sie ihn nicht erwiderte. Dieser Satz warf sie vielmehr in eigene Träume. Sie hob das Glas auf Höhe ihrer geschminkten Augen und sagte: »Stoßen wir an.« Dann tauchte sie wieder auf und fügte hinzu: »Irgendwann werd auch ich ein neues Haus haben. Auf dem Land, inmitten von Wiesen und Bäumen. Der Garten hinter dem Haus ist nur für die Hunde da. Ich werde eine Zucht eröffnen, ganz bestimmt Rottweiler. Aber keine industrielle Zucht, wo Hunde wie am Fließband produziert werden. Meine wird nur wenige Würfe haben, sie wird ein erlesenes ›Affix‹ sein, nur denjenigen bekannt, die etwas davon verstehen. Ich werde die Rasse verbessern. Die Leute werden von überall herkommen, um eins meiner Exemplare zu kaufen.«

Ich hätte geschworen, dass das für sie mehr war als ein bloßer Plan. »Und wann wird dieses Wunder geschehen?«, fragte ich.

Sie tauchte aus ihrer Traumwelt auf und schüttelte die blonde Mähne, wobei sie Schwaden eines penetranten Jasminparfüms verströmte. »Ach, im Augenblick spare ich noch! Das Gelände soll weit außerhalb Barcelonas liegen. Aber hier sind die Grundstückspreise sehr hoch. Außerdem brauche ich ein großes Haus und gute Einrichtungen.«

»Dafür werden Sie aber noch viele Hunde trainieren müssen, Valentina.«

Sie sah mich traurig an. Dann verdrängte ein Lächeln die Bedenken aus ihrem Gesicht. »Sparen bewirkt Wunder! Und die Überzeugung, dass du erreichst, was du dir vornimmst. Das ist ganz wesentlich.«

»Ich glaube, dass diese Frau erreicht, was sie will«, rief Garzón begeistert.

Sie protestierte etwas übertrieben. »Ach, Fermín, du alter Schmeichler. Sag mal, hast du nicht mal Musik in deiner Höhle? Wir könnten ein bisschen tanzen.«

Garzón holte ein Transistorradio aus dem Schlafzimmer. Der Klang des alten Radios war kriminell, aber das störte weder Valentina noch ihn. Sie begannen wie zwei verrückte Heuschrecken durch den Raum zu hüpfen. Monturiol verfolgte die Szenerie offensichtlich amüsiert und feuerte die beiden Tänzer noch an. Schreck streckte den Kopf aus seinem Versteck heraus, um sich nichts entgehen zu lassen. Nur Morgana lag unerschütterlich da und demonstrierte, dass all das ihrem von teutonischen Prinzipien geprägten Verstand nichts anhaben konnte. Auch ich wusste angesichts des lautstarken Trubels nicht zu reagieren und beschränkte mich darauf zu lächeln. Nach dem Tanz war Garzón vor Alkohol und lauter Verliebtheit ganz aus dem Häuschen und improvisierte einen kleinen Auftritt. Er tat so, als sei er ein wütendes Raubtier, machte vor Valentina Männchen und knurrte. Sie bewaffnete sich mit einer Serviette, als wäre sie eine Peitsche, und verabreichte ihm mehrere Hiebe, wobei sie etwas konfus Befehle ausrief: »Aus! Platz!« Der Subinspector hatte jeglichen Sinn für Schicklichkeit verloren und bellte wie ein Besessener. Möglicherweise war es ein Vorurteil, war ich doch seine altmodische Beamtenhaltung gewohnt, aber diese Szene war vulgär und peinlich. Als wäre der Lärm nicht schon genug, schloss sich Morgana der allgemeinen Aufregung an und begann zu bellen. Sicher waren die Nachbarn in diesem Moment von den neuen Bewohnern begeistert.

Schließlich brachte Valentina ihre Hündin energisch zum Schweigen. »Verflixter Köter, sie gibt keine Ruhe! Warum bringen wir sie nicht zu mir nach Hause und gehen irgendwo tanzen?«

Garzón hörte nur noch tanzen. »Tanzen, habe ich tanzen gehört?«, wiederholte er zwanghaft, während er in seinen Parka schlüpfte.

»Ich glaube nicht, dass ich mitkomme.«

»Ich auch nicht«, sagte Monturiol.

»Ach kommt, rafft euch auf!«

»Wir kommen später nach, versprochen.«

Sie machten sich zum Gehen fertig, als Garzón sich besorgt umdrehte. »Aber wir können doch nicht alles so stehen lassen.«

»Gehen Sie nur, ich räume auf, Garzón, aber denken Sie daran, dass Sie mir damit noch mehr schuldig sind.«

»Ich schwöre, ich werde alles begleichen.«

»Wir gehen ins *Shutton,* das Lokal gefällt mir!«, rief Valentina und band sich einen flaschengrünen Schal um. Sie verschwanden untergehakt und unzusammenhängende Sätze brabbelnd wie ein Paar aus einem Schwank.

Juan lachte noch immer. »Hast du das ernst gemeint mit dem Nachkommen?«, fragte er mich.

»Natürlich nicht! Ich denke auch nicht daran, dieses Durcheinander aufzuräumen. Mit dem Abendessen war es genug. Ich räume nur die Essensreste weg.«

»Ich helfe dir.«

»Nein, geh schlafen, denk daran, dass wir diese Heldentat morgen wiederholen müssen.«

»Ich hoffe, mit Ángela wird es ruhiger.«

Er folgte mir mit den schmutzigen Tellern. Die Küche sah aus, als hätte eine Bombe eingeschlagen. Ich suchte ein freie Fläche und stellte die Gläser darauf. Beim Umdrehen prallte ich unfreiwillig gegen Juan.

»Entschuldige, das ist alles so kompliziert.«

Er wich nicht aus, er blieb einfach stehen und versperrte mir den Weg. Ich roch sein mildes Eau de Toilette und seinen kaum wahrnehmbaren Eigengeruch, der in seiner Kleidung hing. Er atmete schwer, ich auch. Mit halbgeschlossenen Augen küsste er mich erst auf die Nase, dann auf den Mund, wobei er wie ein Zirkusartist schmutzige Teller in jeder Hand balancierte.

»Mein Gott, was machst du denn damit!«

Er kniete sich nieder und stellte sie auf den Boden. Wir küssten uns wieder.

»Wohin gehen wir?«, fragte er leise.

»Ins Schlafzimmer.«

»Hier?«

»Das ist neutrales Terrain.«

»Aber sie könnten zurückkommen.«

»So schnell nicht.«

Schreck stand in der Tür und sah uns an. Ich gab ihm einen Lammknochen, damit er was zu kauen hatte und uns in Ruhe ließ.

Garzón hatte ein Doppelbett, das selbstverständlich nicht für uns frisch überzogen war. Aber was machte das schon? War meine Freundschaft mit dem Subinspector etwa so zerbrechlich, dass er eine kleine Ausleihe nicht ertragen könnte? Augenblicklich hörte ich auf, mir Sorgen zu machen, was Garzón denken könnte, denn ich spürte Juans nackten Körper neben mir. Diesen Körper, den ich so oft vor mir gehabt hatte, ohne ihn zu berühren, verwandelte sich plötzlich in Gefühl, Wärme, Umfang und Realität. Mir wurde klar, wie sehr ich ihn begehrt hatte, wie sehr ich ersehnt hatte, seinen nackten Oberkörper in Händen zu haben. Vielleicht aber auch den nackten Oberkörper irgendeines Mannes.

Am nächsten Morgen wachte ich allein und ausgeruht in meinem Schlafzimmer auf, mit konfusen Empfindungen im Kopf und spürbaren auf der Haut. Ich fühlte mich entspannt und war glücklich darüber, eine kleine heile Welt gefunden zu haben, in der Juan und ich fähig waren, einen Waffenstillstand zu schließen. Nach all dem Vorangegangenen war es ganz leicht gewesen. Ich hoffte nur, dass wir nicht jedes Mal, wenn zwischen uns das Verlangen aufflammte, in diese Wohnung gehen mussten. Ich erinnerte mich an den jämmerlichen Zustand, in dem wir den Kampfplatz zurückgelassen hatten. Die Unordnung in der Küche war annehmbar, aber das Bett! Zerwühlt und mit den Flecken der Liebe … das war zu viel. Garzón musste glauben, Juan und ich seien von einem Anfall von Leidenschaft überwältigt worden, der keinen Aufschub geduldet hatte. Ich hoffte nur, dass ihm sein ritterliches Verhalten untersagte, irgendeine Bemerkung fallen zu lassen. Oder dass er beim Heimkommen völlig betrunken gewesen war.

Ich frühstückte und fuhr ins Kommissariat. Wenig Leute da am Sonntag, umso besser. Auf meinem Tisch lagen die Negativberichte der Überwachung des Hundefriseurs und des Büros von *Rescat Dog* sowie die Listen der verschwundenen Hunde, die ich bei der EDV-Abteilung in Auftrag gegeben hatte. Ich studierte sie aufmerksam, sie waren einwandfrei. Zum einen hatten sie eine ordentliche Einzelliste aus allen Daten, die ich ihnen verschafft hatte, erarbeitet. Sie wirkte übersichtlich. Auf einem beiliegenden großen Blatt fand ich einen detaillierten Stadtplan von Barcelona, auf dem alle Häuser, in denen ein Hund vermisst wurde, mit einem winzigen roten Knochen gekennzeichnet waren. Die Idee mit dem Knochen begeisterte mich, sie bewies einen bei der Polizei wenig üblichen Humor. Auf den ersten Blick und im Zusammenhang betrachtet waren die roten Knöchelchen über die ganze Stadt verteilt. In den reicheren Vierteln häuften sie sich, was nicht überraschte, da es sich um Rassehunde handelte. Ich konzentrierte mich auf die Gegend von San Gervasio, auf die Umgebung des *Bel Can*. Ja, vielleicht gab es eine Häufung von Knöchelchen, aber das hatte nicht viel zu bedeuten. Es gab andere Gegenden mit derselben Dichte. Die naheliegendste Vermutung war, dass dieses Geschäft vernetzt aufgebaut war. Das neuralgische Zentrum war zweifelsohne *Rescat Dog*, aber *Bel Can* konnte nicht der einzige Laden sein, der die Hunde aussuchte. Das wäre verdächtig und wenig rentabel gewesen. Wenn alle verschwundenen Hunde Kunden des einen Hundesalons gewesen wären, hätten selbst die Halter darüber stolpern müssen. Das hier musste im großen Stil aufgezogen sein. Ein Geschäft, das lukrativ genug war, um einen Mann umzubringen. Mit größter Wahrscheinlichkeit war Lucena auch nicht der einzige Hundedieb der Organisation gewesen. Es musste noch andere geben. Ein Gefüge, dessen Kopf auf der Flucht war. Ich hoffte, dass die Ausschreibung zur Fahndung, die wir gegen Puig erlassen hatten, bald Resultate zeigen würde, denn ich hatte guten Grund zu glauben, dass er nicht weit weg war. Sein Geschäft gedieh zu prächtig, als dass er nicht auf der Lauer lag und darauf wartete, wie sich die Dinge entwickelten. So sehr er sich bis jetzt auch saniert haben mochte, konnten seine Einkünfte doch nicht ausreichen, um in Brasilien ein neues Leben aufzubauen. Er war hier, ganz in unserer Nähe, und ließ in einem sicheren Versteck die Zeit verstreichen. Wir mussten ihn von sich aus wieder auftauchen lassen, wie ein Pilz nach dem Regen. Vielleicht würde er einen Fehler machen, andernfalls müssten wir das Äußerste aus der Maschinerie herausholen, damit es dazu kam. Ich betrachtete wieder das niedliche Symbol. Feine Stadtviertel voller roter Knöchelchen. Diebe, Betrüger, Gauner … alle hatten es auf die Schwachpunkte der Reichen abgesehen: ihre Vorliebe für Designerschmuck, für signierte Gemälde, für Rassehunde. Sie wussten zweifellos um die große Anhänglichkeit der Wohlhabenden an ihre geliebten Maskottchen. Ganz bestimmt wurden diese Hunde, für die viel Lösegeld bezahlt wurde, viel mehr geliebt als ein Lucena. Hatte er irgendwann einmal daran gedacht? Hatte er diese Vorstellung im Kopf, als er das viele Geld sorgfältig in seiner Küche versteckte? Fühlte er sich für sein erbärmliches Leben entschädigt? Hatte Lucena vielleicht irgendwann einmal etwas gedacht oder gefühlt? Ja, sein Hund bewies es. Schreck war ein sensibles, ja sogar nachdenkliches Tier, und wie der Hund, so der Herr. Er musste sich als Abfallprodukt der Erfolgsgesellschaft gefühlt haben. Ich konnte nichts daran ändern, aber ich konnte seinen Mörder finden. Auch wenn es nur dazu diente, zu beweisen, dass ein Funken Menschlichkeit etwas wert war. Nach solchen schwer wiegenden Überlegungen entschied ich, nach Hause zu gehen und mir etwas Leichtes zu essen zu machen.

Am frühen Abend nahm ich das Auto und fuhr an Juan Monturiols Praxis vorbei. Wir hatten eine wunderbare Nacht verbracht. Alles lief gut. Vielleicht hatte ich endlich jemanden gefunden, für den Vögeln nicht unvereinbar mit Freundschaft war. In der Hoffnung, die Dinge würden einen guten Verlauf nehmen, machte ich mich auf den Weg zu meiner zweiten und letzten Kochstunde. Im Auto überwältigten mich wieder die verwirrenden Erinnerungen an das zerwühlte Bett. Die Reaktion des Subinspectors bei meinem Anblick würde grundlegend für meine gute oder schlechte Laune des Abends sein. Aber es gab kein Problem, Garzón öffnete hastig und rannte ohne zu grüßen in die Küche zurück. »Ich habe was auf dem Herd«, rief er als einzige Begrüßung. Schreck lief ihm neugierig hinterher. Ich zog es vor, die Hektik zu nutzen und einen verstohlenen Blick in die restlichen Räume zu werfen. Alles war aufgeräumt. Er hatte gründlich geputzt. In einer kindischen Anwandlung spähte ich durch einen Spalt der Schlafzimmertür. Das Bett war makellos gemacht.

Schon beruhigter ging ich in die Küche, um zu sehen, was dort los war. Schreck, der auf dem Boden saß und den Hals verrenkte, so weit er konnte, entging nicht eine Kleinigkeit des Chaos, in dem der Subinspector steckte. Auf dem Herd kochte, oder vielleicht sollte ich besser sagen, brodelte eine braune Masse, die fast ganz aus dicken Klumpen bestand. Um die Pfanne herum war Mehl verstreut und Milch verkleckert.

»Aus den Spuren der Katastrophe schließe ich, dass Sie eine Béchamel machen wollten.«

»Verdammt, Petra, sprechen Sie mich nicht an! Ich hab mich ganz schön in die Nesseln gesetzt!« Er war ungekämmt, verschwitzt und hatte ein rotes Gesicht. »Ich wollte Sie überraschen und habe heute Morgen fertige Cannelloni gekauft. Man braucht nur noch die Béchamel dazuzutun. Also bin ich in eine Buchhandlung gegangen und habe mir ein Kochbuch gekauft. Nun ja, ich habe mich genauestens an die Anweisungen im Rezept gehalten. Aber sehen Sie nur, was ich angerichtet habe. Ich werde nicht mehr auf Sie hören, wenn Sie mir erzählen, wie einfach Haushaltsführung ist!«

»Lassen Sie mich mal, und helfen Sie mir, das alles in den Müll zu werfen.«

Wir teilten uns den Arbeitsplatz ein. Ich stellte die Pfanne wieder auf den Herd und gab ein ordentliches Stück Butter hinein. »Wird in dem Buch nicht erwähnt, dass man die Milch zuerst aufwärmen muss?«

»Was weiß denn ich, verdammt! Die Sprache in diesem verfluchten Buch ist komplizierter als die von Anwälten. Ich habe einen Blick darauf geworfen und nichts verstanden: Wasserbad, dünsten, Eischnee, rösten, abschmecken … Warum benutzen die keine einfachen Wörter?«

Kopfschüttelnd rührte ich das Mehl ein. »Nein, es liegt nicht am Vokabular, Fermín, es liegt daran, dass Sie unbewusst voraussetzen, dass Sie diese Dinge nie lernen werden. Mehr noch, im Grunde Ihres Herzens glauben Sie, das sei eine Hundsgemeinheit, und fragen sich, warum Sie sich abmühen sollen, wenn es doch Frauen gibt, die das können.«

»Na wunderbar, ein feministischer Vortrag hat mir gerade noch gefehlt!«

»Denken Sie über das nach, was ich gesagt habe. Tun Sie es!«

Aufgebracht begann er leise vor sich hin zu brummeln; er hatte sich von seinem Kochstress noch nicht erholt.

»Seien Sie nicht böse mit mir, Fermín, ich bin nur gekommen, um Ihnen zu helfen. Und ich habe Ihnen etwas mitgebracht, was Ihnen bestimmt gefallen wird.«

»Noch ein Kochbuch?«

»Nein, die Computerliste und einen Stadtplan von den verschwundenen Hunden. Ich habe sie im Korridor hingelegt.«

»Ich werde einen Blick darauf werfen.«

»Oh nein, kommt nicht infrage! Sie bleiben hier und sehen mir zu, wie ich die Béchamel zubereite.«

»Wie gerne Sie befehlen.«

Ich lachte auf und nahm die Pfanne vom Herd, um ihm ins Gesicht schauen zu können. »Glauben Sie wirklich, dass ich gerne befehle?«

»Nein, nein, Inspectora, ich wollte damit nicht sagen …«

»Lassen Sie die Förmlichkeiten, Fermín, sagen Sie mir die Wahrheit. Glauben Sie, dass ich gerne befehle?«

»Ja«, flüsterte er.

»Das ist komisch«, sagte ich. »Kann sein, dass Sie Recht haben, und trotzdem ist das etwas, dessen ich mir nicht bewusst bin.«

»Die Béchamel fängt schon wieder zu klumpen an.«

»Keine Sorge, wir schlagen sie gleich wieder auf. Kommen Sie, das machen Sie.« Ich stellte mich hinter ihn und erklärte ihm, wie er die Masse rühren musste. Nach ein paar ungeschickten Versuchen hatte er die einfache Handbewegung erfasst und rührte kräftig.

»Sie machen das sehr gut.«

»Nein …«

Eine Stunde später hatten wir alle Vorbereitungen für das blöde Abendessen geschafft. Wir setzten uns und blätterten mit einem Whisky in der Hand die Computerliste durch. Ich wartete auf sein Urteil. »Wie finden Sie das?«

»Ich weiß nicht, was ich denken soll. Überall werden Hunde gestohlen. Die Gegend von San Gervasio fällt nicht besonders aus dem Rahmen. Diese Typen müssen in der ganzen Stadt tätig gewesen sein.«

»Das ist auch meine Schlussfolgerung.«

»Deshalb hatte Lucena so viel Geld zu Hause angesammelt.«

»Es wundert mich nur, dass er diese Beträge nicht in einem seiner Notizbücher verbucht hat.«

»Sollte dieses Buch existiert haben, wurde es ihm vielleicht bei dem Überfall abgenommen.«

»Das sagen wir immer, wenn wir an diesem Punkt sind.«

»Nun, wenn wir das immer sagen, ist es vielleicht so.«

Ich zündete mir eine Zigarette an und nickte wenig überzeugt. »Ich glaube, wir haben Pavía genug Zeit gelassen. Montagfrüh will ich einen Durchsuchungsbefehl für das *Bel Can* vorliegen haben. Wir stellen seine Buchhaltungsunterlagen sicher, damit unsere Experten sie überprüfen können.«

»Verstanden, Inspectora! Verdammt!«

»Was ist los?«

»Es ist schon zwanzig vor neun, und um neun kommt Ángela. Ich geh mich umziehen und noch mal rasieren.«

»Ist schon in Ordnung so.«

»Oh nein, nicht für Ángela, vielleicht für Valentina … aber für Ángela muss alles perfekt sein.«

Ich wusste nicht, wie ich diese Bemerkung interpretieren sollte. Führte Ángela im Herzen meines Kollegen, oder gewann Valentina? Ich hob mein Glas und brachte auf meine konfliktreiche gefühlsbeladene Vergangenheit und meine friedliche erotische Gegenwart einen Trinkspruch aus.

»Auf dich, Schreck, einziger treuer Freund meines Herzens!«

Schreck war nicht für hochtrabende Symbolik zu haben und gähnte ohne das geringste Interesse. Ich nippte an meinem Glas. Aus dem Badezimmer hörte ich Garzóns elektrischen Rasierapparat summen. Ohne die bohrenden Zweifel und Fragen über den Hundefall wäre dies ein Augenblick völliger Ruhe gewesen.

Pünktlich um neun erschien Ángela in Begleitung von Nelly. Die riesige Hündin ging auf Schreck zu, und die beiden beschnüffelten sich interessiert. Dann wedelten sie mit ihren Schwänzen. Ángela war hübsch, mehr als das, sie war wunderschön. Ihr fröhliches Gesicht wurde von einem schlichten schwarzen Kleid mit großem weißem Kragen untermalt. Das in den Nacken zurückgesteckte Haar ließ die silbergrauen Schläfen frei. Im Ausschnitt trug sie Garzóns schmählichen Herzanhänger, genau den gleichen wie Valentina. Ich hasste ihn dafür und sah zu unseren Hunden hinab.

»Schreck verträgt sich sehr gut mit deiner Hündin, vor ihr hat er nicht solche Angst wie vor … anderen großen Hunden.«

Sie sah mich bitter an und sagte: »Wachhunde schüchtern sehr ein, besonders in einer so kleinen Wohnung wie dieser.«

Mein Gott, sie wusste es, sie wusste, dass Valentina mit ihrer Rottweilerhündin hier gewesen war! Ich hoffte nur, dass der Rüpel Garzón es ihr zumindest nicht erzählt und sich danach ganz gelassen verhalten hatte. Erneut spürte ich eine Welle der Solidarität mit der Buchhändlerin in mir aufsteigen. Und als mein Kollege frisch pomadisiert und forsch wie ein kleiner Junge zur Essenszeit hereinkam, hätte ich ihm das Whiskyglas an den Kopf werfen mögen.

»Wurde aber auch Zeit, Garzón! Ángela ist schon ein Weilchen hier.«

Er sah mich verständnislos an, ging auf die Dame zu und begrüßte sie wie ein vorbildlicher Kavalier mit einem Handkuss. Sie lächelte und schien sich zu entspannen.

Zwei Minuten später erschien Juan Monturiol. Der Subinspector empfing ihn mit höflichem Schulterklopfen und scherzhaften Bemerkungen über die taktische Notwendigkeit, bei einer Zusammenkunft mit einem weiteren Mann rechnen zu können. Das gefiel mir überhaupt nicht. Glücklicherweise stimmte mich der Anblick des schönen Tierarztes wieder gnädig. Stolz ergriff mich, vorübergehend Besitzerin solcher Schönheit zu sein.

Es war ein netter Abend mit angenehmer Konversation, wie immer, wenn Ángela mit uns zusammen war. Aber trotz der guten Umgangsformen herrschte eine seltsame Atmosphäre. Die Buchhändlerin schoss gelegentlich eine Spitze auf den Subinspector ab: Anspielungen auf die ungewisse Zukunft, die Einsamkeit oder die Unfähigkeit der Männer, das weibliche Herz zu verstehen. Der Einzige, der quietschfidel zu sein schien, war Garzón selbst, der die Seitenhiebe wegsteckte und so tat, als habe er nichts bemerkt. Verdammter Provinzbulle! Ich verstand nicht, warum mir nicht früher aufgefallen war, dass er ein Tyrann, ein Herzensbrecher, ein Casanova war! Zweifelsohne hatte er eine Neigung zum Exzess entwickelt, wie Leute, denen lange Zeit etwas untersagt war. Gewohnheitsfaster, die plötzlich der extremsten Völlerei erliegen, Puritaner, die übergangslos zu Mitbürgern von Sodom werden. Schlimme Sache für ihn, schlimme Sache für alle.

Nach dem Nachtisch setzten wir uns zum Digestif auf das Sofa, und das diffuse Unbehagen, das das ganze Abendessen überschattet hatte, verstärkte sich durch ein paar unnötige Räusperer. Schließlich brach Ángela das Schweigen.

»Wie gehts in dem Hundefall voran?«

»Volle Pulle«, antwortete Garzón.

Ich sah ihn skeptisch an und stellte klar: »Sagen wir mal, wir treten nicht auf der Stelle. Ich habe gerade eine vollständige

Computerliste und einen Plan bekommen, auf dem die Orte, an denen Hunde verschwanden, eingezeichnet sind.«

»Meinst du, ich kann mir den mal ansehen?«

Garzón holte ihn, und sie studierte ihn interessiert.

Garzón stand wieder auf und kam eine Sekunde später mit dem Radio zurück. Ich flehte zu Gott, dass keine weitere Tanzeinlage folgen würde. Gott erhörte mich, denn mein Kollege suchte sanfte Musik und setzte sich wieder. Verträumt betrachtete er Ángela, die noch immer in die Liste vertieft war. Plötzlich sah sie auf und wandte sich an Juan.

»Hast du gesehen, komisch, oder? Sieh dir mal die Rassen an, Riesenschnauzer, Deutscher Schäferhund, Berger de Brie, Rottweiler, Boxer, Dobermann ...«

»Ja, alles Wachhunde.«

»Das sind die Rassen, die sich am häufigsten auf der Liste wiederholen, in großem Abstand zu den Jagdhunden und denen, die einfach nur Gesellschaft leisten.«

Ich stellte mein Glas auf den Tisch und setzte mich auf. »Wie interpretierst du das, Ángela?«

Sie schüttelte etwas erschrocken den Kopf. »Ich weiß nicht, ich hatte nicht die Absicht, eine Interpretation abzugeben. Es ist mir nur aufgefallen.«

»Ist ein Wachhund teurer, vielleicht besser zu verkaufen?«

Die beiden Hundeexperten tauschten einen fragenden Blick. »Kann sein. Sie sind jetzt in Mode.«

»Meinst du, das hat eine Bedeutung?«, fragte ich erneut. Sie war so fassungslos wie ein Mädchen, von dem nach einem Einfall zu viele Erklärungen verlangt werden.

»Ich habe nur so dahin geredet.«

»Ich weiß, aber nach deiner hervorragenden Idee mit dem Hundesalon ...«

Sie lachte geschmeichelt und warf Garzón kokette Blicke zu. Er schien nicht interessiert an der Sache mit den Hunden zu sein.

Wenn er in Gesellschaft seiner Mädels war, rückte die Arbeit in den Hintergrund. Vielleicht war ich es, die die Pflichterfüllung übertrieb und ins Privatleben ausdehnte; tatsächlich hatte ich nicht einmal bemerkt, dass der Abend im Ausklang begriffen war und Monturiol mich mit inquisitorischem Blick ansah. Ja, es war angebracht, sich zu verabschieden. Garzón und Ángela wirkten abwesend und verliebt. Sie begleiteten uns zur Tür, bedankten sich und versprachen, uns bald wieder zu treffen.

Juan und ich schlenderten über die dunkle Straße zum Auto. Schreck folgte uns.

»Das ist alles merkwürdig, nicht wahr?«, sagte ich zu Juan. Er sah mich verständnislos an. »Ich meine, meine Beziehung zum Subinspector, seine Liebschaften mit Ángela und Valentina, unsere Affäre.«

Als er das hörte, fuhr er auf.

»Stört dich das Wort Affäre? Wir können es auch anders nennen, Romanze, Liaison, Liebschaft ...«

»Ich ziehe es vor, es nicht zu benennen.«

Ich begriff, dass wir wieder in die anfänglichen Schwierigkeiten zurückzufallen drohten. Also hängte ich mich bei ihm ein und klopfte ihm beschwichtigend auf den Arm.

»Du hast Recht, Worte machen nur alles kaputt. Wohin gehen wir, zu dir oder zu mir?«

»Wohin du willst.«

»Mir ist es egal.«

Er lächelte, und ich lächelte. Eine Schlacht vermieden. Im Grunde war es angenehm, die Rüstung hin und wieder ablegen zu können.

7

Garzón und ich setzten uns am frühen Montagmorgen im Kommissariat zusammen. Wir beide hatten so dunkle Ringe unter den Augen wie Iwan der Schreckliche. Zu viele Einweihungsfeste, zu viel körperliche Liebe.

Ich hatte mir geschworen, dass ich mich außer zur körperlichen Liebe zu keinen weiteren Feierlichkeiten hergeben würde. Das war jetzt nicht der richtige Augenblick. Wir waren mit den Ermittlungen im Rückstand, und statt uns zu konzentrieren oder gar auszuruhen, fiel uns nichts besseres ein, als eine Einweihungsfete nach der anderen zu feiern. Bevor wir zum Hundesalon fuhren, tranken wir ein paar Tassen starken Kaffee. Garzón war in sich gekehrt und versuchte, wieder auf den Damm zu kommen.

»Sind Sie in der Verfassung zu arbeiten?«

Er schüttelte den Kopf wie ein nasser Hund. »Ich fühle mich wie eine frisch erblühte Rose«, sagte er, und ich musste an eine dieser Rosen denken, die jahrelang gepresst in einem Buch lagen.

»Haben wir den Durchsuchungsbefehl?«

Er griff an seine Parkatasche und klopfte darauf. »Mit dem besonderen Hinweis, die Buchhaltung zu überprüfen.«

»Ich glaube, wir sollten uns mit Leib und Seele in den Fall stürzen, Garzón.«

»Finde ich auch.«

»Verzetteln Sie sich in diesem Fall bitte nicht.«

»Kein bisschen«, rief er aus. Es war ihm völlig egal.

Was konnte ich noch sagen, um zum Kern seines beruflichen Gewissens vorzudringen? Nichts, ich musste genügend Reife bei ihm voraussetzen. Als wir zum Wagen gingen, verspürte ich trotzdem einen Stich, als ich ihn etwas sagen hörte, was nichts mit der Sache zu tun hatte: »Ángela ist ein Traum von einer Frau, ein Traum.«

Ich schwieg. Dann fragte er: »Und Ihnen, wie geht es Ihnen mit Ihrem Tierarzt?«

Die Plauderei über Liebschaften störte mich. Ich verspannte mich und antwortete: »Ich wäre Ihnen dankbar, wenn wir das Thema wechseln könnten.«

»Selbstverständlich!«

Auch meine Heftigkeit machte ihm nicht das Geringste aus. In seiner Euphorie war er gegen jeglichen Angriff resistent. Glücklicherweise änderte er seine Haltung, als wir vor dem Hundesalon ankamen. Sein Gesicht wurde ernst und seine Augenbrauen, die Augenblicke zuvor noch verträumte Klammern gewesen waren, verwandelten sich in bedrohliche Zirkumflexe.

Ernesto Pavía befand sich in seinem Laden, zusammen mit seiner entzückenden Gattin. Er empfing uns nicht sonderlich überrascht und mit kalkulierter Kälte. Wir gingen in sein Büro. Die Angestellten konzentrierten sich mehr auf uns als auf ihre Felle. Wir nahmen artig Platz.

»Señor Pavía, wir haben einen Durchsuchungsbefehl für Ihren Laden und zur Überprüfung Ihrer Buchhaltung.«

Er lächelte zynisch. »Nun gut, dann werde ich mich den Beschlüssen der Justiz nicht widersetzen.«

Die Französin mischte sich ein. »Ich hätte nie gedacht, dass wir so behandelt werden.«

»Es ist nichts Persönliches, Señora.« Pavía beruhigte sie mit kleinen Klapsen auf die Hand. Er schwieg.

»Sehen Sie, Señor Pavía, ich glaube, dass alles viel weniger unangenehm wäre, wenn Sie mit uns zusammenarbeiten würden.«

»Ich habe Ihnen bereits gesagt, dass ich nichts dagegen habe. Überprüfen Sie, was Sie wollen.«

»Es handelt sich nicht um überprüfen oder nicht überprüfen. Es ist so, dass wir Sie vermutlich wegen Diebstahls und Betrugs, also wegen etwas Schwerwiegendem, anklagen werden. Und ich sage schwerwiegend, weil solche Anklagen zwangsläufig eine

Mordanklage nach sich ziehen, in der Sie der Komplizenschaft bezichtigt oder sogar als Hauptverantwortlicher herangezogen werden.«

Er wurde wachsam, beugte sich in seinem Chefsessel vor und streckte beide Hände aus. »Einen Augenblick, einen Augenblick, Sie werden mir erklären, was das alles soll, nicht wahr?«

»Wir werden Sie der Mittäterschaft mit einem Mann namens Agustí Puig in einem Fall mehrfachen Betrugs anklagen. Darüber hinaus, dass Sie an der Ermordung von Ignacio Lucena Pastor beteiligt waren.«

»Schon wieder das? Ich weiß nicht, wovon Sie sprechen.«

»Wir haben Beweise, Pavía; lassen Sie die Geschichten.«

»Wie, Sie haben Beweise? Beweise von was?«

»Wir haben das Band von Puigs Anrufbeantworter, wo Sie ihn vor unserem Auftauchen warnen. Fataler Amateurfehler. Sie haben nicht damit gerechnet, dass sich Puig aus dem Staub macht.«

Ich versuchte ruhig und ziemlich langsam zu sprechen und beobachtete ihn aufmerksam, um auch die kleinste Reaktion aufzuschnappen. Abgesehen von seiner verständlichen Nervosität gab es keine. Es war offensichtlich, dass er all das erwartet hatte, dass er bereit war, alles zu leugnen.

»Ich wiederhole, ich weiß nicht, wovon Sie reden.«

»Sie kennen Agustí Puig nicht?«

»Nein.«

Mit nur wenig Hoffnung, ihn aus der Reserve zu locken, wühlte ich in meiner riesigen Umhängetasche herum. Ich zog ein kleines Diktiergerät heraus, legte es auf den Tisch und stellte es an. Die Stimme des Unbekannten gab vollständig die Botschaft an *Rescat Dog* wieder. Ich ließ die Französin nicht aus den Augen. Es konnte nützlich sein zu wissen, ob sie von der ganzen Angelegenheit wusste. Sie zwinkerte kaum wahrnehmbar. Ihre Selbstbeherrschung war weniger ausgefeilt als die ihres Mannes. Ja, sie war auf dem Laufenden. Hervorragend, eine weitere Front, an der wir Druck ausüben konnten. Als Pavía die Aufnahme angehört hatte, lächelte er. Vermutlich erinnerte er sich nicht an den genauen Wortlaut und fand ihn weniger beunruhigend als erwartet. Mit einer selbstzufriedenen Grimasse entblößte er sein perfektes Gebiss. »Und der da spricht, das soll ich sein?«

»Das glauben wir.«

»Also wirklich, Inspectora, ernsthaft! Das kann die Stimme eines jeden Mannes sein.«

»Aber es ist Ihre.«

»Wollen Sie mich glauben machen, dass Sie diesen Blödsinn als Beweismittel benutzen werden, um mich des Mordes anzuklagen? Jetzt ist es aber gut. Also bitte! Selbst Kleinkinder wissen, dass eine Bandaufnahme nirgendwo als Beweis zugelassen wird.«

Die Frau mischte sich wieder ein, diesmal wütend. »Das ist eine Beleidigung und Amtsmissbrauch! Das ist auf gar keinen Fall die Stimme meines Mannes. Wir sind ehrbare Kaufleute, die arbeiten und Arbeitsplätze schaffen, und Sie kommen hierher und beschuldigen uns des Betrugs und sogar des Mordes. Ich werde vom Konsulat meines Landes Schutz erbitten.«

Diesmal versuchte Pavía sie nicht zu besänftigen. Ich steckte das Tonbandgerät wieder ein. »Können wir uns umsehen?«

»Nur zu, vielleicht finden Sie eine Leiche.«

»Wir brauchen auch Kopien der gesamten Buchhaltung der letzten zwei Jahre.«

»Selbstverständlich, ich habe nichts zu verbergen! Vor kurzem war die Steuerprüfung hier. Ich glaube nicht, dass Sie noch anspruchsvoller sind.«

Er war würdevoll beleidigt. Ich sah Garzón an und befahl ihm mit einem Wimpernschlag, sich an die Arbeit zu machen. Er tat es und durchsuchte die Büroregale und Schreibtischschubladen. Dann ging er in den Ladenraum und blätterte die Kundenliste durch. Selbstverständlich war das sinnlos, und mir wurde klar, dass Garzón das auch wusste, wenn man sah, wie routiniert er das machte. Wir würden hier nichts Verdächtiges finden, aber es handelte sich um eine vorschriftsmäßige Vorgehensweise, die zu einer gewissen psychischen Zermürbung des Tatverdächtigen beitragen konnte. Obwohl alles an ihm auf große psychische Festigkeit hinzuweisen schien. Er selbst besorgte uns einen Computerausdruck aller seiner Rechnungen aus dem Zeitraum, den wir erbeten hatten.

»Nicht, dass ich Ihnen nicht vertraue, aber da Sie schon alles auf Computer umgestellt haben, werden unsere Computerspezialisten kommen, um in situ einen Blick auf Ihre Buchhaltung zu werfen.«

»Oh ja, natürlich. Sie sind willkommen! Wir werden ihnen sogar einen kleinen Imbiss anbieten. Hätte keiner Ihrer Männer Lust, die Nacht hier zu verbringen? Wir haben Hundedecken.«

»Nein danke, ein paar Stunden werden reichen.«

Mir fiel nicht ein, auf das ironische Spiel dieses Idioten einzusteigen. Im Auto sagte ich zu Garzón: »Die Sache wird schwieriger, als wir erwartet hatten. Dieser Scheißkerl ist nicht zum Singen bereit. Sie sollten sein Telefon abhören.«

»Ich kümmere mich darum.«

»Wir werden ihn irgendwie unter Druck setzen müssen.«

»Vielleicht wenn unsere Leute Puig festnehmen.«

»Darauf können wir uns nicht verlassen. Haben Sie die Kundenliste des Salons eingesteckt? Wir müssen jemanden finden, dessen Hund verschwunden war und von *Rescat Dog* wieder gefunden wurde. Den werden wir befragen.«

»Darum kümmere ich mich auch. Ich werde jemanden mitnehmen, der mich unterstützt.«

»Tun Sie das. Ich werde diese ganzen Unterlagen Inspector Sangüesa geben und ihn bitten, zwei Männer zum *Bel Can* zu schicken; zwar habe ich keine großen Hoffnungen, dass sie was finden, aber es macht mehr Druck.«

»Unser Besuch war schon ziemlicher Druck.«

»Glauben Sie wirklich? Dann muss man anerkennen, dass die Leute ihm gut standhalten.«

»Kein Standhalten währet hundert Jahr, Inspectora.«

»Wetten Sie nicht darauf, vielleicht werden wir früher müde.«

»Niemals!«

»Werden Sie nicht größenwahnsinnig. Ich sehe Sie später im Kommissariat.«

An meinem Schreibtisch überprüfte ich Pavías Rechnungen, bevor ich sie dem Wirtschaftsdezernat weitergab. Nicht einmal mit Kaffee und Zigarette gelang es mir, etwas zu begreifen. Was suchte ich? Übereinstimmungen mit Lucenas zweitem Notizbuch? Waren seine Prozente etwa so großzügig gewesen, um in Jahresfrist so viel Geld anzuhäufen? Wie viele Hunde hatte dieser Pechvogel wohl gestohlen?

Es klopfte an der Tür, ein Polizist steckte den Kopf in mein Büro. »Inspectora Delicado, draußen steht eine Frau und will Sie sprechen.«

»Eine Frau?«

»Sie sagt, sie heiße Ángela Chamorro. Sie würden sich kennen.«

»Bitten Sie sie herein.« Das musste ja passieren! Jetzt würde mich die Buchhändlerin um Vermittlung bei meinem Kollegen bitten. Oder sie würde sich von Frau zu Frau über sein Verhalten beklagen. Oder sie würde irgendwas tun, das verliebte Frauen tun, wenn sie ihre Liebe gefährdet sehen. Verfluchter Garzón! Das würde er mir büßen. Wenn ich ein passendes Fenster gehabt hätte, wäre ich vor ihr geflohen. Aber Ángelas Gesichtsausdruck, gelassen wie üblich, beruhigte mich etwas.

»Ángela, hast du deinen Laden im Stich gelassen?«

»Mein Angestellter ist dort. Es wird nur einen Augenblick dauern. Ich weiß, dass du zu tun hast.« Sie setzte sich mir gegenüber, wobei sie ihren grünkarierten Rock glatt strich. Ich fand, sie war etwas schmaler geworden.

»Soll ich dir einen Kaffee holen?«

»Ich will dich nicht stören.«

Ich ging zwei Kaffee holen und versuchte mich dabei auf die Unannehmlichkeiten vorzubereiten. Als ich zurückkam, empfing mich Ángela mit traurigem Lächeln. Einigermaßen angespannt rührten wir in unseren Tassen, und endlich begann sie zu reden.

»Ich war gestern nach unserem Treffen bei Fermín etwas besorgt.«

Mein Herz machte einen Satz. Ich gab mich natürlich und zerstreut. »Warum?«

»Ich konnte nicht aufhören, über die große Zahl von verschwundenen Wachhunden auf deiner Liste nachzudenken. Sie steht nicht im Verhältnis zu der Zahl an Exemplaren dieser Rassen, die in Barcelona registriert sind. Verstehst du, was ich sagen will?«

Ich verstand sie. Und war beruhigt zu hören, dass der Grund ihres Besuchs unser Fall war. »Deshalb habe ich gegrübelt und gegrübelt, bis ich diese Zahl mit etwas in Zusammenhang brachte, was mir kürzlich mein Freund Josep Arnau erzählt hat. Arnau züchtet in der Nähe von Manresa Rottweiler. Ziemlich abgelegen, wie alle Zuchten. Er sagt, dass seit geraumer Zeit nachts Hunde gestohlen werden. Kräftige, erwachsene Exemplare, die er für die Zucht behält. Der Arme ist stinksauer. Es sind sehr wertvolle Tiere.«

»Bringst du das mit unserem Fall in Zusammenhang?«

»Keine Ahnung, Petra, aber mein Freund hat mir auch erzählt, dass Züchterkollegen sich ebenfalls darüber beklagt haben. Schließlich seid ihr hinter Hundedieben her, also dachte ich ...«

»Das ist schon richtig, aber unser Ausgangspunkt ist der Mord an Lucena, und ich sehe nicht, welche Beziehung die Züchter zu dem Toten haben könnten.«

Sie war leicht verwirrt und schüttelte den Kopf. »Ja, ich nehme an, du hast Recht. Ihr versteht mehr von diesen Dingen. Es war dumm von mir herzukommen.«

»Nein, überhaupt nicht. Wenn du mir die Adresse deines Freundes gibst, werde ich mit ihm reden. Das mit den Wachhunden ist merkwürdig, und so zufällig es auch wirkt, es muss überprüft werden.«

Sie senkte dankbar den Blick. »Na gut, du wirst wissen, was sinnvoll ist.«

»Sich auf die Hunderasse zu konzentrieren ist ein interessanter Ansatz, Ángela, und ich versichere dir, dass wir in diese Richtung nachforschen werden. Hast du die Adresse deines Freundes hier, oder gibst du sie Fermín?«

»Ich habe sie mitgebracht, ich bin nicht sicher, ob ich Fermín heute sehe …« Sie wühlte in ihrer Tasche und reichte mir den Zettel. »Petra, bezüglich Fermín …«

Na also, alle meine Befürchtungen bestätigt. Wir kamen zum Kern des Besuchs.

»Ja?«

»Na ja, du weißt bestimmt, dass er auch mit einer anderen Frau ausgeht, nicht wahr?«

»Nun ja, ich …«

»Keine Angst, du verrätst nichts. Ich weiß es. Er selbst hat mir die Situation erklärt.«

Ich zündete mir eine Zigarette an, ohne zu bemerken, dass die vorige noch im Aschenbecher glimmte.

»Das Letzte, was ich will, ist dir Probleme machen, aber ich weiß, dass du Fermín gut kennst, dass du schon lange mit ihm zusammenarbeitest.«

»Ich kenne ihn nicht sehr intim.«

»Vielleicht reicht es, wenn du mir erklärst, warum Fermín so etwas macht. Ich verstehe ihn nicht, er behandelt mich, als wäre er wirklich verliebt. Er ruft mich an, er möchte mich sehen, er überschüttet mich mit zärtlichen Worten … und trotzdem macht er mit dieser Valentina weiter, ohne es vor mir zu verbergen, ohne Gewissensbisse, als wäre das etwas ganz Natürliches.«

»Ja, das habe ich auch schon bemerkt.«

»Wie kann man so leichtfertig mit Liebe umgehen? Seit mein Mann gestorben ist, habe ich … nun ja, habe ich mich nicht wieder verliebt, Petra, bis jetzt. Fermín ist ein einfacher, guter, amüsanter Mann voller Vitalität, aber ich kann weder begreifen, was er von mir will, noch kann ich mich an diese Art von Leben gewöhnen.«

»Ich verstehe dich sehr gut, Ángela, wirklich. Aber ich möchte, dass du begreifst, dass Fermín nicht beabsichtigt, mit dir zu spielen. Er ist in einem Alter, in dem eine gewisse Reife zu erwarten ist. Und es stimmt, dass er in mancher Hinsicht erwachsen ist, aber nicht in Liebesdingen. Er hat sein Leben mit einer Frau verbracht, die er nicht liebte, und ohne sich zu fragen, was Liebe überhaupt bedeutet. Und jetzt, als er am wenigsten damit gerechnet hat, tauchen zwei wunderbare Frauen zur gleichen Zeit auf. Er stellt sich keine Fragen, er glaubt nur, das alles sei wunderbar. Er ist im Begriff, das Gefühl Liebe zu entdecken, und versteht noch nicht, was Liebe mit sich bringt. Wahrscheinlich kapiert er es bald. Aber vorläufig ist er unfähig, etwas anderes als seine eigenen Empfindungen zu berücksichtigen.«

Sie hatte mit größter Andacht zugehört und nickte ernst. »Ja, ich verstehe.«

»Trotzdem, wenn du willst, kann ich ihm sagen, dass er zumindest …«

Sie machte eine heftige Bewegung und verschanzte sich hinter ihren ausgestreckten Armen. »Nein, bitte, ich bitte dich, sag ihm nichts. Bitte sag ihm nicht einmal, dass wir miteinander geredet haben.«

»Ist gut.«

Sie stand auf, gab mir die Hand und ging zur Tür.

»Ángela!«

Sie dehnte sich halb um.

»Danke, dass du gekommen bist. Der Hinweis auf deinen Freund ist eine gute Idee. Ich werde mit ihm reden.« Sie lächelte melancholisch. »Ach, und glaub mir, Fermín ist kein schlechter Mann.«

»Ich weiß«, flüsterte sie und verschwand, wobei sie einen zarte Brise guten französischen Parfüms zurückließ.

Nein, Garzón war kein schlechter Mann, er war schlicht das blödeste Arschloch, das mir je begegnet war, und wenn ich ihn in diesem Augenblick vor mir gehabt hätte, hätte ich ihm einen ordentlichen Tritt in den Unterleib verpasst. Das war die Höhe, wegen ihm solche Unannehmlichkeiten zu haben! Liebesgeschichten im Kommissariat! Ich hätte Garzón bei der erstbesten Gelegenheit wissen lassen sollen, dass ich auf gar keinen Fall mit seinem riskanten Privatleben zu tun haben wollte. Ich sah wieder auf die unentzifferbaren Rechnungen auf meinem Schreibtisch und bekam homerisch schlechte Laune. Also beschloss ich herauszufinden, ob es bei der Suche nach Puig Neuigkeiten gab.

Die folgenden Tage vergingen mit dem Warten auf das Ergebnis der Buchprüfung des *Bel Can*. Einer von Sangüesas Männern fand sich jeden Morgen im Hundesalon ein und verbrachte den ganzen Tag mit Schnüffeln. Ermittlung und psychischer Druck gleichzeitig. Es war offenkundig, dass die Anwesenheit des Spezialisten und unsere gelegentlichen Besuche Pavía lästig waren. Aber er zeigte nur geringe Anzeichen von Nervosität.

Garzón hatte begonnen, die Kunden des Salons abzuklappern. Die meisten hatten ihren geklauten Hund nicht wiederbekommen. Am dritten Tag fand er einige, die versicherten, die Dienste von *Rescat Dog* mit positivem Ergebnis in Anspruch genommen zu haben. Niemand glaubte, dass es in der Zusammenarbeit mit dem Unternehmen etwas Verdächtiges gegeben hatte. Alles war normal verlaufen. Sie hatten für das Wiederfinden ein paar Tausend Peseten bezahlt, und es war ihnen nicht zu teuer vorgekommen. Die Freude, ihre Tiere wiederzuhaben, war so groß, dass sie bereitwillig noch mehr bezahlt hätten. Wie waren ihre Hunde »verloren gegangen«? Die meisten wussten es nicht genau. Sie hatten sie einen Moment lang im Park frei laufen lassen, sie hatten sie im Auto zurückgelassen, wenn sie in den Supermarkt gingen … Wie hatten sie von der Existenz von *Rescat Dog* erfahren? Werbezettel im Briefkasten. Eine Señora erhielt die Empfehlung von ihrem Hundefriseur Señor Pavía. Garzón hatte alle Zeugenaussagen sorgfältig notiert und war mit den Früchten seiner Arbeit zufrieden. Ich riet ihm, das nicht an die große Glocke zu hängen, es sei schwierig, mit diesen Kundenaussagen etwas zu beweisen, bei denen würden wir nie etwas Definitives über die Verbindung Pavía–Puig finden. Ich hoffte noch immer auf die psychische Zermürbung des Friseurs, die allerdings auf sich warten ließ.

Eines Nachmittags, als wir im Büro saßen, schlug ich meinem Kollegen vor: »Machen wir einen Ausflug aufs Land.« Weil er mich ohne nähere Erklärung nicht verstand, musste ich ihm kurz von Ángelas Besuch erzählen. Von ihrem Verdacht bezüglich der Wachhunde und von ihrem Freund, dem Züchter. Garzón war verblüfft. Dass Ángela hier gewesen war, ohne ihm etwas zu sagen, brachte ihn aus der Fassung. Aber er war standfest genug, seine Reaktion mit einem Hauch Professionalität zu verschleiern. »Es erscheint mir lächerlich, diesen Züchter in den Fall reinzuziehen«, sagte er, und ich wusste, mal abgesehen von der Heuchelei, dass er das für falsch hielt. Er war ein erklärter Gegner vom Einschlagen neuer Ermittlungsstrategien, während wir andere verfolgten.

»Was können wir verlieren?«, argumentierte ich. »Außerdem bin ich es leid, zu warten und zu versuchen, Pavía nervös zu machen. Ich bin die, die letztendlich hysterisch wird! Und dann noch Sangüesa und seine Männer, langsam wie Schnecken! Sie brauchen eine Woche, um etwas über die verdammte Buchhaltung zu sagen, auf die ich mich ganz bestimmt nicht verlasse.«

»Mit anderen Worten, Sie vertrauen auf gar nichts, was wir machen.«

»Nicht ganz.«

»Aber Sie vertrauen auf eine von Ángelas Eingebungen.«

»Es ist mehr als eine Eingebung, es ist ein Verdacht.«

»Haben Sie an die Möglichkeit gedacht, dass Àngelas Verdachtsmomente nicht völlig uneigennützig sind?«

»Was wollen Sie damit sagen?«

»Nun ja, Ángela mag es, wenn uns auffällt, wie scharfsinnig sie ist und wie sehr sie sich für unsere Arbeit interessiert.«

»Sie wollen damit sagen, dass sie sich in Ihren Augen verdient machen will.«

»In gewisser Weise.«

»Mir ist dieser Gedanke nicht gekommen. Ich hätte aber auch nicht gedacht, dass es so eitle, aufgeblasene und seelenlose Wesen gibt, die zu solch einem Schluss kommen.«

»Inspectora!«

»Einen Scheiß Inspectora! Sie haben mich in Ihr Privatleben reingezogen, das gibt mir auch das Recht zu einer Meinung. Und wissen Sie was, Garzón? Ihr Auftritt als Liebesgott mit seinem ›Lasset die Mädels zu mir kommen!‹ erscheint mir für Ihr Alter unangemessen, peinlich! Sie sollten sich endlich einmal klar darüber werden, dass die Menschen um Sie herum ein Herz haben und leiden können. Verstanden?«

»Hat sie Ihnen das gesagt, als sie da war?«

»Auch wenn Sie es nicht glauben werden, sie hat Sie nicht mal erwähnt. Sie hat sich darauf beschränkt, uns als gute Bürgerin ihre Mitarbeit anzubieten, das ist alles.«

Garzón biss sich auf die Unterlippe. Ich versuchte mich ein bisschen zu beruhigen, ging zum Kleiderständer und nahm meinen Parka. »Fahren wir, oder wollen Sie hier bleiben?«

Er folgte mir unwillig. Im Auto war er eher nachdenklich als verärgert. Ich bat ihn, mir eine Zigarette aus meiner Tasche zu geben. Das Päckchen war noch verschlossen. Er öffnete es für mich, zog eine Zigarette heraus, gab sie mir und dann Feuer, wobei er versuchte, mir nicht die Sicht zu nehmen.

»Tut mir Leid, dass ich Sie angeschrien habe, Fermín. Entschuldigen Sie. Ich habe kein Recht dazu, tut mir Leid. Ich habe mich hinreißen lassen.«

»Nein, es ist ja gut, was Sie mir gesagt haben. Sie haben Recht, Sie haben wirklich Recht.« Schweigend fuhren wir weiter. Das ernsthafte Nachdenken des Subinspectors war regelrecht zu spüren. Ich schaute auf die Felder hinaus. Der Winter war vorbei, und alles war grün.

Josep Arnaus Zuchtfarm in Santpedor war ein großes eingezäuntes Rechteck, einsam mitten auf dem Feld gelegen. Es gab einen geräumigen Innenhof, um den herum sich eine Hütte an die andere reihte. Ungefähr fünfzig Hunde teilten sich die Zwinger. Kaum hatten wir einen Fuß auf das Gelände gesetzt, hob ein solches Gebell an, dass wir uns die Ohren zuhalten mussten. Ich war beeindruckt. Fünfzig Rottweiler, alle schwarz und alle fletschten hinter den Gittern die Zähne. Es schien unwahrscheinlich, dass es jemand wagte, hier einzudringen, um eines dieser Raubtiere zu stehlen.

Arnau wusste Bescheid und kam heraus, um uns zu begrüßen. Er war ein nervöser, dürrer kleiner Mann, bei dem man sich sofort fragte, wie er es bloß schaffte, so viele aufgeregte Tiere zur Ordnung zu rufen. Er machte uns Zeichen, ihm in sein kleines Büro zu folgen. Dort formte er seine Hände zu einem Trichter und schrie: »In ein paar Minuten seid ihr still!« Wir drei setzten uns schweigend. Ich warf einen Blick auf die mit Hundefotos und Urkunden von Hundewettbewerben tapezierten Wände. Nach genau zwei Minuten verstummte das Gebell draußen ganz plötzlich. Dann begrüßte uns Arnau und begann mit gewisser Hemmungslosigkeit zu erzählen. Er beklagte die Diebstähle. Merkwürdige Diebstähle, wie er sagte. Es waren nicht viele, aber die gezielt. Es fehlte immer ein Hund, immer ein Rüde, fast immer ein junger oder erwachsener. Es handelte sich stets um besonders wertvolle Exemplare, die er zur Zucht einsetzen wollte. Er fand es merkwürdig, dass immer nur ein einziger Hund, aber nie ein Welpe gestohlen worden war. Zum Zeitpunkt der Einbrüche und Diebstähle hatte es immer Welpen gegeben. Warum waren die nicht angerührt worden, wenn sie später verkauft werden sollten? Ein Welpe ist am besten verkäuflich. Er sah uns an, als erwarte er von uns, die Antwort auf dieses Rätsel zu erhalten.

»Ja, das ist merkwürdig, Señor Arnau, aber mir erscheint es noch merkwürdiger, dass jemand dazu fähig ist, so scharfe Hunde zu stehlen.«

»Die Eindringlinge wussten, womit sie es zu tun hatten. Ein Fachmann kann das.«

»Haben Sie keine Sicherheitsvorkehrungen getroffen?«

»Ich lasse nachts immer einen Hund frei laufen. Das ist ein speziell ausgebildeter Wachhund.«

»Haben Sie keine Alarmanlage?«

»Alle Alarmanlagen für Freigelände sind kompliziert und sehr teuer. Außerdem bezweifle ich, dass sie viel nützen, so abgelegen wie wir hier sind. Dann ziehe ich es vor, ab und zu einen Hund zu verlieren.«

»Beschädigen die Diebe etwas beim Eindringen?«

»Nichts, sie gehen äußerst umsichtig vor.«

»Haben sie Spuren hinterlassen?«

»Nichts. Auch bei den anderen Kollegen nicht.«

»Den anderen Kollegen?«

»Ich weiß nicht, ob Ángela es Ihnen erzählt hat, aber aus anderen Zuchten in dieser Region sind ebenfalls Hunde gestohlen worden. Sie wissen ja, dass wir uns in der Hundebranche alle kennen.«

Garzón strich sich mit dem kleinen Finger über den Schnurrbart, bevor er zum Sprechen ansetzte. »Aber hören Sie, Arnau, mir leuchtet nicht ein, dass die Diebe, so viel Ahnung sie auch haben mögen, hier eindringen und einfach so einen Wachhund ablenken. Betäuben sie ihn vielleicht?«

»Nein, ich habe ihn zum Tierarzt gebracht, um zu sehen, ob es Reste von Medikamenten gibt. Nichts.«

»Wie stellen sie es dann an, verdammt noch mal? Ich habe es so verstanden, dass so ein Hund ohne lange zu zögern angreift.«

Offensichtlich hatte der Subinspector viel über Hunde gelernt. Arnau stand auf und begann mit abgehackten Schritten im Zimmer auf und ab zu gehen. »Das habe ich mich oft genug gefragt, und ich bin zu dem Schluss gekommen, dass es nur zwei Arten gibt, so was zu machen. Einmal, die Diebe kommen mit einer läufigen Hündin. Das setzt jeglichen Befehl außer Kraft. Das ist sehr ausgeklügelt, aber nicht unmöglich. Oder der Kerl, besser gesagt, die Kerle, die über den Zaun springen, halten meinen Hund so in Schach, dass er keinen Grund zum Angreifen hat.«

»Wie macht man das?«

»Man bewegt sich angemessen langsam und schlau. So kann einer der Diebe den Hund in Schach halten, der ihn von nahem anbellt, aber nicht beißt, während der andere zu den Zwingern geht und einen Hund stiehlt. Obwohl man dafür, entschuldigen Sie, Inspectora, kein Schlappschwanz sein darf.«

»Ich könnte das selbstverständlich nicht machen?«, fragte Garzón.

»Ich auch nicht!«, fügte Arnau sofort hinzu, um den Subinspector nicht allein im Ruch fehlender Männlichkeit dastehen zu lassen.

»Das ist sehr riskant, und alles nur, um einen Hund zu stehlen. Warum schießen sie das abgerichtete Tier nicht nieder?«

»Wenn sie das tun, nimmt die Polizei die Angelegenheit ernst, und sie vermasseln sich das Geschäft.«

»Haben Sie die Diebstähle angezeigt?«, mischte ich mich ein.

»Anfangs ja, aber als die mich links liegen gelassen haben ... Werden Sie ermitteln?«

»Wir ermitteln in einem Mordfall an diesem Mann, Señor Arnau. Kennen Sie ihn?«

Mit gebanntem Blick betrachtete er das Foto. »Nein, wer ist das?«

»Ein Hundedieb, der totgeprügelt wurde.«

»Verdammt, ich hatte keine Ahnung, dass das so weit geht.«

»Sie sehen es ja.«

Wir machten Anstalten zum Gehen.

»He, einen Moment! Wir müssen uns hier verabschieden. Draußen verstehen wir unser eigenes Wort nicht mehr.«

Auf der Rückfahrt war Garzón verärgert. »Wir haben zwei Tatverdächtige erster Güte, und Ihnen fällt nichts besseres ein, als auf dem Land Züchter zu besuchen. Manchmal verstehe ich Sie nicht, Inspectora. Es scheint, als hätten Sie die Angewohnheit, kleine Dinge nebenbei zu lösen.«

Ich lächelte ironisch. Ich war müde und hatte keine Lust zum Diskutieren. »Vielleicht haben Sie recht, und die wichtigen Dinge kommen mir eine Nummer zu groß vor.«

»Das habe ich damit nicht sagen wollen!«

»Ich weiß, Garzón, ich weiß. Gehen wir was trinken, wenn wir in Barcelona ankommen?«

Er rutschte ungemütlich auf seinem Sitz herum. »Tut mir Leid, aber ich habe eine Verabredung zum Abendessen.«

»Seit Sie ein Casanova sind, ist es unmöglich, berufliche Bande zu vertiefen.«

»Lassen Sie mich in Frieden, Petra, lassen Sie mich in Frieden«, sagte er wie ein getadeltes Kind und sah zum Fenster hinaus, wo nur noch Dunkelheit zu sehen war.

Als uns Inspector Sangüesa den Bericht über die Buchhaltung des *Bel Can* überreichte, befiel uns Mutlosigkeit. Wenn es große Geldposten gegeben hatte, die unregelmäßig ein- und ausgegangen waren, dann war keine Spur von ihnen zurückgeblieben. Daraus war nur zu schließen, dass die Buchhaltung gewissenhaft frisiert worden war. Andererseits fanden wir vereinzelte, nicht ausgewiesene Beträge, die tatsächlich mit Lucenas Zahlen übereinstimmten. Damit konnten wir wenig beweisen. Ich weiß nicht, was Garzón erwartet hatte. Offensichtlich mehr als ich, jedenfalls bekam er einen Wutanfall, als er bestätigt fand, dass uns auch die Zahlen nicht aus der Patsche halfen. Er war empört.

»Sagen Sie mir, verdammt noch mal, wie wir jemanden mit diesen beschissenen Beweisen des Mordes anklagen wollen.«

»Wir werden versuchen, Pavía mit diesen paar offenen Beträgen unter Druck zu setzen.«

»Sie wissen ganz genau, dass das Müll ist, Inspectora.«

»Die Summe von wenig schlüssigen Beweisen hat mehr als einmal dazu verholfen, Tatverdächtige zu überführen oder ihnen wenigstens ein Geständnis abzuringen.«

»Bei diesem verdammten Pavía wirkt psychologischer Druck nicht. Wir sind mehrere Tage hintereinander in seinem Laden aufgetaucht, haben ihn befragt, haben Unterlagen verlangt, ihm Angst gemacht, und was haben wir erreicht? Nichts, er steht noch immer ganz forsch da.«

»Sie haben gesagt, dass die Sache reif ist.«

»Und ich glaube auch nicht, dass ich mich geirrt habe. Nur

dass dieser Kerl eine andere Art Druck braucht. Keinen psychologischen.«

»Was schlagen Sie vor, verprügeln?«

»Gute Idee.«

»Seien Sie nicht unvernünftig, Garzón, das löst unsere Probleme auch nicht.«

Er murrte noch eine Weile, und ich versuchte, ihn nicht weiter zu beachten. Aber er hatte Recht. Wenn weder Pavía noch seine Frau bisher gesungen hatten, wurde es mit jedem Tag unwahrscheinlicher, dass sie es noch taten. Und überdies hatte dieser Verdacht auch nicht die klare Form einer Hypothese angenommen. Wer hatte Lucena ermordet? Puig, Pavía oder beide? Oder keiner von beiden? Und dieser Haufen Geld, den Lucena versteckt hatte? Das Geld blieb weiterhin ein disharmonischer Pinselstrich auf einem fast vollständigen Bild. Aber schließlich konnten wir uns den Luxus nicht gestatten, weiter Befragungen durchzuführen. Wir mussten mit dem weiterarbeiten, was wir hatten. Also entschied ich, einen letzten Einschüchterungsversuch zu unternehmen und bestellte Pavía in mein Büro.

Wir denken an Piloten oder Pokerspieler, wenn wir von Typen mit eisernen Nerven sprechen. Nach dem Verhör von Pavía musste man auch Hundefriseure in diese Liste aufnehmen. Es gab nichts, das ihn hätte umkippen lassen. Er hielt den Fragen stand, die sich auf seine wenigen, nicht ausgewiesenen Beträge bezogen, und er hielt stand, als ich ihm sagte, dass einige seiner Kunden von ihm die Empfehlung erhalten hätten, sich an *Rescat Dog* zu wenden.

»Aber hallo«, rief er aus. »Und das überrascht Sie? Ich habe Werbefolder dieses Unternehmens an meiner Pinnwand hängen. Genau so wie Ankündigungen von Theatergruppen, Abschlussfeiern und sonstwelchen Privatleuten, die mich bitten, einen Zettel aufzuhängen. Haben Sie das nicht gesehen?« Er frohlockte vor verhaltener Freude und Frechheit. Er war erleichtert und überzeugt, dass wir nichts wussten und dass wir ihm konkret nichts nachweisen konnten. Er zog die Schraube noch weiter an. »Bestehen Sie immer noch darauf, mich des Mordes zu beschuldigen?«

»Selbstverständlich. Genauso, wie wir Sie beschuldigen, in ein Netz verwickelt zu sein, das Hundediebstahl betreibt.«

Er bekam einen Lachanfall. Das falsche Lachen belebte seinen Körper. Ich betrachtete ihn ausdruckslos. Garzón neben mir bebte nervös.

»Ach, entschuldigen Sie, Inspectora, aber das ist so witzig! Sagen Sie mir, wenn wir die Hunde gestohlen haben, was machen wir dann mit ihnen? Schicken wir den Haltern eine Felllocke, oder fotografieren wir die Köter neben einer Tageszeitung, damit sie wissen, dass es ihnen gut geht? Nein, noch besser, wir rufen vielleicht bei den Haltern an und lassen den Hund in den Hörer bellen.« Er lachte wieder wie ein Verrückter.

Garzón stand unvermittelt auf und schoss mit der Wucht eines Büffels auf ihn los. »Hören Sie, Sie Wurm, ich schwöre Ihnen, wenn ich Sie in die Finger kriege, wird Ihnen Ihr verdammtes Lachen schon vergehen.« Ich hatte gerade noch Zeit, um aufzustehen und ihn am Ärmel zurückzuhalten. Andernfalls hätte er seine große Faust auf Pavías Nase niedersausen lassen.

Der erschrak tatsächlich, nahm sich aber sofort wieder zusammen. »Inspectora, ich bin kein Dummkopf, ich werde den Missbrauch Ihrer Autorität nicht hinnehmen. Ich werde mich offiziell beschweren. Kann ich jetzt gehen?«

»Ja, gehen Sie, Señor Pavía, und seien Sie versichert, dass wir in Kontakt bleiben.«

Als er ging, schnaubte Garzón noch vor Wut und sah mich beinahe hasserfüllt an. »Wie konnten Sie nur zulassen, dass diese Modepuppe, dieser Hundefänger und Hurensohn uns verspottet? Warum haben Sie mich nicht eingreifen lassen?«

»Eingreifen? Aber merken Sie denn nichts, Garzón? Dieser Hundefänger, wie Sie ihn nennen, hat einen Anwalt. Sie wissen genau, dass wir nicht genug Beweise haben, um ihn festzunageln. Was wollen Sie, Krach schlagen und ihn verprügeln?«

Er schlug auf den Stuhl, auf dem Pavía gesessen hatte. »Scheiße! Sie haben ja keine Ahnung, welche Lust ich dazu habe.«

»Dann halten Sie sich halt zurück.«

»Wir sind aufgelaufen, Inspectora; Sie sind es, die nichts merkt. Wenn dieser Scheißkerl nicht gesteht, ist der Fall in der Sackgasse.«

»Beruhigen Sie sich, es wird uns schon was einfallen.«

Er ging zum Kleiderständer und nahm seinen verlotterten Mantel. »Lassen Sie uns was trinken gehen, mir steht das alles bis hier oben.«

»Tut mir Leid, Fermín. Aber heute bin ich verabredet.«

»Verabredet?«

»Ja, auch ich darf das, finden Sie nicht?«

Er ging noch wütender. In seinem verlotterten Mantel und mit den gerunzelten Augenbrauen wirkte er wie ein Paket, das tausend Kilometer in einem Postsack gereist war. Garzóns Ausbrüche! Wenn er in der Liebe auch so hitzig war, verstand ich seinen Erfolg bei Frauen. Ich legte die Unterlagen auf dem Schreibtisch zusammen und ging. Im Augenblick war es genug, es wäre unklug gewesen, zu spät zu meiner Verabredung zu kommen.

Monturiol erwartete mich vor meiner Haustür. Wie ein tüchtiger Kaufmann saß er in seinem Lieferwagen mit Firmenaufschrift. Ich fand ihn im Rahmen seiner wirtschaftlichen Realität etwas weniger attraktiv. Beim Eintreten stellte ich fest, dass die Putzfrau alles sauber und ordentlich hinterlassen hatte, weswegen ich einen Anflug von Bewunderung für sie empfand. Schreck wäre bei einer Parade der russischen Armee ebenfalls tadellos durchgekommen, und das Abendessen leuchtete in der Mikrowelle wie ein mittelalterliches Schmuckstück. Mir blieb nichts weiter zu tun, als mich meinem schönen Besucher gegenüber verführerisch und bezaubernd zu zeigen. Also servierte ich ein paar Drinks, die den Anfang erleichtern halfen. Ich lächelte und war mir des sinnlichen Wimpernschlags bewusst, den ich seit meiner Jugend geübt hatte. Monturiol lächelte auch, und entgegen aller logischen Prognosen für diese Situation rief er aus: »Du wirst dich fragen, was bis jetzt mit meinem Gefühlsleben los war.«

»Nein«, antwortete ich in einem verzweifelten Versuch, diese gefährliche Frage abzubiegen, von der ich hoffte, sie sei bloß rhetorisch.

»Es ist taktvoll, dass du das jetzt sagst. Aber ich weiß, dass dem nicht so ist.«

Es war sinnlos. Jeder Versuch meinerseits war von vornherein zum Scheitern verurteilt. Juan Monturiol war entschlossen, den unheilvollen Fehler zu begehen, sich auf das schlüpfrige Terrain von Vertraulichkeiten zu begeben. Ein solcher Fehltritt ist nur vergleichbar mit der Entscheidung einer Frau, sich dem Geliebten in ihrem ersten Kommunionskleid zu präsentieren. Nichts tötet das Begehren schneller als das unglückliche Eheleben, an dem uns der Verehrer teilhaben lässt. Aber ich hörte ihm zu. Was verdammt hätte ich sonst tun sollen? Ich hörte ihm während des Aperitifs und während des Abendessens zu, und ich hörte ihm immer noch zu, als ich schon resigniert den Kaffee servierte. Monturiol erzählte mir seine Geschichte von seiner ersten Ehe mit einer wunderschönen Gymnasiallehrerin, die einen finsteren Hang zum Orientalischen entwickelt hatte. Die Inhaltsangabe enthielt alle üblichen Zutaten: die fortschreitende Entfremdung, fehlender Austausch, die entgegengesetzten Lebensziele … Dann folgte ein einschneidendes Ereignis: Seine Ex war mit einer Art Buddhisten davongelaufen, der sich um sein Aussehen nicht sonderlich scherte. Und nach diesem fatalen Ereignis stellte er sich die zusammenfassende, beschämende Frage: Bekommt es ihr besser, wenn sie mit dieser Person Ketten auf den Ramblas verkauft, als wenn sie mit mir im trauten Heim sitzt?

Die zweite Ehefrau war Liebe auf den ersten Blick. Eine junge geschiedene Frau mit einem dreijährigen Mädchen. Liebe auf den ersten Blick und Entscheidung zur Heirat auf ihr inständiges Bitten hin. Alles perfekt: Kind, Hunde, am Wochenende Frühstück im Bett … eine heile Welt. Bis sie ihm im zweiten Jahr, ohne dass es Anzeichen für ein Zerwürfnis gegeben hätte, tränenüberströmt mit der Geschichte kam, dass sie zu ihrem Exmann zurückkehren wolle. Entsetzen, Empörung, aber vor allem Neugier: Warum zu einem Kerl zurückkehren, mit dem du dich vier Jahre lang wegen der nichtigsten Vorwände am Telefon gestritten hast? Die Antwort war zum Haareraufen: Ihr sei klar geworden, dass noch nicht alles verloren sei und dass es für das Kind besser sei, wieder eine normale Familie zu haben.

»Verstehst du das?«, forschte Juan nach. »Verstehst du, warum Frauen am Ende vor mir weglaufen?«

Ich war schon bei meinem fünften Überlebens-Whisky und im Begriff, ihm ehrlich zu antworten. Aber ein letzter Rest von Besonnenheit ließ mich den Weg einschlagen, den er erwartete.

»Du musst dich deswegen nicht quälen, Juan«, säuselte ich näselnd, und er gab einen letzten Allgemeinplatz von sich: »Ich versuche es ja. Aber am Ende kommt immer der Verdacht auf, dass ich doch schuld bin.«

Seit William Shakespeare nicht mehr schreibt, sind alle Liebesgeschichten die gleichen. Wenn ich mich in Liebesergüsse versenken möchte, lese ich eines seiner Stücke und damit basta. Aber das ist etwas, was kein Mann je versteht. Sie bestehen weiter darauf, das Schießpulver noch einmal zu erfinden.

»Möchtest du, dass wir ins Bett gehen?«, fragte ich als einzigen Ausweg.

Er stimmte zu, aber das Ganze funktionierte nicht sehr gut. Er war noch immer in seine unglückliche Vergangenheit vertieft, und mein alkoholumnebelter Kopf war zu voll mit Vertraulichkeiten. Zu allem Überfluss klingelte um sieben Uhr morgens das Telefon und ließ mich hochschrecken.

»Inspectora?« Ich vernahm Garzóns klare Stimme am anderen Ende der Leitung, als wäre er ein zwitschernder Vogel.

»Garzón, verdammt …?«

»Ich habe eine gute Nachricht für Sie, Inspectora. Pavía hat gestanden.«

»Was?!«

»Sie haben richtig verstanden. Ich hab es geschafft, er hat gestanden.«

»Was haben Sie geschafft? Was ist passiert? Was zum Teufel, haben Sie mit ihm gemacht?«

»Ganz ruhig. Ich hab ihm kein Haar gekrümmt, ich bin ihm nicht einmal nahe gekommen. Alles nur mit psychologischen Mitteln, wie Sie es gerne haben.«

»Ich will wissen, wo er ist und was passiert ist.«

»Regen Sie sich nicht auf, Petra. Ich bin im Kommissariat, und alles läuft gut.«

»Hat er gestanden, Lucena umgebracht zu haben?«

»Nein, das hat er nicht gestanden. Er schwört sogar, dass er es nicht war.«

»Also?«

»Es ist besser, wenn Sie gleich kommen, Inspectora. Pavía ist bereit, eine Aussage zu unterschreiben. Ich werde Ihnen die Einzelheiten erklären.«

Ich glaubte, dass Juan noch schlief, aber als ich auflegte, umfingen mich seine Arme, und ich spürte, wie er mich die Wirbelsäule entlang küsste. »Tut mir Leid, Juan, aber ich muss gehen.«

»Jetzt?«

»Wir haben vielleicht Lucenas Mörder.«

»Na, wenn ihr ihn geschnappt habt, wird er kaum weglaufen. Bleib noch ein bisschen.«

Ich sprang verärgert über seine Ignoranz aus dem Bett, zog mich in der Küche an und kochte mir schnell einen Kaffee. Als ich zum Kommissariat fuhr, fühlte ich mich verkatert, und mein Herz pochte. Psychologische Mittel! Wer weiß, was Garzón unter psychologischen Mitteln verstand. Sicherlich würde ich den Friseur mit in Streifen herabhängender Haut vorfinden, nachdem er alle Marter der Inquisition durchlitten hatte.

Pavía war intakt, so wie es der Subinspector geschworen hatte. Physisch intakt, meine ich, denn er war völlig mit den Nerven runter. Nachdem ich die Erklärungen meines Kollegen vernommen hattet, begriff ich, dass das, was er unter psychologischen Mitteln verstand, Psychoterror war. Garzón, die Bestie Garzón, hatte Pavía beim Schließen des *Bel Can* abgepasst. Als der gerade die Rollos an der Ladentür herunterließ, hatte Garzón ihn angesprochen und gebeten, ihn zum Auto zu begleiten. Einmal dort angekommen, hatte er ihn einsteigen lassen und war mit ihm auf ein freies Gelände gefahren. Wie hatte der Subinspector das geschafft? Ganz einfach, Garzón war nicht allein. An einer kurzen Leine an seinem Handgelenk stand die bedrohlich knurrende Morgana, Valentina Cortés' Hündin.

»Mensch!«, rief ich.

»Lassen Sie mich zu Ende erzählen, Petra. Ich weiß, wie ich Morgana behandeln muss, Valentina hat es mir beigebracht. Es bestand keinen Moment die Gefahr, dass sich das Tier losreißen könnte.«

Um den Rest zu erfahren, musste ich mich zurückhalten, die Zähne zusammenbeißen, die Fäuste ballen und alle meine Muskeln anspannen.

»Zu Beginn, und damit Pavía begriff, dass ich nicht nur bluffte, gab ich Morgana ein paar Befehle, die sie sofort ausführte. ›Sie sehen ja, Pavía‹, sagte ich dann zu dem Kerl, ›wenn ich will, springt Ihnen das Scheusal an den Hals und beißt Ihnen die Schlagader durch. Ganz sauber. Später werden wir schon sehen, wer Sie auf dem Gewissen hat.‹ Er hat noch eine Weile durchgehalten, ohne meine Fragen zu beantworten, nervös, aber standhaft. Dann schrie ich Morgana zu: *Gib Laut!* Die Hündin bellte. Pavía bekam Angst. Das war der Augenblick, in dem ich ihr zurief: *Voran!* Ach, wenn Sie gesehen hätten, wie sich Morgana aufführte. Sie wollte über ihn herfallen, aber ich hielt sie fest, sie knurrte, speichelte und schnappte in die Luft. Da brach der Verdächtige völlig zusammen und flehte mich an, der Hündin Einhalt zu gebieten. Er war bereit zu reden.«

»Der Verdächtige, hören Sie auf, ihn den Verdächtigen zu nennen. Nennen Sie ihn lieber Märtyrer oder Opfer. Wie sind Sie bloß auf so was gekommen? Wissen Sie nicht, dass unter Druck gemachte Aussagen nichts wert sind?«

»Ach was! Pavía hat sich besonnen und ist bereit, alles rauszulassen. Er sagte, dass das, was er getan hat, nicht so ernst sei, um lebenslänglich eingesperrt zu werden. Er hat das Ausmaß des Falls erkannt, als er sah, wie weit zu gehen ich bereit war. Morgana hat ihn in die Realität zurückgeholt. Dann schrie ich Morgana zu: *Aus!* und sie war automatisch ruhig.«

»Hören Sie auf, wie ein verdammter Nazi auf Deutsch herumzubrüllen! Er hat sich also besonnen, was? Sobald Pavía seinen Anwalt vor sich hat, wird es Dienstaufsichtsbeschwerden regnen. Ist Ihnen das klar?«

»Wird es nicht. Der Anwalt wird begreifen, dass wir die Schuld seines Mandanten aufgedeckt haben. Er wird daraus ableiten, was der für Schwierigkeiten bekommen könnte, und dass es das Beste sein wird, sich nicht einer Mordanklage auszusetzen.«

Ich setzte mich und fuhr mir übers Gesicht. »Das war ein Fehler, Garzón, und sehr unklug.«

»Mir stand es bis hier oben, dass sich dieser feine Pinkel über uns lustig gemacht hat! Jetzt ist ihm das Lachen vergangen, das garantiere ich Ihnen.«

»Wir werden ja sehen, wer zuletzt lacht.«

»Wollen Sie gar nicht wissen, was mir Pavía erzählt hat?«

Ich nickte ernst und machte aus der Not eine Tugend.

»Alle unsere Vermutungen waren nämlich richtig. Puig und Pavía sind Komplizen. Sie haben Lucena angeheuert, dem sie gelegentlich zwischen drei- und fünftausend Peseten für den Diebstahl von Hunden zahlten, auf die der Friseur ihn hingewiesen hat. Das stimmt mit den Beträgen in Lucenas zweitem Rechnungsbuch überein. Merken Sie was? Pavía sagt, er sei nicht die einzige Informationsquelle von *Rescat Dog* gewesen. Puig hatte noch andere Informanten. Außerdem arbeiten die beiden in einem anderen schmutzigen Geschäft zusammen, das mit Geldwäsche zu tun hat.«

»Und Lucenas Tod?«

»Er schwört und beteuert, dass er ihn nicht umgebracht hat. Er belastet auch Puig nicht. Er sagt, sie beide hätten Lucena seit einem Jahr nicht mehr gesehen. Lucena selbst sei aus dem Geschäft ausgestiegen, weil er davon überzeugt war, dass sein Gesicht schon zu bekannt war. Er hat was anderes gemacht.«

»Was?«

»Er weiß es nicht.«

»Natürlich weiß er es nicht.«

»Ich glaube nicht, dass er lügt, Inspectora. Vielleicht stimmt es ja, dass sie Lucena aus den Augen verloren haben. Der Typ hatte solche Panik, dass er ehrlich auf mich wirkte.«

»Natürlich war er ehrlich! Mit einem sechzig Kilo schweren Raubtier mit gefletschten Zähnen vor sich … Er hätte sicher auch den Mord an Kennedy gestanden, bloß um es sich vom Hals zu schaffen!«

»Genau! Und warum sollte er dann an dem Punkt störrisch werden und auf keinen Fall zugeben wollen, dass er Lucena umgebracht hat?«

»Wollen Sie damit sagen, dass Sie den Hund nochmals auf ihn gehetzt haben, als er schon gestanden hatte?«

»Das Wichtigste hatte er noch nicht gestanden!«

»Sie sind wie Nero. Wie Nero und Caligula in einer Person.«

»Ich bin, was immer Sie wollen. Aber wir werden den Karren aus dem Dreck ziehen.«

»Aber nur, wenn Sie nicht vorher bei der Polizei rausfliegen. Ich glaube langsam, dass Sie es sogar verdient hätten.«

Ich vernahm Pavía selbst. Er war noch immer leichenblass und wiederholte Punkt für Punkt, was er meinem Kollegen gestanden hatte. Er stritt rundheraus ab, Lucena, den Puig und er ausschließlich unter dem Spitznamen Retaco gekannt hatten, umgebracht zu haben. Seit einem Jahr hatten sie ihn nicht mehr gesehen. Bezüglich seines Komplizen Puig sagte er aus, er wisse, dass der in einen Haufen betrügerischer Angelegenheiten verwickelt war, mit denen er nichts zu tun habe. Er wusste jedoch nicht, womit sich Lucena in seinem letzten Lebensjahr beschäftigt hatte.

Wenn wir aber Lucenas Spur verloren, was hatten wir dann wirklich in der Hand? Nichts, bloß ein schäbiges Verbrechernetz von Betrügern und Hundefängern. Es sei denn, Pavías Geständnis war unvollständig und er nicht bereit zuzugeben, Lucena umgebracht zu haben. Nicht einmal angesichts eines tobenden Hundes. Der Fall war nicht so in Bewegung gekommen, wie Garzón dachte. Es gab nur eine Möglichkeit, mehr oder weniger glaubwürdig zu beweisen, dass Pavía die Wahrheit gesagt hatte. Ich unterbreitete sie dem Subinspector, und er war einverstanden. Wir hatten keine andere Wahl.

Zwei Tage später schlugen wir Pavías Anwalt einen Handel vor. Ganz einfach: Wenn Pavía einwilligte, Puig anzurufen (wir waren davon überzeugt, dass er wusste, wo der steckte), würde es bis zur Festnahme des zweiten Tatverdächtigen zu keiner Anklage seines Mandanten kommen. Das würde ihm erlauben, diese Tage nicht im Gefängnis verbringen zu müssen. Wenn Pavía wirklich unschuldig war, würde sich die Wahrheit durch Puigs Zeugenaussage herausfinden lassen, womit Ersterer nicht des Mordes angeklagt werden würde. Der zweite Teil des Plans war offenkundig: Pavía sollte Puig vorschlagen, ausstehende Rechnungen zu begleichen. Er würde sich an einem ruhigen Ort mit ihm verabreden, und wir würden ihn in diesem Moment festnehmen. Dann konnten wir ihn verhören und feststellen, ob seine Version der seines Komplizen nicht widersprach. Wir gingen davon aus, dass Puig so eine Verabredung nicht ausschlagen würde, weil Geld in seiner Situation als Flüchtiger zu wertvoll war, um abgelehnt zu werden.

Der Anwalt nahm an. Seine Möglichkeiten waren auch nicht übermäßig groß, und die Tatsache, dass sein Mandant nicht des Mordes bezichtigt wurde, schien ihm wichtig zu sein. Fehlte nur noch die Bestätigung, dass Pavía Puigs Nummer kannte. Natürlich kannte er sie.

Wir legten den Köder aus. Ich schwor meinem Kollegen, dass ich in den Orden der barfüßigen Karmeliterinnen einträte, wenn sich Lucenas Spur diesmal wieder im Nebel verlieren würde. Er solidarisierte sich und sagte, dass er dasselbe beim Benediktinerorden tun würde. Wir vertrauten darauf, von unseren Äbten die Erlaubnis zu erhalten, uns hin und wieder auf einen Magenbitter treffen zu dürfen.

8

Pavía verabredete sich mit Puig für zehn Uhr Mittwochmorgen in einer Kneipe in Casteldefells. In dem Lokal waren zwei Polizisten im Blaumann postiert. Weil Puig uns kannte, warteten Garzón und ich einige Häuserblocks entfernt im Auto. Um zehn Uhr dreiundzwanzig sahen wir unsere Männer mit Puig in Handschellen herauskommen. Er war weder nervös noch wütend. Er grüßte uns sogar, als hätten wir uns zufällig getroffen.

Im Kommissariat verhörten wir ihn über drei Stunden. Zu unserem Pech bestätigte er Pavías Version Wort für Wort. Lucena hatte aus Sicherheitsgründen und weil er beabsichtigte, sich anderen Dingen zu widmen, seit einem Jahr keine Geschäfte mehr mit ihnen gemacht. Welchen Dingen? Puig hatte keine Ahnung. Retaco war nie sonderlich redselig gewesen. In keinem einzigen Moment erlag dieser seltsame Betrüger der Versuchung, seinen Kumpan des Mordes an dem Hundefänger zu bezichtigen. Sollten sie tatsächlich ihre Finger im Spiel haben, unterstellte ich, hätte einer dem anderen den schwarzen Peter zugeschoben. Umso eher, wenn man Puigs logischen Wunsch nach Rache berücksichtigte, den er in dem Moment verspürt haben musste, als er sich durch Pavías Mithilfe reingelegt sah. Aber dem war nicht so. Hier war das Ende. Wir drohten an, ihm allein den Mord an Lucena anzuhängen. Er war erschrocken, aber blieb bei seiner Aussage. Alles wies darauf hin, dass er tatsächlich nicht log. Auf eine Gegenüberstellung verzichteten wir erst einmal, obwohl nicht auszuschließen war, dass sich die beiden telefonisch abgesprochen hatten.

Mit unendlicher Geduld befragte ich ihn weiter nach Lucenas möglichem Schicksal, nachdem er das Stehlen von Hunden aufgegeben hatte. Garzón verfolgte skeptisch meine Bemühungen. Wenn es nach ihm gegangen wäre, hätte er den Verdächtigen in einen ganzen Zwinger voller Rottweiler gesteckt, statt ihm die Möglichkeit zur Rechtfertigung einzuräumen. Ich merkte, dass

Puig mein Interesse an Lucenas Schicksal überraschte. Das veränderte sein geistiges Drehbuch. Er begann sich wirklich anzustrengen, um sich an etwas zu erinnern, das uns auf eine Fährte brachte. Schließlich gab er uns einen Hinweis, der vielleicht nützlich sein konnte.

»Als ich mich von Retaco verabschiedete …«, sagte er, »habe ich ihm viel Glück und guten Umsatz gewünscht. Er sagte mir nicht, was er machen wollte, und ich wollte es auch gar nicht wissen. Aber ich erinnere mich, dass er anmerkte: ›Zumindest werde ich gesünder leben, ich werde viel auf dem Land sein …‹«

»Das ist alles?«

»Ich schwöre, ich habe ihn nie wieder gesehen. Ich wusste nicht einmal, dass er tot ist.«

»Was ist mit Ihrer Sekretärin?«, fragte Garzón.

»Als Sie bei mir aufgetaucht sind, habe ich sie entlassen. Sie weiß nichts.«

»Wo wohnt sie?«

»Weiß ich nicht.«

»Und ihre Telefonnummer?«

»Hat sie mir nie gegeben.«

Das alles gab nicht mehr her. Wir übergaben ihn dem Haftrichter, der die Ermittlungen wegen möglicher Geldwäsche weiterführte.

Garzón ging die Wände hoch. »Das kann nicht wahr sein, Inspectora, es kann nicht wahr sein, dass wir schon wieder am selben Punkt angelangt sind! Das ist ein Albtraum. Hatten Sie noch nie einen dieser Albträume, in dem einen ein Stier verfolgt, und so sehr man auch rennt, man klebt doch immer an derselben Stelle?«

Jetzt war es an mir, ihm Mut und Zuversicht zu vermitteln, obwohl ich überhaupt keine Lust dazu hatte. »Wir treten nicht auf der Stelle, Garzón, wir haben die Spur der Rechnungsbücher verfolgt.«

»Aber jetzt gibt es keine weiteren Spuren mehr, Petra, auch keine Rechnungsbücher. Rechnungsbuch Nummer eins aufgeklärt, Rechnungsbuch Nummer zwei aufgeklärt. Keine Ahnung, woher Lucena sein Geld hatte. Uns gehen die Fäden aus, an denen wir ziehen könnten. Wir haben noch immer keine Ahnung, wer, verflucht noch mal, sich diesen Fuzzi vorgenommen hat.«

»Wir haben zwei Jahre seines Lebens rekonstruiert. Jetzt müssen wir nur noch dasselbe mit dem dritten und letzten tun.«

»Wenn diese Arschlöcher die Wahrheit sagen, ist der Fall zu Ende. Dann können wir ins Kloster gehen.«

»Subinspector, haben Sie Valentinas Telefonnummer da?«

»Wie?«

»Rufen Sie doch an und bitten Sie sie, dazuzukommen. Ich glaube, sie könnte uns helfen.«

Ich hatte ihn überrascht. Die Erwähnung einer seiner Geliebten brachte ihn so aus der Fassung, dass er keine weiteren Fragen stellte.

Valentina Cortés war wie immer Aufsehen erregend gekleidet, schön und voller Leben. Die amouröse Dreiecksgeschichte schien sie nicht sonderlich zu bedrücken. Sie hörte mir mit ihren weit aufgerissenen hellen Augen zu und wandte sie nur ab, um Garzón zärtliche Blicke zuzuwerfen. Auf ihrer Brust schlug das goldene Herzchen.

»Züchter von Wachhunden? Ja, die sind alle auf dem Land. Natürlich kenne ich sie! Zumindest die im Umkreis von Barcelona. Manchmal mache ich mit ihnen Geschäfte. Das heißt, sie bringen ihre Hunde zur Ausbildung zu mir. Ein paar von ihnen kenne ich persönlich, aber ich habe die Anschriften und Telefonnummern von allen Züchtern. Das gehört zu meinem Beruf.«

»In was, glaubst du, könnte Lucena in der Zuchtbranche verwickelt gewesen sein?«

Mit einer energischen Kopfbewegung warf sie ihr blondes

Haar zurück. »Wäre merkwürdig, wenn er überhaupt in etwas verwickelt gewesen wäre. Ein so unwichtiger Kerl wie der, ein einfacher Hundedieb … Hundezüchter verdienen sehr gut. Wenn ein Züchter einen gewissen Ruf hat, kommen die Leute von überall her, um seine Hunde zu kaufen. Wozu braucht einer von denen einen kleinen Dieb wie Lucena?«

Ihre Argumentation war schlüssig.

»Vielleicht hat er Hunde in der Stadt gestohlen und sie an die Züchter verkauft?«

»Aber, Petra, Züchter handeln nur mit Welpen und ganz jungen Hunden! Ich wüsste nicht, was sie mit einem gestohlenen Hund anfangen sollen, von dem sie nicht mal das Alter wissen.«

»Und Züchter mit wenig Skrupeln?«

»Nein, das glaube ich nicht. Das sind alle anständige Geschäftsleute. Das sind doch keine Leute, die ein paar Hunde kaufen und die dann im Garten hinterm Haus kopulieren lassen. Professionelle Züchter erreichen das, was man ein ›Affix‹ nennt, so was wie einen Stammbaum. Erst nach vielen Kreuzungen, viel Pflege und Auslese erlangen sie die erwünschte Qualität. Ihr Image ist Grundlage ihres Geschäfts. Glaubst du, die riskieren das, indem sie gestohlene Hunde verkaufen?«

»Vielleicht hat er den Züchtern die Hunde gestohlen und sie woanders verkauft.«

Sie kratzte sich ungläubig ihren mächtigen Kopf. »Ich begreife nicht, was Lucena mit Züchtern zu tun hatte. Wie seid ihr darauf gekommen, diese Richtung einzuschlagen?«

»Ein Zeuge sagt, dass Lucena zuletzt in etwas auf dem Land verwickelt war«, antwortete Garzón.

Sie zuckte wie eine kleines Mädchen die Schultern.

»Valentina, kannst du uns eine vollständige Liste von allen Züchtern von Wachhunden in der Gegend geben?«

»Ich glaube schon.«

Garzón sah mich misstrauisch an. »Sie denken doch nicht etwa, dass wir die alle aufsuchen, oder, Inspectora?«

»Genau das habe ich vor.«

»Nur weil Lucena irgendwas auf dem Land laufen hatte?«

»Finden Sie den Versuch absurd?«

»Ich weiß nicht.«

»Wir waren schon mal auf diesem Weg, ohne das ›vom Land‹ zu wissen. Jetzt machen wir weiter. Wir werden ja sehen, wie vielen Züchtern Hunde abhanden gekommen sind. Wann kannst du die Liste fertig haben, Valentina?«

»Gleich morgen. Aber was ist, wenn ich einen vergesse?«

»Mach dir keine Sorgen, wir werden den Hundeverband bitten, uns die Liste zu verifizieren und zu vervollständigen. Die müssten die Daten haben.«

Gut, der Fall Lucena hatte uns erlaubt, andere, weniger wichtige polizeiliche Probleme zu lösen. Wir waren ausgezogen, Wildschweine zu jagen, und kamen mit einem Korb voller Schnecken zurück. Wie dem auch sei, wir traten nicht mit leeren Händen vor unsere Vorgesetzten. Wenn sie uns ein paar Morde mehr aufhalsen wollten, konnten wir die Stadt nebenbei von belanglosen Delikten säubern. Würden sie uns für diese unverhoffte Ruhmestat befördern, oder würden sie uns aus der Mordkommission werfen?

Am nächsten Tag schickte uns Valentina die erbetene Liste. Sie enthielt einen Namen mehr als die des Hundeverbandes. Garzón und ich setzten uns zusammen, um die Fakten zu erläutern. Er hegte wenig Vertrauen in diese Richtung der Ermittlungen und fragte eher beiläufig: »Und wie ist ein Mann ohne Führerschein aufs Land gekommen?«

»Mit einem kleinen Motorrad.«

»Genau, und die gestohlenen Hunde hat er hintendrauf gesetzt.«

»Was hat Ángelas Züchterfreund gesagt: Es sind zwei Leute nötig, um solch einen Diebstahl zu bewerkstelligen.«

»Also los.«

»Hier haben wir die Rassen: Boxer, Belgischer Schäferhund, Deutscher Schäferhund, Dobermann, Rottweiler, Riesenschnauzer, Deutsche Dogge, Berger de Brie, Bouvier des Flandres, Pit Bull Terrier und Stafforshire Bull Terrier.«

»Mein Gott, gibt es in der Gegend von Barcelona Züchter für all diese Rassen?«

»Ja, aber erschrecken Sie nicht; Berger de Brie und Bouvier des Flandres sind vom selben Züchter, dasselbe gilt für Boxer und Belgischen Schäferhund.«

»Das klingt wie die Speisekarte eines China-Restaurants.«

»Na ja, für uns wird es eine Art Picknick. Haben Sie Gummistiefel, Subinspector?«

»Und eine Feldflasche.«

»Na, dann können wir ja loslegen.«

Ich zeigte mich zufrieden und voller Elan, wie es das Handbuch der Polizei empfiehlt. Aber mein innerer Zustand entsprach dieser Stimmung nicht.

In der einsetzenden Julihitze besuchten wir an einem Dienstagmorgen den Dobermannzüchter Juan Moliner auf seinem Hof. Der Subinspector hatte zu diesem Anlass ein ausgefallenes pistazienfarbenes Hemd übergezogen, das ich ihm gar nicht zugetraut hätte.

»Das ist ein Geschenk von Valentina«, verkündete er.

»Und Ángela schenkt Ihnen nichts?«

»Bücher. Sie hat mir das Gesamtwerk von Neruda, zwei amerikanische Romane und einen Hundeführer geschenkt.«

»Keinen Kriminalroman?«

»Sie sagt, die seien stumpfsinnig. Ángela ist eine sehr kultivierte Frau und sehr wählerisch.«

»Langweilen Sie sich mit ihr?«

»Nie! Ich frage mich nur, ob ich ihr gewachsen bin.«

»Darüber würde ich mir keine Sorgen machen.«

»Nein, darüber sorge ich mich auch nicht sonderlich.«

Vor uns stand schon Juan Moliner, ein kräftiger, sympathischer Mann, der früher Landwirt gewesen war und dann auf Hundezucht umgesattelt hatte. Er zeigte uns sein Anwesen und erzählte uns dabei von den Vorzügen der Tiere, mit denen er arbeitete. »Die Leute habe keine Ahnung«, sagte er. »Der Dobermann hat einen schrecklichen Ruf. Die Presse bauscht da von Zeit zu Zeit viel auf. Wir müssen die Konsequenzen tragen.«

»Verrückte Hunde«, sagte Garzón.

»Es werden entsetzliche Dinge geschrieben: dass ihr Gehirn überproportional wächst, dass sie aus einer Kreuzung stammen, der der Wahnsinn genetisch eingeschrieben ist. Ungeheuerlichkeiten eben.«

»Aber es stimmt, dass ernsthafte Unfälle mit dieser Rasse passieren.«

»Nicht mehr als mit anderen Hunden. Der Dobermann kitzelt irgendwas Morbides bei den Journalisten hervor. Schauen Sie mal.« Er schob seinen Hemdsärmel hoch und ließ eine fürchterliche Narbe sehen, die dem Unterarm entlang verlief. »Sehen Sie? Das hat mir eine Deutsche Dogge angetan, und das, obwohl sie einem Freund gehört und mich sehr gut kennt. Ich arbeite seit zwanzig Jahren mit Dobermännern, und nie hat auch nur einer Anstalten gemacht, mich zu beißen.«

Garzón und ich starrten beklommen auf die Narbe. »Hat es sehr wehgetan?«, fragte ich.

Stolz wie ein ehemaliger Soldat hob er den Kopf. »Sind Sie nie von einem Hund gebissen worden?«

Ich schüttelte wie hypnotisiert den Kopf.

»Ein Hundebiss verursacht einen eigenartigen Schmerz. Erstaunlich tief gehend, als würde er bis in die Eingeweide dringen.«

Ich dachte an die mir unbekannten Schmerzen einer Geburt.

Dann konzentrierte ich mich auf die stilvoll gehaltenen Dobermänner, die unruhig in ihren Zwingern herumliefen. »Warum erzählen Sie uns nichts von den Diebstählen bei Ihnen, Señor Moliner?«

Was er uns mitteilte, wich nicht sonderlich von dem ab, was wir bereits wussten. Das Ziel waren junge Rüden. Der Dieb musste etwas von Hunden verstehen. Es gab keine Spuren. Vermutlich waren sie über die Lehmmauer gesprungen, weil die an einer Stelle etwas bröckelte.

»Was glauben Sie, was die mit den Hunden machen?«

»Das habe ich mich auch gefragt. Wenn sie verkauft werden sollen, wäre es logischer, einen Welpen auszusuchen, oder ein Weibchen für die Zucht.«

»Vielleicht hatten die Diebe einen Kunden, einen Auftraggeber?«

»Möglich.«

»Was glauben Sie, wie die Hunde aus dem umfriedeten Gelände herausgeholt wurden?«

»Hinaufheben und auf der anderen Seite runterfallen lassen. Die Mauer ist nicht so hoch, dass sie sich verletzen können.«

»Glauben, Sie, dass zwei Personen ausreichen, um das hinzukriegen?«

»Kann sein. Vielleicht sind es verwöhnte Söhnchen reicher Eltern auf der Suche nach einem Kick. Halbstarke.«

»Wie erklären Sie sich dann, dass es bei Ihren Kollegen ähnliche Diebstähle gegeben hat?«

»Wird Mode sein.«

»Auch wenn Ihre Hunde nicht speziell ausgebildet sind, könnten sie angreifen?«

»Nein, ich bezweifle, dass sie angreifen. Außer, Sie nehmen ihnen einen Welpen weg oder so was.« Er steckte die Hand durch die Eisenstangen und kraulte einen Hund am Kopf. »Streicheln Sie ihn, Inspectora, Sie werden sehen, dass er nicht so gefährlich ist.«

Ich streckte meine Hand aus und fuhr dem Hund mehrmals über den Kopf. Freundlich leckte er mir die Hand. Ich lächelte. Dann zog ich Lucenas Foto aus der Tasche und hielt es dem Züchter hin. »Kennen Sie den?«

»Nein. Was ist mit ihm passiert?«

»Er wurde überfallen. Aber das war kein Hund.«

»Hätte ihn ein Hund angefallen, wäre er in einem schlimmeren Zustand.«

»Sein Name ist Ignacio Lucena Pastor. Sind Sie sicher, dass dieser Mann Ihnen in der Vergangenheit keine Dienste angeboten hat?«

»Ich glaube nicht, aber ich kann im Archiv nachsehen. Warten Sie einen Augenblick.« Er ging in sein Büro.

Garzón sah mich boshaft an. »Trauen Sie sich den Hund auch zu streicheln, wenn sein Besitzer nicht dabei ist?« Er konnte sich wie ein ungezogenes Kind benehmen. Ich streckte den ganzen Arm in den Zwinger und streichelte den Dobermann erneut, der erfreut mit dem Schwanz wedelte.

»Jetzt zufrieden?«

Wir vernahmen Moliners Stimme hinter uns. »Ich gebe ihn Ihnen zu einem guten Preis! Es ist der ideale Schutz für eine Polizistin.«

»Danke, aber ich habe schon einen Hund.«

»Einen Wachhund?«

»Meinen muss eher ich beschützen. Mir ist es lieber so.«

»Die Geschmäcker sind verschieden …«

Als ich an diesem Abend nach Hause kam, klingelte das Telefon. Es war Juan Monturiol. Er wollte mit mir reden. Ich klemmte mir den Hörer unters Kinn und entledigte mich während des Gesprächs meiner Kleider. Ich brauchte unbedingt ein Bad.

»Petra, ich würde dich gerne etwas fragen. Ist es für dich in Ordnung so, wie es jetzt ist?«

»Ich verstehe nicht.«

»Unsere Freundschaft, Beziehung oder wie zum Teufel man es nennen mag.«

Er hatte wohl einen schlechten Tag gehabt. »Wenn du nichts Spezielles meinst … ich glaube schon, es ist alles in Ordnung.«

»Petra, wir sehen uns ab und zu, gehen zu den Abendgesellschaften deines Kollegen, schlafen manchmal miteinander … Ja, dem Anschein nach ist alles in Ordnung. Es ist nur so, dass man das so nicht macht.«

Ihn hatte wohl ein Hund gebissen. »Was meinst du damit?«

»Normale Leute reden miteinander, sagen sich, was sie fühlen, rufen sich an, erzählen aus ihrem Leben.«

»Tut mir Leid, aber ehrlich gesagt ist meine Arbeit …«

»Ich weiß, dass deine Arbeit schwierig ist. Aber ein Telefon lässt sich leicht bedienen.«

»Ich hatte dir nichts Besonderes mitzuteilen.«

»Das ist ja das Schlimme.«

Ich wurde langsam ungeduldig. »Juan, wir haben doch schon über das Thema gesprochen und waren uns einig, oder? Die Ehe ist ein Unfug, der …«

»Zwischen Hochzeit in Weiß und gelegentlich einmal bumsen gibt es eine Menge Möglichkeiten. Hast du schon mal darüber nachgedacht?«

»Nach welcher ist dir denn?«

»Nach keiner, du hast Recht. Es ist sinnlos, jemandem etwas zu erklären, der nicht verstehen will.«

Er legte auf, und ich war verblüfft, stand lächerlich nackt zwischen meinen unordentlich herumliegenden Klamotten. Wo sollte das hinführen? Hatten wir eine bestimmte Zahl von Anrufen ausgemacht? War das wichtig? Nein, ich nahm an, dass er nicht mit einer Beziehung weitermachen konnte, die nicht nach bekannten Mustern ablief. Wie denn, wahrscheinlich würden wir nicht mehr zusammen ausgehen und auch nicht mehr miteinander schlafen. Ich würde seine Schönheit vermissen. Schade drum, aber das war nicht das Ende der Welt. Na gut, ich hatte ihm nicht gesagt, was ich fühlte, aber wie sollte ich es ihm sagen? Die Gefühlsprobleme konnten warten, mein Bad nicht. Ich war zu müde zum Nachdenken.

Gleich in der Früh erwartete mich Garzón im Auto vor meinem Haus, um zu einem unserer Ausflüge aufzubrechen, bei denen nur der Picknickkorb fehlte. Zwei Minuten später war ihm aufgefallen, dass ich deprimiert war.

»Sind Sie immer noch böse mit mir?«

»Böse mit Ihnen?«

»Ja, weil ich ein Don Juan bin und all das, was Sie gesagt haben.«

»Ich habe versprochen, mich nicht mehr in Ihre Angelegenheiten zu mischen.«

»Keine Sorge, ich verspreche Ihnen, das Problem bald zu lösen.«

Überall lauerte hinterlistig das Thema Liebe. Ich zog es vor, nichts gehört zu haben.

»Wohin fahren wir heute?«

»Wir fahren nach Rubí zu einem Staffordshire-Bull-Terrier-Züchter.«

»Dieser Mörderhund, von dem uns Valentina erzählt hat?«

»Genau! Der Eigentümer heißt Augusto Ribas Solé. Schauen wir mal, ob jemand den Mut hatte, ihm einen dieser blutrünstigen Hunde zu klauen.«

Ich gab vor zu schlafen, damit Garzón nicht auf Gefühlsthemen zurückkam. Meine Verstellung war so perfekt, dass ich nach wenigen Minuten wirklich einschlief. Als der Wagen anhielt, wachte ich auf und entdeckte, dass wir uns in einer sehr einsamen Gegend befanden.

Vor uns erstreckte sich ein ziemlich großes umzäuntes Grundstück. Eine Schiebetür war der einzige Zugang. Auf einem Schild lasen wir: *Warnung vor dem Hund. Bitte klingeln.* Ein rotes Pfeilchen zeigte auf den Klingelknopf.

»Sind Sie auf das Spiel vorbereitet, Inspectora?«

Der boshafte Garzón befleißigte sich für alles, was mit den Ermittlungen zu tun hatte, eines skeptischen Tonfalls. Wir klingelten, aber überraschenderweise ertönte nicht das übliche Hundegebell. Niemand öffnete. Wir klingelten noch einmal, ohne Erfolg.

»Sind Sie sicher, dass diese Zucht für Besuche offen ist?«

»Sie steht in der Liste.«

»Es scheint niemand da zu sein. Klingeln Sie noch mal.«

Garzón drückte lange auf den Knopf, und es ertönte ein schriller Ton, auf den noch immer niemand reagierte. »Und dafür sind wir extra hier rausgefahren!«, sagte er missmutig.

Ich ergriff den Knopf und drückte gegen die Tür. Sie gab sofort nach und ließ einen ausreichenden Spalt frei, um einzutreten.

»Gehen wir rein?«, fragte ich.

»Lassen Sie uns rufen.«

Wir traten ein. Vor uns lag ein weiträumiger Hof mit mehreren Maulbeerbäumen in der Mitte. »Ist jemand da?«, schrie Garzón.

Als Antwort auf Garzóns Ruf und ohne, dass wir hätten sagen können, woher er gekommen war, entdeckten wir ein paar Schritte von uns entfernt einen geheimnisvollen Hund, der uns anstarrte. Er bellte nicht und bewegte sich auch nicht. Er war klein, kräftig und so kompakt wie ein Steinblock. Der gefürchtete Staffordshire. Seine Augen leuchteten mit einer Intensität, die lähmte. Ich hörte Garzón flüstern: »Wo haben Sie Ihre Dienstwaffe?«

»In der Tasche«, antwortete ich mit dünnem Stimmchen.

»Dann lassen Sie sich bloß nicht einfallen, eine Handbewegung zu machen, um sie rauszuholen.«

»Und Ihre?«

»In meinem Parka, und den habe ich im Auto gelassen.«

»Verdammt!«

Das geringe Anheben der Stimme beim Fluchen bewirkte, dass der Hund zu knurren begann. Es war ein ernstes, leises Knurren, das direkt aus dieser stählernen Brust drang.

»Er hat sich erschrocken, Fermín.«

»Keine Sorge. Machen Sie keine abrupte Handbewegung, bewegen Sie sich nicht, reden Sie nicht laut.«

»Ist das einer dieser Mörderhunde?«

»Das ist ein Staffordshire. Ich hoffe, dass ausgerechnet der noch niemanden umgebracht hat.«

Der Hund kam auf uns zu, und seine Krallen scharrten auf den Gartenplatten.

»Subinspector ...«

»Ganz ruhig.«

»Man könnte meinen, Sie hätten etwas über Hunde gelernt.«

»Ich habe gerade alles vergessen.«

»Was sollen wir machen?«

»Versuchen Sie, zum Ausgang zurückzugehen. Langsam, ganz langsam, ohne ihm den Rücken zuzudrehen. Los!« Er nahm mich am Arm. Ich spürte seinen festen Druck. Wir machten eine geringfügige Bewegung, einen Schritt rückwärts. Es war lächerlich wenig, aber der Hund merkte es und knurrte lauter.

»Fermín!«

»Achten Sie nicht darauf, er versucht uns nur einzuschüchtern. Gehen Sie weiter zurück, etwas mehr nach links. Jetzt.«

Meine Beine gaben nach, ich wusste nicht, ob ich mich bewegt hatte oder nicht.

»Sagen Sie etwas auf Deutsch zu ihm.«

»Vergessen Sie Übersetzungsübungen und gehen Sie zurück.«

Die neuerliche Bewegung machte das Tier noch unruhiger. Es wechselte die Stelle und knurrte durchdringend laut. Ich sah von seinen Lefzen lange weiße Speichelfäden herabtropfen. Er sah speziell mich an, ich konnte kaum atmen. Dann, als handle es sich um eine der Hölle entflohene Seele, bellte er rau auf, und ich stieß einen halberstickten Schrei aus. Das führte zu einem Wutausbruch bei ihm. Das erzürnte Tier bellte wütend, knickte die Hinterpfoten ein und war zum Sprung bereit. Ich suchte verzweifelt die Pistole, aber in diesem Augenblick ertönte ein kurzer, kräftiger Schrei hinter uns.

»Aus!« Dann, weniger gebieterisch, noch einmal: »Aus!« Der Hund senkte wie ein römischer Zirkuslöwe angesichts der Christen den Kopf, sein Blick schweifte unruhig umher. Dann trottete er ziellos davon, als wollte er die schreckliche Absicht verschleiern, die er kurz zuvor gehabt hatte.

»Wer zum Teufel sind denn Sie?« Ein großer, kräftiger Mann um die Fünfzig mit sonnengebräunter Haut und in die Hüften gestemmten Armen stand vor uns. Wir konnten noch gar nicht reagieren.

»Wir sind von der Polizei«, gelang es Garzón mit einer Stimme in mehreren Klangfarben auszustoßen.

»Und wie zum Teufel ...«

»Lassen Sie den Teufel in Ruhe und nehmen Sie diesen Hund hier weg«, befahl ich, als ich meine Stimme wiedererlangt hatte.

Augusto Ribas Solé bestätigte uns, dass wir ein echtes Risiko eingegangen waren. Wir hätten niemals das Gelände betreten dürfen. Er war nur fünf Minuten weg gewesen, weil er nicht damit gerechnet hatte, dass am Vormittag jemand kommen würde. Immerhin, wir waren gerettet, und der Züchter lud uns ein, im hinteren Teil seines Anwesens einen kräftigen Schluck zu trinken. Er hatte sich dort eine kleine gemütliche Terrasse ausgebaut. Ich glaube, dass ich erstmals in meinem Leben um elf Uhr vormittags einen Whisky in einem Zug hinunterkippte.

»Sie sind gut ausgestattet«, sagte Garzón.

»Ich empfange meine Besucher gerne in angenehmer Atmosphäre.«

»Nachdem Sie sie der Folter Ihrer Hunde ausgesetzt haben.«

Er lachte. »Können Sie sich die Schlagzeilen vorstellen? *Polizisten von Mörderhunden zerfleischt.* Darüber wäre bestimmt ein Film gedreht worden! Das gefällt den Leuten.«

»Und warum, zum Teufel, züchten Sie Mörderhunde?«

»Ach, Inspectora, es gibt keine Mörderhunde. Es sind die Menschen, die Hunde durch Training zu Mördern machen.«

»Dann waren wir also nicht in Todesgefahr?«

»Ich fürchte doch. Jeder Hund verteidigt sein Revier. Ich vermute, wenn ich nicht gekommen wäre … Na ja, ich glaube, ich habe Ihnen das Leben gerettet.«

»Das ist das Mindeste, was Sie tun konnten. Es sind ja Ihre Hunde.«

Er lachte wieder.

»Sie fragen uns gar nicht, was wir wollen, Señor Ribas.«

»Ich weiß es schon. Sie mischen die ganze Branche auf. Meine Kollegen warten schon darauf, an die Reihe zu kommen und von Ihnen besucht zu werden, um Ihnen von den Diebstählen zu berichten. Wir kennen uns alle.«

»Und was können Sie uns erzählen?«

»Wenig. Mir sind ein paar Hunde gestohlen worden. Ich habe es der Polizei gemeldet. Sie hat selbstverständlich nichts unternommen.«

»Haben die Diebe Spuren hinterlassen?«

»Nein, das sind Profis.«

»Warum glauben Sie, dass es Profis sind?«

»Was sollen sie denn sonst sein? Sie kommen, stehlen und verschwinden, ohne Spuren zu hinterlassen. Sie nehmen gesunde kräftige Tiere mit, die besten.«

»Fehlen auch Ihnen junge Rüden?«

»Ja. Und ich verstehe nicht, warum das die anderen Züchter so überrascht. Sie verkaufen sie an ahnungslose Leute und erzählen denen, die Hunde seien schon abgerichtet und sehr wild. Sie agieren als Diebe und Betrüger gleichzeitig.«

»Und warum nehmen sie immer nur einen oder zwei mit?«

»Sie nehmen so viel mit, wie sie brauchen. Warum sollen sie sich um mehr Hunde kümmern? Wo sollten sie sie unterbringen, ohne Verdacht zu erregen? Außerdem ist es so einfach, sie zu stehlen …«

»Es wirkt, als hätten Sie sich alle damit abgefunden.«

»Genau das denke ich auch, das habe ich meinen Kollegen schon hundertmal gesagt. Ich weiß ganz genau, was zu tun ist. Wenn die Polizei sich nicht darum kümmert, müssen wir selbst das Problem lösen. Wir treffen uns, bilden einen Wachtrupp, und der erste Kerl, den wir beim Stehlen erwischen, Paff! Ein Schuss und zum Teufel mit ihm! Dann werfen wir die Leiche auf den Müll und werden ja sehen, wer von den Brüdern dann weiterstiehlt.«

»Also, Señor Ribas, dann müssten wir einschreiten.«

»Keineswegs, Inspectora, keineswegs! Bezüglich der Hundebranche gibt es eine Gesetzeslücke, also müssen wir unsere eigenen Gesetze machen. Vielleicht sind ein paar Hunde nicht viel, aber es ist ärgerlich. Wir sind fleißige Leute, die hart für ihr Geld arbeiten. Warum sollen wir diese Schweine ertragen?«

Ich nahm noch einen Schluck Whisky, bevor ich abwehrend den Kopf schüttelte.

»Wie auch immer …«, fuhr er fort, »machen Sie sich nicht allzu viel Sorgen. Es scheint, als fehlte den anderen der Mut dazu. Wir werden es weiter ertragen.«

»Und diesen Mann, kennen Sie diesen Mann?«

Er sah angewidert auf das Foto von Lucena. »Nein, den kenne ich nicht. Ist das der Hundedieb?«

»Das glauben wir.«

»Dann hat er ja verdient, was mit ihm passiert ist.«

Ein Gerechtigkeitsfanatiker, ein scharfer Gerechtigkeitsfanatiker, der uns an der Tür verabschiedete, nachdem er uns versichert hatte, dass wir unsere Haut dank Garzóns Kaltblütigkeit gerettet hatten. Fantastisch, wir hatten Zeit verplempert und waren ein sinnloses Risiko eingegangen.

Garzón hatte dieser Typ gefallen. »Der weiß, was er sagt«, sagte er im Auto. »Mir erscheint das alles logisch. Natürlich, die Täter sind Diebe und Betrüger, und wir haben zwei von ihnen eingelocht. Ich bin sicher, dass Pavía und Puig mitschuldig sind.«

»Die Suche nach diesen Hunden wurde aber nie in Auftrag gegeben.«

»Sie wurden einfach gestohlen und dann verkauft. Verbrecher begehen tausend Delikte gleichzeitig, sie sind nicht auf irgendwas spezialisiert. Sie stehlen, was sie stehlen können.«

»Das überzeugt mich nicht.«

»Kann sein, dass es Sie nicht überzeugt, aber Sie werden schon sehen, dass die beiden vor dem Haftrichter zugeben, Lucena umgebracht zu haben. Genauso wie sie zugeben, den Züchtern die Hunde gestohlen zu haben. So wird es laufen.«

»Glauben Sie, dass wir unsere Zeit verschwenden?«

»Ich glaube, dass Sie ein Dickschädel sind und der Fall schon gelöst ist.«

»Und ich glaube, dass Sie leichtsinnig sind.«

»Nun fangen Sie schon wieder damit an.«

»Was meinen Sie?«

»Bin ich leichtsinnig, weil ich auch in der Liebe leichtfertig bin?«

»Vergessen Sies, Fermín.«

»Vielleicht ändern Sie Ihre Meinung, wenn ich Ihnen sage, dass ich eine Entscheidung getroffen habe.«

Ich drehte mich um, damit ich ihn genau sehen konnte. »Eine Entscheidung?«

»Ja, Inspectora. Was gerade passiert ist, hat mir die Augen geöffnet. Als wir dort standen vor diesem Hund, da standen mir meine wirklichen Gefühle deutlich vor Augen. Ich weiß jetzt, in welche ich verliebt bin, und von welcher ich mich trennen muss.«

»Von wem?«

»Von Ángela.«

»Von Ángela was, trennen?«

»Ja, Petra, mit großem Bedauern. Ángela ist entzückend, aber ich bin in Valentina verliebt. Sie hätte ich gerne ein letztes Mal gesehen, bevor ich von einem Hund zerfleischt worden wäre.«

»Vielleicht haben Sie sich unbewusst gewünscht, dass sie Sie mit einem deutschen Befehl rettet.«

»Nein, Inspectora, scherzen Sie nicht, ich bin überzeugt von dem, was ich sage.«

»Entschuldigen Sie, sind Sie wirklich absolut sicher?«

»Ja, Ángela ist zu kultiviert, zu fein. Sie gehört einer anderen Gesellschaftsschicht an. Irgendwann wird sie denken, ich sei ein Bauer. Valentina ist immer fröhlich, sie macht mein Leben heiter.«

Wir schwiegen einen Augenblick.

»Gut, Fermín, Sie wissen, dass Valentina nicht meine Favoritin ist, aber … wie dem auch sei. Es freut mich, dass Sie sich endlich entschieden haben.«

»Sie hatten Recht, ich kann nicht so weitermachen.«

»Wann werden Sie es ihr sagen?«

»Heute Abend.«

»Das ist keine schöne Aufgabe, nicht wahr?«

»Nein, ich hoffe, ich werde es zart fühlend hinkriegen.«

»Das hoffe ich auch, Ángela ist eine außergewöhnliche Frau.«

»Das weiß ich wohl.«

Ich stellte mir ungern Ángelas Reaktion vor. Eine Illusion zerbrach, vielleicht hatte sie sich in ihrem Alter ein letztes Mal eine solche erlaubt. Aber ich verstand Garzón. Er war begierig, das Leben zu genießen, das er gerade erst entdeckt hatte. Eine Witwe, die in einen unreifen Gefühlsmenschen verliebt war. Alles, was mit Liebe zu tun hatte, führte zu einem Debakel. Eine Pest, die das Menschengeschlecht ertragen musste.

Ich verbrachte den Nachmittag in meinem Büro im Kommissariat, versuchte diese Angelegenheit zu vergessen und mich auf den Fall zu konzentrieren. Ich blätterte in den Auskünften, die ich von den Züchtern erhalten hatte. Hatte Lucena dort sein letztes Jahr verbracht? Junge Rüden, fachkundige Hundediebe, die keine Installationen beschädigten. Ausgesuchte Diebstähle … Es war sinnlos, ich konnte nicht über den Fall nachdenken ohne abzuschweifen. Ich beschloss, nach Hause zu gehen.

In einem Sessel mit der Tageszeitung in Händen ging es mir nicht viel besser. Ich grübelte und grübelte. Wie fühlte sich wohl Ángela? Ich legte eine Mozart-Platte auf; mir war aufgefallen, dass Schreck sie mochte. Bei Mozart sträubte sich sein Rückenfell auf besondere Weise, und er entspannte sich. Ich öffnete die Tür zum Garten und ließ die warme Abendluft herein. Auch ich entspannte mich und zog ein weiches, altes Nachthemd an. So war es besser. Ich war für die Katastrophen der Liebe, die unser Dasein uns beschert, nicht verantwortlich. Ich konnte nichts für Ángela tun, auch für niemand anderen. In meiner Macht lag nur, mir selbst Leid zu ersparen, mehr nicht. Ich seufzte erleichtert. Schreck seufzte auch.

Nachdem ich ein paar Stunden lang in friedliche Monotonie eingetaucht war, klingelte das Telefon. Die Uhr zeigte ein Uhr nachts.

»Petra.«

Mein Name wurde nicht fragend ausgesprochen, sondern mit Pathos.

»Subinspector?«

»Ich muss Sie sehen.«

»Ist was passiert?«

»Es ist sehr privat.«

»Ich verstehe. Warum kommen Sie nicht zu mir? Jetzt bin ich noch wach.«

»Nein, es muss in einer Kneipe sein.«

»In einer Kneipe?«

»Entschuldigen Sie, Inspectora. Das ist das Letzte, worum ich Sie bitte.«

»Ist ja gut, Garzón, ist ja gut. Ich glaube, es gibt hier in der Nähe eine Champagnerbar, erinnern Sie sich?«

»Ich bin gleich da.«

Ich konnte mich nicht überwinden, mich wieder anzuziehen. Also zog ich einfach den Mantel über das Nachthemd. Ich nahm Schreck an die Leine, und wir gingen auf die menschenleere Straße hinaus. Nach zehnminütigem Hin- und Herspazieren vor der Champagnerbar sah ich Garzóns Wagen herankommen. Schreck freute sich, aber Garzón machte keine Anstalten, ihn zu streicheln. Er nahm ihn überhaupt nicht wahr. Hätte er auch nicht, wenn ich eine Giraffe bei mir gehabt hätte. Der Subinspector war in Gedanken versunken, verstört, hatte ein blasses Gesicht und schwarze Schatten unter den Augen. Wir setzten uns an einen der Tische, die bei dem guten Wetter herausgestellt worden waren. Mit autoritärer Geste bestellte Garzón einen Whisky, und kaum hatte der Kellner ihn serviert, schüttete er das halbe Glas auf einmal hinunter.

»Aber hallo, Subinspector! Sie fangen ja gut an!«

»Nennen Sie mich heute Abend bitte Fermín. Außerdem muss ich Sie darauf hinweisen, dass ich mich betrinken werde. Wer eine Vorwarnung ausspricht, ist kein Verräter.«

»Treffen wir uns deshalb in einer Kneipe?«

»Deshalb. Und weil ich mich nicht zusammennehmen will, Petra. Wenn wir bei Ihnen wären, müsste ich mich anständig benehmen und auf die Uhr schauen. Hier ist es einfacher. Wenn Sie genug von mir haben, stehen Sie einfach auf und gehen.«

Er bestellte einen zweiten Whisky, diesmal einen doppelten.

»Es war hart«, sagte er schließlich. »Ich hätte nie gedacht, dass es so hart ist, sich von jemandem zu trennen. Kurz bevor ich zu Ángela gefahren bin, dachte ich noch, dass es leicht sein würde.

Ich hatte mir alles zurechtgelegt. Dann wurde mir aber klar, dass das keine Sache des Abwägens ist.« Er nahm einen guten Schluck und sah zu Boden. »Ich bin die ganze Zeit ein Dummkopf gewesen, bis zum letzten Augenblick. Petra, Sie hatten Recht.«

»Hören Sie, ich …«

»Versuchen Sie jetzt nicht, das Gegenteil zu behaupten. Ich bin leichtsinnig gewesen und ein Scheißkerl, nichts weiter.«

»War Ángela böse mit Ihnen?«

»Nein, sie war nicht böse. Sie sagte, dass sie es verstünde. Dass niemand etwas gegen das Herz tun kann. Sie weinte.« Er konnte nicht weiter sprechen. Dann bestellte er noch einen Whisky. Ich beschloss, auch etwas zu trinken.

»Machen Sie sich nicht allzu große Vorwürfe, Fermín, Sie waren sich im Grunde nicht bewusst, welchen Schmerz Sie verursachen.«

»Ich hätte mir nie vorstellen können, dass es mir so wehtun würde, sie zu verlassen. Einerseits war ich mir sicher, die Beziehung beenden zu wollen. Anderseits hatte ich auch das Gefühl, als würde ich sie noch lieben.«

»Das ist immer so verflucht schwierig. Die Liebe ist frustrierend und schmerzhaft, sie brennt und zerstört … Was glauben Sie denn, warum ich mich von diesen Wechselfällen des Schicksals verabschiedet habe?«

Der Kellner kam heraus. »Meine Herrschaften, wir schließen, aber Sie müssen nicht gehen, Sie können hier sitzen bleiben, solange Sie wollen.«

»Und die Gläser?«

»Stellen Sie einfach vor die Tür, wenn Sie ausgetrunken haben.«

»Bringen Sie mir vorher noch einen doppelten«, sagte Garzón und suchte in seinen Taschen nach Geld.

Kurz darauf verließen die Kellner die Kneipe. Sie zogen geräuschvoll die Metalljalousie herunter und gingen, wobei sie nach uns schielten. Der Subinspector hatte den Mund nicht wieder aufgemacht. Schreck war eingeschlafen, und ich begann mich in meinem alten Nachthemd unter dem Mantel lächerlich zu fühlen.

»Die Liebe nicht zu kennen, ist schlecht, aber sie zu kennen kann bedeuten, leiden zu lernen«, sagte ich zusammenfassend, um gehen zu können. Garzón reagierte nicht einmal. Er meditierte oder er verzehrte sich innerlich oder er bereute es oder Gott weiß, was er aufrecht auf diesem absurden Metallstuhl sitzend dachte.

Es verging eine ewige Stunde des Schweigens. Anfangs hatte Garzón ab und zu einen Schluck getrunken und dann geseufzt. Später hatte er nur unbeweglich dagesessen und mit glasigen Augen ins Leere gestarrt. In den letzten fünf Minuten waren ihm die Augen zugefallen, und sein Kopf war ihm auf die Brust gesackt. Ich glaubte, dies sei der Augenblick, um die Freundschaftswache zu beenden. »Fermín, was halten Sie davon, wenn wir gehen?«

Er gab kein Lebenszeichen von sich.

»Fermín, bitte, stehen Sie auf.«

Sinnlos, er bewegte sich nicht. Ich versuchte, ihn über sein Unterbewusstsein in die Realität zurückzuholen. »Subinspector, nehmen Sie sich zusammen. Ich befehle Ihnen aufzustehen!«

Das war effektiv. Er öffnete flüchtig die Augen und sagte ganz leise: »Ich kann nicht. Ich habe ein Beruhigungsmittel genommen.«

»Und wo haben Sie das Mittel her, verdammt noch mal?«

Ich musste mein Ohr an seinen Mund halten, um zu verstehen, was er stammelte. »Meine frühere Zimmerwirtin hat es mir mal gegeben. Die Arme ging zum Psychiater. Sie hatte es mit den Nerven.« Mehr sagte er nicht. Er blieb regungslos sitzen, wie ein Stein.

Ich war sauer. »Das sagt man vorher! Wie soll ich Sie mit Ihrem

Gewicht von hier wegkriegen?« Schimpfen nützte nichts. Außerdem hatte Schreck zu winseln begonnen, als er mich schimpfen hörte. Ich suchte in den Taschen des Schlafenden nach einer Münze und ging zu einem Telefonhäuschen. Warum in einem Notfall nicht Juan Monturiol anrufen? Schließlich war er ein Nachbar.

Er kam nicht im Pyjama, wie es das amerikanische Drehbuch vorgeschrieben hätte, aber wenigstens war er ungekämmt. Er begriff sofort, was los war, stemmte Garzón mit seinen kräftigen Armen hoch und schulterte ihn. So gut ich konnte half ich dabei und stammelte abwechselnd Entschuldigungen und Verwünschungen. Wir legten ihn in den Wagen von Juan, der attraktiv und männlich in seinem schlichten weißen Hemd schwitzte.

»Wie kommts?«, fragte er.

»Liebeskummer.«

Wir brachten Garzón in seine Wohnung. Ihn nach oben zu schleppen war eine weitere kleine Heldentat von Juan. Ich suchte in Garzóns Parka nach dem Schlüssel, und schließlich konnten wir ihn auf seinem Bett ablegen und schlafen lassen.

»Das ist alles, was wir für ihn tun können«, sagte Monturiol.

»Du hast schon genug getan. Tut mir Leid, dass ich dich angerufen habe, wirklich.«

»Es war nett, dich wieder zu sehen.«

»Das finde ich auch, obwohl ich lieber etwas präsentabler aussehen würde.«

Ich öffnete auf klassisch exhibitionistische Weise meinen Mantel und zeigte ihm das entsetzliche Nachthemd. Er begann zu lachen, aber das Ergebnis war zündend. Juan kam auf mich zu, fasste mich um die Taille und küsste mich. Wir küssten uns völlig verzweifelt eine ganze Zeit lang. Dann sanken wir zu Boden und liebten uns. Alles war merkwürdig: die Gelegenheit, der Ort und Garzón, der hinter der Tür neben uns wie eine Kröte schnarchte. Es hatte den Reiz des Eiligen und Ungestümen, eine Mischung aus süßem Wiederfinden und schamlosem Abschied. Danach legte ich meinen Kopf auf Juans Brust und ruhte mich aus.

»Also, dein Kollege hat Liebeskummer.«

»Er hat Ángela aus seinem Dreier ausgeschlossen.«

»Aha.«

»Gefühlsmäßig ist er wehrlos; deshalb kann er so viel Kummer anrichten, ohne es zu wollen.«

»Aha.«

»Die Liebe befleckt alles.«

Er richtete sich auf und bewirkte, dass ich von ihm abließ. Er zündete sich eine Zigarette an und sah mich an. »Du bist eine radikale Gegnerin der Liebe, nicht wahr?«

»Es handelt sich nicht um eine theoretische Haltung.«

»Wie erklärst du dann unser feuriges Zusammentreffen?«

»Ich nehme an, dass Garzóns Wohnung zum Vögeln inspiriert.«

Erst lächelte er traurig, dann lachte er traurig. »Ah, die schreckliche Petra, vögeln oder nicht vögeln, das ist die Frage!«

Da ich nicht bereit war, mich in diesem Augenblick auf eine Diskussion einzulassen, stand ich auf, zog nur meinen Mantel über und stopfte das Nachthemd in die Manteltasche.

»Gehen wir, Juan. Noch eine Nummer könnte den Subinspector wecken. Wenn ich Erklärungen abgeben müsste, würde ich mich erniedrigt fühlen.«

»Das ist sehr rücksichtsvoll von dir.«

Ich steckte die Ironie kommentarlos weg. Auf dem Heimweg sprachen wir kein Wort und verabschiedeten uns mit falscher Höflichkeit.

»Adiós«, sagte er mit dem kaum wahrnehmbaren Unterton eines definitiven Abschieds.

»Adiós«, antwortete ich absichtlich leichthin.

Müde und schlecht gelaunt betrat ich mein Haus. Es reicht, dachte ich. Adiós? Dann eben Adiós, mein Junge. Auch ich kann hart sein. Vergiss, dass wir uns zufällig im Schützengraben getroffen haben, während draußen Bomben fielen. Schreck sah mich voller Zuneigung an. Ich glaube, dass er außer Mozart auch Filme mit Bogart mag.

Am nächsten Tag kam Garzón pünktlich ins Kommissariat, aber mit zwei sehr dunklen Ringen um die Augen. Er holte sich einen Kaffee aus dem Automaten und nahm ein paar Aspirin. Ich arbeitete weiter an meinen Unterlagen, ohne den Blick zu heben.

»Inspectora«, sagte er schließlich. »Wie haben Sie es geschafft, mich heute Nacht nach Hause zu bringen?«

»Ich habe Juan Monturiol angerufen, er hat Sie geschleppt.«

»Tut mir Leid, dass Sie das für mich tun mussten.«

»Vergessens Sies, ich hätt es für jeden anderen Mistkerl auch getan.«

Er lächelte. »Gut zu wissen, das beruhigt mich. Trotzdem bedaure ich es, mein Verhalten war unverzeihlich.«

»Ich werde mich schadlos halten, indem ich Sie allein zu einem Züchter schicke. Er wohnt nahe bei Badalona. Dies ist seine Adresse. Ich bleibe hier und ordne alle diese Zeugenaussagen.«

Ich sah ihn betrübt und zahm davontraben und bewunderte die Fähigkeit der Männer, sich aus Henkern in Opfer zu verwandeln, indem sie sich lediglich mit ein bisschen Mitleid überhäufen. Für ihn war die Tragödie beendet. Für Ángela dürfte sie jetzt, am unseligen nächsten Morgen, erst anfangen. Ich zwang mich, zu den Aussagen der Züchter zurückzukehren. Aus irgendeinem verdammten Grund stimmte die Geschichte nicht. Hundediebe, die für ein oder zwei Exemplare ihr Leben riskieren und die Hunde dann unter Preis verkaufen. Hatte einer der Züchter gelogen? Und wenn, was hatte das beim Diebstahl der eigenen Tiere für einen Sinn? Das war ein Durcheinander, ein verdammtes verwirrendes Durcheinander, das viele Monate zuvor begonnen hatte. Wir steckten fest, und die Zeit verging. Verlangte Lucenas Leiche Rache? Kein bisschen, sie war die stillste Leiche, die mir je untergekommen war. Wenn wir es nicht schafften, den Mörder zu entlarven, war das eine weitere der vielen Ungerechtigkeiten auf der Welt, so einschneidend wie Liebeskummer. Da half auch alles Klagen nichts!

9

Der letzte Züchter von unserer Liste war besucht, befragt, überprüft und ausgewertet. Die letzte Version mit den übrigen verglichen. Alle waren extrem ähnlich, dramatisch gleich. Lucena? Für die katalanischen Züchter ein Unbekannter. Nach so vielen Ausflügen »in die Natur« machte sich auf meinem Gesicht die Sonne bemerkbar, wie Garzón es ausgedrückt hatte. Auf seiner Haut hatte sie noch deutlichere Spuren hinterlassen. Er war braun gebrannt und sah gesund aus. Möglicherweise wiederholte er mit Valentina diese Ausflüge an die frische Luft das eine oder andere Wochenende. Sie verbrachten so viel Zeit miteinander, wie sie nur konnten. Garzón redete nur von ihr. Ich hatte den Eindruck, dass ihm der Fall schnurzegal war. Er hatte ihn schon abgeschrieben. Und er hatte Recht. Schon bald würden wir Weisung von oben erhalten, ihn zu den Akten zu legen. Unsere Zeit wurde aus der Staatskasse bezahlt, und wir hatten bereits einen mehr als großzügigen Spielraum zur Aufklärung eingeräumt bekommen. Garzón jedoch erwartete dieses endgültige Urteil geduldig, er ermittelte weiter, befolgte routiniert meine Anordnungen und war dank seines Liebeslebens nicht sonderlich frustriert. Er besuchte und befragte die Züchter und hätte ebenso gut auch Pilze sammeln können. Ignacio Lucena Pastor war für ihn nichts weiter als ein weit entfernter Punkt in der Vergangenheit, eine kleine schwarze Kichererbse in seiner Laufbahn als Polizist. Etwas, an das er sich nur erinnern würde, wenn er einem Anfall von Sentimentalität erlag.

»Morgen werde ich den Bericht der letzten Befragung tippen«, sagte er an jenem Nachmittag zu mir. »Wenn Sie nichts weiter brauchen, gehe ich jetzt, Inspectora. Valentina kommt zum Abendessen, und ich muss noch alles vorbereiten.«

»Und Sie trauen sich das alleine zu?«

»Salat und gefüllte Schweinelende.«

»Sie haben große Fortschritte gemacht.«

»Tiefgefrorene Schweinelenden.«

»Trotzdem.«

Er lächelte stolz und etwas kindlich und marschierte davon. Ich blieb allein. Allein mit den Ermittlungen, allein mit Lucenas Gespenst, wenn Lucena überhaupt einmal existiert hatte. Wenigstens gab es Schreck. Er war der einzige Zeuge für die Existenz seines Herrchens. Beim Nachhausekommen betrachtete ich ihn wieder. Im Gehirn des Hundes war das Bild des Mörders gespeichert, aber er konnte es nicht preisgeben. Seltsame Beziehung, er konnte mir seine Zuwendung schenken, aber nicht die Wahrheit. Deshalb war wohl der Hund des Menschen bester Freund. Ich ging in den Hof hinaus. Die Luft war lau und belebend. Das Beste wäre, ins Bett zu gehen. Aber nicht, ohne vorher ein paar Whiskys getrunken zu haben, die meine absurde Schwermut milderten. Ich schenkte mir großzügig ein und war Sekunden später eingeschlafen.

Im Schlaf, im klebrigen Tiefschlaf, hörte ich das beharrliche Telefonklingeln. Ich nahm nicht ab. Irgendwann klingelte es wieder. Diesmal überwand ich mich mit größter Willenskraft und nahm ab.

Garzóns Stimme kam aus einer anderen Galaxie zu mir durch. »Inspectora, Inspectora Delicado?«

»Ja, ich bins.«

»Also, Inspectora, wenigstens nehmen Sie ab! Man versucht Sie schon eine ganze Weile vom Kommissariat aus zu erreichen. Wenn Sie nicht da sind, haben Sie normalerweise den Anrufbeantworter an. Wir dachten schon, Ihnen sei was passiert. Schließlich wurde ich verständigt.«

»Aber wo sind Sie?«

»Zu Hause mit Valentina, ich hab es Ihnen doch erzählt.«

»Na gut, Garzón, ich bin müde. Sagen Sie mir, worum es geht.«

»Inspectora, es ist ein anonymer Anruf eingegangen. Eine Frau hat gesagt, wenn wir etwas über die Sache mit den Hunden wissen wollen, sollten wir sofort zum Schuppen A in der Straße F in der Freihandelszone im Hafen fahren. Was halten Sie davon, wenn wir uns dort treffen?«

»Der Wagen steht vor dem Kommissariat. Ich werde mir ein Taxi rufen.«

»Nein, ich komme gleich vorbei und hole Sie ab. Wir müssen schnell sein. Aber lassen Sie mich bitte nicht warten.«

Ich brauchte weitere fünf Minuten, um in die Realität zurückzufinden. Ein anonymer Anruf, eine Frau, die Freihandelszone, das ist das Gelände mit den Lagerschuppen im Hafen. Es war ein Uhr morgens. Ich begriff nichts.

Garzón hatte vor der Abfahrt im Stadtplan nachgesehen, weshalb er zielstrebig und ohne zu zögern fuhr.

»Berichten Sie mir«, ermahnte ich ihn im Auto.

»Mehr gibt es nicht zu berichten. Eine Frau hat im Kommissariat angerufen und nach Ihnen gefragt.«

»Wusste sie meinen Namen?«

»Ja. Als man ihr sagte, dass Sie um diese Zeit natürlich nicht da seien, hat sie diese Nachricht hinterlassen und aufgelegt, ohne ihren Namen zu nennen.«

»Konnte man den Anruf zurückverfolgen?«

»Nein, das wurde gar nicht versucht. Dann, als Sie nicht zu erreichen waren, wurde ich verständigt. Ich sage Ihnen, Valentina und ich sind nach mehreren vergeblichen Anrufen bei Ihnen langsam unruhig geworden.«

»Wir haben viel Zeit verloren. Haben Sie einen Streifenwagen hingeschickt?«

»Ja, keine Sorge, die müssten schon eine Weile dort sein.«

Der Streifenwagen war zehn Minuten vor uns angekommen. Aber auch das war zu spät gewesen. Der von der unbekannten Frau angegebene Ort war eine große Lagerhalle, in der schwere

Maschinen untergestellt waren. Die Tür war aufgebrochen. Drinnen war niemand, aber etwas hatten die Streifenpolizisten sofort bemerkt. In einer Ecke der riesigen Halle war aus transportablen Holzplanken ein Quadrat abgegrenzt. Es war etwa fünf mal fünf Meter groß und mit Stroh ausgelegt.

»Was, zum Teufel, ist denn das?«

»Wir wissen es nicht, Inspectora, aber man hat den Besitzer der Lagerhalle ausfindig gemacht, er soll es uns erklären.«

»Ist gut.«

Der Streifenpolizist machte sich auf die Suche nach weiteren Spuren. Garzón und ich standen vor dem seltsamen Quadrat. »Glauben Sie, dass so was zur Lagerhalle gehört?«, fragte ich.

»Keine Ahnung«, sagte er und zog eine Zigarette aus der Tasche.

Ich hielt seine Hand fest. »Warten Sie, Garzón, zünden Sie sie noch nicht an. Der Rauch vertreibt vielleicht den Geruch.«

»Welchen Geruch?«

»Hier riecht es nach Hund. Riechen Sie das nicht? Nach Schweiß, nach Zigaretten, aber besonders nach Hund.«

Er schnupperte herum, als wäre er selbst ein Schnüffelhund. »Sie könnten Recht haben.«

Ich betrat das kleine umzäunte Gehege und hob etwas Stroh auf, um daran zu riechen. »Ja, ich bin sicher, hier sind noch vor kurzem Hunde gewesen,.«

»Und was haben sie hier wohl gemacht?«

»Langsam, Subinspector, lassen Sie mich nachdenken. Vielleicht waren es gestohlene Hunde, vielleicht wurden sie den Kunden vorgeführt, die einen kaufen wollten …«

»Möglich. Sie waren mitten in den Verhandlungen, aber dann kamen wir und haben ihnen einen Strich durch die Rechnung gemacht.«

»Es muss sie jemand vor unserer Ankunft gewarnt haben. Die Gerüche sind noch ganz frisch.«

»Die Frau, die uns anonym angerufen hat?«

»Dieselbe Frau? Das ist absurd. Warum?«

»Weil sie Gewissensbisse hatte?«

Wenig überzeugt schüttelte ich den Kopf.

Der Besitzer der Lagerhalle war friedlich schlafend zu Hause angetroffen worden. Er hatte das Quadrat in seiner Halle vorher nie gesehen. Wir baten ihn, alles durchzusehen, ob etwas fehlte oder verändert worden war. Sein Resümee war eindeutig: Alles war so, wie er es hinterlassen hatte, mit Ausnahme dieses Laufstalles. Es war nichts gestohlen oder zerstört worden. Die Streifenpolizisten durchkämmten auf der Spurensuche die ganze Lagerhalle.

Garzón wiederholte: »Hunde in einer Lagerhalle? Warum eine Lagerhalle aufbrechen, um Hunde unterzubringen?«

»Eine Frage der Sicherheit. Sie machen die Transaktion an fremden Orten. Wenn sie verschwinden, verschwindet mit ihnen jede Spur.«

»Hat auch Risiken.«

»Wäre nicht der anonyme Anruf gekommen, bezweifle ich sehr, dass wir sie mitten in der Nacht in der Freihandelszone erwischt hätten.«

Er setzte sich plötzlich. »Der anonyme Anruf. Eine Frau, die denunziert. Wer? Vielleicht Puigs Sekretärin? Wir haben nichts über sie rausgekriegt, und es ist in dem ganzen Fall auch keine andere Frau aufgetaucht.«

»Vergessen Sie Puig. Ich glaube, das Ganze nimmt einen anderen Kurs.«

»Es ist doch zum Verzweifeln, da haben wir endlich einen anonymen Hinweis, und dann hilft uns der nicht weiter.«

»Und er kam nicht mal rechtzeitig!«

»Das können Sie nicht wissen!«

»Was wollen Sie damit sagen?«

Er sah sich nach allen Seiten um. »Inspectora, ich glaube, dass die Kneipe auf dem Markt gerade aufmacht. Gehen wir einen Kaffee trinken, ich muss Ihnen etwas sagen.«

Die Kneipe war tatsächlich offen. Die Tische bevölkerten sich mit Lastwagenfahrern, die Kaffee tranken. Wir bestellten auch einen. Ich war beunruhigt, denn wenn Garzón sich so vertraulich gab, bekam ich immer einen Schreck. Und ausgerechnet in diesem Augenblick! Der Kellner brachte das Frühstück. Ich biss in das warme Croissant und räusperte mich aus intuitiver Nervosität.

»Sie wollten sagen …«, wagte ich anzufangen.

Er lächelte vage, brach sein Croissant, um es spannender zu machen, und sagte endlich: »Inspectora, ich weiß, dass wir mitten in einem Fall stecken, und dass es viel Arbeit gibt. Aber ich brauche nur fünf Minuten, um Ihnen etwas zu erzählen, von dem ich glaube, dass ich es Ihnen schuldig bin.«

»Nur zu«, sagte ich schon ganz panisch.

»Inspectora, heute Nacht, als die vom Kommissariat angerufen haben, hatte ich Valentina gerade gebeten, mich zu heiraten.«

Ich biss ganz schnell in mein Croissant, um ein kleines bisschen Zeit zu gewinnen. Er sah mich erwartungsvoll an, während ich wie eine unsensible Kuh vor mich hinkaute. »Sie sagen gar nichts?«

Ich fuhr mir mindestens zehnmal mit der Papierserviette über den Mund. »Mensch, Fermín, was soll ich sagen?«

»Glückwunsch, zum Beispiel.«

»Natürlich, Glückwunsch. Das fehlte noch.«

»Ich würde sagen, Sie finden das keine gute Idee.«

»Das ist es nicht. Fermín, ich frage mich nur, ob Valentina und Sie sich lange genug kennen. Sie haben sich doch erst vor kurzem kennen gelernt.«

»Das gibts doch nicht, Petra! Was wollen Sie, zehnjährige Verlobung? Ich hätte nie gedacht, dass Sie so altmodisch sind!«

»Ich dachte lediglich an die Schwierigkeiten, sich im fortgeschrittenen Alter anzupassen.«

»Ja, kann sein, dass das schwieriger ist, aber gerade deshalb, weil wir älter sind, haben wir keine Zeit zu verlieren.«

»Da haben Sie auch wieder Recht. Ich weiß nicht, warum ich Ihnen hier Reden halte. Ich wünsche Ihnen alles Glück der Welt, Sie verdienen es.«

»Danke, aber zunächst bleibt abzuwarten, ob Valentina einwilligt.«

»Wie, sie hat noch nicht eingewilligt?«

»Ich glaube, ich habe sie überrascht. Sie hat mich gebeten, ihr ein paar Tage Bedenkzeit zu lassen.«

»Ich war fest davon überzeugt, dass es diese Bedenkzeiten nur im Film gibt.«

»Na ja. Eigentlich gibt es da ein kleines Problem.«

»Aha.«

Er suchte mit dem Blick nach dem Kellner und räusperte sich. »Möchten Sie noch einen Kaffee, Petra?«

»Ich bin gut versorgt.«

»Noch ein Croissant?«

»Nein danke.«

»Ich bin sicher, dass Ihnen noch ein Kaffee gut tut. Wir sind sehr früh aufgestanden.«

»Einverstanden.«

Er bestellte und schwieg, bis die Tassen vor uns standen. Dann sah er mich direkt an. »Es ist nämlich so, dass Valentina mit einem verheirateten Mann zusammen war, als ich sie kennen lernte.«

Ich war unendlich dankbar für den Kaffee vor mir, hinter dem ich meine Überraschung verbergen konnte. Ich gab reichlich Zucker hinein und verrührte ihn so hingebungsvoll wie bei einem wissenschaftlichen Experiment. »Aber hallo«, kommentierte ich schließlich.

»Es gab zwischen uns ja keine konkreten, ernst zu nehmenden Pläne … Aber sie hat ihn immer seltener getroffen, und ohne dass ich etwas gesagt hätte, mehr als einmal versichert, dass sie diese Beziehung beenden wolle.«

»Wann haben Sie davon erfahren?«

»Sie hat es mir gleich erzählt, als wir bemerkten, dass wir uns mögen. Es war alles klar und aufrichtig.«

»Wissen Sie, wer es ist?«

»Sie hat es mir nicht gesagt. Und ich habe sie auch nicht gefragt. Ich weiß nur, dass es niemand ist, den ich von früher kennen könnte.«

»Hat Ihnen Valentina nicht verraten, was sie jetzt zu tun gedenkt?«

»Nein, aber ich kenne sie. Ich bin sicher, sie braucht diese Tage, um sich von dem Kerl zu trennen. Bedenken Sie, dass es eine lange Beziehung war. Aber wissen Sie, ich bin so davon überzeugt, dass Valentina mich heiratet, dass ich schon meinem Sohn Bescheid gegeben habe, damit er aus den Vereinigten Staaten rüberkommt.«

»War das klug?«

»Klar, ich muss sie einander vorstellen.«

Ich fürchtete, dass sich Garzón gerade ordentlich in Schwierigkeiten brachte. Aber ich konnte nichts tun, um es zu verhindern. Wer weiß schon, was richtig oder falsch ist! Vielleicht war der Subinspector auf dem Weg zu seinem definitiven Glück. Es stand mir nicht zu, ihm im Namen einer abstrakten Klugheit das Fest zu verderben.

»Na schön, Fermín, ich hoffe, dass Sie mich über jede Neuigkeit auf dem Laufenden halten werden.«

»Keine Sorge. Und jetzt, Inspectora Delicado, möchte ich Sie wegen einer anderen Sache und zurück zur Arbeit um einen Gefallen bitten.«

»Sie tun heute Morgen sehr geheimnisvoll.«

»Nein, es handelt sich nur darum, Puigs Sekretärin nicht zu vergessen. Ich bitte um Erlaubnis, sie zu suchen und herauszufinden, was sie weiß. Ich kann mir den Gedanken, Pavía und Puig könnten mit unserem Fall zu tun haben, nicht aus dem Kopf schlagen. Auch würde ich gerne einen Mann auf Pavías Frau ansetzen.«

»Hoffen Sie, dass eine von ihnen die anonyme Anruferin war?«

»Sie haben möglicherweise damit zu tun und sind bisher nicht überprüft worden. Ich glaube nicht, dass wir uns das erlauben können.«

»Also los, Garzón, dann werde ich mich um die Lagerhalle kümmern. Ich nehme an, dass wir schon heute Nachmittag die Ergebnisse der Spurenanalyse vorliegen haben werden.«

»Sehen wir uns morgen?«

»Ja.«

Kann sein, dass es vernagelt von mir war zu glauben, das Tandem Puig-Pavía gäbe nichts weiter her. Es war sogar möglich, dass wir die Täter schon im Gefängnis sitzen hatten. So was passiert manchmal, Verbrechen sind Rankpflanzen, die sich überall festzuhaken pflegen. Puigs Sekretärin stand vielleicht noch mit anderen Komplizen ihres Chefs in Verbindung. Sie konnte damit beschäftigt sein, sich aus dieser Sache herauszuziehen, ohne entdeckt zu werden. Das war ein guter Grund für einen anonymen Anruf. Aber ich war nicht ganz von dieser Möglichkeit überzeugt. Warum sollten zwei Vögel wie Puig und Pavía Komplizen decken, die noch auf freiem Fuß waren? Und was war über die Französin zu sagen? Konnte sie nicht auch irgendwie auf eigene Rechnung arbeiten? Nichts war auszuschließen. Nichts. Da lag unser Hauptproblem. Weil Garzón im Allgemeinen so gut mit Frauen zurechtkam, musste ich ihm sein *cherchez la femme* lassen. Obwohl – armer Garzón – mit der Heirat seine Karriere als Casanova schon wieder beendet sein würde. Sie war kurz, aber intensiv gewesen. Und wenigstens starb er nicht mit dem Eindruck, seine Fähigkeiten als Eroberer nicht genutzt zu haben.

Ich ging zu der Lagerhalle zurück. Die Freihandelszone hatte sich in der kurzen Zeit äußerst belebt. Überall waren rangierende Lastwagen und Männer im Blaumann zu sehen. Offensichtlich hatte es sich wie ein Lauffeuer verbreitet, dass wir hier waren, denn vor dem Eingangstor standen schon mehrere Schaulustige, die den Streifenwagen in Augenschein nahmen. Der Zugführer, der die Untersuchung leitete, informierte mich darüber, dass es keinen eindeutigen Befund gab. Das einzig Auffällige waren die auf dem Boden gefundenen Reste von ausgedrückten Zigaretten. Deshalb durfte man annehmen, dass sie genügend Zeit gehabt hatten, die Zigarettenkippen einzusammeln und den Ort ordentlich zurückzulassen. Sie waren sehr sorgfältig. Ich betrachtete das kleine Holzgehege, das sie nicht mehr hatten abbauen können. Eine wirklich aufwändige Operation. Ich ordnete dem Zugführer an, Proben von dem Stroh zu nehmen und sie ins Labor zu schicken. Dann ging auch ich. Die Lagerhalle würde bis zu meiner Rückkehr abgesperrt bleiben.

Vielleicht hätte ich den Besuch, wie ich es mir damals vorgenommen hatte, früher machen sollen. Aber so ist das Leben, hektisch und ungerecht. Beim Betreten des Buchladens fühlte ich mich rücksichtslos, und auf meine Rücksichtslosigkeit folgte Nervosität, als Ángela mit ausgebreiteten Armen auf mich zukam.

»Petra, welch Freude, dich zu sehen!« Das Schlimmste war, dass ihre Freude aufrichtig war.

»Wie geht es dir, Ángela?«

Sie senkte kurz den Blick und hob ihn gleich wieder, ohne ihren traurigen Ausdruck vertuschen zu können. »Du siehst ja, wie immer, einsatzbereit.«

Ich wollte etwas sagen und versuchte, eine nicht abgedroschene Formulierung zu finden, die Sympathie, Entschuldigung und Verständnis ausdrückte. »Ángela …ich …«

Sie ergriff mich am Arm und gab sich ganz normal. »Lass uns reingehen, ich mache dir einen Kaffee.«

Während sie ihn zubereitete, schwieg ich. Dann fiel mir plötzlich ein, dass ich ihr den Grund meines Auftauchens erklären musste, bevor sie es falsch interpretierte.

Ich erzählte ihr von dem Fund des seltsamen Geheges in der Lagerhalle und bat sie, mich zu begleiten, um einen Blick darauf zu werfen. Sie sagte sofort zu, aber eine Sekunde später zögerte sie.

Ich dachte, es sei vielleicht nicht der richtige Augenblick. »Wir können es auf den Nachmittag verschieben, wenn du willst.«

»Nein, das ist es nicht, es ist nur … nun, ich möchte nicht mit ihm zusammentreffen, es ist noch zu früh.«

»Keine Sorge, er ist nicht da.«

Sie zog sich einen Parka über, der wie immer perfekt mit ihrem hübschen Kleid harmonierte. Ich sah, dass sie noch immer den Anhänger von Garzón um den Hals trug. Sie fing meinen Blick auf.

»Ich habe die Vergangenheit nie gerne geleugnet. Ich werde es weiter tragen«, sagte sie und lächelte, Tapferkeit vortäuschend. Ich antwortete mit einer ohnmächtigen Grimasse. Verfluchter, verfluchter Garzón, scheinheiliger Casanova, Scheißkerl, irgendwann werde ich ihn umlegen. Von hinten.

Ángelas Reaktion war ziemlich verblüffend, als sie vor dem Gehege in der Lagerhalle stand. Sie bewegte sich nicht, sprach nicht und änderte auch ihre Position nicht, um eine andere Perspektive einzunehmen. Sie war wie hypnotisiert, weggetreten, sprachlos. Ohne sie etwas zu fragen oder zu versuchen, sie aus ihrer Betäubung herauszuholen, ließ ich sie gewähren, bis sie sich plötzlich zu mir umdrehte und mit ungewohnter Festigkeit sagte:

»Jetzt weiß ich, was ihr sucht, Petra. Jetzt weiß ich es.« Sie schwieg und betrachtete das Quadrat erneut.

Ich konnte keine Sekunde länger warten. Ich nahm sie an beiden Unterarmen und drehte sie zu mir um. »Was suchen wir? Sag es mir, was?«

»Hundekämpfe.«

»Was?«

»Du hast richtig verstanden, illegale Hundekämpfe. Wie bei den alten Römern, wie im Mittelalter.«

Ich versuchte irgendwie einzuordnen, was sie da sagte, aber es war sinnlos. »Hundekämpfe als Schauspiel?«

»Hundekämpfe zum Wetten, Petra. Da ist viel Geld im Spiel.«

»Was ist das, wie funktioniert das?«

»Ich weiß es nicht genau, aber ich habe davon gehört, und vor kurzem habe ich in einer Zeitschrift eine erschütternde Reportage darüber gelesen. Ich glaube, ich habe sie noch.«

»Verdammt noch mal! Hundekämpfe?«

»Du musst sofort zur Policía Autonómica gehen, Petra. Die wird dir was darüber erzählen können. Ich gehe inzwischen die Zeitschrift suchen.«

»Ich nehme an, du weißt, wovon du redest.«

»Ganz sicher! Mich ärgert nur, dass ich nicht schon darauf gekommen bin, bevor ich diesen Ring gesehen habe.«

»Ring! Natürlich, das ist es! Wieso habe ich das bloß nicht erkannt! Ist gut, lass uns gehen. Such du mir nach der Zeitschrift.«

Der Beamte der Policía Autonómica erkannte mich gleich wieder. »Hallo, Inspectora, immer noch mit den Hunden beschäftigt?«

Ich nickte missmutig. »Hören Sie Mateu, ich brauche Material über illegale Hundekämpfe.«

Er sah mich überrascht an.

»Jetzt kommen wir zum Kern der Sache. Das ist eine mächtige Seilschaft.«

»Aber Sie haben das kürzlich nicht erwähnt.«

»Sie haben mich auch nicht danach gefragt!«

Er führte mich zu seinem Computer, und nachdem er seine dicke Brille aufgesetzt hatte, die ihn älter machte, begann er zu suchen. »Sehen wir mal ... Ungefähr vierundneunzig hatten wir einen Fall in Deltebre in der Provinz Tarragona. Die Täter wurden nicht gefunden. Jemand hatte seltsame Geräusche aus einem verlassenen Gehöft gemeldet. Aber als wir hinkamen, hatten die Typen sich schon aus dem Staub gemacht. Dank der Zeugenaussagen konnten wir die Geschichte einigermaßen rekonstruieren, aber nie beweisen. Der mutmaßliche Tatverdächtige war ein Kerl, der sich in dem Dorf niedergelassen hatte und behauptete, Hundetrainer zu sein. Später schlossen wir daraus, dass die Diebstähle von Wachhunden, die in jener Gegend angezeigt worden waren, diesem Individuum zugeschrieben werden konnten. Ab und zu veranstaltete er Hundekämpfe, mit Zuschauern und Wetteinsätzen. Schließlich wurden halb tote, auf den Feldern herumirrende Hunde gefunden. Ich nehme an, er war ein ziemlicher Stümper. Wir gehen davon aus, dass es jetzt größere Netzwerke gibt, die in Barcelona operieren. Aber es gibt keine zuverlässigen Hinweise, jedenfalls konnten wir noch niemanden festnehmen.«

»Was würde mit denen geschehen, wenn sie geschnappt würden?«

»Sie würden Geldstrafen zwischen zweihundertfünfzigtausend bis zwei Millionen Peseten aufgebrummt bekommen.«

»Ich würde sie ein Leben lang ins Zuchthaus schicken.«

Er lächelte spöttisch. »Ihr Frauen seid radikal«, sagte er.

Ich informierte Garzón telefonisch. Er kam aus seiner Überraschung gar nicht mehr heraus. »Soll ich jetzt mit dem aufhören, was ich tue, Inspectora?«

»Versuchen Sie weiter, diese Frau zu finden, aber wenn es Ihnen nicht bald gelingt, lassen Sie es.«

»Inspectora, wie sind Sie auf das mit den Hundekämpfen gekommen?«

»Jemand hat mir einen Wink gegeben.«

»Ángela?«

»Ja.«

»War sie sich sicher?«

»Warum?«

»Ich weiß nicht, meine Sache.«

»Na schön, Garzón, heben Sie sich Ihre Kommentare für einen besseren Zeitpunkt auf und widmen Sie sich voll und ganz den Ermittlungen.«

»Zu Befehl.«

Dilettantischer Don Juan! Von hinten aufschlitzen, lynchen, mithilfe von Voodoo durchbohren. Ganz egal. Alles, wenn es ihn nur umbrachte.

Kurz danach rief Ángela an, sie hatte die Zeitschrift gefunden. Es handelte sich um *Reportage,* ein ziemliches Gruselblatt. Ich bat sie, mich ein weiteres Mal zu begleiten. Diesmal in die Redaktion. Vielleicht würden ihre Fachkenntnisse wieder benötigt. Unglücklicherweise konnte ich mich nicht damit aufhalten, dass es für sie schmerzhaft sein musste, sich weiter in Garzóns Umfeld zu bewegen.

Wir trafen uns in der Lobby der *Reportage.* Die Buchhändlerin wirkte noch immer betrübt. Der Bericht war von einem Gonzalo Casasús geschrieben worden. Wir baten um ein Gespräch mit ihm.

Bis er kam, blätterte ich seinen Artikel durch. Die Fotos erschütterten mich. Großaufnahmen von zwei Hundeköpfen mit ineinander verbissenen Unterkiefern, die Augen weit aufgerissen und auf nirgendwo hin gerichtet. Hunde, die andere Hunde anfielen, die Aggressivität stand ihnen ins Gesicht geschrieben, bluttriefende Lefzen.

»Wer ist denn zu so was fähig?«, murmelte ich entsetzt vor mich hin.

»Leute wie du und ich«, antwortete Casasús, der gerade lächelnd auftauchte.

»Ich hoffe nicht«, erwiderte ich.

»Geld setzt das Schlimmste in uns in Bewegung. Ihr seid also von der Polizei. Was wollt ihr wissen?« Er war um die dreißig, hatte kaum noch Haare auf dem Kopf und einen Silberring im rechten Ohr.

»Alles.«

»Hundekämpfe.«

»Ja. Wo hast du die Fotos gemacht, warst du bei einer dieser Veranstaltungen?«

»Ich nehme an, ihr habt schon mal was von Datenschutz gehört.«

»Du wirst auch schon mal von einer Anklage wegen Mittäterschaft und Zurückhaltung von Hinweisen gehört haben.«

»Ja, ich habe davon gehört. Ich glaube, das war ein schlechter Einstieg. Warum versuchen wir es nicht noch mal von vorn?«

»Einverstanden, fang du an.«

»Kann ich das, was wir besprechen, veröffentlichen?«

»Noch nicht, aber wenn du mitmachst, verspreche ich dir, dich als Ersten zu benachrichtigen, wenn wir den Fall gelöst haben.«

»Das ist ein Anfang. Trotzdem, ich warne euch, ihr werdet frustriert sein. In Wirklichkeit war ich nie bei einem Kampf dabei, aber ich weiß, wie sie vonstatten gehen und dass in Barcelona welche veranstaltet werden.«

»Woher weißt du das?«

»Ich bin informiert worden.«

»Von wem?«

»Sind wir schon bei den Namen?«

»Von wem?«

»Ach, so ein mickriges Bürschchen. Ich glaube nicht, dass der in der Organisation eine wichtige Rolle spielt.«

Ich zog das Foto von Lucena aus der Tasche und hielt es ihm hin. »Dieses Bürschchen?«

»Verdammt, ja! Was ist denn mit dem passiert?«

»Er ist schon eine Weile tot. Er wurde umgebracht.«

»Interessant, wer hat ihn umgebracht?«

»Das versuchen wir gerade herauszufinden. Hast du noch mit jemand anderem Kontakt aufgenommen?«

»Nein, nur mit ihm. Wir unterhielten uns in einer Kneipe. Er kassierte für die Information, und dann ist er abgehauen, ohne mir auch nur seinen Namen genannt zu haben.«

»Wer hat dir von ihm erzählt?«

»Ich weiß es nicht mehr. Einer dieser armen Teufel, die uns Informationen über die Unterwelt zukommen lassen.«

»Weißt du, wie die Organisation operiert?«

»Das habe ich in meinem Artikel beschrieben. Sie scheinen die Arbeitsweise der Russenmafia übernommen zu haben. In Moskau gibt es viele Hundekämpfe.«

»Und wie funktioniert das?«

»Einer hat mehrere für den Kampf trainierte Hunde. Jemand, der ihm zu Diensten ist, stiehlt angriffslustige Rassehunde. Manchmal werden sie gestohlen, um als *sparring partner* eingesetzt zu werden, andere gehen direkt in den Kampf, nachdem sie scharf gemacht worden sind.«

»Ich verstehe.«

»Sie suchen sich immer einen anderen Ort, der aber niemandem der Bande gehört. So kann keiner der Zuschauer etwas Verdächtiges aussagen. Dann veranstalten sie mehrere Kämpfe in einer Runde, und die Leute setzen ihr Geld. Offensichtlich sind die Beträge hoch, sehr hoch. Die Typen, die da hingehen, suchen eine aufregende Abwechslung.«

»Wie kann jemand an so etwas Schrecklichem Vergnügen finden?«

»Sie finden es eben. Und du wirst es nicht glauben, das sind normale Menschen, Typen mit Kohle, die sich bei gewöhnlicher Unterhaltung langweilen, Angestellte, Unternehmer …«

»Ich bezweifle, dass sie normal sind.«

»Ich schreibe gerade eine Reportage über Pädophile und versichere dir, dass sie, verglichen mit denen, Pfadfinder sind.«

Ángelas Augen weiteten sich etwas. Ich fuhr fort: »Und die Fotos, wo hast du die Fotos her?«

»Die haben wir gekauft, von einer Agentur. Keine Ahnung, wo die aufgenommen sind; bestimmt nicht in Spanien, sie sind von France-Press.«

»Auf die Art ist es nicht schwer, eine Reportage zu machen.«

»Auch ihr wendet euch an Interpol.«

»Du hast zu viele Krimis gesehen.«

Er sah mich etwas schelmisch an. »Wollt ihr mehr Fotos sehen? Ich habe noch mehr, die der Chef nicht für verwertbar hielt. Zu unangenehm.« Er ging und ließ einen diffusen Hauch nach Zigaretten zurück.

»Ich bin beeindruckt davon, wie gut du mit diesen jungen Typen umgehen kannst«, bemerkte Ángela.

Ich lächelte. »Welchen Typ junger Männer meinst du denn?«

»Ich weiß nicht, er ist so … zügellos.«

»Ein kleiner Mistkerl, weiter nichts.«

Er kam mit einem Stapel Fotos zurück und hielt ihn mir hin.

»Werft einen Blick darauf, sie werden euch gefallen.«

Als ich sie durchgesehen hatte, gab ich sie schweigend an Ángela weiter. Sie waren entsetzlich. Reißzähne, sie sich in Fleisch bohrten, dicker Speichel, frisches triefendes Blut, auf dem Fell geronnenes Blut …

Ángela ließ die Fotos auf den Tisch fallen und hielt sich die

Augen zu. »Es ist schrecklich, dass in den Menschen so viel Bösartigkeit steckt.«

Der Journalist sah sie zufrieden an. »Reg dich doch nicht so auf. Täglich verhungern Kinder, überall Kriege und Männer, die aufgeschlitzt werden und denen die Eingeweide rausquellen. Das hier sind nur Hunde.«

Ángela drehte sich aufbrausend zu ihm um. »Aber die Bösartigkeit ist immer dieselbe. Ist dir das nicht klar?«

Der Typ sah mich befremdet an. »Die ist keine Polizistin, oder?«

»Nein, ist sie nicht. Wir Polizisten haben wie ihr Journalisten alle Sensibilität verloren.«

Er zuckte mit den Schultern. »Ich habe die Welt nicht gemacht.«

Als wir gingen, sah ich, dass Ángela blass war.

»Ich glaube, wir sollten was trinken gehen. Das wird dir gut tun.« Wir gingen in die nächstbeste Kneipe. Ich bestellte zwei Cognac. Ángela nahm einen kräftigen Schluck. Sie schien ihn wirklich zu brauchen.

»Tut mir Leid, dass ich dich mitgenommen habe, war keine gute Idee.«

»Du glaubst sicher, dass ich eine neurotische Alte bin, die sich wegen ein paar Hunden aufregt.«

»Nein, mir dreht sich auch der Magen um.«

»Ich bin auch nicht in der besten Verfassung.« Sie sah mir in die Augen, aber ich wich ihrem Blick aus. »Du weißt das mit Fermín, nicht wahr, Petra?«

»Ja, weiß ich.«

»Weißt du auch, dass er vorhat, diese Frau zu heiraten?«

»Ja, aber woher weißt du es?«

»Er hat mich angerufen und es mir erzählt. Obwohl wir uns bereits getrennt haben, wollte er nicht, dass ich es aus anderen Quellen erfahre. Im Grunde ist er ein Gentleman.«

»Ich weiß nicht, ob er ein Gentleman oder ein Arschloch ist. Auf jeden Fall ist er ein Dummkopf. Man heiratet nicht einfach so.«

»Er fürchtet die Einsamkeit. Er ist ein Mann, der sich sein Leben lang sehr allein gefühlt hat.«

»Aber diese Ehe wird ein Desaster. In einem bestimmten Alter wird das Zusammenleben schwieriger.«

»In einem gewissen Alter schätzt man aber auch Gesellschaft mehr.«

Ich versenkte meinen Blick in den Cognacschwenker. Dann trank ich in einem Zug aus. In Ángelas schönen Augen standen Tränen, aber sie nahm sich sofort wieder zusammen.

»Na ja, ich werde eine Plakette als Hilfsscheriff beantragen. Die habe ich verdient.« Sie lachte etwas zu laut auf und scherzte noch beim Abschied. Wunderbar, dachte ich, es lebe die Liebe, das Lachen, der Scherz, das Leben. Letzten Endes alles Scheiße.

Ich kehrte ins Kommissariat zurück, setzte mich an meinen Schreibtisch und schrieb den Bericht. ›Zeuge dafür aufgetaucht, dass Ignacio Lucena Pastor in illegale Hundekämpfe verwickelt war‹, schrieb ich. Alles erschien mir absurd. Das Telefon klingelte, ein Mann wollte mich sprechen. Sehr gut.

»Inspectora Delicado? Hier ist Arturo Castillo, erinnern Sie sich an mich?«

»Hallo, Doktor Castillo. Natürlich erinnere ich mich. Womit kann ich dienen?«

»Ich habe mich gefragt, ob Sie den Fall mit den Hunden aufgeklärt haben. Ich bin hin und wieder ein wenig neugierig, und weil ich nichts in der Zeitung gelesen habe …«

»Doktor Castillo, ist Ihnen eigentlich klar, dass Sie sich mit Ihren Anrufen langsam selbst verdächtig machen?«

»Wie? Ich hoffe, Sie scherzen!«

»Ich scherze nicht. Das kommt manchmal vor. Täter, die sich hinter ihren guten Alibis verschanzen, aber die Ungewissheit nicht ertragen, ob sich ihnen der Arm des Gesetzes nicht vielleicht doch noch nähert.«

»Was sagen Sie da, Inspectora?«

»Sind Sie sicher, dass Sie nichts zu verbergen haben? Vielleicht haben Sie Lucena aus irgendeinem Grund gehasst.«

»Inspectora, ich kann eine Zeugenaussage machen, wenn Sie es wünschen!«

»Ich werde darüber nachdenken, Doktor Castillo, ich werde darüber nachdenken.«

Ich legte auf. Meine Gemütsruhe hatte sich in Wut verwandelt. Die Welt schlug sich mit Ungerechtigkeiten herum, aus Habgier scharfgemachte Hunde, die sich gegenseitig zerfleischten, die Liebe verwandelte sich in Schmerzen. Aber trotz allem war es unumgänglich, weiterhin anständig zu bleiben. Zum Teufel! Ich knallte die Schreibtischschubladen zu, nahm meinen Parka und verschwand, ohne auch nur einen Kollegen, den ich im Flur traf, zu grüßen. Ich würde alleine zu Abend essen, in irgendeinem erbärmlichen Restaurant, und ich würde so was wie Makkaroni mit viel Tomatensoße und als zweiten Gang eine riesige Bratwurst essen. Eine lächerliche Rebellion gegen die Rechtschaffenheit.

Der nächste Morgen war etwas weniger schrecklich. Als ich mein Büro betrat, das ich am Abend zuvor so ungestüm verlassen hatte, fand ich den Laborbericht auf dem Schreibtisch vor. Ich las gierig und gleich darauf wirklich optimistisch. Ja, es gab keinen Zweifel, in der eingeschickten Strohprobe waren Reste von Hundeblut und Hundehaaren gefunden worden. Ángela hatte ins Schwarze getroffen. Ich schrieb Garzón ein paar erläuternde Zeilen über die Neuigkeiten und schwebte ins Labor. Der Dienst habende Laborchef bestätigte meine Einschätzung des Tathergangs und überreichte mir ein winziges Tütchen mit mehreren kurzen, borstigen Hundehaaren in undefinierbaren Farben von beige bis elfenbein. Als Einziges konnte mit absoluter Sicherheit bestätigt werden, dass das Blut und die Haare von Hunden stammten. Eine genauere Untersuchung musste ein Tierarzt vornehmen. Ich wagte nicht zu fragen, ob es unter den Gerichtsmedizinern unserer Körperschaft Tierärzte gab. Deshalb wandte ich mich an den nächstliegenden.

Ich setzte mich unangemeldet in Juan Monturiols Sprechstunde. Inmitten von Señoras, die ihre Yorkshireterrier auf dem Schoß hielten, und Männern, die süße Welpen zum Impfen brachten, wartete ich, bis ich an der Reihe war. Einmal mehr fand ich bestätigt, dass unter Hundebesitzern eine eigenwillige Solidarität herrscht. Niemand fühlte sich unwohl, wenn er unversehens beschnüffelt wurde, oder war beleidigt, wenn er von einem Hund weniger freundlich angebellt wurde.

Juans Reaktion, als er in Begleitung eines Patienten herauskam und mich erblickte, war nicht gerade schmeichelhaft. Aber ich schob sein unwirsches Verhalten auf die Arbeitsatmosphäre. Ich wartete mit engelsgleicher Geduld, las unvorstellbare Zeitschriften über Hunde und Katzen, und als endlich die letzte Patientin gegangen war, kam der Herr Tierarzt zu mir und reichte mir die Hand. Er war distanziert, was ich vermutlich verdiente. Ich versuchte, in meinen persönlichen Erklärungen natürlich und sympathisch sowie in den beruflichen ernsthaft und etwas beunruhigt zu klingen. Sofort war er von der Geschichte eingenommen und bat mich, die Haare sehen zu dürfen. Ich zog sie so ehrfürchtig wie eine heilige Reliquie aus meiner Tasche. Wir gingen in sein Labor, und er legte die Haare auf ein Glasplättchen.

»Sie bloß unter dem Mikroskop zu betrachten, bringt nichts, wir müssen sie sehr stark vergrößern.« Er legte sie unter das Objektiv und betrachtete sie eine ganze Weile. Ich hatte seine Schönheit vergessen. Die kräftigen langen Hände mit den zarten Fingern. Das dichte blonde Haar, die perfekt geschnittene Nase und die Wangenknochen.

Er sah mich mit seinen grünen Augen an. »Was willst du wissen?«

»Zu welcher Rasse sie gehören.«

Er zögerte kurz. »Ein paar sind fast goldfarben, andere weißlich. Sie könnten von zwei oder mehr Hunden stammen, aber auch nur von einem, der auf Bauch und Rücken unterschiedliche Farben hat, oder von einem gefleckten. Jedenfalls stammen sie von kurzhaarigen Hunden, und auf Grund ihrer Struktur und geringen Verschlissenheit würde ich sagen, dass es sich um junge Hunde handelt.«

»Kann man aus dem Blut nicht die Rasse ableiten?«

»Nein, kann man nicht.«

»Wir wissen, dass es sich um Wachhunde handelt, und wir haben die Farbe. Glaubst, du, dass wir anhand dieser Haare eine bestimmte Rasse bestimmen oder ausschließen könnten?«

»Das wird eine lange Sitzung.«

»Ich kann morgen wiederkommen.«

»Nein, bleib nur. Ich hole uns was zu essen.«

»Das mache ich.« Ich ging und suchte eine Kneipe. Dort ertappte ich mich dabei, ein Bocadillo mit einer doppelten Portion Käse zu bestellen. Ich kümmerte mich um Juan. Ein angenehmes Gefühl nach allem. Mein unzufriedener Liebhaber war wieder einmal sehr entgegenkommend gewesen. Nach vielen Stunden Arbeit in seiner Praxis fand er noch Zeit für mich. Vielleicht war es gar nicht so schlimm, jemandem etwas mehr Vertrauen zu schenken.

Der Nachmittag zog sich hin. Nachdem er Bücher und Fotos konsultiert hatte, war Monturiol in der Lage, Bericht zu erstatten. »Also, Petra, schreib mit. Diese Haare könnten von folgenden Rassen stammen: Boxer, Staffordshire Terrier, kurzhaariger Deutscher Schäferhund, Deutsche Dogge und Kanarische Bulldogge. Zu viele, um dir weiterzuhelfen, oder?«

»Wenn diese Mistkerle so vorgehen, wie mir der Journalist erzählt hat, war sicher einer der Hunde gestohlen. Deshalb hilft seine Rasse nicht besonders. Aber der andere stammte vom Organisator des Ganzen, und der gehört bestimmt zu einer dieser Rassen. Deshalb ist es so wichtig zu wissen, welche es ist.«

»Denkst du an die Züchter?«

»Das ist eine Möglichkeit.«

»Ich kann dir nicht weiterhelfen.«

»Du hast mir sehr geholfen. Kann ich auch was für dich tun?«

»Bring mich nach Hause. Ich hab meinen Wagen nicht dabei.«

Ich fuhr ihn nach Hause. Vielleicht war es gar nicht so schlecht, sich manchmal herzlich zu zeigen.

Am nächsten Morgen zelebrierten Garzón und ich einen Krisengipfel in meinem Büro. Er erstattete Bericht über seine Fortschritte beim *cherchez la femme,* dem ich nicht lauschte. Ich erläuterte ihm die neue Situation. Unser Einsatz sollte sich auf die Züchter der Hunderassen konzentrieren, die Monturiol genannt hatte.

»Aber die haben wir doch schon überprüft«, argumentierte mein Kollege.

»Na, dann tun wir es noch einmal.«

»Ich glaube noch immer, dass wir uns verzetteln.«

»Wir arbeiten mit den einzigen Fakten, die wir haben. Jetzt wissen wir, dass Lucena in das Kampfgeschäft verwickelt war. Und wir wissen auch, dass er sich bei diesem neuen Geschäft auf dem Land aufhielt. Wozu fuhr er Ihrer Meinung nach raus, zum Picknicken?«

»Aber mit Land kann er jeden Garten von jemand gemeint haben, der ein entsprechend abgelegenes Haus besitzt.«

»Einverstanden, aber wer kann in seinem Haus mehrere Kampfhunde halten? Und wo kann man die gestohlenen Hunde trainieren, ohne allzu viel Aufmerksamkeit zu erregen? Nein, Garzón, ist ja möglich, dass mit Land sonst was gemeint ist, aber bevor wir die Nadel im Heuhaufen suchen, werden wir das Nadelkissen gründlich unter die Lupe nehmen.«

»Monturiols Liste ist lang.«

»Eine Rasse können wir ausschließen. Es gibt keine Züchter von Kanarischen Kampfhunden in der näheren Umgebung Barcelonas.«

»Selbst dann noch …«

»Wir teilen sie auf. Sie besuchen die beiden Züchter von Staffordshire Terriern und Doggen. Ich gehe zu den Deutschen Schäferhunden und Boxern. Und Ihnen kommt auch zu, die richterlichen Durchsuchungsbeschlüsse zu beschaffen. Diesmal werden wir die Nebengebäude auf den Geländen besichtigen und alles durchsuchen. Die Untersuchung muss auch die Tiere mit einschließen. Wir müssen unbedingt herausfinden, ob eines von ihnen Abschürfungen oder Narben hat, also Kampfspuren.«

»In dem Fall sollten wir Experten mitnehmen. Ich werde Valentina bitten, mich zu begleiten.«

»Gute Idee, ich werde Juan oder Ángela fragen.«

»Inspectora, sollte Ángela hier auftauchen …«

»Ich sorge dafür, dass es zu keiner peinlichen Begegnung kommt.«

»Danke für die Rücksicht.«

»Sie wissen gar nicht, bis zu welchem Grad ich Rücksicht nehme.«

Er zog es vor, meine ironischen Ausfälle nicht weiter zu hinterfragen, und eilte aus dem Raum. Möglicherweise begeistert davon, seine Arbeit mit einer für seine Interessen so geeigneten Expertin zu teilen.

Um vier Uhr desselben Nachmittags hatte ich die Durchsuchungsbeschlüsse auf dem Tisch. Garzón der Herrliche erfüllte seine Pflicht ordentlich. Trotz seiner Wankelmütigkeit in Sachen Liebe funktionierte er wie eine Schweizer Uhr. Ich vereinbarte mit Juan Monturiol, zu dem Deutschen-Schäferhund-Züchter zu fahren. Es war ganz entspannt, fast ein Ausflug. Wir plauderten, kommentierten den Fall, und als wir schließlich ankamen, spürte ich Juans Erregung, an einer polizeilichen Durchsuchung teilzunehmen.

Der Besitzer war ein schon ziemlich alter, leutseliger Mann, der der Volksweisheit, der Halter ähnle dem Hund, völlig widersprach. Er hatte nichts mit seinen wertvollen Deutschen Schäferhunden gemein und nahm unseren Besuch sehr gelassen auf. Er fragte mich sogar nach Subinspector Garzón, an den er sich vom vorigen Besuch gut erinnerte. Seine Einrichtungen wirkten nicht verdächtig. Wir öffneten Türen, schnüffelten hinter den Hundehütten herum und untersuchten noch die letzte Ecke. Es gab weder verschlossen gehaltene Räume noch einen Ring, der für einen Kampf geeignet war. Es gab kein einziges Tier im Einzelzwinger oder das sonstwie isoliert worden wäre. Juan ging zu den Zwingern und sah sich die Hunde genau an, die Vorderpfoten, den Hals … Er erklärte, dass das die Stellen sind, die bei einem Kampf zuerst attackiert werden. Er hatte eine lange Rute mitgenommen, die er gelegentlich zwischen die Gitterstäbe schob, um den Hund zu einer anderen Haltung zu bewegen und ihn besser untersuchen zu können. Zwecklos, keines der Tiere zeigte Kampfspuren.

Damit die Durchsuchung umfassend war, warf ich einen eher einschüchternden denn fachkundigen Blick auf die Rechnungsbücher. Auf den ersten Blick nichts Merkwürdiges. Der Züchter beobachtete uns resigniert und neugierig, stellte aber keine Fragen. Nur zum Schluss, als er seine Schüchternheit überwunden hatte, wagte er anzumerken, dass er sich nie wieder an die Polizei wenden werde, wenn ein Hund gestohlen war. Juan beging den Fehler, ihn zu fragen, warum, und er antwortete: »Die Polizei behandelt dich hinterher immer, als wärst du der Verbrecher.« Mein Freund war von diesem Satz beeindruckt. Aber natürlich ist das ein Klassiker. Und nicht ganz ohne Grund.

Während der Rückfahrt wurden Wohlbefinden und Entspannung noch viel unwiderstehlicher. Wir aßen in seiner Wohnung, und danach liebten wir uns zärtlich und sanft. Vielleicht gibt es Beziehungen, die man beenden und mehrmals beginnen muss, dachte ich, als ich mich leise anzog, um ihn nicht zu wecken. Vielleicht ist einer dieser Neuanfänge der richtige Weg.

Ich kam um drei Uhr nachts nach Hause und hörte den Anrufbeantworter ab. Nichts. Meine Haushälterin hatte mir Gemüse zum Abendessen zubereitet. Es stand, kalt geworden wie eine Leiche, auf dem Küchentisch. Schreck kaute an einem falschen, aus Knorpel hergestellten Knochen. Er war so begeistert von seiner künstlichen Beute, dass er nicht einmal zu meiner Begrüßung angelaufen kam.

Ich nahm ein Bad, zupfte mir ein paar Augenbrauen aus und griff in der lobenswerten Absicht, dass mich der Schlaf bei kultureller Beschäftigung überwältigen würde, zu einem Buch. Nach ein paar Sekunden klingelte das Telefon. Das ist Juan, dachte ich, einer seiner typischen Liebesbeweise. »Es war wunderbar, ich vermisse dich jetzt schon.« Aber es war Garzón. Es musste sich um etwas Ernstes handeln.

»Inspectora? Was Wichtiges!«

Ich verspürte einen Stich. »Der Züchter der Staffordshire Terrier!« Ich schrie fast.

»Nein, darum geht es nicht. Ich würde gerne bei Ihnen vorbeikommen, um es Ihnen persönlich zu sagen.«

Konnte ich anders als zustimmen? Ich zog mich nachlässig wieder an und sah nach, ob noch Whisky in der Speisekammer stand. Dann setzte ich mich und wartete auf den Subinspector. Als ich aufmachte, sah ich gleich, dass mein Blick auf die Whiskyreserven unnötig gewesen war. Garzón wedelte euphorisch mit einer Flasche französischen Champagners herum.

»Ich hab uns ein Fläschchen mitgebracht, Inspectora, und entschuldigen Sie meinen Überfall, aber ich wollte, dass Sie es als Erste erfahren.«

Ich sah ihn ziemlich blöde an. Schließlich stieß er aus: »Valentina hat Ja gesagt.«

Das Einzige, was mir dazu einfiel, war: »Das ist ja wunderbar, Fermín!«

Er ging ins Wohnzimmer und kümmerte sich selbst um die Gläser. Er kraulte Schreck am Kopf und entkorkte die Champagnerflasche wie ein formvollendeter Kellermeister. Wir stießen an.

»Auf Ihr Glück!«, rief ich aus, ohne zu wissen, ob dies angebracht war. Er hob das Glas feierlich hoch und trank es dann in einem Zug und ohne mit der Wimper zu zucken aus. Dann setzten wir uns, und er wurde vertraulich. »Offensichtlich war die Sache hart für Valentina. Dieser Kerl, ihr Geliebter, hat sie nicht einfach gehen lassen. Er hat sie heftig unter Druck gesetzt. Er hat sogar seiner Frau von Valentina erzählt und ihr dann gesagt, dass er sie verlassen wird. Das war natürlich ein Erpressungsversuch gegenüber Valentina. Dieser Saukerl hat sie sich jahrelang als Geliebte gehalten, und jetzt bietet er ihr an, seine Frau zu verlassen und sie gleich nach der Scheidung zu heiraten. Selbstverständlich hat sich Valentina erfolgreich widersetzt. ›Jetzt ist es zu spät‹, hat sie ihm hingeworfen. ›Du hast deine Frau sinnloserweise verletzt.‹ Wie finden Sie das? Tolle Antwort, eh?«

»Gut.«

»Schließlich, so scheint es, hat der Kerl begriffen, dass er nichts mehr tun kann. Er wird sie jetzt endlich in Ruhe lassen. Was sagen Sie dazu, Petra?«

»Was soll ich sagen? Das ist alles sehr bewegend.«

»Aber jetzt kommt es wirklich dick, und weil ich Ihnen das erzählen wollte, habe ich mir erlaubt, so spät noch zu kommen.«

»Schießen Sie los, Fermín, sonst kriege ich einen Herzinfarkt.«

»Sobald wir geheiratet haben, werde ich den Dienst quittieren.«

»Bei der Polizei kündigen?«

»Vorzeitiger Ruhestand.«

Ich war verblüfft und sprachlos. »Sind Sie sich sicher, Fermín?«

»Wir werden Valentinas und meine Ersparnisse zusammenlegen. Dann haben wir genügend Geld, um ein Grundstück auf dem Land zu kaufen und das Haus und die Hundezucht aufzubauen, die sie sich immer gewünscht hat. Ist das nicht unglaublich? Vorteile einer Heirat. So können wir uns in Ruhe der Aufzucht von Hunden widmen und mitten in der Natur leben. Können Sie sich mich als Hundezüchter vorstellen, Inspectora?«

»Ich weiß nicht, Fermín, haben Sie sich das wirklich gut überlegt? Die Polizei hinschmeißen, in Ihrem Alter einer neuen Beschäftigung nachgehen ... Für Valentina ist es der Traum ihres Lebens, aber für Sie ...«

Er wurde ernst und sah mich eindringlich an. »Ich bin müde, Petra, ehrlich. Sie sind zur Polizei gegangen, weil Sie eine Veränderung gebraucht haben. Als Anwältin hätten Sie sonst was erreichen können. Aber ich bin als ganz junger Mann zur Polizei, weil ich meinen Unterhalt verdienen musste. Ich habe mein ganzes Leben auf der Straße verbracht. Und sagen Sie mal: Was soll das in meinem Alter, Hundedieben hinterherzujagen?«

»Ich wünsche Ihnen alles erdenkliche Glück. Ihre Junggesellenwohnung war also nur vorübergehend.«

»Aber sehr wichtig. Sie hat mir Freiheit und Intimität ermöglicht. Und das verdanke ich Ihnen.«

»Na, dann bezahlen Sie es mir mit noch einem Glas Champagner!« Wir tranken und lachten noch eine ganze Weile. Ich hatte noch nie einen so glücklichen Menschen gesehen. Bestimmt würde ich Subinspector Garzón, seine Treue, seinen Bärenhunger, die ausladende und gemütliche Linie seines Bauches sehr vermissen. Ich hatte ihn unterschätzt. Vielleicht war er gar nicht so unreif. Er hatte erreicht, was er wollte. Beschwipst und glücklich, forsch wie ein Marschall, fuhr er nach Hause. Hatte er in diesem

Augenblick einen Gedanken für Ángela übrig? Natürlich nicht. Ich setzte mich und kraulte Schreck den Kopf, der neben seinem falschen Knochen eingeschlafen war. Dann griff ich zum Telefonhörer und rief Juan an. Es war mir egal, ob ich ihn weckte. Er war erschrocken. »Petra! Was ist los?«

»Nichts, ich wollte nur wissen, wie es dir geht.«

Er brauchte einen Moment, um die Sprache wieder zu finden, und schließlich antwortete er sehr liebevoll. »Mir gehts gut, Liebste, mir gehts gut.«

Mein Schlaf oder was davon noch blieb, war immerhin so tief, dass er kurz, aber erholsam war. Ich wachte vergnügt auf und stellte mich sofort unter die Dusche. Als ich mich gerade abtrocknete, hörte ich im Wohnzimmer das Telefon klingeln. Fünf Minuten früher wäre es schlimmer gewesen, dachte ich. Ich beeilte mich, ein so früher Anruf konnte nur aus dem Kommissariat kommen. Ich erkannte sofort den unverwechselbaren galicischen Akzent von Julio Domínguez, dem jungen Streifenpolizisten, der kürzlich nach Barcelona versetzt worden war. »Inspectora Delicado, ich rufe Sie auf Anordnung von Inspector Sánchez an.«

»Legen Sie los, ich höre.«

»Man hat eine tote Frau gefunden.«

»Ja und?«

»Nun, Inspector Sánchez hat gesagt, dass die Frau, die Tote, ein Medaillon oder so was mit dem Foto von Subinspector Garzón trägt.«

Mein Atem stockte, und mir war leicht schwindelig. »Blond oder brünett?«

»Wie?«

»Die Frau, ist sie blond oder brünett?«

»Das weiß ich nicht, Inspectora, mir ist nur so viel gesagt worden.«

»Wo?«

»Im Hof ihres Hauses.«

»Und wo ist ihr Haus, mein Gott noch mal?«

»Das weiß ich auch nicht. Ich habe die Nachricht nicht entgegengenommen. Warten Sie einen Augenblick, Inspectora. Ich werde nachfragen, wer mit Inspector Sánchez gesprochen hat, und dann ruf ich Sie sofort wieder an.«

»Himmeldonnerwetter! Ich komme sofort ins Kommissariat, das geht schneller!« Ich zog mir das Erstbeste über, was mir im Schrank in die Hände fiel. Die Reißverschlüsse klemmten und die Knöpfe waren widerspenstig. Ich vergaß, mich zu kämmen und Schreck zu kraulen. Als ich den Wagen anließ, raste mein Adrenalinpegel hoch.

10

Sánchez war beeindruckt. Er war ein Mann mittleren Alters, ein abgebrühter alter Hase. Aber selbst er sagte: »So was habe ich in meinen vielen Dienstjahren noch nicht gesehen.« Ich war viel kürzer im Polizeidienst, aber viel Schlimmeres konnte mir nicht mehr unterkommen. Valentinas Leiche lag schlaff und kaputt wie alter Plunder auf dem Boden. Die nackten Körperteile waren mit blauvioletten Wunden übersät. Das Gesicht war blutverschmiert und die Augen in einer schmerzhaften, ewigen Grimasse aufgerissen. Ich kniete neben ihr nieder. Ihre wundervollen blonden Haare waren durch das geronnene Blut strähnig und verfilzt.

Sánchez kniete sich neben mich. »Sie ist eine Freundin von Fermín Garzón, nicht wahr?«

»Ja.«

»Habe ich mir gleich gedacht, mit diesem Medaillon … Deshalb habe ich vorsichtshalber zuerst dich angerufen, damit du einen Blick auf sie werfen kannst.«

»Was sind das für Wunden?«

»Bisswunden. Offensichtlich wurde sie von ihrem eigenen Hund angefallen. Er hat sich dort hinten in seiner Hütte verschanzt. Wenn wir näher kommen, knurrt er. Ich glaube nicht, dass er rauskommt. Aber ich habe einen Wachpolizisten mit der Pistole im Anschlag daneben gestellt. Mit dem Vieh muss man aufpassen.«

»Hast du den Gerichtsmediziner benachrichtigt?«

»Und den Richter, damit er den Totenschein ausstellt. Wir haben eine erste Hausdurchsuchung vorgenommen, aber es war nichts Ungewöhnliches zu entdecken. Ich würde sagen, er hat sie hier draußen angefallen. Vor der Hundehütte, weil er angeleint war.«

»Haben die Nachbarn was gehört?«

»Sie sagen Nein.«

»Das ist aber merkwürdig, findest du nicht auch?«

»Kommt drauf an, zu welcher Uhrzeit es passiert ist. Er muss sie überrascht haben. Vielleicht hat sie nicht geschrien.«

»Überrascht, bei so vielen Bisswunden?«

»Wir wissen noch nicht, ob schon der erste Biss tödlich war, und er dann weiter zugebissen hat.«

Ich stand auf. Hinter meinen Schläfen pochten die Kopfschmerzen.

»Waren Garzón und sie sehr eng befreundet?«

»Ja, sehr eng.«

»Verflucht! Und wie willst du ihm das beibringen?«

»Muss ich das tun?«

»Mensch, du arbeitest mit ihm zusammen.«

Ich rief den Subinspector an. Das war alles, was ich tun konnte. Zumindest hielten sich am Tatort genug Leute auf, und wenn er eintraf, würde ich jemanden finden, der mir half, die Spannung runterzuregeln.

»Subinspector Garzón?«

»Ja, Inspectora. Entschuldigen Sie, dass ich mich verspätet habe, aber ich bin schon auf dem Weg ins Kommissariat.«

»Garzón, es ist was Schlimmes passiert. Ich will, dass Sie mir zuhören und die Fassung bewahren.«

»Verdammt, Inspectora, erschrecken Sie mich nicht.«

»Valentina ist tot in ihrem Haus aufgefunden worden, Fermín. Man vermutet, Morgana hat sie angegriffen.«

Am anderen Ende der Leitung war Schweigen.

»Sie haben mich verstanden, nicht wahr?«

»Ja.«

»Sind Sie in Ordnung?«

»Ja.«

»Kommen Sie her?«

»Ja.«

Der Gerichtsmediziner traf ein, der Richter traf ein, und als Letzter traf Garzón ein. Ohne Krawatte und mit flatterndem Parka. Ich vermied es, ihn direkt anzusehen. Ich vermied, mit ihm zu sprechen. Aus angemessener Entfernung sah ich, wie er auf den Körper zuging, wie er sich niederkniete und einen Zipfel der Decke anhob, die ihn verhüllte. Sánchez gab ihm alle möglichen Erklärungen. Garzón hörte ganz ruhig zu. Dann ging ich näher und legte ihm meine Hand auf die Schulter. Er drehte sich um und sah mich an. Sein Gesicht war versteinert, seine Augen ausdruckslos.

»Fermín«, sagte ich.

»Hallo, Inspectora«, antwortete er mit erstickter Stimme.

»Der Pathologe sagt, dass sie um zwei Uhr morgens gestorben ist. Er hat bestätigt, dass es Bisswunden eines Hundes sind. Sie wird jetzt zur Autopsie gebracht«, schaltete sich Sánchez ein.

»Ihre Hündin hat sie bestimmt nicht umgebracht«, behauptete Garzón ganz leise. »Inspector Sánchez, ich vermute, es handelt sich um einen Mord. Können Sie eine sorgfältige Hausdurchsuchung anordnen?«

Sánchez sah ihn mit einem Anflug von Zweifel an, dann antwortete er: »Selbstverständlich. Ich werde gleich Anweisung geben, alles nochmals zu untersuchen und Spuren vom Teppich und den Gardinen zu sichern. Wir werden den Hund einschläfern müssen. Ich werde anordnen, dass sein Gebiss auf Blutspuren untersucht wird.«

»Es ist nicht nötig, ihn einzuschläfern, ich werde ihn aus der Hütte locken.«

»Das werden auch Sie nicht schaffen, Fermín.«

Garzón antwortete nicht und ging auf die Hundehütte zu. Als das Tier ihn erblickte, fing es an zu knurren. Der Subinspector blieb nicht stehen. Er kniete sich vor die kleine Öffnung, streckte die flache Hand ins Innere und sagte leise: »Komm, Morgana, komm.«

Die Hündin kam auf allen vieren aus der Hütte gekrochen und suchte zwischen den Beinen meines Kollegen Schutz. Der begann sie schweigend zu streicheln. Sie rührten sich nicht, und niemand wagte sie zu stören.

Ich ging näher. »Fermín, die müssen den Hund mitnehmen, sein Gebiss muss untersucht werden.«

»Sagen Sie denen, sie sollen sie nicht einschläfern. Wir werden jemand finden, der sie aufnimmt.«

»Ist gut, machen Sie sich keine Sorgen, ich werde es ihnen sagen.«

Er ergriff die Hündin am Halsband, nahm ihr die Kette ab, und sie folgte ihm ergeben zum Lieferwagen. Der Arzt gab ihr eine Beruhigungsspritze, und sie fuhren los. Garzón stand da und sah dem Fahrzeug nach. Ich musste ihn wegbringen, wenn auch nur für ein paar Minuten. Er sollte auf keinen Fall beim Abtransport der Leiche dabei sein.

»Gehen wir einen Kaffee trinken, Subinspector.«

»Einen Kaffee?«, fragte er, als hätte er vergessen, was das ist.

»Ja, nur mal schnell, gehen wir.«

»Und die Durchsuchung?«

»Inspector Sánchez kümmert sich darum. Machen Sie sich keine Sorgen, Sie haben ja gehört, dass es gründlich gemacht wird.« Ich zog ihn sanft, aber bestimmt weg. Wir gingen in eine Kneipe voller lärmender frühstückender Arbeiter. »Wollen Sie einen Milchkaffee, Fermín?«

Er nickte zerstreut und abwesend.

Schweigend tranken wir unseren Kaffee. Ich hörte die Arbeiter miteinander scherzen, die Radionachrichten mischten sich unter den Lärm, aus einer Ecke erklang der Singsang des Spielautomaten. Heiterer Alltag, ein normaler Morgen. Ich hatte nie die Gabe zu Heldenmut oder Empfindsamkeit. Ich konnte weder Beileid noch Trost, noch aufmunternde Sprüche besonders gut ausdrücken. Angesichts des Unglücks gab es nichts zu sagen. Mir fiel lediglich ein, Garzón vorzuschlagen: »Trinken wir einen Cognac, Subinspector?«

Er akzeptierte, und kaum hatte er ihn in der Hand, leerte er ihn in einem Zug. Dann sagte er: »Valentina ist von ihrem Geliebten umgebracht worden.«

»Mit einem Hund?«

»Sie ist von ihrem Geliebten umgebracht worden«, wiederholte er.

»Was wissen Sie über diesen Geliebten, Fermín?«

»Nichts, irgendetwas an der Sache hat gestunken. Ich mochte sie nicht fragen, und sie hat mir auch nichts erzählt.« Er war eine Sekunde lang abwesend und fügte dann hinzu: »Gehen wir, ich will sehen, wie die Durchsuchung läuft.«

Okay. Arbeit war ein guter Weg, um sich der Realität zu stellen. Bei unserer Rückkehr ins Haus stellte ich fest, dass die Leiche bereits abtransportiert worden war. Sánchez kam sofort auf uns zu. »Wir haben in der Hundehütte etwas gefunden«, sagte er. »Figueredo, bring mir das Beweisstück!«

»Wir haben es schon ins Auto gebracht, Inspector.«

»Und wer hat das angeordnet …? Holen Sie mir das Beweisstück, verdammt!« Während der Streifenpolizist es holen ging, wandte sich Sánchez an mich und bemerkte verschwörerisch: »Eines Tages werden wir zu denen noch bitte sagen müssen.«

Figueredo kam mit einem Rechnungsbuch zurück. Garzón riss es ihm fast aus den Händen und begann, nervös darin herumzublättern. Es war Lucenas drittes Rechnungsbuch. Das waren ohne jeden Zweifel seine Handschrift und seine Zahlen. Diesmal handelte es sich tatsächlich um höhere Beträge, deren Summe mit dem im Boden versteckten Geld übereinstimmen konnten.

»Wo war das?«, fragte ich.

»In einer tiefen Spalte in der Innenwand der Hundehütte. Gutes Versteck, nicht wahr? Niemand hätte den Mut gehabt, da reinzugreifen. Sagt euch das Büchlein was?«

»Ja, Sánchez, ich fürchte, wir müssen dem Comisario Bescheid sagen, dass wir uns auch um den Fall kümmern. Ich glaube nämlich, dass er mit unserem Fall zusammenhängt.«

»Du weißt ja gar nicht, wie mich das freut. Die Sache hier stinkt zum Himmel.«

Garzón war ernst wie ein Bestatter. Als wir in meinen Wagen stiegen, herrschte langes Schweigen. Dann stieß er unvermittelt und heftig aus: »Also los, Petra, spucken Sie es schon aus. Sie können es ruhig aussprechen! Valentina stand mit Lucenas Mörder in Verbindung. Vielleicht hat sie ihn ja umgebracht und sich deshalb mit mir eingelassen, um mir Informationen zu entlocken, um zu erfahren, was wir herausfinden und es dann ihrem Komplizen weitergegeben. Warum sagen Sies nicht? Spucken Sies schon aus! Sagen Sie, dass ich ein Dummkopf bin.«

Zum Schluss hatte er geschrien.

»Beruhigen Sie sich, Garzón! Nicht vorgreifen! Wenn Sie wollen, reden wir darüber, wenn wir in meinem Büro angekommen sind. Aber in Ruhe.«

In meinem Büro angekommen, setzte ich mich an meinen Schreibtisch, und Garzón ließ sich schwerfällig auf einen Sessel plumpsen. Ich blätterte erneut in dem Rechnungsbuch. Es gab keinen Zweifel. Es war Lucenas drittes Notizbuch.

Ich griff zum Telefon und rief Juan Monturiol an. »Juan? Ich muss dich noch mal um einen Gefallen bitten. Es ist nicht sehr angenehm. Es handelt sich darum, an einer Autopsie teilzunehmen. Es handelt sich um Hundebisse. Ich möchte, dass du sie dir ansiehst. Ja, wir treffen uns später, ich ruf dich an.«

Eine seltsame Stärke hatte sich meiner bemächtigt. Das Ende war nah. Ich konnte zwar nicht erkennen, wie es aussah, aber es war nah, endlich greifbar.

Ich wandte mich an Garzón. »Gehen wir schrittweise vor, Subinspector. Es ist offensichtlich, dass Valentina seit unserem Zusammentreffen auf ihrem Trainingsplatz – und jetzt denke ich, dass Schreck uns doch an den richtigen Ort geführt hat – eine Freundschaft zwischen Ihnen beiden forciert hat. Diese Freundschaft diente ihr dazu, Informationen über unseren jeweiligen Ermittlungsstand an ihre Komplizen weiterzugeben. Sie konnten also ganz beruhigt sein. Aber es gibt zwei Dinge, die wir als sicher voraussetzen können. Erstens, dass Valentina Lucena nicht umgebracht hat, und zweitens, dass sie die Absicht hatte, Sie zu heiraten.«

»Wie können Sie sich dessen sicher sein?«

»Denken Sie doch mal nach, lassen Sie sich nicht von Enttäuschung oder Groll hinreißen. Der Besitz dieses Büchleins macht Valentina verdächtig. Ja. Sie war in das, was Lucena auch immer gemacht hatte, verwickelt. Gleichzeitig entlastet sie das. Warum, glauben Sie, hat sie dieses Büchlein an so einem sicheren Ort aufbewahrt?«

»Weil es ein Beweisstück gegen sie war.«

»In dem Falle wäre es sicherer gewesen, es zu vernichten. Nein, Valentina besorgte sich das Büchlein, als Lucena zusammengeschlagen aufgefunden wurde. Offensichtlich benutzte sie es als Druckmittel gegen jemanden. Am wahrscheinlichsten ist, dass dieser Jemand ihr Komplize und deshalb auch verantwortlich für Lucenas Tod ist.«

Stumm und nachdenklich saß er einen Augenblick lang da. Ich fuhr mit meinen Erläuterungen fort, die ich selbst besser verstand, wenn ich sie so überzeugend vortrug.

»Vielleicht hat dieses Büchlein Valentina das Leben gekostet. Am wahrscheinlichsten ist, dass sie sich mit der Entscheidung, Sie zu heiraten, endgültig ihrer Komplizen entledigen wollte. Das haben die nicht zugelassen. Angst vor Verrat, Angst vor ehelicher Vertraulichkeit … Stellen Sie sich vor, sie wird eine Polizistenfrau! Es gibt Drohungen. Sie keilt zurück und erwähnt das Büchlein. Die fordern seine Herausgabe, sie weigert sich, denn es ist die

Garantie für ihre Zukunft … Schließlich hetzen sie ihr einen abgerichteten Hund auf den Hals, der sie umbringt. Sie suchen das Büchlein, finden es aber nicht, und dann räumen sie das Haus wieder auf und versuchen, den Mord wie einen Unfall mit Morgana aussehen zu lassen.«

»Mein Gott, alles nur Hypothesen!«

»Es ist ganz logisch. Wissen Sie, ob Valentinas Geliebter einer der Komplizen war? Hat sie Ihnen gegenüber einmal erwähnt, ob er auch in der Hundebranche tätig ist?«

»Ich habe Ihnen doch schon gesagt, dass ich nichts über den Kerl weiß. Jetzt bezweifle ich, dass es ihn überhaupt gibt.«

»Hatte Valentina Familie?«

»Sie hat mir immer erzählt, dass sie allein auf der Welt sei.«

»Freunde?«

»Weiß ich nicht.«

»Na, dann überprüfen Sie das sofort.«

»Ein wichtigerer Auftrag wäre mir lieber.«

»Sie werden tun, was Ihnen aufgetragen wird, Garzón, und machen Sie diese Arbeit nicht zu Ihrer persönlichen Angelegenheit. Sonst muss ich den Comisario bitten, Sie von dem Fall zu entbinden.«

»Zu Befehl«, sagte er und trabte mürrisch und mit gerunzelten Augenbrauen davon. Das beruhigte mich etwas. Es war seit Stunden das erste normale Verhalten.

Für Juan Monturiol muss die Teilnahme an der Obduktion hart gewesen sein; aber er war so fasziniert von den Geheimnissen unseres Falls, dass er große Standhaftigkeit bewies. Aber am Ende hatte er ein kalkiges Gesicht, hervorstehende Augen und zusammengebissene Zähne. Es gibt noch einen kleinen Unterschied zwischen einem aufgeschlitzten Menschen und einem Tier. Oder es ist alles eine Frage der Gewöhnung.

»Ein ganz klarer Fall«, dozierte der Gerichtsmediziner schließlich. »Sie starb tatsächlich etwa um zwei Uhr morgens. Ich habe an ihrem Körper bis zu zwanzig Hundebisse gezählt, einer davon hat ihre Schlagader durchtrennt. Es ist möglich, dass der Angriff im Haus stattgefunden hat und nicht im Innenhof, weil sie beim Sturz auf eine Kante aufgeschlagen ist. Vielleicht eine Tischkante. Sie hat eine Platzwunde auf der rechten Kopfseite. Ich nehme an, dass sie hinausgeschleppt wurde. War die Tür offen?«

»Ja, und die Tote trug kein Nachthemd. Vermutlich hat sie noch Besuch erwartet.«

»Ich kann dazu nichts sagen, auch nichts zu den zoologischen Schlussfolgerungen. Die überlasse ich dem Kollegen. Es ist ihm da drin nicht sehr gut gegangen, nicht wahr?« Er klopfte Juan lächelnd auf die Schulter. »Ich muss los, ich habe noch eine Autopsie. Heute Nachmittag schicke ich dir den schriftlichen Bericht rüber, Petra.« Er ging und hinterließ einen durchdringenden Geruch nach Infektionsmitteln.

»Ich glaub, ich übergeb mich gleich«, gestand Monturiol, als wir allein waren.

»Tut mir Leid, Juan, wirklich.«

»Ich fühle mich wie ein Hänfling.«

»Hast du was rausgekriegt?«

»Klar, ich habe ja Notizen gemacht, die Maße der Bisse notiert und Skizzen gemacht. Die muss ich jetzt in meiner Praxis auswerten.«

»Wir können es bis morgen lassen.«

»Nein, ich glaube, ich fühle mich schon besser.«

»Bist du sicher?«

»Ich werds dir sagen, wenn wir von diesem düsteren Ort weg sind.«

Er war außergewöhnlich geschickt am Computer. Eine weitere Tugend. Mehrere Stunden lang entwarf er auf dem Bildschirm in einer winzigen und perfekten Skizze das genaue Profil der Bisswunden, wobei er sich auf seine eilig gemachten Notizen stützte. Danach skizzierte er von dem bereits bestimmten Bissabdruck ausgehend den ganzen Kiefer. Ich wartete erschlagen auf einem Sessel und wurde immer müder, bis ich schließlich einschlief.

Eine Stunde später weckte er mich. »Ich glaube, jetzt hab ichs.«

Ich ging zu ihm und war schlagartig wach.

»Natürlich hat nicht Morgana zugebissen. Es handelt sich um einen kleineren Hund als einen Rottweiler. Allerdings auch um einen stärkeren. Die Bisswunden sind tief, präzise, ohne Fransen, mit einem einzigen kräftigen Zuschnappen ausgeführt. Ein darauf abgerichteter Hund, der sich nicht mit dem Angriff zufrieden gibt. Alle Bisse sind gleich tief.«

»Kann es eine der Rassen sein, die wir kürzlich anhand der Haare herausgefiltert haben?«

»Das werden wir gleich sehen.« Er setzte sich mir gegenüber und nahm Papier und Bleistift zur Hand. »Also, Boxer können wir automatisch ausschließen. Das Gebiss von denen hat das, was wir einen Prognatismus nennen. Das heißt, der Unterkiefer steht weiter vor als der Oberkiefer. Das bringt eine charakteristische Bissform hervor, die Valentinas Wunden nicht aufweisen.« Er strich den Namen durch. »Ausschließen können wir auch Deutsche Doggen, ihr Riesenmaul würde größere Wunden hinterlassen. Also bleiben uns nur noch Deutsche Schäferhunde und Staffordshire Bull Terrier. Zwischen dem Biss dieser beiden kann man unmöglich unterscheiden.«

»Wunderbar, Juan, das ist ein wichtiger Schritt! Ich werde es Garzón mitteilen.«

Im Kommissariat hieß es, Garzón sei schon gegangen. Also rief ich ihn etwas beunruhigt zu Hause an. Er war da. Ich berichtete ihm von Juans Erkenntnissen. Er antwortete nur einsilbig. Er fragte weder nach Details noch machte er sonst eine Bemerkung.

»Geht es Ihnen gut, Fermín?«

»Ja.«

»Ich hoffe, Sie trinken nicht wie ein Tier Whisky, wäre schön, wenn Sie morgen voll da wären. Es gibt viel zu tun.«

»Keine Sorge, ich trinke nicht.«

»Brauchen Sie was?«

»Nein danke, Petra.«

»Dann gute Nacht.«

»Gute Nacht.«

Juan kam von hinten und umarmte mich. Ich drehte mich um. Wir küssten uns.

»Ich glaube, als Entschädigung für meine Arbeit als Freizeitdetektiv verdiene ich es, von dir zum Abendessen eingeladen zu werden, und dann …«

»Tut mir Leid, Juan, aber ich mache mir Sorgen um Garzón. Ich fahre zu ihm.«

»Ich hab verstanden, wie geht es ihm?«

»Das weiß man nie. Er hat einen schweren Schlag einstecken müssen. Und er ist allein. Ich ruf dich morgen an.«

Er senkte den Blick und lächelte. »Tu, was du tun musst, Inspectora.« Ich gab ihm im Vorbeigehen einen Kuss und fuhr zu Garzóns Wohnung.

Als er öffnete, war nicht klar, ob er mich erkannte. »Ich bin gekommen, um mich zu vergewissern, dass Sie nicht trinken.«

»Ich habe Ihnen doch gesagt, dass ich nicht trinke.«

»Besser wärs, Sie tun es. Aber in Gesellschaft. Haben Sie Whisky im Haus?« Er ließ mich eintreten. Wie ein Roboter ging er die Flasche holen und schenkte zwei Gläser ein.

»Was halten Sie von Juan Monturiols Ergebnissen? Beeindruckend, nicht wahr? Erinnern Sie sich an die Züchter dieser beiden Rassen? Bei unserem Besuch des Staffordshire-Terrier-Züchters sind wir fast draufgegangen, vielleicht …«

»Inspectora, ich möchte jetzt nicht reden.«

»Gut, dann sehen wir fern.«

Wir stellten ein Fußballspiel an, von dem ich nicht das Geringste verstand. Wir sahen es uns schweigend an und tranken ab und zu einen Schluck Whisky. Glücklicherweise prügelten sich die Spieler und diskutierten mit dem Schiedsrichter. Das war immerhin verständlich und zudem amüsant genug, um bis zum Schluss durchzuhalten. Ich bemerkte, dass Garzóns Kopf auf die Brust sackte. Da stand ich auf und sagte leise zu ihm: »Ich gehe, Fermín, ich sehe Sie morgen im Kommissariat.«

Er pflichtete mir bei, ohne sich zu bewegen. Zumindest war er entspannt genug, um zu schlafen.

Mein Leben lang habe ich mir gewünscht, dass mir das zustößt, was Filmkommissaren immer passiert. In dieser Nacht wurde mein Wunsch Wirklichkeit. Es gefiel mir aber überhaupt nicht. Ich fand die Tür aufgebrochen vor. Das Wohnzimmer war durchwühlt. Die Bücher waren aus den Regalen gerissen, die Kissen auf dem Boden verstreut, die Schubladen standen offen. Ich lief ins Schlafzimmer und fand dort eine ähnliche Szenerie vor. Aus dem Nachtschränkchen waren meine wenigen Schmuckstücke verschwunden. Ich warf meine Tasche aufs Bett und beschwor lauthals sämtliche Dämonen. Plötzlich erinnerte ich mich an Schreck, und mein Herz machte einen Satz. Wiederholt rief ich nach ihm und suchte ihn überall. Schreck antwortete nicht. Es kostete mich Mühe, die Küchentür zu öffnen, weil sie von etwas blockiert wurde. Und dahinter lag er, ein lebloses haariges Knäuel, tot. Ich kniete mich neben ihn und traute mich fast nicht, ihn zu berühren. Ich tat es vorsichtig, fast zärtlich. Er war steif und kalt. Auf seinem Kopf klebte Blut. Er war erschlagen worden. Angewidert und müde setzte ich mich vor die kleine Leiche. Jetzt waren wirklich Ignacio Lucena Pastors letzte Spuren von dieser Welt getilgt. Der arme Teufel und sein hässlicher Hund. Eine traurige Geschichte.

»Natürlich waren es keine Einbrecher«, sagte ich zu Garzón, der an diesem Morgen schon gefasster war. »Die geklauten vier wertlosen Ringe sollen nur verschleiern, was die gesucht haben.«

»Haben die Lucenas Notizbüchlein gesucht?«

»Man muss schon ein echter Dilettant sein, um zu glauben, dass wir ein Beweismittel zu Hause in einer Kommodenschublade aufbewahren!«

»Dann wollten sie sich Schreck vornehmen. Sie haben befürchtet, dass er uns doch als stiller Zeuge helfen könnte. Sie haben die Streifenpolizisten in Valentinas Haus gesehen und wissen, dass wir die Geschichte mit Morgana nicht geschluckt haben. Bei der Gelegenheit haben sie versucht, in Ihrem Haus was zu finden.«

»Möglich.«

»Jetzt, wo sie Valentina nicht mehr haben, damit die sie über unsere Schritte informiert, müssen sie mögliche Hinweise vernichten.«

»Es ist absurd, dass wir so viel Zeit mit diesem verfluchten Fall verplempert haben, es ist lächerlich.«

»Valentinas Spioniererei hat verhindert, dass wir weitergekommen sind.«

»Geben Sie Valentina nicht an allem die Schuld. Schließlich hat sie ihr Leben für Sie gelassen.«

»Sind Sie sich da sicher?«

»Selbstverständlich. Sie hat sogar zu unseren Gunsten zu handeln begonnen. Sie hat anonym bei der Polizei angerufen.«

Garzón hob streng den Zeigefinger. »Einen Augenblick, Inspectora, einen Augenblick! Sie denken überstürzt, weil Sie mich trösten wollen. Das gehört nicht zu dem Fall.«

»Was wollen Sie damit sagen?«

»Fällt Ihnen denn nichts auf? Valentina konnte keinen anonymen Anruf machen, weil sie bei mir war. Natürlich hat sie von mir alles mitgekriegt. Sobald ich weg war, hat sie ihre Komplizen angerufen und sie gewarnt, dass wir auf dem Weg sind. Das ist die

Erklärung, warum die sich aus dem Staub gemacht hatten, bevor wir eingetroffen sind. Sie hat sie gewarnt.«

»Haben Sie die Zeit überprüft?«

»Natürlich habe ich sie überprüft.«

Verzweifelt fuhr ich mir durch die Stirnfransen. »Aber dann, Fermín, wer zum Teufel ist dann die Frau, die uns den Hinweis gegeben hat?«

»Valentina nicht. Das ist sicher.«

»Und Ihre Ermittlungen über Valentina? Gibt es Hinweise über ihre Familie, Freunde, den angeblichen Liebhaber?«

»Nichts. Valentina hatte kein soziales Umfeld. Sie war eine einsame Seele. Und nirgendwo ist das Adressbuch aufgetaucht, das sie immer in der Tasche hatte. Vielleicht hat sie es vor ihrem Tod verloren.«

»Ist es möglich, dass eine Frau jahrelang einen Geliebten hat, der keine Spuren in ihrem Leben hinterlässt?«

»Nach dem, was sie mir erzählt hat, dürften sie das sehr diskret gehalten haben. Er ist verheiratet.«

»Na gut, sie aber nicht. Hat sie kein Geschenk zu Hause? Einen Ring mit Gravur, ein Foto …? Erinnern Sie sich, bei irgendeiner Gelegenheit etwas gesehen zu haben?«

»Vermutlich hat sie jeden verfänglichen Gegenstand weggeräumt, wenn ich gekommen bin. Eine Frage des Takts. Wenn nicht …«

»Wenn nicht ihr Mörder sorgfältig alles aus dem Haus verschwinden lassen hat, was ihn verraten konnte. Einschließlich des Adressbuchs. Zeit hatte er genug dazu.«

»Das bedeutet, Geliebter und Komplize sind dieselbe Person. Vorausgesetzt, sie hat ihn nicht erfunden.«

»Ich weiß nicht, weswegen sie ihn hätte erfinden sollen.«

»Um mich auf Distanz zu halten.«

»Aber sie hat Sie doch nicht auf Distanz gehalten. Sie hat sich mit Ihnen eingelassen!«

»Richtig.«

»Haben wir einen Mann an Valentinas Telefon gesetzt?«

»Ja, aber es hat niemand angerufen.«

»Das ist auch ein Beweis. Wenn ihr Geliebter nicht weiß, dass sie tot ist, hätte er angerufen.«

»Immer vorausgesetzt, dass dieser Geliebte existiert.«

»Tut mir Leid, Subinspector, vielleicht ist es schmerzhaft für Sie, es zu akzeptieren. Aber ich fürchte sehr, dass dieser Geliebte existiert. Ich bin mir sogar sicher. Ich bin nämlich eine Frau.«

Betroffen senkte er den Blick. Es kratzte an seinem männlichen Stolz, einen Triumph des Gegners anzuerkennen. Mit einer schweren Last auf den Schultern verließ er mein Arbeitszimmer. In den letzten Tagen war er um Jahre gealtert.

Ich rief Sánchez an. Der Bericht über die Hausdurchsuchung bei Valentina war fertig. Man hatte winzige Blutstropfen auf den Möbeln gefunden. Größere Blutflecken waren mit Seifenwasser fast vollständig abgewischt worden. Es klopfte an der Tür. Der supercoole galicische Streifenpolizist trat ein, um mir zu sagen, dass mich ein Mann sprechen wollte. Ein Mann? Ein Geständnis? Ein Zeuge? Den dunkelhaarigen, etwas dicklichen und untersetzten jungen Mann, der mich mit großen Augen ansah, konnte ich nirgendwo unterbringen.

»Sind Sie Inspectora Delicado?«

»Ja, was wünschen Sie?«

»Mein Vater redet oft von Ihnen.«

»Ihr Vater?«

»Ich bin Alfonso Garzón. Ich bin gerade aus New York gekommen.«

Ich fürchte, dass ich mit leicht geöffnetem Mund dasaß, ihn neugierig betrachtete und nach Ähnlichkeiten suchte. Seine Augen hatten einen etwas skeptischen Ausdruck. Seine Ohrläppchen sahen aus wie bei einem Buddha. Waren das die Ohrläppchen des Subinspectors?

Er fühlte sich unbehaglich und räusperte sich.

»Natürlich! Wie dumm von mir! Ihr Vater ist schon vor einer Weile gegangen.«

»Das wurde mir schon gesagt, aber ich bin hereingekommen, um Sie zu sehen, denn zu Hause ist er auch nicht.«

»Natürlich, aber natürlich. Ich lasse Ihnen sofort einen Kaffee bringen.« Klar! Garzón hatte sich ja fortgepflanzt. Es gab jemanden auf dieser Welt, der von den merkwürdigen Genen meines Kollegen abstammte. Seine Wimpern hatte er auch, die starr nach unten zeigten wie Dachziegel.

»Sie können sich denken, warum ich gekommen bin. Wissen Sie, wann die Zeremonie stattfindet?«

»Welche Zeremonie?«

»Die Hochzeit meines Vaters. Ich bin nur deshalb hergekommen, um die Verlobte kennen zu lernen. Hat er Ihnen nichts davon erzählt? Ich habe ihm vor einer Woche meine Ankunft mitgeteilt.«

Ich schluckte den Kaffee, so gut ich konnte. Warum immer ich? »Ach, Alfonso, in den letzten Tagen ist eine Menge passiert! So viel Schlimmes, dass Ihr Vater sogar vergessen hat, dass Sie kommen. Mir wäre es lieber, er hätte es Ihnen selbst gesagt. Also: Die Verlobte Ihres Vaters ist ermordet worden.«

Seine Stimme bekam einen harten amerikanischen Akzent, als er fast schrie: »Wie, ermordet?«

»Ja, bestialisch ermordet.«

»Das ist unmöglich. Mein Vater hat gesagt, dass sie nicht bei der Polizei ist!«

»Das war sie auch nicht. Aber sie war in einen Fall verwickelt. Das kann Ihnen Ihr Vater besser erklären.«

»Warum hat mich niemand informiert?«

»Na ja, Ihr Vater ist sehr erschüttert, ist doch klar.«

»Aber ich bin aus Amerika rübergekommen. Ich habe mir im Krankenhaus ein paar Tage freigenommen. Ich habe zwei wichtige Konferenzen an der Universität abgesagt ...«

»Wie dem auch sei. Ich freue mich jedenfalls, dass Sie gekommen sind. Ihre Anwesenheit wird den Subinspector aufmuntern. Er ist sehr mitgenommen.«

»Ja, selbstverständlich.« Er war so verärgert, als hätte ihm jemand an einem Regentag ein Taxi weggeschnappt oder als hätte er in einem schicken Hotelzimmer einen Kakerlak gefunden.

»Wir machen jetzt Folgendes: Ich werde jemanden bitten, Sie zur Wohnung Ihres Vaters zu bringen. In der Zwischenzeit mache ich ihn ausfindig und sage ihm, dass er sich sofort mit Ihnen treffen soll.«

»Okay«, antwortete er, als wäre das ein Trostpreis.

Erleichtert sah ich ihn davonziehen. Es war nicht schwierig, Garzón ausfindig zu machen. »Mein Sohn?«, fragte er, als redete ich von einer seltenen Art afrikanischer Ameisen. »Den habe ich völlig vergessen!«

So war das eben. Als glückliche Fügung begünstigte Alfonso Garzón meine Pläne. Es würde den Subinspector etwas von dem Fall fern halten. Denn wir mussten Geduld aufbringen und schlau sein. Zwei Bestandteile meiner neuen Strategie, für die die Trauer und persönliche Betroffenheit meines Kollegen in dieser Angelegenheit bloß hinderlich waren.

Diesmal sollten die Verhöre der Tatverdächtigen in einem Nebengebäude der Polizei stattfinden. Beide Züchter sollten von zwei Streifenwagen aus ihren Wohnungen und nicht von ihrem Arbeitsplatz abgeholt werden. Alles mit großem Getöse und so gemein wie möglich. Wir wollten sie richtig in die Zange nehmen und so weit gehen, wie wir ohne Anwalt konnten.

In Garzóns Abwesenheit befragte ich Pedro Costa, den Schäferhundzüchter. Wenn dieser Mann Valentina Cortés' Komplize gewesen war, konnte ich ihn mir jedenfalls nur schwerlich als Liebhaber vorstellen. Sein magerer, fast asketischer Körper schien mir nicht den Anreiz zu bieten, der eine so wundervolle Spielerin herausfordern konnte. Auch sein Verhalten während der Befragung wies nicht gerade auf einen leidenschaftlichen Mann hin. Obwohl ich ihm heftig zusetzte und ihn so brutal wie möglich behandelte, verlor er seinen herrschaftlichen Habitus nicht. Er hatte sich damit abgefunden, weiteren Belästigungen unsererseits ausgesetzt zu sein und dachte nicht daran, sich zu empören. Ein solches Verhalten konnte man als Unschuld oder absolute Gewissheit über die Qualität seines Alibis interpretieren. Wo war er in der Nacht des Mordes an Valentina gewesen? Zu Hause. Er und seine Frau hatten geschlafen. Die bestätigte es. Ich ließ ihn gehen. Wir hatten keine schlüssigen Beweise gegen ihn, und mir lag daran, dass er makellos aus dieser Vernehmung hinausging. Ich entschuldigte mich und erklärte, dass ich es sehr bedauerte. Diesmal könne er davon ausgehen, dass wir ihn nicht noch einmal belästigten.

Erwartungsgemäß kostete es mich einiges, Garzón von dem Ausgang der Vernehmung zu überzeugen. Seinen Fragen folgten Einwände. Ob ich wirklich glaubte, dass dieser Mann unschuldig ist? Nein, das konnte ich so noch nicht sagen. Und warum hatte ich ihn dann unter lauter höflichen Entschuldigungen laufen lassen? Dass wir Valentinas mutmaßlichen Mörder angeblich mit Samthandschuhen anfassten, machte ihn wütend und verzweifelt. Genau das hatte ich befürchtet. Deswegen erschien es mir auch unwahrscheinlich, dass er sich aus dem zweiten Verhör raushielt. Was mir die Sache ganz sicher außerordentlich erschweren würde.

Der Streifenwagen fing Augusto Ribas Solé zu Hause ab, bevor er zur Arbeit gehen konnte. Er war viel weniger gelassen als der erste Verdächtige. Kaum dass er vor uns stand, protestierte er. Als ersten Hinweis dafür, was Sache war, brachte Garzón ihn mit einem lauten Brüller zum Schweigen. Ich vermittelte sofort.

»Vielleicht war die Art und Weise, wie Sie hergebracht wurden, ein wenig übertrieben. Das ist Sache der Streifenpolizisten, die machen das halt so.«

»Dann wirds Zeit, dass sich das ändert, Inspectora.«

»Mit der Zeit wirds schon werden.«

Er machte denselben Eindruck auf mich wie damals, als er uns vor dem fürchterlichen Hund gerettet hatte. Er war ein arroganter Kerl, selbstsicher, jovial und höflich. Mit fast heiterer Stimme fragte ich: »Wo waren Sie, als Valentina Cortés umgebracht wurde?«

»Ich kannte Valentina ja kaum. Wir haben uns nur ein paar Mal aus arbeitstechnischen Gründen getroffen. Von ihrem Tod habe ich aus der Zeitung erfahren. Also weiß ich nicht, wann sie gestorben ist. Ist doch normal, oder?«

Garzón stürzte sich fast auf ihn. »Wir bestimmen, was normal ist, verstanden?«

Ribas sah mich entsetzt an. »Was ist das denn? Warum redet der so mit mir? Er soll sich zusammennehmen, Inspectora. Sie wissen ganz genau, dass ich Ihnen nicht antworten muss, wenn kein Anwalt dabei ist. Wenn der also in dem Ton weitermacht, gehe ich. Ich versuche nur, kooperativ zu sein.«

Ich warf Garzón einen vernichtenden Blick zu. »Einverstanden, Señor Ribas, entschuldigen Sie. Also bitte: Valentina starb am letzten Dienstag morgens um zwei Uhr.«

»Um zwei Uhr morgens am Dienstag? Tja, ich nehme an, ich war zu Hause und habe geschlafen. Wie immer.«

»Kann das jemand bestätigen?«

»Natürlich, meine Frau!«

»Gestatten Sie, dass wir uns das von ihr bestätigen lassen? Ist Ihre Frau zu Hause?«

»Ja, rufen Sie sie bitte an, und versuchen Sie sie etwas zu beruhigen. Als Ihre Männer heute Morgen gekommen sind, hat sie sich zu Tode erschrocken.«

Ich sprach kurz mit ihr und wandte mich dann wieder lächelnd an Ribas. »Sie sagt, sie sei in jener Nacht spät nach Hause gekommen, Señor Ribas. Offensichtlich trifft sie sich dienstags immer mit ihren Freundinnen zum Abendessen.«

»Stimmt, hatte ich vergessen. Aber sie wird Ihnen auch gesagt haben, wann sie heimgekommen ist, und dass sie mich schlafend im Bett vorgefunden hat, stimmts?

»Das hat sie gesagt, ja.«

»Darf ich also fragen, ob Sie Beweise gegen mich haben? Warum soll ich des Mordes an einer Frau verdächtigt werden, die ich nur ein paar Mal in meinem Leben gesehen habe?«

Garzón machte wieder Anstalten, über ihn herzufallen. Ich packte ihn fest am Arm.

»Eigentlich haben wir keine, Señor Ribas. Es war sicher alles ein Irrtum. Wir mussten nur völlig sichergehen, wo Sie in jener Nacht waren. Jetzt sind wir es. Sie können gehen.«

Er machte ein verständnisloses Gesicht, verabschiedete sich höflich und verließ ruhigen Schrittes den Raum. Noch bevor sich der Duft seines teuren Männerparfüms verflüchtigt hatte, ging der Subinspector auf mich los. »Können Sie mir sagen, was hier gespielt wird, Inspectora? Warum haben Sie ihn gehen lassen?«

»Weil wir nicht genügend Beweise haben.«

»So kriegen wir die auch nie. Warum haben Sie ihn nicht nach den Hundekämpfen gefragt? Warum haben Sie ihn kein bisschen unter Druck gesetzt?«

»Was hätte ich Ihrer Meinung nach tun sollen, ihn auseinander nehmen?«

»Ja.«

Ich näherte mein Gesicht dem seinen, ballte die Fäuste und spuckte ihm mit zusammengebissenen Zähnen die Worte ins

Gesicht: »Vorsicht, Garzón, Vorsicht! Ich werde nicht zulassen, dass Sie Ihre persönlichen Probleme reinbringen. Auch wenn wir den geständigen Täter haben, werden Sie ihm kein Härchen krümmen, verstanden?«

Sein Anspannung ließ nach. Er blickte zu Boden. »Ist in Ordnung«, knurrte er. »Und was machen wir jetzt?«

»Warten.«

»Warten, worauf?«

»Ich weiß nicht, Subinspector. Es muss was passieren. Wenn nichts passiert, schlagen wir eine andere Richtung ein. Jedenfalls werden wir jetzt nicht in Verzweiflung geraten und unüberlegt vorgehen.«

»Sie haben leicht reden.«

»Vielleicht.«

Und wir warteten. Wobei wir große Gelassenheit aufbringen mussten. Ich nutzte die Zeit, meine Papiere zu ordnen und mich um noch offene Fragen zu kümmern, die mich daran hinderten, unablässig an den Fall zu denken. Jeden Nachmittag setzten Garzón und ich uns im Büro zusammen, besprachen Verschiedenes und versuchten, mit keinem Wort zu erwähnen, was unseren Verstand tatsächlich beschäftigte. Ich fragte nach seinem Sohn. Er erzählte mir, dass der beschlossen hatte, ein paar Tage in Barcelona zu bleiben und auf Tourist zu machen. Er hatte ihn schon zur Sagrada Familia und auf den Montjuic begleitet. Der Junge erinnerte sich gerne an seine Vergangenheit in dieser Stadt. Einen Tag verabredeten wir uns zum Essen im *Los Caracoles*. Vater und Sohn trafen mit mehr als einer halben Stunde Verspätung ein.

»Daran ist dieser wahnsinnige Verkehr schuld«, erklärte Alfonso Garzón. »Wir könnt ihr so nur arbeiten? Hier ist wohl niemand pünktlich.«

»Ist das in Amerika anders?«, fragte ich

»Natürlich! Dort ist alles … organisierter.«

»Aha. Und was wollen Sie essen? Ich habe leckere Dinge auf der Karte gesehen.«

Wir wählten. Ich konnte mich der Faszination nicht entziehen, den Subinspector neben seinem Sprössling zu sehen. Verstohlen beobachtete ich auf der Suche nach Ähnlichkeiten sein Verhalten und seine Züge.

»Wie wärs mit Kutteln?«, schlug Garzón vor.

»Aber Papa, das ist pures Cholesterin!«

»Was solls, einmal ist keinmal ...«, entschuldigte der sich.

Sein Sohn wandte sich an mich. »Einmal ist keinmal! Können Sie sich das vorstellen. Gestern hat er Paella gegessen, vorgestern Lammkeule. Und abends isst er Eier und trinkt Kaffee. Ach, und glauben Sie ja nicht, dass er Obst und Jogurt zum Frühstück nimmt. Nichts da, warmes Brot mit Tomate oder Speck. Wie lange, glauben Sie, kann jemand mit dieser Lebensweise durchhalten, ohne einen Herzinfarkt zu bekommen?«

»Ach, Ihr Vater hält schon etliche Jahre durch.«

»Genau, und es wird Zeit, dass er sich schont.«

»Sie haben Recht.«

»Mein Sohn hat immer Recht«, rief Garzón aus und nahm einen ersten kräftigen Schluck von dem guten Rioja.

»Als meine Mutter noch lebte, war das anders. Sie war eine nüchterne, gewissenhafte Frau. Wir aßen viel Gemüse, Gemüseeintöpfe ...«

»Und freitags Stockfisch!«, schloss der Subinspector mit gewissem Spott.

»Sie war eine sehr fromme Frau, ja. Aber wie man schließlich weiß, leben Fromme nach Geboten, die keineswegs zufällig sind. Es hat sich gezeigt, dass sie dazu tendieren, im Leben eine gewisse Gesundheitspflege einzuhalten. Sie sind gegen ungesunde Nahrungsmittel, gegen die Promiskuität ...«

»Ja, ja, das wissen wir schon«, sagte Garzón und machte sich über seine Kutteln her. Ich hatte mir erlaubt, Omelette mit Spargel zu bestellen, und vertraute darauf, dass sie in keiner Religion verboten waren.

»Sind Sie verheiratet, Alfonso?«

»Nein, ich hatte noch keine Zeit dazu.«

Ich lachte auf. »Haben Sie keinen passenden Zeitpunkt gefunden?«

»Lachen Sie nicht, Inspectora, ich meine das ernst. In Amerika ist das Leben hart. Die Konkurrenz ist groß, man fühlt sich unter Druck, der Beste zu sein. Ich habe mich ins Medizinstudium gestürzt, und das ist dort auch viel schwerer. Dann habe ich meinen Facharzt gemacht und eine Stelle im Krankenhaus bekommen. Jetzt bin ich Chef der Chirurgie. Glauben Sie, das war leicht für mich? Besonders, weil ich nicht dort geboren bin?«

»Sicher nicht.«

»Glücklicherweise ist das eine Welt mit vielen Möglichkeiten für einen, der bereit zum Arbeiten ist.«

»Eine Welt, in der jeder Präsident werden kann?«

»Möglich, dass das von hier aus betrachtet wie ein Gemeinplatz wirkt. Aber es stimmt.«

»Ich kann es ja mal versuchen. Dann werden wir sehen, was passiert«, sagte Garzón halb amüsiert, halb verärgert.

»Du wirst das nicht schaffen, Papa. Weißt du, warum? Weil du nicht wirklich an die Leistungsfähigkeit des Menschen glaubst. Du bist zu fatalistisch, wie alle Spanier.«

»Fatalismus gibt es, mein Sohn. Und falls du es noch nicht weißt, auch der Mangel an Glück, das Scheitern und ungleiche Chancen und Voraussetzungen von Geburt an. Ich bin gespannt, was zum Teufel du sagen würdest, wenn ich Präsident werden würde.«

»Aber Papa ...«

Um zu verhindern, dass die Meinungsverschiedenheit ausuferte, hob ich mein Glas. »Stoßen wir auf den Fatalismus an, oder auf das, was uns heute hier zusammengeführt hat.«

Das war nicht mein letzter Trinkspruch. Bis zum Kaffee hatten Garzón und ich schon einiges getrunken. Mehr als sein Sohn, dessen ärztliche Vernunft ihn dazu veranlasste, nach dem dritten Glas aufzuhören.

Am Ausgang des Restaurants verabschiedeten wir uns von Alfonso Garzón. Er wollte ins Katalanische Nationalmuseum und meinte, dass die späte Essenszeit in Spanien absurd und unpraktisch sei. Garzón und ich kehrten ins Kommissariat zurück. Bevor er in sein Büro ging, lud ich ihn zu einem letzten Kaffee ein.

»Noch ein bisschen Zucker?«, bot ich ihm an.

»Finden Sie das angemessen für einen alten gebrechlichen Mann wie mich? Würde mein Sohn das gutheißen?«

»Och, Subinspector, sind Sie doch zufrieden. Ihr Sohn macht sich Sorgen um Sie.«

»Mein Sohn ist ein Blödhammel, Inspectora.«

»Fermín!«

»Ich weiß ganz genau, was ich sage. Ein echter Naivling! Er steht mir bis hier. Zwei Wochen lang gute Ratschläge. Lobeshymnen auf die perfekten Vereinigten Staaten, auf seine ach so vernünftige Mutter und ihre Güte. Ich habe es satt, dass er mir erzählt, das Leben ist schön und der Mensch kann erreichen, was er sich vornimmt. Dass die Arbeit eine Erlösung sei und jeder glücklich sein kann, wenn er es nur will.«

»Ihr Sohn bemüht sich, Sie aufzuheitern.«

»Genau, das ist ihm nicht gelungen! Was weiß der schon vom Leben, vom wirklichen Leben? Was weiß er davon, wie sich sein Vater den Arsch aufgerissen hat in einem so harten Job wie bei der Polizei, damit er studieren konnte? Was weiß er, wie unerträglich seine Mutter für mich war? Hat er etwa ein Zehntel dessen gesehen, was ich gesehen habe? Drogenabhängige, erniedrigte Huren, Abschaum, anonyme Leichen? Präsident werden …!«

»Aber gerade dafür haben Sie doch gekämpft – dass er andere Perspektiven hat.«

»Ja schon, aber er muss begreifen, dass es noch andere Dinge auf der Welt gibt. Betrogene, verarschte Menschen, die nie aus ihrem Milieu rausgekommen sind. Vor allem soll er mich in Ruhe lassen. Ich esse so viele Kutteln und Blutwürste und fetttriefende Spiegeleier, wie ich will!«

Ich lachte schallend auf, und er sah mich verblüfft an. »Was ist los mit Ihnen?«

Aber ich konnte nicht aufhören zu lachen. Schließlich gelang es mir mühsam, ihm zu antworten. »Und am Freitag eine doppelte Portion Chorizo?«

»Verdammt, Petra, Sie sind aber auch eine ... Sie machen aus allem Witze«, brummelte er vor sich hin. Aber ich hatte genau gesehen, wie er schmunzelte, und dass um seinen Altherrenbart ein kaum unterdrückter heiterer Zug lag. Das beruhigte mich.

Als der Subinspector gehen wollte, prallte er mit dem hereineilenden galicischen Streifenpolizisten zusammen. Wenn Julio Domínguez es so eilig hatte, musste es sich um etwas Ernstes handeln. »Inspectora, schnell, Inspectora, heben Sie ab. Da ist ein Anruf, der wichtig sein könnte.«

Garzón machte kehrt, und ich warf mich auf den Hörer. Das Gespräch war im Gange, der Polizist in der Zentrale sprach mit einer Person, die mit seltsam unnatürlicher Stimme wie eine Trickfilmfigur nach mir fragte.

»Ja, Inspectora Delicado, das bin ich, wer sind Sie?«

Die Stimme verstummte. Ich fürchtete, etwas Falsches gesagt zu haben, und wiederholte meine Frage. Schließlich vernahm ich wieder diese lächerliche Intonation: »Fahren Sie in die Calle Portal Nou fünfundzwanzig, im zweiten Stock, Nummer eins. Fragen Sie nach Marzal. Er weiß was.«

Aufgelegt. Ich hatte hektisch die Adresse mitgekritzelt. Garzón und der galicische Polizist sahen mich wie hypnotisiert an.

»Was ist los?«

»Los, Subinspector, beeilen Sie sich. Besorgen Sie uns sofort einen Streifenwagen.«

Garzón gehorchte, ohne Fragen zu stellen. Er rannte hastig aus dem Zimmer. In dem Augenblick kam der Polizist aus der Zentrale angelaufen. »Haben Sie die Adresse notiert, Inspectora?«

»Ja.«

»Ich auch, für alle Fälle.«

»Haben Sie den anonymen Anruf wegen der Freihandelszone auch entgegengenommen?«

»Ja, das war ich.«

»War es dieselbe Frau?«

»So wie die redet? Das kann man unmöglich sagen. Aber ich bin nicht davon überzeugt, dass es sich um eine Frau handelte.«

Garzón kam zurück. »Alles bereit, Inspectora. Vor der Tür steht ein Streifenwagen. Sind drei Mann genug?«

»Hoffentlich. Geben Sie ihnen die Adresse. Wir folgen in unserem Wagen.« In aller Eile liefen wir los. Der Streifenwagen stellte Blaulicht und Sirene an. Ich ordnete an, dass sie in vernünftiger Entfernung anhalten sollten, um Marzal nicht zu warnen.

»Und wer, verdammt, ist Marzal?«

»Ich weiß nicht.«

»Ist Ihnen an der Stimme etwas aufgefallen?«

»Es war eine verstellte Frauenstimme.«

»Mit einem Taschentuch vor dem Mund?«

»Nein, so was wie Donald Duck oder Woody Woodpecker, Sie wissen schon, was ich meine.«

»Kürzlich, bei dem anonymen Anruf war die Stimme normal. Das bedeutet, dass es sich entweder um dieselbe Frau handelt, die uns verwirren will. Oder es ist eine andere Frau, deren Stimme wir kennen.«

»Wollen mal hören, was dieser Marzal weiß.«

»Ich habe ganz schön Herzklopfen, Inspectora.«

»So? Dann beruhigen Sie sich. Ich habe Ihnen ja gesagt, dass ich Sie voll einsatzfähig sehen will.«

»Klingeln wir?«

»Bei der geringsten Verzögerung dringen wir ein.«

»Und wenn er nicht da ist?«

»Warten wir drinnen auf ihn.«

»Und wenn er nicht kommt?«

»Verdammt, Garzón, Sie machen mich nervös! Seien Sie endlich still!«

»Petra, wir haben den Durchsuchungsbeschluss vergessen.«

»Subinspector, entweder sind Sie jetzt still oder Sie steigen aus!«

Er schwieg. Ich verfluchte mich dafür, nicht den Mut gehabt zu haben, ihn auf dem Kommissariat zu lassen. Ein persönlich in den Fall verwickelter Polizist, der nichts als Ärger macht! Die Sache konnte brenzlig werden. Ich musste Garzón im Auge behalten.

Das Gebäude mit der Nummer 25 hatte nichts Besonderes an sich. Ein völlig heruntergekommener alter Kasten. Die Streifenpolizisten stiegen aus und nahmen die Vordertür. Es gab keinen Fahrstuhl. Als wir vor der Wohnung angekommen waren, drückte Garzón auf mein Zeichen hin die Klingel. Es entstand eine lange Pause. Er klingelte nochmals. Dann hörten wir schlurfende Schritte und eine verschlafene Stimme.

»Wer ist da?«

»Machen Sie auf, Polizei!« Mein herrischer Ton ließ selbst mich zusammenfahren.

»Aber, verdammt ... Hier ist nichts passiert. Sie haben sich geirrt.«

»Sind Sie Marzal?«

Längeres Schweigen.

Niemand machte Anstalten zu öffnen. Der Subinspector ergriff die Initiative. »Mach auf, du Mistkerl, oder wir schlagen die Tür ein! Hier steht ein Haufen Polizisten, mach schon auf!«

Er schubste einen der Streifenpolizisten vor den Spion, und eine Sekunde später ging die Tür auf. Die Streifenpolizisten stürzten hinein, hielten ihn fest und durchsuchten ihn. Wir machten in dem dunklen Flur das Licht an und konnten ihn endlich sehen. Er war ein mickriges Männchen von vielleicht vierzig Jahren mit weißer Haut, verfilzten Locken und einer schrecklichen Leichenvisage. Er trug ein Unterhemd und zerknitterte Jeans. »Ich habe nichts getan, das muss eine Verwechslung sein.«

»Aha, zeigen Sie uns mal Ihren Ausweis.«

»Der liegt im Schlafzimmer. Ich habe geschlafen, ich arbeite lange und …«

»Gehen Sie ihn holen.«

Er verschwand in Begleitung eines Streifenpolizisten. Die Wohnung war klein und erbärmlich. Ich ordnete eine Durchsuchung an. Er kam mit dem Ausweis zurück. »Enrique Marzal, Schrotthändler. Ist das deine Arbeit?«

»Ja, Eisenhandel.«

»Na gut. Zieh dich an. Wir fahren ins Kommissariat, dort können wir besser reden.«

»Aber, was habe ich gesagt, was habe ich getan, warum muss ich mit?«

Ich ging ins Treppenhaus und hastete zur Eingangstür. Ich brauchte dringend frische Luft. Ich konnte den Gestank nach ranzigem Essen und kalten Zigaretten, diese Geruchsmischung der Armut nicht länger ertragen. Ich war angeschlagen und verärgert. Diese Widerwärtigkeit, mit angeekeltem Gesicht einen Mann im Unterhemd anzuschauen und ihn einfach zu duzen. Wenn ich eine Flasche dabei gehabt hätte, hätte ich mir einen Schluck gegönnt, um die Würdelosigkeit hochleben zu lassen.

Im Kommissariat war Garzón ganz wild darauf, den Kerl zu verhören. Der Mann war erschrocken. Vielleicht war er gar kein

Krimineller. Seine Fingerabdrücke befanden sich nicht in unserem Archiv. Mein Kollege fing an.

»Du sammelst also Schrott.«

»Ja.«

»Und was machst du damit?«

»Ich verkaufe ihn.«

»Gut, und die Hunde?«

Ich nahm ein flüchtiges Aufblitzen in seinen Augen wahr.

»Wie meinen Sie?«

»Ich fange anders an. Weißt du, wer Ignacio Lucena Pastor ist?«

»Nein.«

»Schau dir mal das Foto hier an. Erkennst du ihn wieder?«

»Nein, ich weiß nicht, wer das ist. Was ist mit ihm passiert, warum sieht er so aus?«

»Er sieht überhaupt nicht mehr aus. Er wurde umgebracht.«

Aus seinem blassen Gesicht wich noch etwas mehr Farbe. Jetzt war ich dran.

»Und Valentina Cortés? Weißt du, wer Valentina Cortés ist?«

»Nein.«

»Ich werde es dir erklären. Sie war eine Frau, die Hunde trainiert hat. Sie war blond und sehr hübsch. Und ich sage ›war‹, weil sie auch tot ist. Von einem abgerichteten Hund zerfetzt. Ermordet. Kannst du mir folgen?«

»Was soll das alles? Ich weiß nicht, wovon Sie reden.«

»Doch, weißt du. Jemand hat es uns geflüstert. Wir wissen, dass du in der Sache mit den Hunden drinsteckst. Die Person, die uns über dich informiert hat, sitzt schon im Gefängnis. Diese Person hat uns deinen Namen und deine Adresse genannt, und was noch viel interessanter ist: Sie hat vor dem Richter geschworen, dass ausgerechnet du die beiden, die du nicht kennst, umgebracht hast. Also ist es besser, wenn du aufhörst, dich dumm zu stellen.«

»Dieses Arschloch!«, rief er aus. Mein Puls beschleunigte sich.

Wir kamen zur Sache. Garzón trat einen Schritt zurück und hielt sich raus.

»Es geht um zwei Morde, Kleiner. Du siehst also, worauf du dich eingelassen hast.«

Er begann zu schwitzen. Sein Kinn zitterte. »Hören Sie, ich habe noch nicht mal eine Fliege umgebracht, glauben Sie mir. Ich erzähle Ihnen … ich werde Ihnen die ganze Wahrheit sagen, alles, was ich weiß, das schwöre ich bei Gott. Ich und töten? Hunde zu klauen, das ist was anderes. Ich hab sie nicht einmal schlecht behandelt, glauben Sie mir. Ehrlich, wenn du sie ein paar Tage bei dir in der Wohnung hast, gibst du sogar Geld aus, um sie gut zu füttern. Ich war ihr Freund, ernsthaft, wirklich.« Seine Worte überstürzten sich. Er kämpfte gegen seine zugeschnürte Kehle an. Ich hätte es mir denken könne, kaum dass ich ihn gesehen hatte: Dieser Keim konnte kein anderer sein als Ignacio Lucenas Assistent und späterer Nachfolger.

»Wie habt ihr sie gestohlen?«

»Wir gingen …«

»Wer ging?«

»Lucena und ich.«

»Dann hast du ihn gekannt.«

»Ja, aber es hieß, dass er aus dem Geschäft ausgestiegen ist. Ich wusste nicht, dass er tot ist, ehrlich.«

»Weiter.«

»Wir sind nachts zu den Züchtern gefahren, sind über die Mauer gesprungen. Er kümmerte sich um das Ablenken der Rudelführer. Darin war er Experte. Er rührte sie nicht mal an. Er blieb nahe vor ihnen stehen und bewegte sich langsam; die Hunde bellten, aber sie griffen ihn nicht an. Er sagte, sie spürten, dass er keine Angst vor ihnen hatte. Inzwischen habe ich einen der Hunde in den Käfig, den wir mitgebracht hatten, gesteckt. Und dann sind wir verschwunden, wie wir reingekommen sind. Das ist alles.«

»Wer hat dich begleitet, als Lucena nicht mehr mitkam?«

»Mein Schwager. Aber wir haben ihnen nie wehgetan. Ich mag Hunde.«

»So arg kannst du sie doch nicht gemocht haben. Schließlich hast du ja gewusst, dass sie später gegeneinander kämpfen mussten.«

Er erstarrte einen Augenblick. »Kämpfen? Ich weiß nicht, wovon Sie reden. Ich schwöre bei Gott. Ich hab mich mit dem Kerl getroffen. Er hat bezahlt, und das wars. Er wollte mir nicht einmal seinen Namen sagen. Über mich wusste er alles, jetzt verstehe ich, warum, verfluchter Schweinehund! Hören Sie, ich versichere Ihnen, ich schwöre Ihnen …«

Wenn er den Namen nicht kannte, wurde es schwieriger als erwartet.

»Red nicht so viel. Hör zu und überleg, was du sagst. Du siehst ja, das ist kein Scherz hier.«

»Ja, aber Sie glauben mir, ja?« Jetzt zitterte nicht nur sein Kinn, sondern der ganze Körper bebte, ja zuckte.

»Ich fange langsam an, dir zu glauben. Beruhige dich bloß. Wen hast du bei den Treffen gesehen?«

»Niemanden, ich schwöre es bei Gott! …« Er war einen Augenblick lang unentschlossen. »Na ja, einmal habe ich die blonde Frau gesehen, von der Sie sprachen. Aber ich habe nicht mit ihr gesprochen. Ich wusste nicht einmal, dass sie umgebracht worden ist. Ich schwöre es bei Gott!«

»Hast du es nicht in der Zeitung gelesen oder im Fernsehen gesehen?«

»Nein. Ich kümmere mich um meine Angelegenheiten. Wenn ich so was geahnt hätte, dann hätte ich mich aus dem Staub gemacht. Oder den Kerl nie wieder getroffen. Ich will in nichts Schmutziges verwickelt werden. Ich bin kein Verbrecher.«

»Ist ja gut. Schon in Ordnung. Hör auf zu schwören. Ich

glaube dir ja. Du hast dich also normalerweise allein mit ihm getroffen.«

»Ja, manchmal kam er mit seiner Frau, aber mit der habe ich auch nicht gesprochen.«

»Mit seiner Ehefrau, meinst du?«

»Ja.«

Meine innere Anspannung war so groß, dass es hinter meinen Schläfen klopfte und mein Nacken schmerzte. »Gut, gut, und was fuhren sie für einen Wagen?«

»Ich habe ihn nie gesehen. Wir trafen uns nachts auf der Straße in Sagrera. Ich habe Ihnen ja gesagt, dass sie mir nicht getraut haben. Sie wollten mich aus der Sache raushalten, deshalb weiß ich nichts, ehrlich.«

Jetzt musste ich meinen Einsatz machen. »War er einmal mit einem älteren Mann da? Ziemlich groß, schlank, mit langem, ziemlich grauem Haar?«

Er sah mich einen Moment lang wortlos an. Ich hielt den Atem an. Waren wir am Ende? Merkte er, dass wir nur blufften?

»Nein«, antwortete er. »Ich habe nie einen anderen Mann gesehen. Nur ihn.«

Ich atmete tief durch. »Du hast dich also nur mit Augusto Ribas getroffen?«

»Ich habe doch gesagt, dass ich den Namen nicht weiß.«

»Willst du vielleicht zart andeuten, dass du nicht gewusst hast, dass der Typ etwas Illegales macht? Einer, der sich dir nicht einmal zu erkennen geben will? Warum hast du ihm vertraut? Nur weil er gut aussieht, mittleren Alters, groß, korpulent und gut angezogen, mit kurzen Haaren und einem breiten Lächeln?«

»Ja! Deshalb! Und weil er mich bezahlt hat, verstehen Sie? Wie konnte ich denn wissen, dass der Kerl ein Mörder ist!«

Geschafft! Garzón sprang abrupt von seinem Stuhl auf, und der fiel zu Boden. Er verließ den Raum. Ich lief ihm hinterher und holte ihn im Flur ein. »Wo wollen Sie hin, verdammt.«

»Ihn verhaften.«

»Garzón, verhunzen Sie es nicht. Alles läuft gut. Wir werden weitermachen und nichts überstürzen. Die Uniformierten sollen Ribas und seine Frau festnehmen. Dann sollen sie beide sofort in getrennte Autos setzen und dafür sorgen, dass sie sich auch im Kommissariat nicht begegnen. Kümmern Sie sich um die Haftbefehle. Fragen Sie den Unglücksraben da drin nach Namen und Adresse seines Schwagers und lassen Sie den auch festnehmen. Und ihm geben Sie ein Sandwich und ein Päckchen Zigaretten und sperren ihn ein, bis er alle identifiziert hat. Dann übergeben wir ihn dem Richter. Alles ganz nach Vorschrift bitte. Wir werden es jetzt nicht wegen einer Formfrage verpatzen.« Ich sah ihm ernst in die Augen. »Und ohne Gewaltanwendung! Gehts gut, Fermín?«

Er seufzte, lächelte und wurde ruhiger. »Es war toll, Petra. Ich dachte, ich kriege einen Herzinfarkt. Wäre es der andere Züchter gewesen, hätte dieser Klugscheißer bemerkt, dass wir im Dunkeln tappen.«

»Aber jetzt sind Sie endlich beruhigt, oder?«

»Ja, jetzt bin ich beruhigt.« Er ging den Flur entlang. Ohne Hast. Vielleicht war er beruhigt. Ich hingegen zitterte noch.

11

Augusto Ribas wurde eine knappe Stunde später auf seinem Hof festgenommen. Er widersetzte sich nicht. Marzal identifizierte ihn durch ein Spiegelfenster. Zwei Stunden später, als sie endlich von ihrem Einkäufen zurückkehrte, war auch seine Frau dran. Sie schien weder überrascht zu sein noch zeigte sie sich widerspenstig.

Von dem Moment an aß ich immer weniger. Ich ernährte mich von dem einen oder anderen schlecht gekauten und noch schlechter verdauten Sandwich, Magdalenas und Kaffee. Mein Kopf vergaß meinen Körper. Ich konnte nur noch wie bekloppt Taktiken abwägen, Mutmaßungen anstellen und Verhörstrategien ausarbeiten. Garzón ging es genauso, nur dass er seinen Appetit nicht verlor und seine Kopfarbeit sich in pausenlosen Fragen äußerte. Er ging mir auf die Nerven. Sein ununterbrochenes In-Bewegung-Sein, seine entsetzliche Ruhelosigkeit machten es mir unmöglich, auch nur ein bisschen gelassener nachzudenken. Wen verhören wir zuerst? Wie gehen wir vor? Soll es eine Gegenüberstellung von Ribas mit seiner Frau geben? Ist es nötig, sie mit Marzal zu konfrontieren?

Ich ermahnte ihn erneut streng. »Es reicht, Subinspector! Wenn Sie nicht versuchen, ein bisschen zur Ruhe zu kommen, werde ich Sie jetzt sofort vom Dienst suspendieren.«

Er hielt den Mund und sah mich übernervös an. »Einverstanden! Aber Sie versprechen mir, dass ich Ribas eine reinhauen darf. Das wird mich entspannen. Ich lasse mich auch nicht hinreißen. Ich werde brav warten, bis Sie mir den richtigen Moment signalisieren. Eine schlichte Ohrfeige ist nicht zu viel verlangt.«

»Sie haben den Verstand verloren, Garzón! Merken Sie denn nicht, wie heikel das ist? Der Kerl kann uns noch immer durch die Lappen gehen. Es gibt keine Prügel bei diesen Ermittlungen. Ich halte Wort. Sie werden sehen, ich brumme Ihnen mindestens eine Geldstrafe auf.« Das hatte mir noch gefehlt – mich mit Garzón und seinem Gerechtigkeitsempfinden herumzuschlagen.

Zuerst vernahmen wir Ribas' Frau. Sie hieß Pilar und war genau das Gegenteil von ihrem Mann: Klein, mit blasser Haut und mit hellrot gefärbten Haaren wirkte sie wenig attraktiv und so schutzlos und nervös wie ein Schulmädchen. Ihre Hände zitterten. Der Eindruck verlor sich, als sie zu sprechen anfing. Ihre Stimme war entschlossen und energisch.

»Señora Ribas, wissen Sie, warum Sie hier sind?«

»Nein«, antwortete sie mit verkniffenen Lippen.

»Aber Sie wissen, warum Ihr Mann hier ist, ja?«

Sie zögerte kurz, zog eine merkwürdige Grimasse, ballte kaum wahrnehmbar die Fäuste auf ihrem Schoß und sagte dann: »Ja.«

Ich nickte ein paar Mal und suchte erfolglos ihre Augen. »Gut, an dem Punkt können wir ansetzen. Ihr Mann organisiert illegale Hundekämpfe?«

»Ja.«

»Und Sie haben uns vor kurzem einen anonymen Hinweis geliefert, damit wir einen dieser Kämpfe in der Freihandelszone auffliegen lassen, richtig?«

»Ja.«

»Und kurz danach haben Sie erneut die Organisation Ihres Mannes verraten.«

»Ja.«

»Beim zweiten Anruf haben Sie mit verstellter Stimme gesprochen.«

»Ja.«

»Konnten Sie nicht herkommen und uns das persönlich mitteilen?«

»Selbstverständlich nicht!«

»Warum nicht?«

Sie zeigte die ersten Anzeichen von Ungeduld. »Tolle Frage! Ich wollte weder, dass mein Mann davon erfährt, noch wollte ich, dass mich die Polizei in diese Sache hineinzieht.«

»Aber Sie waren auf dem Laufenden?«

»Er hat mir nie etwas verheimlicht. Obwohl, ich hatte nur eine vage Vorstellung, denn ich habe mich nie an seinen Geschäften beteiligt.«

»Sind Sie sicher, Señora Ribas?«

»Nennen Sie mich nicht so, ich heiße Pilar.«

»In Ordnung, Pilar. Sagen Sie mir noch eines: Wussten Sie, dass Ihr Mann einen Menschen umgebracht hat?«

Sie sah mich mit bestürztem Gesicht an. Zum ersten Mal nahm sie ihre Hände aus dem Schoß und klammerte sich an die Stuhllehnen. »Nein!«, sagte sie kategorisch.

»Haben Sie Ignacio Lucena Pastor gekannt?«

»Ich weiß nicht, wer das ist.«

»Aber dennoch kannten Sie seinen Nachfolger Enrique Marzal gut genug, um ihn zu denunzieren.«

»Ich wusste, dass dieser Marzal seit Monaten mit meinem Mann zu tun hatte. Ich wusste aber nicht, was er für ihn machte. Ich habe seine Adresse in Augustos Adressbuch gefunden und sie Ihnen weitergegeben, das ist alles.«

Ich zog das Foto von Lucena aus der Schublade und hielt es ihr hin. »Wissen Sie, wer das ist?«

Sie sah es mit widersprüchlichem Gesichtsausdruck an. »Ja, das ist Lolo. Er ist einmal zu uns gekommen. Ich habe keine zwei Worte mit ihm gewechselt. Er ist schon lange nicht mehr aufgetaucht.«

»Hat Sie das nicht gewundert?«

»Warum? Mein Mann trifft sich mit Leuten, die manchmal auch zu uns kommen. Ich sage zu ihnen Hallo und Adiós. Ich will lieber nichts wissen.«

»Lolo wurde totgeschlagen. Wir haben Gründe zu glauben,

dass es Ihr Mann war. Und wir denken auch, dass man vielleicht Sie der Mittäterschaft anklagen sollte.«

Sie verspannte sich. Ihre trüben Augen belebten sich plötzlich. »Glauben Sie, dass jemand, der Ihnen zweimal telefonisch Hinweise gibt, in so etwas verwickelt ist? Warum sollte ich mich selbst anzeigen?«

»Weiß nicht. Warum haben Sie Ihren Mann angezeigt, Pilar?«

Sie schwieg und stammelte dann: »Diese Frau …«

Garzón versteifte sich, als hätte er einen Stock im Rücken.

»Welche Frau?«

Die Befragte sah ihn und dann mich ängstlich an. Ich lächelte, so gut ich konnte. »Welche Frau meinen Sie?«, fragte ich so sanft wie nur möglich.

»Diese Frau. Das mit ihr ging jahrelang. Ich habe nie einen Muckser gemacht. Ich habe es ausgehalten. Aber diese Frau war eine Nutte. Sie wusste, dass er verheiratet ist, aber sie haben sich weiterhin getroffen. Als Ausrede schoben sie das Geschäft vor.«

»Sprechen Sie von Valentina Cortés?«

»Ja.«

»Haben Sie uns deshalb angerufen?«

»Ja, ich wollte, dass Sie sie schnappen.«

»Aber warum zu diesem Zeitpunkt, Pilar? Sie haben gerade gesagt, dass Sie es jahrelang ertragen haben.«

»Seit einiger Zeit war Augusto unruhiger als gewöhnlich, und nicht nur, weil Sie ihm auf den Fersen waren. Ich ertappte ihn mehrmals dabei, wie er sie von zu Hause aus anrief. Er legte auf, aber ich wusste, dass er mit ihr gesprochen hatte. Ich beschloss, Sie über seine Geschäfte zu informieren. Das war auch eine Art, alles zu beenden. Aber Sie konnten ihn ja nicht erwischen. Die Zeit verging, und eines Nachmittags kam Augusto völlig aufgelöst nach Hause. Er sagte, er würde mich verlassen. Es täte ihm wirklich Leid, aber sonst würde er Valentina verlieren, und das könnte er nicht ertragen.«

Garzón war nervös, außer sich. »Wollte sie einen anderen heiraten?«

»Was weiß denn ich! Glauben Sie, das hat mich interessiert? Er wollte mich verlassen, und das war das erste Mal, dass er mir das sagte. All die Jahre, auch wenn er sie traf, hat er nie daran gedacht, mich zu verlassen. Niemals! Ich war immer seine Frau.«

Der Subinspector zog sich wie ein lauerndes Tier zurück. Ich fragte weiter: »Und was noch, Pilar? Was ist noch passiert?«

»Er ist die ganze Zeit auf und ab getigert. Er war ein einziges Nervenbündel. In der Nacht gab es einen Kampf, sodass er etwa um elf Uhr ging. Ich befürchtete, dass er sie dort treffen könnte, dass er dann vielleicht heimkommen und mir eröffnen würde, er würde jetzt gleich abhauen, er würde seine Koffer packen und …« Sie verstummte und sah zu Boden.

»Und dann?«

»Ich war nervös und ging spazieren. Ich wollte ihn in dieser Nacht nicht mehr sehen. Als ich zurückkam, lag er schon im Bett.«

»Und was sagte er?«

»Nichts. Nur, dass was schief gelaufen sei und der Kampf nicht stattgefunden hatte.«

Ich zündete mir eine Zigarette an und dachte nach. »Am nächsten Tag erfuhren Sie, dass Valentina ermordet worden war, und dachten, dass ihr Mann sie umgebracht hatte?«

»Ja. Nach ein paar Tagen habe ich Sie wieder angerufen. Sie hatten ja noch immer nichts rausgefunden. Sie kamen ihn holen, aber Sie ließen ihn sofort wieder frei. Ich suchte sein Adressbuch und gab Ihnen die Nummer dieses Mannes da, der für ihn arbeitete. Das war eine Möglichkeit, Sie wieder auf die Spur zu bringen.«

»Warum, Pilar? Valentina war ja nun keine Gefahr mehr. Jetzt hätten Sie Ihren Mann wieder ganz für sich allein gehabt.«

»Er wollte mich verlassen. Außerdem war er zum Mörder geworden. Er hats getan, und er muss dafür bezahlen.«

Ich sah sie misstrauisch an. »Hm, ich verstehe. Es könnte natürlich auch sein … na ja, dass Ihr Mann Sie des Mordes an Valentina bezichtigt. Dass er versucht, Ihnen die Schuld zuzuschieben, meine ich. Wenn man so darüber nachdenkt, wäre Ihnen das bei Ihrem Spaziergang in jener Nacht ein Leichtes gewesen, nicht wahr? Beantworten Sie mir eines, Pilar, haben Sie Hunde im Haus?«

Sie errötete und sah mich erwartungsvoll an. »Natürlich.«

»Welcher Rasse?«

»Von der, die mein Mann züchtet, einen Staffordshire Terrier. Es heißt Pompeyo.«

»Haben Sie Pompeyo in jener Nacht auf den Spaziergang mitgenommen?«

»Wenn ich nachts ausgehe, nehme ich ihn immer mit. Ich fühle mich dann sicherer!«

»Sie fühlen sich sicherer, weil der Hund zu Ihrer Verteidigung ausgebildet ist.«

»Selbstverständlich ist er das! Worauf wollen Sie hinaus? Ich sage Ihnen noch einmal: Wenn ich schuldig wäre, hätte ich Sie nicht angerufen.«

»Ach, Pilar, es gibt seltsame Parallelen. So wie Ihr Mann Ihnen die Schuld zuschieben will, so könnten Sie dasselbe mit ihm versuchen. Deshalb haben Sie angerufen. Hat er versucht, Sie zu beschuldigen?«

Sie rutschte nervös auf ihrem Stuhl herum. »Ja, stimmt. Er hat es versucht. Seine Dreistigkeit verschlägt mir noch immer die Sprache. Als die Polizei ihn holen kam, drohte er auszusagen, ich hätte Valentina umgebracht. Er ist besessen. Er ist verrückt, er ist zu allem fähig. Ich will, dass meine Unschuld bewiesen wird.«

Ich sah sie eindringlich an. »Wenn Sie unschuldig sind, kriegen wir das raus. Und auch, wenn Sie es nicht sind.« In Begleitung einer Aufsichtsbeamtin verließ sie den Raum, ihr Katzengesicht wirkte gealtert und besorgt.

Garzón stürzte sich auf mich. »Glauben Sie, dass sie es war?«

»Ich weiß nicht. Sie oder ihr Mann. Einer von beiden. Wir müssen herausfinden, was er nach dem abgesagten Kampf gemacht hat. Mit wem er zusammen war, bevor er nach Hause ging.«

»Sie werden sehen, dass der kein Alibi hat. Es würde mich wundern, wenn diese Frau Valentina ermordet hätte.«

»Könnte es vielleicht sein, dass Sie größere Lust hätten, ihn zu verprügeln?«

»Ich habe versprochen, dass es keine Prügel gibt. Also gibt es keine.«

»Wunderbar, Garzón. Dann gehen wir jetzt zu dem Kerl.«

Augusto Ribas Solé wusste, wie schwierig seine Lage war. Man hatte ihm mitgeteilt, dass seine Frau auch festgenommen worden war. Mehr nicht. Wir hatten ihm Zeit zum Nachdenken gegeben. Kaum hatte er mein Büro betreten, war mir klar, dass er nicht allzu viel Widerstand leisten würde. Er war weder nervös noch in sich gekehrt. Sein beeindruckendes Auftreten hatte auffällig nachgelassen. Er setzte sich mir gegenüber neben den Subinspector. Ich hatte beschlossen, die Vernehmung auf vernünftiger Ebene zu führen.

»Señor Ribas«, sagte ich zu ihm, »ich habe mir vorgenommen, mit offenen Karten zu spielen. Wir wissen eine Menge über Sie. Sogar einiges, das Sie selbst nicht wissen. Ich werde nicht den Versuch machen, Sie in Widersprüche zu verwickeln oder Ihnen Fallen zu stellen. Ich denke, das wird nicht nötig sein. Und Sie bitte ich, nicht zu versuchen, Dinge zu leugnen, die offensichtlich sind. Wenn wir uns wie Erwachsene benehmen, wird alles viel schneller vorbei sein.«

Er hörte mir schweigend zu und sah mich sehr aufmerksam an.

»Jemand hat Sie ans Kreuz genagelt, Ribas. Sie sind verraten worden. Wollen Sie wissen, von wem? Ich werde es Ihnen sagen: Es war Ihre Frau. Sie hat Sie denunziert.«

Seine großen Augen zeigten kaum Überraschung, sie durchbohrten mich. »Natürlich, Sie ist Ihnen mit diesem Märchen gekommen, um sich selbst zu retten. Sie hat Valentina Cortés umgebracht.«

Ich erhob mich, ging ein paar Schritte auf und ab und stellte mich neben ihn: »Ich spreche nicht von Valentina.«

»So, von wem dann?«

»Denken Sie mal an den anonymen Anruf, der während des Kampfes in der Freihandelszone bei uns einging!«

»Ich weiß nicht, wovon Sie reden.«

»Das wissen Sie sehr wohl. Dieser anonyme Anruf kam von Ihrer Frau. Sie hat es gerade zugegeben.«

Ribas Gesicht verlor die Fasson. Er wich meinem Blick aus.

»Und gestern hat Sie uns erneut anonym angerufen, deshalb sind Sie hier. Sie hat uns mitgeteilt, wo wir Enrique Marzal finden. Und Enrique Marzal hat uns alles über Ihre Aktivitäten erzählt. Sie sehen, Ribas, das sind zwei übereinstimmende Zeugenaussagen gegen Sie. Es gibt kein Schlupfloch.«

»Scheiße!«, murmelte er.

»Warum haben Sie Valentina umgebracht?«

»Ich habe sie nicht umgebracht!«

»Weil sie Sie wegen eines anderen sitzen lassen wollte? Oder weil sie Beweise gegen Sie hatte?«

»Beweise? Wovon reden Sie?«

»Wer hat Ignacio Lucena Pastor umgebracht? Sie?«

»Ich weiß nicht, wer das ist.«

Plötzlich stand Garzón auf und schlug heftig auf den Tisch. »Du weißt sehr wohl, wer das ist, verdammt noch mal!«

Ribas fuhr erschrocken zusammen, blinzelte beunruhigt und schwieg. Garzón begann zu schreien. Der Verdächtige wurde bleich.

»Wer wars, wer hat Lucena umgebracht, du verdammter Hurensohn?«

»Sie, sie war es!«, schrie er.

»Wer sie?«

»Valentina!«

»Das ist eine Lüge, du Scheißkerl!« Garzón zerrte ihn am Hemd hoch und schüttelte ihn durch, als wäre er eine Puppe.

Ich stellte mich hinter ihn, ergriff in der Höhe der Ellbogen seine beiden Arme und zog ihn zurück. »Ganz ruhig, Subinspector, ganz ruhig!« Er fing sich wieder und sah mich an. Dann biss er sich auf die Lippen und keuchte. Wir drei keuchten. Ich hieß ihn sich setzen und wandte mich wieder an Ribas.

»Valentina war es nicht. Wir haben bei ihr zu Hause Lucenas Notizbuch gefunden. Wenn sie ihn umgebracht hätte, hätte sie es nicht aufgehoben.«

Er senkte den Kopf. Dann ließ er ihn auf die Brust sinken. Wir saßen eine Weile schweigend da. In der verbrauchten Luft meines Büros war nur unser erregtes Schnaufen zu hören.

»Wo haben Sie das Notizbuch gefunden?«, fragte Ribas schließlich.

»In Morganas Hütte.«

Er nickte ernst und schlug die Hände vors Gesicht.

»Sie haben das Haus durchsucht in der Hoffnung, es zu finden. Das belastet Sie ernstlich, oder? Und Sie haben Valentina umgebracht, weil sie es Ihnen nicht als Abschiedsgeschenk geben wollte. Sie wollte weiter eine gewisse Kontrolle über Sie behalten. Sie hat Ihnen nie getraut. Und zu dem Zeitpunkt musste sie sich absichern, damit Sie sich nicht in ihr neues Leben einmischen.«

»Nein«, murmelte er kraftlos.

»Sie haben verloren. Lassen wir die Spielchen.«

Seine Hände begannen zu zittern, er seufzte tief. Dann beruhigte er sich. »Als ich Lucena verprügelt habe, hatte ich nicht die Absicht, ihn zu töten. Ich hatte mit ihm was zu regeln. Vielleicht ist mir die Hand ausgerutscht … Aber umbringen wollte ich ihn nicht. Hinterher habe ich erfahren, dass er im Krankenhaus liegt.

Und noch später, dass er tot ist. Aber es war nicht meine Absicht, ihn umzubringen. Hätte ich das vorgehabt, hätte ich ihn erschossen. Ich besitze einen Waffenschein.«

»Warum sind Sie nicht zur Polizei gegangen?«

»Ich bekam es mit der Angst. Ich dachte, letztendlich war Lucena nur ein armes Schwein ohne Familie. Es würde nichts ändern, wenn ich die Wahrheit sagen würde. Es war ein Unfall. Es war halt passiert. Es hätte mir bloß dämlicherweise das Leben schwer gemacht.«

»Und Ihre Geschäfte aufgedeckt.«

»Mein Geschäft ist die Zucht.«

»Und illegale Hundekämpfe. Warum haben Sie ihn umgebracht?«

»Ich wollte ihn nicht umbringen.«

»Also gut, warum haben Sie ihn verprügelt?«

»Er hat Geld unterschlagen. Er hat von dem eingetriebenen Geld immer mehr selbst eingesteckt und Parallelgeschäfte gemacht, wobei er meinen Namen benutzt hat. Er hat sogar einem Journalisten Informationen gegeben, um mehr Kohle rauszuschinden. Er hat es herausgefordert, und ich habe ihn gewarnt. Er hat sich nicht darum gekümmert, und ich habe ihn noch einmal gewarnt. Ich habe ihn zu heftig verprügelt – er hat keinen Widerstand geleistet.«

»Eine schlagkräftige Warnung.«

»Er war ein schwächlicher Typ.«

»Dann haben Sie Valentina beauftragt, das Geld in Lucenas Wohnung zu suchen.«

»Ja.«

»Aber sie hat es nicht gefunden. Was sie jedoch gefunden hat, waren die Rechnungsbücher. Sie hat dasjenige mitgenommen, das Sie belastet. Als sie gesehen hat, wie weit Sie gehen und zu welcher Gewalttätigkeit Sie neigen, wurde sie unruhig. Sie wollte sich absichern. Ihr ist nicht mal in den Sinn gekommen, die anderen Rechnungsbücher mitzunehmen. Ein lächerlicher Fehler. Nicht sehr professionell.«

»Sie hat gesagt, dass in diesem Büchlein mein Name stünde.«

»Das stimmt aber nicht.«

»Das habe ich immer vermutet.«

»Und obwohl Sie es nur vermutet haben, haben Sie sie umgebracht.«

»Ich schwöre, dass ich sie nicht umgebracht habe. Ich habe doch schon alles zugegeben. Das ist die Wahrheit. Ich habe Lucena verprügelt und ihn dadurch versehentlich getötet. Außerdem habe ich Hundekämpfe organisiert. Na schön, aber Valentina habe ich nicht umgebracht. Ich habe sie immer geliebt.«

Garzón hielt sich zurück und dampfte wie ein Hefegebäck im Backofen.

»Erzählen Sie mir, was in der Nacht geschah, als Valentina überfallen wurde.«

»Ich fuhr abends direkt von der Zuchtfarm zu ihr. Sie sagte mir, dass sie mich verlassen werde, dass sie endgültig Schluss macht. Nachdem sie den dicken Polizisten so lange überwacht und getäuscht hatte, hatte sie ihn schließlich lieb gewonnen. Sie wollten heiraten.«

Er warf Garzón einen verächtlichen Blick zu. Auch ich warf einen Seitenblick in seine Richtung. Seine Gesichtszüge hatten sich schlagartig entspannt. Vielleicht würde er jetzt endlich erfahren, was ihn am meisten interessierte.

»Und Sie waren böse mit ihr.«

»Nein. Ich bat sie, bei mir zu bleiben, mich nicht zu verlassen.«

»Und sie drohten ihr.«

»Nein, ich versprach ihr, sofort meine Frau zu verlassen.«

»Haben Sie das getan?«

»Ja, ich ging. Und als ich nach Hause kam, teilte ich Pilar mit, dass ich sie verlassen würde. Sie hat immer gewusst, dass Valentina meine Geliebte ist, und es hatte ihr nichts ausgemacht. Aber als sie begriff, dass ich sie tatsächlich verlassen wollte …«

»Hat sie heftig reagiert?«

»Nein, sie reagierte wie immer, sie begann zu weinen. Aber dabei ist es geblieben. Ich hatte einen Kampf und konnte mich nicht länger aufhalten.«

»Was geschah dann?«

»Es sind nicht alle Wettteilnehmer erschienen. Also wurde der Kampf ausgesetzt. Ich fuhr zu meiner Zuchtfarm und brachte die Hunde zurück, die hätten kämpfen sollen. Als ich nach Hause kam, war sie nicht da. Sie kam erst nach Hause, als ich schon schlief, und erzählte, sie hätte einen Spaziergang gemacht, weil sie so nervös gewesen war.«

»Wie spät war es?«

»Im Morgengrauen, ich weiß nicht.«

»Fanden Sie das nicht merkwürdig?«

»Ich habe das nicht so wichtig genommen. Aber als ich erfuhr, dass Valentina in derselben Nacht ermordet worden war …«

»Dachten Sie an Ihre Frau.«

»Ja.«

»Natürlich könnten Sie auch gedacht haben, dass dieser Spaziergang sehr praktisch war. Sie konnten leicht ihr die Schuld in die Schuhe schieben.«

»Ich habe Valentina nicht getötet. Ich schwöre es Ihnen. Ich behaupte ja nicht einmal, dass es Pilar getan hat. Schließlich ist sie meine Frau.«

»Und Sie ein echter Caballero«, rief Garzón aus und wurde wieder wütend.

»Mit Ihnen rede ich nicht.«

Ich befürchtete das Schlimmste.

»Du bist hier nicht im Hotel, du wirst mit dem reden, der dich befragt.«

»Mit Ihnen nicht.«

»Haben Sie mein Haus durchsucht?«, fuhr ich dazwischen.

»Nein, habe ich nicht. Ich weiß nicht, wovon Sie reden.«

»Mein Haus wurde durchsucht und Lucenas Hund getötet. Offensichtlich wurde das Rechnungsbuch gesucht. Wussten Sie das nicht?«

»Nein.«

»Aber Ihre Frau kann es schlecht gewesen sein. Sie wusste wahrscheinlich nichts von dem Buch.«

»Das stimmt nicht. Ich habe es ihr erzählt.«

»Sie haben ihr erzählt, dass Ihre Geliebte Beweise hatte, die Sie belasten konnten?«

»Ja, damit sie mich endlich in Frieden lässt mit ihrem Geplärre, mit Valentina Schluss zu machen.«

Ich ahnte, dass sich über uns etwas zusammenbraute, und rief einen Polizisten, der den Tatverdächtigen abführte. Im Augenblick waren wir fertig. Garzón schnaufte wie ein Schnellkochtopf. »Sie wissen gar nicht, wie sehr ich es bedaure, Polizist zu sein«, sagte er.

»Warum?«

»Wenn ich keiner wäre, könnte ich mir den Kerl vorknöpfen, bis er ...«

Ich suchte meine Sachen zusammen und beachtete ihn nicht weiter. »Wo gehen Sie hin?«, fragte er.

»Ich gehe heim. Wissen Sie, wie spät es ist?«

»Es ist spät, ja, aber wenn wir den Augenblick nutzen ... Die Verdächtigen sind erschöpft, vielleicht klappt das nicht mehr so gut mit der Rausrederei.«

»Wenn es bei jemand nicht mehr so klappt, dann bei mir. Sie haben uns gerade einen Mord gestanden, Garzón. Mir ist schwindelig, ich bin verwirrt und abgespannt. Ich muss über das, was ich gehört habe, nachdenken, mich duschen, was essen ... und Sie haben das auch nötig.«

»Nein, mir gehts bestens.«

»Morgen wird es Ihnen noch besser gehen. Gehen Sie mit Ihrem Sohn essen.«

»Mein Sohn? Der ist schon vor einer Woche abgereist. Ich konnte mich nicht einmal von ihm verabschieden. Er hat mir eine Notiz auf dem Kühlschrank hinterlassen.«

»Sie haben sich nicht sehr viel um ihn gekümmert, nicht wahr, Garzón?«

»Ich hatte andere Sorgen.«

Es war seltsam, nach Hause zu kommen und Schreck nicht vorzufinden. Vielleicht hatte ich mich an seine Gesellschaft gewöhnt, auch wenn er nur ein kleines Tier gewesen war. Bedrückt setzte ich mich und hatte nicht mal Lust, mir einen Whisky einzuschenken. Ein Verbrechen aus Leidenschaft und eine zu heftige Tracht Prügel, das war alles. Von einem komplizierten Fall konnte nicht die Rede sein. Geld und Liebe. Brutalität und Verachtung. Vulgarität. Die Gründe zum Töten konnte man an einer Hand aufzählen, seit Shakespeare, seit Kain und Abel. Seither ist alles Wiederholung. Ich war müde, mein Rücken schmerzte, aber mein vorherrschendes Gefühl war eine vage Sehnsucht. Wonach? Vielleicht nach Schrecks unförmigem Kopf, nach der Leichtigkeit, wortlos mit ihm kommunizieren zu können. Einer der Eheleute Ribas hatte Valentina umgebracht. Jetzt konnte Garzón nicht mehr aufs Land ziehen. Meine Augen schmerzten. Es ist nicht gesund, das Gehirn wochenlang mit denselben Gedanken zu füllen, sie beschmutzen den Behälter und können ihn faulig werden lassen. Man muss abschalten können. Ich griff zum Telefon, rief Juan Monturiol an und erzählte ihm alles.

»Deine Beteiligung an dem Fall war schließlich maßgeblich.«

»Bloß ein beruflicher Triumph. Wie gehts Garzón?«

»Beschissen.«

»Und wenn keiner der beiden Ribas gesteht, was macht ihr dann?«

»Ich kann jetzt nicht mehr denken. Warum kommst du nicht her, und wir trinken ein Glas zusammen?«

»Ich glaube nicht, dass das eine gute Idee ist, Petra.«

»Warum?«

Es entstand ein kurzes Schweigen. Er räusperte sich. »Ehrlich gesagt, glaube ich, dass wir unsere Beziehung nicht weiter vertiefen sollten, verstehst du?«

»Nein.«

»Ich werde mich nie daran gewöhnen, Petra. Es ist einfach so. Auch wenn es zwischen uns nicht die geringste Verpflichtung gibt, möchte ich der Frau, mit der ich schlafe, so wichtig sein, dass sie mich anruft, dass sie mich darüber informiert, was sie tut … nun ja. Das Modell Bettfreundschaft ist nichts für mich. Und ich bedaure es, weil du mir sehr gefällst. Verstehst du jetzt?«

»Ja.«

»Jetzt müssen wir uns aber nicht hassen. Wir sehen uns, wenn du mit Schreck in die Praxis kommst.«

»Schreck ist tot. Er wurde bei einem Einbruch in mein Haus erschlagen.«

»Das tut mir Leid. Dann treffen wir uns bestimmt mal zufällig und gehen einen Kaffee zusammen trinken.«

»Ja, natürlich.«

»Es wäre mir lieb, wenn du meinen Standpunkt wirklich verstehen würdest.«

»Ich verstehe ihn. Ich finde ihn sogar gut.«

»Das freut mich. Magst du mir irgendwann erzählen, wie es mit den Ribas ausgegangen ist?«

»Ja, mach ich.«

Ich legte auf. In meinem Alter musste ich noch Körbe einstecken. Aber den hatte ich mir selbst eingehandelt. Was glaubte er, wer ich bin? Eine lebenslustige Mittvierzigerin, die sich auf den ersten Blick Hals über Kopf verliebt? Eine Femme fatale? Einen Kaffee trinken! Mal sehen, wie ich mich, verdammt noch mal, damit arrangieren würde, mit Juan Monturiol einen Kaffee zu trinken! Zu beobachten, wie seine sehnigen Hände ein Zuckerpäckchen öffnen, die Tasse an seine Lippen führen und er dabei seine grünen Augen auf mich heftet. Zum Teufel mit dem Kaffee! Ich wollte sofort und ohne zu duschen, ohne zu Abend zu essen, ohne nochmals diesen ganzen recycelten Müll von Liebesgeschichten zu überdenken ins Bett gehen. Ich vermisste Schreck sehr.

Eine Gegenüberstellung ist nicht ganz einfach. Als seine Frau hereinkam, stand Ribas auf. Ich versuchte, den Blick, den sie austauschten, so genau wie möglich aufzufangen. Sie bildeten ein harmonisches Paar. Er kräftig, mächtig, attraktiv. Sie blass und von kindlicher Zerbrechlichkeit. Ribas ergriff zuerst das Wort. Er tat es in schmerzerfülltem Tonfall. Und er brachte einen unvollständigen Satz hervor, der vorwurfsvoll klang.

»Wie konntest du nur …«

Sie antwortete nicht, runzelte die Augenbrauen und biss trotzig die Zähne zusammen. Dann setzte sie sich, schlug betont herausfordernd die Beine übereinander und sah mich an. »Muss ich lange hier bleiben?« Es war offensichtlich, dass sich in ihrem Innern ein Kampf abspielte. Sie war es nicht gewohnt, großmäulig oder unhöflich aufzutreten.

»Pilar, wir wollen, dass Sie Ihrem Mann bestätigen, dass Sie zweimal anonym die Polizei angerufen haben mit dem Hintergedanken, wir würden ihn auf frischer Tat bei seinen illegalen Geschäften ertappen.«

Ohne ihren Blick von mir abzuwenden, antwortete sie: »Ja, das habe ich.«

»Können Sie uns erklären, warum?«

Sie schwieg.

»Antworten Sie bitte.«

Ihr Gesicht nahm einen aufgesetzt wirkenden zynischen Ausdruck an. »Ich bin eine gute Bürgerin.«

»Ihnen droht eine Mordanklage. Finden Sie, das ist der passende Moment für Witze?«

Ribas mischte sich ein. »Sie hat angerufen, weil sie von Eifersucht zerfressen war.«

Sie verspannte sich, sah ihn aber immer noch nicht an und sagte in beiläufigem Tonfall: »Ja, wahrscheinlich, weil ich es fünf Jahre lang ertragen musste, dass du dich mit dieser Frau triffst.«

»Ich hätte dich schon vor langer Zeit verlassen können. Du hast doch kein Blut in den Adern. Dir ist alles gleichgültig.«

Sie sah ihren Mann erstmals direkt an. Ihre Mädchenhände wurden zu verkrampften Krallen. »Du bist immer ein Weiberheld gewesen, Augusto. Du hast dich nie um mich gekümmert. Du warst so überzeugt von deiner Überlegenheit, dass du geglaubt hast, ich müsste dankbar dafür sein, mit dir leben zu dürfen. Und du hast mich wie Dreck behandelt.« Ribas war überrascht, er riss ungläubig die Augen auf. »Du warst das Beste, was mir passieren konnte, nicht wahr? Der König! Du hast genug getan, als du dich für diese Heirat hergegeben hast. Du tust mir Leid!«

Schließlich reagierte Ribas. »Halt den Mund!«

Das kleine Gesicht der Frau färbte sich knallrot. »Ich denke nicht daran, den Mund zu halten!«, schrie sie. Wir wurden Zeugen eines Ausbruchs, der schon lange gärte. »Ich habe lang genug den Mund gehalten, und jetzt werde ich reden! Du bist nichts weiter als ein Versager, Augusto, nichts weiter! Wo ist denn die wunderbare Zukunft, das Haus auf dem Land? Wo sind die Reisen? Du willst die Welt erobern und musst schließlich erbärmliche Hundediebe anheuern, um ein bisschen zusätzliches Geld einzufahren.«

Ihr Mann war aufgeregt und wandte sich an mich. »Sagen Sie ihr, dass sie still sein soll.«

Ich breitete in einer päpstlichen Geste die Arme aus. »Wir sind hier, um zu reden.«

»Es ist deine Schuld, dass wir nicht mal Kinder haben! Du hast immer nur hinter anderen Frauen herlaufen können. Je gewöhnlicher sie waren, desto besser.«

»Genau das kränkt dich, nicht wahr? Deshalb hast du sie umgebracht.«

»*Du* hast sie umgebracht! Du hast doch verrückt gespielt, als sie dir gesagt hat, dass sie sich mit dem Polizisten davonmachen wollte. Wegen eines alten dicken Polizisten so einen tollen Mann zu verlassen! Das hat dich am meisten umgehauen, stimmts? Im Grunde ist dir die Liebe einer Frau doch egal. Du hast doch dein Leben lang nichts anderes gewollt, als im Mittelpunkt zu stehen. Warum hast du dich auf diese schmutzigen Geschäfte eingelassen? Wofür brauchen wir das Geld?«

Ribas richtete sich bedrohlich auf, und Garzón warf sich etwas zu stürmisch auf ihn. Ich hob die Stimme. »Meine Herren, bitte, es reicht! Wenn Sie nicht Haltung bewahren, müssen wir dieses Zusammentreffen abbrechen.«

Ich sah Garzón besorgt an. Er ließ Ribas Arm los und setzte sich wieder. Der öffnete den obersten Knopf seines Sporthemdes und schnaubte wie ein Pferd. Jetzt sprach er leiser.

»Du hast sie umgebracht, Pilar. Hör auf zu lügen. Du hast mich schon genug bestraft. Sag, warum du in jener Nacht ausgegangen bist.«

»Ich hatte Angst, dass du vor meinen Augen das Haus verlässt. Ich hatte zu viel Angst, Augusto. Und das ist nicht normal in einer Ehe.«

»Ausreden! Du hast Pompeyo genommen und bist zu ihr gegangen. Du konntest nicht ertragen, dass ich dich verlasse. Du hast den Hund auf sie gehetzt und ihn so lange beißen lassen, bis sie tot war. Dann hast du geglaubt, dass du das mir anhängen kannst. Oder hast du etwa alles von Anfang an geplant?«

»Nein! Du hast sie umgebracht, weil du sie nicht überreden konntest, den Polizisten zu verlassen!«

Wir befanden uns in einer Sackgasse. Die Anspannung in meinem Magen hatte sich in ein Summen im Hirn verwandelt. »Mäßigen Sie bitte Ihren Ton! Ich glaube, wir verschieben die Sitzung lieber auf morgen.«

Ich ließ sie gehen und konzentrierte mich auf Garzón. Sein Mund war blutig. Er hatte sich die Unterlippe aufgebissen. Ich reichte ihm ein Papiertaschentuch rüber. Er wischte sich ab. Wir sahen uns an, unfähig zu irgendeinem Kommentar. Fast unfähig, zu sprechen. Ich wusste nicht, wie spät es war. Ich schaute auf die Uhr, ich konnte dem Blick meines Kollegen nicht länger standhalten.

»Wie finden Sie das alles?«, fragte er schließlich.

»Ich weiß nicht. Und Sie?«

»Ich glaube, er wars.«

»Warum?«

»Er hatte mehr zu verlieren, denken Sie an das Büchlein.«

»Es wird nicht immer aus Kaltblütigkeit gemordet.«

»Aber er hat doch Marzal in Ihr Haus geschickt.«

»Es würde mich wundern, wenn ein Kerl mit Erfahrungen in schmutzigen Geschäften so eine Dummheit begeht.«

Eindeutig, Garzón tippte auf Ribas. Ich fragte mich, ob er in seiner schmerzenden Seele den Wunsch hegte, er möge es gewesen sein. Beweis dafür war, dass Garzón den Grund für die angebliche Schuld ausschließlich in dem Rechnungsbuch sah und den Aspekt Leidenschaft völlig ausschloss.

So wie sich die Situation darstellte, war ich davon überzeugt, dass uns unsere Untersuchungshäftlinge die Lösung selbst liefern würden. Ich irrte mich nicht. Als ich am nächsten Tag im Kommissariat eintraf, teilte mir ein Polizist mit, dass Ribas mich persönlich sprechen wollte. Ich interpretierte die Bedingung *persönlich* sofort als direkte Bitte darum, dass Garzón nicht dabei sein sollte. Ja, möglicherweise war das die einzige Möglichkeit, weiterzukommen.

Ribas war ernst und neigte zur Nachdenklichkeit. Er gestand, die ganze Nacht kein Auge zugemacht zu haben. Der Aufenthalt in unseren Räumlichkeiten hatten seinen Geist so weit geschärft, dass er Strategien zu entwerfen begann, um den Täter zu überführen, der selbstverständlich nicht er war. Er wusste ganz genau, dass eine Mordanklage nicht zu vergleichen war mit einer Anklage auf Körperverletzung mit Todesfolge. Er bat mich darum, allein mit seiner Frau sprechen zu dürfen. Ich erwiderte ihm, dass ich das nicht zulassen könne. Jeder Versuch, Einfluss auf sie zu nehmen, den ich nicht kontrollieren könnte, käme nicht infrage.

»Ist gut, dann willigen Sie zumindest ein, dass ich in Ihrem Beisein mit ihr reden kann. Auf keinen Fall darf Ihr Kollege anwesend sein.«

»Glauben Sie wirklich, so viel Einfluss auf sie zu haben, um die Wahrheit aus ihr herauszukriegen?«

»Ich bin mir ganz sicher.«

»Das gestern wirkte aber nicht so auf mich. Vielleicht hat sich ihre Haltung Ihnen gegenüber verändert.«

»Ich weiß, wovon ich rede.«

»Einverstanden.«

»Noch etwas. Es ist wichtig, dass Sie das, was ich sagen werde, nicht gegen mich verwenden. Denken Sie daran, dass ich nur beabsichtige, ihr die Wahrheit zu entlocken.«

»Wir werden sehen.«

»Und der Subinspector?«

»Keine Sorge, er wird nicht dabei sein.«

Ich erwartete von Garzón eine heftige Reaktion, als ich ihm die Neuigkeit mitteilte, aber er nahm sie mit einem Blick hin, der meinen Verrat beklagte. »Auch du, mein Sohn Brutus?«, schien er zu sagen.

Ja, ich auch, es steht ein Mord auf dem Spiel, ich kann mich nicht mit dem Gedanken aufhalten, ob ich Gefühle verletze.

Verbittert zog er ab und kehrte in sein Büro zurück, wo er, wie ich vermute, einen der schlimmsten Momente seines Lebens verbrachte. Also bereitete ich die nächste Gegenüberstellung vor. Es überraschte mich selbst, dass ich so gelassen war. Ich hatte mir vorgenommen, wie die drei chinesischen Affen zu handeln: Ich sehe nichts, ich höre nichts, ich sage nichts.

Pilar kam vor ihrem Mann in mein Büro. Eine einzige Nacht in Haft zerrüttet die Persönlichkeit normaler Menschen. Sie war blass und ausgezehrt, aber vor allem abwesend, in ihrer Würde zerstört. Als Ribas eintrat, sah sie ihn an, als sei er ein Fremder. Mich beachtete sie erst gar nicht. Wir setzten uns und schwiegen. Länger als eine Minute, die mir beängstigend und unerträglich lang vorkam.

Schließlich begann Ribas zu sprechen. »Bist du erschöpft?«, fragte er seine Frau.

Die zog eine Augenbraue hoch, und als sie sich aufrichtete, schnitt sie flüchtig eine schmerzliche Grimasse. »Ich will nach Hause«, sagte sie.

»Mach dir keine Sorgen, du wirst bald gehen können.« Ribas hatte seiner Stimme einen besonders warmen Tonfall gegeben. Er ging zu Pilar und nahm ihre Hand. Sie widersetze sich nicht und nahm auch widerspruchslos ein paar Klapse auf die Schulter hin. »Du wirst bald gehen können, bald.«

Er hatte die völlige Kontrolle über die Situation. Sie entspannte sich und begann zu reden, ohne ihn anzusehen. Ich hatte für die beiden zu existieren aufgehört.

»Warum wolltest du mit dieser Frau weggehen?«

»Ich habe es ja nicht getan. Ich bin nach Hause gekommen und habe bei dir geschlafen. Wie immer.«

»Weil sie dich rausgeworfen hat!«

»Ich habe zu Hause geschlafen. Und ich hätte dich nie verlassen. Das weißt du sehr gut.«

»Du hast mir sehr wehgetan, Augusto. Diesmal wirklich.«

»Du mir auch, meine Liebe. Wir sitzen hier, weil du mich bei der Polizei denunziert hast.«

»Ich wollte dich bestrafen, damit alles aufhört. Damit das mit dieser Frau aufhört.« Sie begann heftig zu weinen. Er beruhigte sie mit kleinen Zungenschnalzern, als sei sie ein Baby. Beide flüsterten. Die Situation, das verletzte und schutzlose Pathos der Frau überraschte mich. »Aber jetzt wirst du bald nach Hause gehen.«

»Und du?«

»Ich kann nicht gehen, Pilar. Du hast mich angezeigt, erinnerst du dich? Ich werde ins Gefängnis müssen. Ich werde auch für dich reingehen. Ich werde ihnen sagen, dass ich Valentina umgebracht habe. Ich werde unser beider Schuld auf mich nehmen. Geh du nach Hause und warte auf mich. Ich werde eines Tages zurückkommen.«

Wir waren am entscheidenden Punkt angelangt. Ich hob meinen Blick, den ich vor Beschämung gesenkt hatte, und sah die Frau an. Ich sah, wie sie eine Sekunde mit den Tränen, dem Schmerz und der Geistesabwesenheit kämpfte.

»Nein«, sagte sie. »Ich will nicht, dass du das tust. Ich habe sie umgebracht. Wenn du rein musst, werde ich auch ins Gefängnis gehen. Ich habe sie umgebracht, und ich bereue es nicht. Jetzt existiert sie nicht mehr.«

»Für mich existierte sie schon vorher nicht mehr. Für mich hast immer nur du existiert.«

Sie weinte. Ribas sah mich an. Ich griff ein und war verwundert, meine Stimme zu hören.

»Sie haben Sie getötet, Pilar?«

Sie nickte heftig.

»Und Sie waren in meinem Haus wegen dem Rechnungsbuch?«

Sie nickte wieder. »Ich wollte es verschwinden lassen. Ich wollte, dass alles verschwindet, was sich zwischen meinen Mann und mich stellen konnte. Ich hoffte, dieses Büchlein zu finden, das er so fürchtete. Ich wollte es ihm hinlegen und sagen: ›Siehst du, jetzt ist nichts mehr übrig von der ganzen Sache, das Büchlein verschwunden, die Frau verschwunden ... Jetzt können wir beide von vorn anfangen.‹«

»Aber Sie haben ihn angezeigt! Wie konnten Sie beides gleichzeitig tun?«

»Ich weiß es nicht. Ich war verrückt. Ich weiß es nicht!«

»Können Sie mein Haus beschreiben?«

Sie trocknete sich mit der flachen Hand die Tränen. Ribas blieb neben ihr stehen und streichelte sie. Sie versuchte sich zu konzentrieren und redete mit einer Mädchenstimme. »Ja, einigermaßen. Ihr Haus ist in Poble Nou. Im Flur hängt ein längliches Bild und es gibt einen kleinen Innenhof. Im Wohnzimmer stehen ein helles Sofa und viele Bücher in den Regalen. In den Kisten haben Sie Tischwäsche, alles in grün.«

Diese Angabe hätte gereicht. Ich hatte die Tischwäsche im Schlussverkauf gekauft. Alles in derselben Farbe, einer meiner absurden Anfälle. Sie fuhr jedoch fort, mit überraschender Genauigkeit mein Schlafzimmer zu beschreiben. Sie musste nicht nur das Rechnungsbuch gesucht haben, sondern auch neugierig gewesen sein.

»Und der Hund?«, fragte ich.

Zum ersten Mal, seit sie sprach, sah sie mich an. Ich entdeckte Angst in ihren Augen, Entsetzen. Als sie weitersprach, begann ihr Kinn zu zittern. »Anfangs war er ruhig, wedelte sogar mit dem Schwanz. Aber plötzlich fing er zu bellen an. Er bellte und bellte, immer lauter ... Ich hatte Angst, dass es jemand hören könnte. Ich schlug ihn, ich schlug ihm mit dem Fleischbrett aus Ihrer Küche auf den Kopf. Es war schrecklich, schrecklich, ich ... er blutete ... ich wollte nicht ...« Sie begann, hysterisch zu schluchzen, unterbrochen von Krämpfen und nervösen Zuckungen.

»Aber das sollte Sie doch nicht so mitnehmen, Pilar. Schließlich hatten Sie schon Valentina umgebracht.«

Sie hob ihr vom Weinen entstelltes Gesicht. »Ich musste sie nicht mal anfassen, Pompeyo hats getan, ich musste mir nicht die Finger schmutzig machen, es war wie …« Sie ließ den Satz in der Luft hängen. Ich beendete ihn: »Wie ein Spiel, nicht wahr? Wie der Zeitvertreib Ihres Mannes. Eine Puppe, die vom Hund gebissen wird. Nur dass die Puppe diesmal echt war. So war es, stimmts, Sie waren sich gar nicht bewusst, dass sie töteten.«

Einen Augenblick hörte sie zu schluchzen auf und sah mich mit einem unsicheren Aufblitzen in den Augen an. »Ja, so war es.«

»Ja, ja, Pilar, aber täuschen Sie sich nicht. Sie haben sie bei vollem Bewusstsein getötet. Sie hat Ihnen möglicherweise aufgemacht, weil Sie ihr gesagt haben, dass Sie mit ihr sprechen wollen. Dann haben Sie den Hund auf sie gehetzt, und der hat sie umgebracht. Er hat sie zerfleischt, er hat sie getötet. Danach haben Sie alle Spuren beseitigt und sie in den Garten geschleppt. Es steckt Heimtücke in all dem, und Berechnung. Das ist das Werk einer Mörderin. Das ist kein Spiel.«

Sie beugte sich vor und wurde von unterdrückten Schluchzern geschüttelt. Ribas rückte näher, richtete sie auf und fuhr ihr mit der Hand über den zuckenden Kopf. »Lassen Sie sie, lassen Sie sie jetzt. Sie hat gestanden. Können Sie nicht aufhören, sie zu quälen?«

Es wirkte nicht, als würde er spielen. Er versuchte sie wirklich zu beschützen. Sie bildeten ein seltsames Gespann. Der große kräftige Mann stützte mit seinem Bauch den Körper seiner sitzenden zerbrechlichen Frau. Er tröstete sie. Beide trösteten sich gegenseitig. Wortlos verließ ich den Raum und wusste nicht, ob ich bewegt oder angeekelt war.

Als ich Garzóns Zimmer betrat, bewahrte er Haltung, um mich ohne Zwischenfragen erzählen zu lassen. Bevor ich anfing, zündete ich mir eine Zigarette an. Meine Hand zitterte.

»Also gut, Subinspector. Wir haben einen Täter.«

Er sah mich mit irren Augen an.

»Ribas' Frau hat Valentina umgebracht.«

»Sind Sie sicher?« Er stand abrupt auf und lief los.

Ich folgte ihm besorgt. »Subinspector, wo wollen Sie hin?«

Ich sah, wie er auf Pilar zulief. Er befahl dem Polizisten in ihrer Begleitung, stehen zu bleiben. Ich hörte, wie er sagte: »War es der Hund namens Pompeyo, der sie angefallen hat?«

»Ja, das habe ich doch gesagt.«

»Er hat Valentina umgebracht?«

»Ja! Können Sie mich nicht in Ruhe lassen?«

»Und wo ist er jetzt?«

»Auf der Zuchtfarm.«

»Wo auf der Zuchtfarm?«

»Er ist der einzige auf dem Gelände, der frei herumläuft. Lassen Sie mich endlich, bitte.«

Ich befürchtete, dass er sie schütteln würde oder so etwas Ähnliches. Aber er drehte sich nur halb um, schnappte sich seinen Mantel und ging los. Ich lief hinter ihm her. Am Ausgang des Kommissariats traf ich Ribas in Begleitung zweier Polizisten. Er sollte dem Haftrichter vorgeführt werden. Er sah mich an und begann zu weinen. Er hatte schließlich die Waffen gestreckt.

»Auch wenn es Ihnen unglaubhaft erscheint, Inspectora. Ich flehe Sie an, Pilar gut zu behandeln. Sie ist schwach, vielleicht habe ich sie schlecht behandelt. Aber sie wird immer meine Frau bleiben. Ich weiß nicht, ob Sie mich verstehen.«

»Ich verstehe Sie«, antwortete ich, aber ich verstand überhaupt nichts. Ich wollte nur abhauen, Garzón war mir entwischt und konnte mir endgültig entkommen sein. Ich erreichte ihn, als er gerade ins Auto steigen wollte.

»Wo wollen Sie hin, Fermín?«

»Ich drehe eine Runde.«

»Darf ich Sie begleiten?«

»Wie Sie wollen«, antwortete er achselzuckend und missmutig. Schweigend verließen wir die Stadt. Garzón hatte das Radio laut gestellt, um jede Unterhaltung zu verhindern. In der Sendung wurde einer der vielen Psychiater, die Bücher schreiben, interviewt. Die Geringschätzung des Ich. »In einer immer materialistischeren Welt scheint für das Individuum nur noch der soziale Erfolg zu zählen.« Wovon, zum Teufel, redete der? Von Lucena, von erbärmlichen Hundedieben und Gaunern, von betagten, einsamen Liebhabern, Ehepaaren, die sich liebten und zerstörten? Keiner würde sich je auf die Couch eines Psychiaters legen. Das Individuum, das Ego, der soziale Erfolg, die überschüssigen Arbeitskräfte, die Abfälle. Und die Liebe.

Garzón hielt an. Wir standen vor Ribas Zuchtgelände. Es wirkte dunkel und hermetisch verschlossen wie eine Festung. Garzón stieg aus. Ich auch. Er ging auf das Eingangstor zu. Eine riesiger Hundechor hub an, und plötzlich tauchte Pompeyo hinter dem Zaun auf: frei, wild, misstrauisch. Er steckte seine Schnauze durch die Eisenstangen und fletschte die Zähne, bellte aber nicht, um uns zu vertreiben, sondern knurrte nur bedrohlich. Sein heißer Atem triefte Bedrohung. Garzón blieb stehen und sah ihn abwesend und ruhig an. Mir war kalt und ich hatte Angst, ohne zu wissen, wovor.

»Was tun Sie da, Fermín?«

Er antwortete nicht.

»Los, kommen, Sie, wir fahren wieder!«

Er rührte sich nicht vom Fleck. Die Dunkelheit, diese teuflisch bellende Hundehorde … Was erwartete er in dem Tier zu finden, Überreste von Valentinas Seele?

»Subinspector, lassen Sie uns endlich gehen, wir haben hier nichts verloren.«

Da steckte Garzón seine Hand in die Manteltasche und zog seine Dienstwaffe. Er zielte.

»Tun Sie das nicht, Fermín. Das ist nur ein unschuldiges Tier. Kapieren Sie das nicht?«

Er zielte weiter auf den Hund und starrte ihn langsam atmend fest an.

»Hinterher werden Sie sich schlecht fühlen. Warum ihn töten? Er ist unschuldig. Lassen Sie ihn!«

Er streckte den Arm aus. Der Hund spürte, dass er sterben würde. Er verstummte und reckte wie ein mutiger Häftling den Kopf. Garzón drückte ab. Das Gebell verstummte schlagartig. Das Tier fiel in sich zusammen und blieb als kleines Häufchen auf dem Boden liegen. Da begann ein einzelner Hund wieder zu bellen, dann noch einer und ein Dritter. Alle bellten wie verrückt. Mit beklommenem Herzen ging ich auf den Subinspector zu. Er weinte lautlos. Die Tränen und der Rotz liefen über seinen kümmerlichen Bart. Ich legte ihm meine Hand auf den Arm.

»Gehen wir, Fermín, es ist schon spät.«

Verstohlen wie auf dem Hinweg fuhren wir zurück. Ich fühlte mich, als hätte ich an der Hinrichtung des Zaren teilgenommen, aber es war nur der Tod eines Hundes. Ein Toter mehr, ein weiteres Herz, das zu schlagen aufgehört hatte. Ein Toter mehr. Männer und Hunde und Frauen und Hunde. Alle hilflose Wesen in der Nacht.

Epilog

Ich lud Ángela und Juan Monturiol zum Essen ein. Das war ich den beiden schuldig. Sie hatten das Recht, den Ausgang der Geschichte zu erfahren. Ich bereitete verschiedene Salate zu, eine ordentliche Portion Lachs sowie eine riesige Torte mit einem Schokoladenhund als Dekoration. Eigentlich ziemlich blödsinnig, denn niemand war für Witze zu haben. Meine Gäste zeigten sich aber beeindruckt über die Art, wie sich der Fall aufgelöst hatte.

»Was für eine hinterlistige Frau!«, rief Ángela aus, womit sie Pilar meinte. »Sie hat sich clever im Hintergrund gehalten.«

»Für mich ist sie ein Pechvogel.«

»Glaubst du, dass sie irgendwie geistig verwirrt ist?«

»Ja. Nicht immer, aber es ist klar, dass sie in einem bestimmten Moment verwirrt war. Sie hat nicht das Profil einer Mörderin.«

»Wer hat denn in Wirklichkeit das Profil eines Mörders?«, sagte Juan halb fragend, halb konstatierend.

»Ich habe gelernt, dass es das gibt.«

»Auf Menschen angewandt sind solche Studien wenig dienlich!«, rief er philosophisch aus.

»Mich überrascht nur, dass Menschen in einem gewissen Alter so viel Leidenschaft entwickeln können«, sagte Ángela verächtlich.

»Und was sagst du zu diesem Ehepaar?«, ergänzte ich. »Sie liebten sich, sie hassten sich, sie beschuldigten sich, sie halfen sich …«

»Ist es nicht immer so?« Monturiol verfiel wieder in seine kategorische Fragerei.

»Ich hoffe nicht«, rief ich etwas zu feurig aus.

»Willst du wieder heiraten?«, fragte mich der Tierarzt lauernd.

»Ich rede ganz allgemein.«

»Wie auch immer, es war eine Tragödie«, schloss die Buchhändlerin.

»Mich wundert nur, dass Ribas nie auf die Idee gekommen ist, dass seine Frau ihn denunzieren könnte«, sagte Juan.

»Er glaubte, er hätte sie gut im Griff. Er verachtete sie, deshalb hat er keinerlei Vorsorge getroffen.«

»Aber sie hatte genug. Manchmal zeigen wir Frauen doch ein bisschen gesunden Menschenverstand.«

Nach diesem Satz sahen wir beide den armen Juan Monturiol an, der auf seinem Stuhl zusammenschrumpfte.

»Wirklich eine Tragödie«, seufzte meine Mitstreiterin in Sachen Frauenrechte.

»Und verflucht kompliziert! Hundekämpfe, wer hätte das gedacht!«

»Seit den alten Römern haben wir uns kaum weiterentwickelt«, bemerkte Monturiol.

»Sag mal, Petra, was ist eigentlich aus Valentinas Hündin geworden?«

»Jetzt, wo der Fall gelöst ist, wird sie wohl eingeschläfert werden.«

»Aber das ist ja schrecklich. Könnte ich sie nicht nehmen?«, fragte Ángela.

»Würdest du das tun?«

»Sie ist doch nur ein armes Tier, das sein Frauchen verloren hat.«

»Ich weiß nicht. Du könntest einen Antrag stellen.«

»Das würde ich gerne.«

»Meine Damen, ich fürchte, ich muss wieder in meine Praxis. Ich werde euch verlassen.«

Er küsste Ángela auf beide Wangen. Ich begleitete ihn zur Haustür. Dort streckte ich ihm die Hand entgegen, und er drückte sie.

»Ich danke dir sehr für deine Hilfe, Señor Veterinär.«

»Es war mir ein Vergnügen.«

»Ich würde gerne wissen, ob es wirklich ein Vergnügen war.«

Er sah mir tief in die Augen und lächelte. »Du kannst sicher sein, dass es ein Vergnügen war.«

Auch ich lächelte. Er drehte sich um und ging zu seinem Lieferwagen. Traurig sah ich den auf die Hintertür gemalten Hund um die Ecke verschwinden und seufzte.

Bei meiner Rückkehr ins Wohnzimmer fand ich Ángela ebenfalls melancholisch vor. »Noch Kaffee?«, bot ich ihr an.

Sie hielt mir ihre leere Tasse hin. »Petra, jetzt, wo wir allein sind, möchte ich dich etwas fragen. Wollte Valentina Fermín wirklich heiraten? Mir ist durch den Kopf gegangen, dass sie vielleicht aus Verzweiflung gehandelt hat. Vielleicht hat sie dem Geliebten die Hochzeit angekündigt in der Hoffnung, dass der endlich seine Frau verlässt.«

»Dieses Geheimnis hat sie mit ins Grab genommen.«

»Glaubst du, Fermín ist sich dessen bewusst?«

»Er wirkt auf mich nicht wie ein Mann, der sich selbst betrügt.«

»Dann hat er ja im doppelten Sinne leiden müssen. Mehr noch, er leidet noch immer …«

»Hast du vor, ihn anzurufen, mit ihm zu reden? Vielleicht könntest du …«

Sie machte eine verneinende Geste und wurde ernst. »Nein, Petra, keinesfalls. Ich weiß sehr gut, wann etwas definitiv zu Ende ist.«

Ich sah in ihr freundliches, gütiges Gesicht und klopfte ihr auf den Handrücken. »Er wird nie begreifen, was für eine Frau er verloren hat.«

Sie musste sich zu einem Lächeln überwinden. »Ich möchte, dass du mir einen Gefallen tust. Gib ihm das zurück.«

Sie zog das goldene herzförmige Medaillon mit Garzóns Bild aus der Tasche und legte es auf den Tisch.

»Glaubst du, das ist nötig?«

»Es scheint mir richtiger. Man kann seine Vergangenheit nicht leugnen, aber es ist auch nicht gut, Erinnerungsstücke oder Fetische aufzubewahren.«

»Vermutlich hast du Recht.«

Sie stand mit beherztem Schwung auf. Ich half ihr ins Jackett. Wir umarmten uns, und ich schloss hinter ihr die Tür. Ich hatte versprochen, sie zu besuchen und einen Tee mit ihr zu trinken. Es war unwahrscheinlich, dass ich wieder einmal einen Rat über Hunde brauchen würde, aber in ihrer Gesellschaft fand ich etwas Beruhigendes, das nur echte Herzlichkeit vermitteln konnte.

Zurück im Kommissariat, setzte ich mich nachdenklich in mein Büro. Fall gelöst, war das Erste, was mir durch den Kopf ging. Fall gelöst. Ignacio Lucena Pastor stellte sich mir als etwas weit Entferntes dar. Verblasst im Verlauf der Stunden und Tage, wie ein Traum oder eine Reportage aus dem Sonntagsmagazin. Natürlich, wegen diesem kaum wahrnehmbaren Schatten auf der Welt war eine Frau gestorben, und mein Kollege hatte ein gebrochenes Herz. Freuden der Arbeit, schloss ich im Versuch, aus dieser absoluten Erbärmlichkeit in meinen Alltagszustand zurückzufinden.

Als Nächstes warf ich aus reiner Gewohnheit einen Blick in mein Adressbuch. Tatsächlich erinnerte ich mich genau daran, wen ich anrufen sollte. Summend griff ich zum Hörer, wählte …

»Doktor Castillo, sind Sie es?«

Der von Verbrechen faszinierte Wissenschaftler hörte gar nicht auf sich zu wundern. Im ersten Moment war er stumm vor Verblüffung. Er konnte weder glauben, dass ich es war, noch was der Grund meines Anrufs sein könnte.

»Ich hoffe, Sie haben von der Aufklärung des Mordes in der Zeitung gelesen.«

»Ich habe es höchst erleichtert gelesen.«

»Erleichtert?«

»Nun ja, das erlöst mich vom elektrischen Stuhl oder so was

Ähnlichem. Kürzlich habe ich im Fernsehen nochmals *Falscher Verdacht* gesehen, und mir brach kalter Schweiß aus.«

Ich konnte nicht umhin, herzlich aufzulachen.

»Ja, lachen Sie nur, Sie haben mich ganz schön erschreckt.«

»Ich glaube, ich muss mich bei Ihnen entschuldigen. Deshalb rufe ich an. Aber Sie müssen auch mich verstehen. Sie haben mich in einem sehr stressigen Moment erwischt. Außerdem, warum haben Sie sich so für den Fall interessiert?«

»Verdammt, ich weiß es nicht! Krimis haben mich schon immer interessiert. Nicht nur das, sondern … ich … Sind Sie ledig, Inspectora?«

»Geschieden, warum?«

»Nun, vielleicht finden Sie es dumm, aber ich habe gedacht … Ich habe gedacht, ich könnte Sie auf ein Gläschen zum Plaudern einladen. Ich bin vor nicht allzu langer Zeit auch geschieden worden. Aber als Sie mich eines Verbrechens anklagen wollten, habe ich natürlich meine Meinung geändert. Ich dachte, er sei klüger, nicht in Ihre Klauen zu geraten.«

»Wundert mich nicht. Trotzdem weiß ich eine Lösung für das Missverständnis.«

»Zum Beispiel?«

»Dass wir endlich ein Glas zusammen trinken gehen.«

»Gern! Mehr noch, nach dem Drink wäre es angenehm, in einem guten Restaurant zu essen. Ich meine heute Abend …«

»Rechnen Sie mit mir.«

»Gut. Ich werde Sie um acht Uhr von Ihrem Büro abholen.«

»Nein. Ich werde mir den Nachmittag freinehmen. Ich hole Sie von der Uni ab.«

»Sollten Sie sich nicht an mich erinnern, werden Sie mich an meinem Mördergesicht wieder erkennen.«

Ich lachte wieder. Mir wäre niemals in den Sinn gekommen, dass der Professor mit mir ausgehen wollte. Wunderbar, er hatte Sinn für Humor, es könnte ein denkwürdiger Abend werden. Wir hatten etwas gemein, wir widmeten uns beide der Forschung, wenn auch an unterschiedlichen Fronten. Er versuchte, das menschliche Leid zu lindern, und ich vertiefte mich in dasselbe. Dennoch gab es einen kleinen, aber wesentlichen Unterschied. Wie steril die Polizeiarbeit doch ist, grübelte ich, in der jüngsten Vergangenheit einer Person herumzustochern, nur um die Wahrheit ans Licht zu bringen. Keine Möglichkeit, die Zukunft zu verändern, das bereits Geschehene zu verhindern. Ich erinnerte mich an meinen kurzzeitigen Begleiter Schreck und sein sicherlich von einem dieser Kampfhunde zerbissenes Ohr. Wie blind war ich gewesen, das nicht zu erkennen! Nicht einmal ihm habe ich Schutz bieten und ihn vor seinem jämmerlichen Schicksal bewahren können. Tieftraurig und entsetzlich melancholisch stand ich auf und ging zu Garzón in sein Büro.

»Wie gehts, Inspectora?«

Ich sah, dass er auf einem Zettel herumkritzelte. Ohne um Erlaubnis zu bitten, warf ich mich in einen Sessel.

»Was, zum Teufel, tun Sie?«

»Sehen Sie ja, nichts Besonderes.«

»Wir müssen uns hinsetzen und den Bericht schreiben.«

»Ich habe zu nichts Lust.«

»Ich auch nicht.«

»Das hat Zeit.«

»Ja.«

Ich schlug die Beine übereinander und starrte die nackten Wände an. »Warum hängen Sie nicht irgendein Bild auf? Ihre Höhle ist extrem unpersönlich.«

»Ach!«

Ich wusste, es war kein guter Zeitpunkt für meinen Auftrag. Aber wenn ich es auf später verschob, wurde es noch schlimmer. Es war sogar möglich, dass ich mich nicht mehr trauen würde. Ich zog Ángelas Herzanhänger aus der Tasche und hielt ihn Garzón hin. »Fermín, ich wurde gebeten, Ihnen das zu geben.«

Er sah müde auf und nahm ihn. Dann wühlte er in seinen Taschen herum und zog ein identisches Herz hervor. Von Valentinas Leiche zurückerhalten. Er zeigte sie mir beide auf seiner vom Alter und der Abnutzung rissigen Handfläche.

»Das Leben gibt mir meine Geschenke zurück«, sagte er.

»Das Leben gibt nie etwas zurück.«

»Dann werde ich wohl wegen meiner großen Dummheit bestraft.«

»Auch eine Strafe gibt es nicht.«

»Und was gibt es dann?«

»Ich weiß nicht. Wenig. Die Musik, die Sonne, die Freundschaft …«

»Und das Glück der Hunde.«

»Das auch.« Wir wechselten eine langen, traurigen Blick voller Resignation. Ich musste einmal ganz kräftig durchatmen, um weitersprechen zu können.

»Und es gibt den Alkohol. Was halten Sie davon, wenn wir über die Straße gehen und uns einen hinter die Binde kippen?«

»Ich weiß nicht, ob ich Lust habe.«

»Also los, Fermín, hören Sie auf, die Kameliendame zu spielen! Ich biete Ihnen geistige Medizin an!«

Wir verließen das Kommissariat. Der Polizist am Ausgang grüßte uns. Wir betraten das *La Jarra de Oro* und bestellten einen Whisky.

»Sie erraten bestimmt nicht, mit wem ich heute zu Abend esse.«

»Mit Juan Monturiol!«

»Falsch, das ist Schnee von gestern. Ich bin mit Doktor Castillo verabredet, erinnern Sie sich an ihn?«

»Ernsthaft, Sie sind mit ihm verabredet?«

»Natürlich, und wenn er sich darauf einlässt, werde ich ihn vernaschen. In meiner Sammlung fehlt mir noch ein verrückter Wissenschaftler.«

Er begann lauthals zu lachen, wie er es angesichts meiner unverschämten Anwandlungen immer tat. »Sie sind unglaublich, Petra!«

»Ach ja?«

»Ganz bestimmt.«

Und dabei kamen zwei neue Whiskys. Der Kellner stellte die Gläser artig auf den Tisch. Wir stießen dezent auf uns an. Unter diesen Umständen fiel uns kein Adressat für einen Trinkspruch ein, der es uns mehr gedankt hätte als wir selbst.

Beziehungspingpong mit Mord

Petra Delicado, Inspectora bei der Polizei in Barcelona, ist »unser intellektuelles Juwel«. So wird sie jedenfalls von ihren Chefs eingeschätzt. Intellektuelle, gar weibliche, gehören – so sieht man das – deutlich in die Abteilung »Theorie«. Und da sitzt sie nun im Archiv und liest kriminaltechnologische Fachliteratur aus den USA. Bis es ihr zu dumm wird, und sie meutert. Sie ist Polizistin, weil sie Polizeiarbeit machen will. Da hilft ihr ein glücklicher Zufall: Ein Kollege fällt wegen Beinbruch aus, Petra Delicado muss ihn vertreten. Aber weil sie, wie gesagt, gleich beides ist, Frau und Intellektuelle, bekommt sie einen männlichen Kollegen an die Seite gestellt: Fermín Garzón, Subinspector. Garzón kommt aus den Provinz, aus Salamanca, ist verwitwet und schon so lange im Polizeidienst, dass wir genau wissen, zu welcher Zeit er sein Handwerk gelernt hat. Sicher nicht im demokratischen Spanien. Außerdem sieht er aus, so schießt es Petra bei der ersten Begegnung durch den Kopf, wie »jemand, der ein Bruchband braucht«. Das kann nicht gut gehen.

Und so giften und raunzen die beiden sich schon in »Ritos de muerte« (dt. »Spanische Blumen«, 1998) durch ihren ersten Fall. Garzón langt des Öfteren kräftig hin, was nicht rechtsstaatlich, aber manchmal erstaunlich wirksam ist. Das muss Petra Delicado contre cœur lernen. Der alte Sauertopf hingegen muss von Petra lernen, dass Denken auch nicht immer schadet. Und dass Gefühle ganz schön verwirrende Dinge sein können …

Aber da stecken wir schon mitten in der Handlung von »Hundstage«, und spätestens jetzt wird klar, dass es Alicia Giménez-Bartlett gelungen ist, der Typologie vom Ermittler-Pärchen in der Kriminalliteratur mit Petra und Fermín eine neue Variante hinzuzufügen. Bis jetzt kannten wir Nick und Nora Charles von Dashiell Hammett (wobei wir Myrna Loy und William Powell in den Filmen nicht mit den Personen aus dem Roman »The Thin Man« verwechseln sollten), die eleganten Zyniker in einer durch und durch verderbten Welt, die nur mit sich selbst wirklich etwas an-

fangen können. Dann natürlich die exzentrische Miss Marple und ihren getreuen Mr Stringer, die komische Alte und ihren Trottel also, die ganz dem Held und Sidekick-Muster folgen. Und als dritte zeitgenössische Variante schließlich Patrick Kenzie und Angela Gennaro von Dennis Lehane. Diese beiden Bostoner Privatdetektive sind mit allem Ernst und allem Furor des Geschlechterkampfs der letzten Jahrzehnte ineinander verkeilt und verknotet, auch und gerade sexuell.

Das komische Pärchen von Alicia Giménez-Bartlett tickt da ein bisschen anders. Natürlich stellt man sich als LeserIn die Frage, ob die beiden jetzt bald »was miteinander haben«, aber eine kluge Autorin wird diesen Konflikt leise weiter köcheln lassen und so bald nicht lösen. Stattdessen besinnt sie sich einer alten Erkenntnis, nach der das Private immer politisch und das Politische nicht unabhängig vom Privaten gedacht werden kann. Indem sich in Fermín und Petra jeweils das »alte« und das »neue« Spanien spiegeln, werden die Veränderungen des Landes in alltägliche Situationen übertragen, die dann oft komisch sind.

Deswegen unterhalten wir uns prächtig dabei – zum Beispiel wenn die beiden im Supermarkt einkaufen, Fermín völlig verwirrt ist, aber gleichzeitig auch klar wird, warum Supermärkte nicht der Weisheit letzter Schluss sind – und kommen uns von der Autorin nicht mit Problemen belästigt vor. Aber wir unterhalten uns auch nicht unter Niveau. Wofür wir wiederum dankbar sind.

Der wirkungsvollste Effekt von Giménez-Bartletts Konstruktion aber ist, dass die unterschiedlichen Weltbilder des Polizisten-Duos direkt mit dem Fall und seiner Lösung zu tun haben: Fermín, der im Irrgarten der Liebe umhertaumelnde Kavalier, macht eine Bauchlandung. Petra, die ausgefuchste Partisanin im Geschlechterkrieg, ganz genauso. Trotzdem wird gerade deswegen am Ende ein Verbrechen aufgeklärt. Über Verbrechen aber wissen wir, dass sie immer gleichzeitig privat und öffentlich sind. Also liegt das Beziehungspingpong zwischen zwei Menschen schon fast zwangsläufig ganz eng dran am Krimi.

Thomas Wörtche

Bibliografie

Die Petra-Delicado-Romane: *Ritos de muerte* (1996, dt. *Spanische Blumen,* 1998), *Día de perros* (1997, dt. *Hundstage,* 2001), *Mensajeros de la oscuridad* (1999), *Muertos de papel* (2000).

El elefante herido (1982), *Torrente Ballester* (1983), *Exit* (1984), *El salón amurallado* (1985), *Pájaros de oro* (1986), *Caídos en la valles* (1989), *El cuarto corazón* (1991), *La última copa del verano* (1995), *Vida sentimental de un camionero* (o. D.), *Una habitación ajena* (1997), *El misterio de los sexos* (Essay, 2000), *Corazones cruzados* (in Zusammenarbeit mit J.J. Bigas Luna, 2000).

Die Inspectora-Delicado-Romane wurden 1999 unter der Regie von Julio Sánchez Valdés mit Ana Belén und Santiago Segura in den Hauptrollen in einer 13-teiligen Fernsehserie mit großem Erfolg verfilmt.

Die Übersetzerin

Sybille Martin, 1958 in Sachsen geboren, studierte in Hamburg Germanistik und Hispanistik. Danach war sie jahrelang Briefträgerin und Eisverkäuferin, bis sie die Faszination des Übersetzens und die Chancen der Freiberuflichkeit entdeckte. Seither hat sie unter anderen Alicia Giménez-Bartlett, Mayra Montero, Almudena Grandes, Antonio Soler und Eliseo Alberto übersetzt und einen Förderpreis der Freien und Hansestadt Hamburg erhalten. Sie lebt und arbeitet zurzeit in Madrid.

UT *metro*

»Die ersten metro-Bände gehören auf jeden Fall zum Besten, was derzeit an so genannter Spannungsliteratur zu haben ist.«
Michaela Grohm, Südwestrundfunk

Jean-Claude Izzo
Total Cheops; Chourmo; Solea
»Izzo war für Marseille, was Malet für Paris, Hammett für San Francisco, Jerome Charyn für New York war. Als er starb, das war, als habe die Stadt ihr Gedächtnis verloren.«
Süddeutsche Zeitung

Helen Zahavi
Donna und der Fettsack
»Zahavi gewinnt dem Machtkampf zwischen Mann und Frau bizarre Seiten ab. Gäbs den Film zum Buch, er wäre von Quentin Tarantino.« *Stern*

Walter Mosley *Socrates in Watts*
Nach siebenundzwanzig Jahren im Knast will Socrates ein ordentlicher Mensch werden. »Ein Buch mit dem Blick von unten: wahrhaftig, glaubhaft und ehrlich.« *Deutsche Welle*

Stan Jones *Weißer Himmel, Schwarzes Eis*
In einem brisanten Umweltskandal riskiert Nathan Active Kopf, Kragen und Karriere. »Ein packender Kriminalroman – in der eisigkalten Welt Nordamerikas.« *Nordwest-Zeitung*

Christopher G. Moore
Haus der Geister; Nana Plaza
»Konsequente Action, meisterhafte Sprache, authentischer Schweiß aus Bangkok, dazu angelsächsischer Humor at it's best.«
DeutschlandRadio

R. Bradley, S. Sloan *Temutma*
Ein blutdürstiger Mörder macht Hongkong unsicher. »Mystery mit Biss: eine schnörkellos erzählte X-Akte made in China – gruselig, philosophisch, spannend.« *Brigitte*

Chester Himes *Die Geldmacher von Harlem; Lauf Mann, lauf!; Der Traum vom großen Geld; Fenstersturz in Harlem; Heiße Nacht für kühle Killer; Plan B*
»Wer Chester Himes' Krimis liest, taucht ab ins tiefste Harlem … Hier harrt ein Klassiker seiner Entdeckung.« *Annabelle*

Jon Ewo *Torpedo*
»Hier wird sichtbar, wovor die westlichen Gesellschaften so gern die Augen schließen: Das organisierte Verbrechens agiert, als habe nicht der Staat, sondern die Mafia das Gewaltmonopol.« *Stuttgarter Zeitung*

Mongo Beti *Sonne, Liebe, Tod*
Zam, der Journalist, hat Sorgen: Leiche in der Wohnung, Freundin entführt, Überfälle. »Ein schwelgerisches Buch, bunt mäandernd zieht es uns in seinen Bann.« *Sächsische Zeitung*

Jerry Raine *Frankie Bosser kommt heim*
»Ein blendend geschriebener Krimi, der das Gewohnte von seiner hässlichen Seite zeigt. Nichts für schwache Nerven – für robustere ein Vergnügen!« *Zürich Express*

Jerome Charyn *Der Tod des Tango-Königs*
»Mehr als nur einen Thriller: das visionäre Porträt einer Stadt, in der sich der gesamte irrationale Wahnsinn des globalen Zeitalters konzentriert.« *Robert Brack, schwarze taz*

Celil Oker *Schnee am Bosporus*
In Istanbul steht ein Privatdetektiv oft mit einem Fuß außerhalb des Gesetzes. Nicht nur seine Klienten gehen der Polizei aus dem Weg.»Ein Klasse-Krimi, großstädtisch, orientalisch.« *Saarbrücker Zeitung*

Brian Lecomber *Letzter Looping*
Wer sich mit der Mafia anlegt, muss vorsichtig sein. Vor allem als Kunstflieger. »Brian Lecomber macht aus Flugzeugen und Piloten, was Dick Francis aus Pferden und Pferderennen macht.« *New York Times*

UT *metro*

Pierre Bourgeade *Das rosa Telefon*
In den Labyrinthen des Telefonsex: »Eine frivol und mit laszivem Zungenschnalzen servierte Story, die in ein überraschendes Finale mündet.« *Neue Luzerner Zeitung*

Blue Lightning
Ohne Musik wäre das Leben ein Irrtum. »Es kommt nicht oft vor, dass der unterhaltsamste Krimi des Jahres eine Sammlung von Kurzgeschichten ist.« *London Times*

William Marshall *Manila Bay*
Battling Mendez, der legendäre Kampfhahn, auf Spurensuche. »Dieses Buch ist Schwindel erregend, verrückt, grob und gesittet, exzentrisch und exzessiv.« *Los Angeles Times*

Alicia Giménez-Bartlett *Hundstage*
Dicke Luft zwischen Inspectora Delicado und Subinspector Garzón: Ihre Beziehungen machen ihnen Sorgen, und es gibt genug Gründe, einander zur Hölle zu wünschen. »Ein Paar wie von Cervantes und Hammett.« *La Esfera*

Bill Moody *Solo Hand*
Was haben Jazz und das Aufklären von Verbrechen gemeinsam? Die Kunst der Improvisation! »Wenn Bill Moody schreibt, hört man die Blue Notes von den Wänden hallen.« *New York Times*

Katy Munger
Beinarbeit – Ein Fall für Casey Jones
»Ein erfrischender Wechsel weg von all den saft- und kraftlosen DetektivInnen, die Weißwein trinken und die kalifornische Küste rauf- und runterjoggen.« *Thrilling Detective*

Santiago Gamboa
Verlieren ist eine Frage der Methode
In Bogotá gerät der Journalist Silanpa in einen Strudel aus Traum und Albtraum. »Ein raffinierter Großstadt-Krimi – spannend bis zur letzten Seite.« *Der Spiegel*

Noch mehr Spannung im Unionsverlag

Guillermo Arriaga *Der süße Duft des Todes*
In einem kleinen Dorf in Mexiko entsteht aus Lügen eine Wahrheit, von der niemand verschon bleibt. »Voll versteckter Poesie, die der Hemingway'schen Prosa nahe kommt.« *Semanario Siempre*

Pablo De Santis *Die Übersetzung*
»Die Gratwanderung zwischen Fiktion und Krimi stellt die Sprache in den Mittelpunkt, gibt das Rätsel auf, löst es, fesselt die Leser bis zum Ende.« *Lateinamerika Nachrichten*

Leigh Brackett *Raubtiere unter uns*
Walter Sherris geht nachts allein spazieren. Er wird überfallen und beginnt einen Rachefeldzug. Bis er merkt, dass die Jugendbande aus den besten Familien stammt.

Dolores Hitchens *Wer mit Fremden schläft*
Long Beach, California – die Grundstückpreise explodieren, die Ölquellen sprudeln. Felicia Wanderley wird tot im Ölsumpf gefunden. Wem stand sie im Wege?

Dorothy Hughes *Einsamer Ort*
Dix Steele besitzt, was man in Hollywood braucht, und er zieht Frauen magisch an. Doch Dix hat ein böses Geheimnis. Dieser Thriller machte Hughes zu einer Pionierin des Genres.

Friedrich Glauser *Schlumpf Erwin Mord; Matto regiert; Die Fieberkurve; Der Chinese; Die Speiche; Der Tee der drei Damen*
»Der Glauser mit dem gläsernen Herzen – noch heute sieht man beim Lesen seiner Kriminalgeschichten ungehindert in diesen klaren, wahren Kern hinein.« *Vogue*

David Goodis *Schießen Sie auf den Pianisten; Die Nacht bricht an*
»Nach und nach baut sich eine ungeheuerliche Spannung auf, trotz oder gerade wegen der unterkühlten Erzählweise von David Goodis, einem der Säulenheiligen des ganz hart gesottenen schwarzen Krimis.« *Ticket*